若松丈太郎
著作集
第二巻

極端粘り族の系譜

コールサック社

若松丈太郎著作集　第二巻

極端粘り族の系譜——相馬地方と近現代文学

目次

第二章 極端粘り族の系譜

第三章 インタビュー・対談

第四章　**資料編**

序文にかえて

「極端粘り族」宇宙人のつむじ曲り子孫

若松丈太郎

私が暮らしている福島県南相馬市の、避難指示解除準備区域と居住制限区域とに対する避難指示を、二〇一六年七月十二日、国は五年四か月ぶりに解除した。対象になったのは、三五一六世帯、一〇九六七人である。これによって、市の最西端の山間部に指定されている帰還困難区域内の一世帯二人を除いて、ほぼ全市民が自宅に戻って暮らそうとさえすれば、そうできるということになった。

ただ、解除の基準が二〇mSv／yであるため、放射線管理区域の設定基準を上回っている地点が数多いにもかかわらず、居住制限区域住民との合意に達しないまま解除を決定したことから、住民はつよい不信感を抱いている。

同日、JR常磐線の原ノ町駅から小高《おだか》駅までの二駅も再開した。小高区にある埴谷《はにや》・島尾《しまお》記念文学資料館も十五日に再オープンした。

埴谷・島尾記念文学資料館は、小高町が、原町市と鹿島町と合併して南相馬市になる以前に、単独で設立したものである、一九九〇年代初期に町内の文化団体からの陳情を受け、「文化の里」資料収集事業が始まった。その過程で、埴谷雄《ゆ》高《たか》文学館の構想を埴谷雄高に相談したところ、故人の島尾敏《とし》雄《お》も小高を本籍地にしていたので、ふたりの資料を収蔵するのであれば、協力しようという考えが示された。これを契機にして設立準備が開始され、私も参画することとなったのである。二〇〇〇年五月、埴谷・島尾記念文学資料館が開館した。しかしその開館を待たず、埴谷雄高は一九九七年二月に八十七歳の生涯を閉じた。

『近代文学』の創刊同人七人のひとりだった荒正人《あらまさひと》が、一九七九年に六十六歳で亡くなったとき、埴谷は「荒正人を悼む」「荒宇宙人の生誕」「終末の日」「荒正人の糖尿病」『近代文学』と『近代化』―荒正人の回想」を執筆し、その死を悼んだ。「荒宇宙人の生誕」で、埴谷は次のように言っている。

荒正人も私も、そしてさらにまたつけ加えると、島尾敏雄も日本文明の遠い僻地である福島県の片田舎の互いに僅か数里しか離れていない箇所を父祖の地としているのは、大げさにいえば、「精神の異常性」についての或る種の発生学的見地からいって、いささか気にかかることである。（中略）互いの共通項は、「彼らはどうやらひどく変っていて、本来彼の地にある東北人の鈍重性を、よくいえば、或る種の哲人ふう徹底性をもった永劫へ挑戦する根気強さ、悪くいえば、馬鹿の一つ覚えを、よそもまわりもまったく見えぬ一種狂気ふうな病理学的執着ぶりのなかに培養結晶化して、長いあいだまったく同じことを、熱心に、また、はしにもぼうにもかからず愚かしく、ただただやりつづけている」ということになるだろう。

と評し、その具体例として荒正人の九〇〇ページ近い『漱石研究年表』、島尾敏雄の異常な持続性がうかがえる『死の棘《とげ》』、そして完結しない自分の『死霊』を挙げて、このような「極端」な無限格闘へ向ってひたすらつっ走り得た理由を推測しているのである。

どうやら、中村、小高、鹿島という砂鉄に富んだ地域一帯に嘗て遠い有史以前に驚くほど巨大で、また、奇妙な内的燃焼を持続する隕石が落下して、ただひたすら無限のみを唯一の標的としつづけてきたその異常な粘着性を核心にまだとりのこしているその放射性断片がここかしこに散らばり、「極端粘り族」宇宙人のつむじ曲り子孫を地球に伝えた、とでもいっておくより仕方がないのである。

埴谷と島尾、ふたりの本籍地は直線距離で一・五キロほどのところにあって、しかも、島尾の母の実家である井上家は、埴谷の本籍地からわずか三〇〇メートルほどしか離れていない。島尾敏雄は横浜生まれとされているが、当時の慣習では母の実家で出産することが多かったので、私は小高生まれにちがいないと推測している 島尾は、子どものころの夏休みなどを、母の実家「ばっぱさんの家」で過ごした。そこから荒正人が誕生した鹿島町（現、南相馬市鹿島区）にある荒の母の実家、高橋家までの距離は二〇キロたらずである。荒の父は中村町（現、相馬市）の人で、相馬藩郷目付だった埴谷の祖父と同郷である。

「後天的に私達三人とも揃って故郷で育たず、各地を流浪する故郷喪失者になった」が、有史以前に落下した隕石の放射性断片による「不思議な一筋の糸の尽きせぬつながり」によって三人が結びつけられているという、いかにも埴谷らしい見立てである。それにしても、戦後文学において重要な役割を担った『近代文学』の主要同人三人が、小さな地方都市、南相馬市とゆかりがあるとは、「異常」としか言いようがないことに間違いはない。

だが、南相馬市にゆかりある「極端粘り族」宇宙人のつむじ曲り子孫は、この三人だけではない。

『将来之東北』（一九〇六年）を著した半谷清壽《はんがいせいじゅ》（一八五八〜一九三二年）は、「東北が独立してこそ、日本が独立する」と言い、「諸業並進、諸業共働」の新しい村づくりを実践した。東北学の創始者と言える存在でもある。

漢詩人で改進新聞ほか諸紙の主筆を務めた井土霊山《いどれいざん》（一八五九〜一九三五年）は、日清戦争を「真に千古の愚挙」だったと批判した。一八九七年設立の社会問題研究会の評議員となり、労働者の労働環境の改善を主張した。

富士崎放江《ふじさきほうこう》と三十二年まえに始めた末摘花《すえつむはな》研究を『誹風《はいふう》末摘花通解』として一九三二年に完結させた大曲駒村《おおまがりくそん》（一八八二〜一九四三年）は、アイロニカルに「趣味亡国」と称しつつ一九四一年に『川柳辞彙』の執筆編集を終えた。

平田良衛《ひらたよしえ》（一九〇一〜一九七六年）は、『日本資本主義発達史講座』（七巻、一九三三年完結）の企画編集に参加、レーニン『マルクス主義地代論』などを翻訳し、帰農後は開拓団長をしながら、個人誌『農村だより』を発行した。

治安維持法違反第一号として逮捕された鈴木安蔵《すずきやすぞう》（一九〇四〜一九八三年）は、獄中で憲法を研究し『憲法の歴史的研究』（一九三三年）等を著し、戦後は、「日本国憲法」の基礎になった憲法研究会「憲法草案要綱」を起草した。

一九二〇年代初頭からイタリア音楽の研究を始めた天野秀延《あまのひでのぶ》（一九〇五〜一九八二年）は、一九三九年に『現代伊太利亜音楽』を出版、戦後も研究を続けて『現代イタリア音楽』（一九六〇年）で芸術選奨を受賞した。

ドキュメント映画作家亀井文夫《かめいふみお》（一九〇八〜一九八七年）は、上映を禁止された『戦ふ兵隊』（一九三九年）や『日本の悲劇』（一九四六年）をはじめ、『世界は恐怖する』などで現代が直面する問題を、晩年まで提起しつづけた。

こんな人物が輩出されつづけたのであるから、これはまともとは言えまい。埴谷雄高が言うとおり、有史以前に奇妙な内的燃焼を持続する隕石が落下して、その放射性断片が散らばったせいで、彼らのような「極端粘り族」宇宙人のつむじ曲り子孫が生まれたのだろう。

ところで、二〇一一年の福島核災によって避難等の指示を受けた被災地は、南相馬市・田村市・伊達市それぞれの一部、浪江町・双葉町・大熊町・富岡町・楢葉町・広野町の全域と川俣町の一部、飯舘村の全域と川内村・葛尾村それぞれの一部である。このエリアは、ふしぎなことに、かつての相馬中村藩領とほぼ—すこしずれてはいるものの—重なっている。そして、東京電力の核発電所は3・11以前からしばしば空気中にコバルト60などを放出したり、海中にマンガン54を流出させていたのである。その放射線を浴びたせいであろう、新しい「極端粘り族」宇宙人のつむじ曲り子孫がぞくぞくと生まれている。

浪江原子力発電所誘致絶対反対期成同盟を結成してからの二十三年間にわたる闘いによって、東北電力に浪江・小高原発の建設を事実上断念させた舛倉隆《ますくらたかし》（一九一四〜一九九七年）はその筆頭だ。

双葉郡の歌人に限っても、浪江町の東海正史《とうかいまさし》（石田均、一九三一〜二〇〇七年）が歌集『原発稼働の陰に』（二〇〇四年）によって、大熊町の佐藤祐禎《さとうゆうてい》（一九二九〜二〇一三年）が『青白き光』（二〇〇四年）によって核発電の問題を身近なものとして訴えた。

核災発生後は、浪江町出身の三原由起子《みはらゆきこ》が歌集『ふるさとは赤』（二〇一三年）、大熊町の吉田信雄《よしだのぶお》が歌集『故郷喪失』（二〇一四年）、富岡町の佐藤紫華子《さとうしげこ》が詩集『原発難民の詩』（二〇一二年）、双葉町の二階堂晃子《にかいどうてるこ》が詩集『悲しみの向こうに』（二〇一三年）、浪江町の根本昌幸《ねもとまさゆき》が詩集『荒野に立ちて』（二〇一四年）、同じ浪江町のみうらひろこが詩集『渚の午後』（二〇一五年）によって、故郷を奪われた悲しみと怒りとを表現した。彼らは、新しい「極端粘り族」宇宙人のつむじ曲り子孫になることであろう。

第一章　相馬地方と近現代文学

はじめに

相馬地方と文学がいかに関わったかを、明治から現代にわたって鳥瞰してみようというのがこの文章の目的である。相馬地方（旧相馬郡）を訪れた文学者が書き残した作品、あるいは相馬地方ゆかりの文学者が故地をどう書いたかその作品、それらを目のとどくかぎり拾いあげたいということである。先行の研究者の著作を多く参看し、また識者にもお尋ねしたが、短期間の調査でのことゆえ遺漏や誤りが多いことと思う。

1　幸田露伴「うつしゑ日記」ほか

明治三十年（一八九七年）十月七日早朝、旅装を調えた三十一歳の幸田露伴《こうだろはん》は東京府下寺島村番場二五五番地（現在の墨田区東向島）の家をあとにした。

明治二十二年、露伴が「露団々」を、尾崎紅葉《おざきこうよう》が「二人比丘尼色懺悔」を世に送って以来、〝紅露〟と併称される文学史上の一時代が続いてはいた。だが、大作『風流微塵蔵』を第四冊まで上梓しながら、露伴は作家としての行き詰まりを覚え、打開の方策に苦慮していた。博文館支配人の大橋乙《おおはしおと》羽《わ》から雑誌『太陽』への紀行文を依頼されたのは、このようなときであった。

露伴と同行する乙羽とは上野駅で落ち合い、午前六時二十五分発の列車に乗り込んだ。現在のＪＲ常磐線は、当時は日本鉄道会社が経営する磐城線と呼ばれる路線で、八月二十九日に久之浜駅までが開通したばかりであった。ちなみに、露伴のこの旅行の一ヵ月後にあたる十一月十日に岩沼・中村（現在の相馬）間が開通、翌三十一年四月三日に中村・原ノ町間、五月十一日原ノ町・小高間、そして八月二十三日に至り久之浜・小高間が結ばれ、全線開通したのである。

関本駅（現在の大津港）で下車した二人は人力車で平潟、

勿来関趾とまわり、勿来駅から再び磐城線の客となり平駅に着いたのが午後七時半。

十月八日は雨である。久之浜までを列車で行き、人力車を雇って波立《はったち》薬師に引き返した。次いで富岡へ向かおうとしたが、車夫に法外な料金を請求される。やむなく馬に行李を負わせ、雨のために悪路と化した浜街道に悩みながら徒歩で夕刻富岡にたどり着く。

翌九日は晴。人力車を雇えた。浪江で昼食をとり、泉沢薬師堂石仏、観音堂石仏を拝し、さらに北へ向かう。

「うつしゑ日記」から原町の部分を次に引用する。


名高き野馬追《のまお》ひは昔時《むかし》ここにてせしなりといふ原にかゝりしほど、月さしのぼりて、山々遥に連《つらな》れるが中の広野を照らせるいと物悲しく、おくれて帰る草つけし馬引き男の、声あはれに相馬節《そうまぶし》唱ふも、そゞろに人をして秋を感ぜしむ。雲雀野《ひばりの》を出ではづるれば原野町《はらのまち》なり。原中なれば名に呼びしなるべし。路の右手に当り、少し離れたるところに燈火《ともしび》の光り多く見ゆ。何ぞと問へば遊君《うかれめ》居るところにて、栗の木林と称《とな》ふる地なるよしなり。其地の名の鄙びたれど猶やさしきかたもあるに、秋ふけぬ栗の木ばやし夜行かば毬《いが》もや踏まん月明《あか》くとも、と戯《たはむ》れ、また、いで問はん栗の木ばやし秋ふかし笑《ゑ》みてもあらめ落つるばかりに、と戯れて大《おほい》に笑ふ。

原の町は町も富岡には勝りたり、風俗もあしからず、特《こと》に我等が宿りたる家の人々皆心やさしくもてなし呉るゝに、昨日の苦しさも今は笑ひのたねとして心地よく夜食を済ます。食後、乙羽子は芝居見にとて立出づ。我は鳥屋小僧のことを思ひ出して行くべき心もせねば、とどまり居て筆を取り、よしなしごとなど書《しる》す。

五十ばかりの按摩取りの来りければ、これをとらへて肩もませながら、目盲《し》ひたる人は能く歌を唱ひ音《いん》を知るものなり、相馬節知らぬことはあるまじ、唱ふて聞かせよ銭とらせんと責む。鄙びたる歌なれど、物惜みするとおぼさんも口惜ければ聞かせまゐらせん、まことは物の音《ね》さすることも世すぎの片手業《かたてわざ》にいたすものなればとて、揉み終へて後、小声に唱ひ出す。燈火《ともしび》ははや行燈に代へたれば室の中やゝ暗く、あたりの人々は寝しづまりたると覚しくて、広き家の夜の秋なれば虫の声などこそ枕に近からね、何となく物淋し。聞きたるまま少しも易《か》へで歌と噺しとを一《ト》つゞきにしるせば、「むかいこやまの、なあーよい、なあよーい、がんけのつゝぎ《ママ》、なあい、ほおよーびなあけれど、なあーい、なよーい、あを、みてくらす、なあーい、こーころ」となり。猶聞く耳のつたなければ声の長し短しなど違へるなるべきか、歌の詞《ことば》のみを云へば、対《むか》ひ小山《こやま》の崖《がけ》の躑躅《つつじ》花、およびなけれど見て暮らすとなり。また一つ、「相馬々々と木萱《きかや》も靡《なび》く、なあなだやあ、なびく木萱に、実《じつ》花が咲く、なあなんだよう、はあ、じらさのきっき」といふをも聞く。歌の節さすがにをかしき趣き無きにもあらず。少時《しばらく》して乙羽子帰り来りて、我も相馬節聞き得たりとて予に告ぐ。同じきものは省きて別なるを記せば、「相馬ながれ山習ひたきやござれ五月中のさる御野馬追《おのまおひ》」といふのなり。二人とも猶このほかにも聞き得たれど、よそにも唱ふ歌なればしるさず。

十日、原野町を立ちて塩崎鹿嶋《かしま》を過ぎ、昼頃中村に着く。（中略）

原の町のかなたよりここまでの間、行方《なめかた》の郡《こほり》なれど、おもかげにして見ゆといふものを笠郎女《かさのいらつめ》が詠ぜし真野《まの》の萱原《かさはら》はいづくなりとも、心さへつかで過ぎき。原は雲雀野、鹿嶋の近くに小池の原などありしが、真野といふ地の名は郷《さと》の名にも村の名にも聞かざりけり。

露伴が訪れた原町は九月一日に町制を施行した直後で、戸数五二〇、人口三四一一、中心になる町並みは浜街道に沿う現在の本町、まだ銀行もなかった。露伴は〝原野町〟と表記しているが、『原町市史』によれば町制施行のとき〝原町〟と書いて〝はらのまち〟と読むことに決定したようであるというから、露伴の表記は表音どおりということになる。

〝栗の木林〟とは何か。明治三十八年の「原町全図」（『原町市史』四八八ページ）には地目が記号で表されており、現在の栄町にあたる部分が雑木林となっている。鉄道建設がすすむなか、本町から中野屋旅館などが駅前へ移転したという。柳屋も駅の開業以前に本町からいまの栄町（通称初音町）へ移っていたそうなので、〝栗の木林〟はあるいはこれを言ったのではなかろうか。本町には小泉屋という旅館があったというが、二人はどこに宿をとったのか。乙羽が出かけた芝居小屋は原町座であったろうか。文中の〝鳥屋小僧〟というのは、露伴が平町の夜、治楽館で一幕だけ観た芝居の演目である。按摩が歌った相馬民謡は「流れ山」と「相馬節」であることはいうまでもない。

こうして、露伴と乙羽とは明治三十年十月九日の夜、旅寝の夢を原町で見、翌日は松川浦へ向かう。「うつしゑ日記」の記述はここまでで、十日の松川浦舟遊から盛岡、青森、秋田、山形を経て二十四日の帰京までは稿を別にし「遊行雑記」と題している。

大橋乙羽の文章が『松川詞藻』（明治三十八年、中村町丁字屋

書店発行、複刻版スミノ印刷発行）に見えるので、次に転載する。

明治三十年十月十日。鹿島を経て中村町に入り。車を飛ばして。松川浦の絶勝を探る。先づ松川村より水茎山に登り。夕顔観音に詣でて後。小舟を雇ふて。十二本松に至るに。離れ島右にあり。沖か島左にありて。景色頗る面白く。進みて文字が島に至れば。湖光一眄の裏に落ちて。絵もなり難き風景なり。黄昏元の村に帰りて。月の昇るを待てば。今宵は陰暦九月十五夜。秋天一碧。雲の片だも無きに。団々たる氷輪。江に浸さるる眺望。評するに辞なし。

この文章で注目したいのは、「松川村より水茎山に登り。夕顔観音に詣でて」という記述である。明治四十一年から三年がかりで幅二十五間、長さ百間の大排水路をつくるまで、鵜の尾岬は尾浜から陸続きであった。松川浦が外海に開いていたのは鵜の尾岬の南側で、飛鳥の水門《みなと》と呼ばれていた。

なお、「遊行雑記」に、

十一日、朝いと夙《はや》く中村の停車場に至りて、岩沼までの間汽車に便乗せんことを乞ひ、許しを得て之に乗る。客車の往復《ゆきき》は未だ始まらねば、材木など積みたる車の上に毛布《ケット》を打敷きてそれに坐せり。

とあり、営業前に作業車（？）に便乗し岩沼まで行っているのがおもしろい。

〈参考〉

幸田露伴「うつしゑ日記」「遊行雑記」の全文を読むには、現在次の刊本がある。

○『露伴全集』（全四十一・別巻二）第十四巻・岩波書店

○『現代日本紀行文学全集』北日本編・ほるぷ出版

「遊行雑記」の相馬松川浦部分を読むうえで次の文章が参考になる。

○「一九四七年その時の相馬松川浦」（『相馬通信』第四号・昭和五十一年　角野憲夫）＊題の〝一九四七年〟は〝一八九七年〟の誤りであろう。

2　田山花袋「山水小記」ほか

松は松に続いた。後にはあたりは荒涼として、人家や村落などは見えず、路も見えず、唯その松林の中に小さな綺麗な沼が人知れず埋められるやうになってゐるのを見るばかりであった。それには午後の日影が鮮かにさした。

静かな静かな気分だ。

原釜の海水浴と、松川浦の勝とは、この広い松原の中にあるやうな処だ。そこには大抵は中村から行ったが、その一つ手前の新地からも行った。私は春の初、静かにその海岸の旅舎に一夜寝た。松の音と波の音が終夜枕の上にあった。

松川浦も矢張半ば完成しかけた潟湖《せきこ》だ。夕顔観音から見た眺望はすぐれてゐる。松島とは比べる訳には行かないが、その規模が小さいだけに、感じが纏ってゐて何処か瀟洒な芸術的の処があった。しかし入江だけに海の色はさう大して美しくない。

浜街道は概して汽車の線路と相並行してゐた。中村から小高、この間は例の相馬の馬追祭のある処で、古風な騎馬の行列は、今でも旅客の眼を楽しませることが出来た。私は二十年前に其処を歩いた。草鞋がけで糸立を着て……。私は其処にも此処にも私の若い姿を見出した。松林は段々少くなったが、それでも猶暫く続いた。

常磐線の浜街道と東北幹線の陸羽街道との間に横《よこた》はってゐる広い山地は、丹波山地、下総山地と似たやうな形があって、日本でも交通の不便な最も開けない辺僻の地区であった。これを貫いてゐる道路は数條あるが、近くて十二三里、遠いのは十七里に達する。中で一夜泊らなければ、何うしても此方の一駅から彼方の一駅に達する事の出来ない様な処もある。併し山には名山はない。標高のすぐれた山はない。唯低い丘陵山巒《さんらん》の起伏を見るばかりである。さびしい山村の処々に散点するのを見るばかりである。

（中略）

私はこの山地を浪江、川俣間で横ぎって見たが、それは請戸川の谷を長く溯って入って行くやうな路で、内地にもこんな処があるかと思はれる程それほどさびしい〳〵処であった。私は昼曽根といふ山村に一夜寝て、翌日辛うじて例の羽二重の主産地川俣町に出ることが出来たが、そこに行って初めてほっと呼吸がつかれたやうな気がした。紀州の山奥、会津の山奥などよりもっとさびれてゐた。
　この山地には山桜が多かった。

　これは田山花袋の「山水小記」の一節である。松川浦および相馬地方について記述している文章は、他に『花袋全集』第十六巻の「松川浦に遊ぶ」「陸羽一匝《そう》」がある。
　小林一郎『田山花袋研究』（全十巻　桜楓社）などによって、大正七年までの花袋の東北旅行は次の八回と考えられる。

○明治二十六年（一八九三年）四月、磐城棚倉に義兄石川攸（一年前まで福島県白川郡長）を訪ねる。
◎明治二十七年（一八九四年）十月、東北に旅行。帰途、父祖の地山形を訪ねる。
■明治三十二年（一八九九年）頃「陸羽一匝」を書く。
◎明治三十六年（一九〇三年）八月、東北に旅行。
○明治四十二年（一九〇九年）十二月下旬、岩沼方面に旅行。『一兵卒の銃殺』の取材調査。
◎大正三年（一九一四年）三月下旬、岩沼方面に旅行。『一兵卒の銃殺』の背景調査。常磐線で帰る。
○大正五年（一九一六年）十月、仙台・岩沼方面に旅行。『一兵卒の銃殺』の取材調査。
■大正六年（一九一七年）「山水小記」を書く。初出、六月〜八月『東京日々新聞』連載。
○大正七年（一九一八年）一月、前年暮れに松島方面に旅行し、一日は岩沼を発ち湯本に泊まる。
◎同年八月、東北に旅行。
■大正九年（一九二〇年）「松川浦に遊ぶ」を書く。初出、七月十五日『新家庭』臨時増刊号『山水巡礼』。

　「陸羽一匝」は、幸田露伴の「うつしゑ日記」の旅よりも早い。明治二十七年の旅行の後半の紀行文である。浜街道を北上し、平に着いたのは十月七日であった。同日消印の兄実弥登宛て書簡が残されていて（小林一郎『田山花袋研究』による）、『続南船北馬』所収「並木づたい」の記述はここまでである。花袋は浜街道をさらに北へ向かい、その時の思い出を後年「私は二十年前に其処を歩いた。草鞋がけで糸立を着て……。私は其処にも此処にも私の若い姿を見出した。」と「山水小記」に書いたのである。明治二十七年の花袋は二十三歳。もちろん、まだ文学修行時代であり、国木田独歩《くにきだどっぽ》、宮崎湖処子《みやざきこしょし》らとともにアンソロジー特集『抒情詩』を上梓するまでには三年の時間が過ぎなければならない。さて、花袋が松川浦を訪れたのは十月十日頃であったろうが、「陸羽一匝」には「松川の浦には夕の雲のさびしきを眺め」とあるに過ぎない。しかし、若き日の徒歩旅行で見聞したものは、種々のかたちで彼の文学に投影しているに違いない。

大正六年、長編『一兵卒の銃殺』を書き下したあと、花袋は「山水小記」を発表した。この作品の相馬地方に関する部分を詳細に検討すると、ある特定の旅行にもとづいて書かれたものではないことが明らかである。

最初に引用したなかの「私はこの山地を浪江、川俣間で横ぎって見た」、引用部分の最後「この山地には山桜が多かった」に続く「平潟、棚倉間などは殊にそれが多い」のほか、引用部分以外から平・小野新町間、梁川・角田間でも阿武隈山地を横断していることが読みとれ、花袋は再三ならず福島県を旅行しているようだ。特に、松川浦には「大抵は中村から行ったが、その一つ手前の新地からも行けた」と書いていることから、何度か訪れていると言ってさしつかえないだろう。「西瓜畑、豆畑、さういふものが皆な松の林を縫って見えてゐた」は明治三十六年のことであろうし、「春の初、静かにその海岸の旅舎に一夜寝た」は大正三年のことであろう。そのほかの『一兵卒の銃殺』取材旅行のときも松川浦に立ち寄っているかも知れない。

「山水小記」を出版したときの花袋は既に文壇の雄となっていた。すなわち、明治四十年、「蒲団」を書くことによって島崎藤村《しまざきとうそん》とともに日本の自然主義の方向を決定づける文学史上劃期的な役割を果たし終えていたのである。

松川浦を主題に書いた花袋の唯一の文章が「松川浦に遊ぶ」である。ある年の夏、原釜の旅舎の主人に舟を出してもらい松川浦を遊覧する「私」と船頭との会話に叙景をまじえ、浦を一巡し最後に夕顔観音のある水茎山からの眺望を楽しんだことが、三十枚ほどにまとめられている。船頭たちの方言、浦で生活する人々の様子、牡蠣の養殖のことなど、それぞれ興味深いが、とりわけ水茎山からの景観を楽しみ「半ば出来かゝった東北の天の橋立を一瞥の下にあつめることが出来た」と書いているのがおもしろい。これは、この時の体験が、尾浜と鵜の尾岬の間に排水路がつくられた明治末年以後のものであることを示しているように思われる。誤った推測になるかも知れないが、「松川浦に遊ぶ」を発表した前年八月の東北旅行の際、原釜に宿をとっているのではなかろうか。

軽々しい推測は避けねばならないが、以上のことから花袋が相馬地方を訪れたのは、少なくとも、明治二十七年、同三十六年、大正三年、同八年の四回ではなかろうかと考えられる。ただし、明治三十六年のときは列車で通過しただけかもしれない。


〈参考〉

『花袋全集』全十六巻・内外書籍（別巻一を増補した復刻版）文泉堂書店
小林一郎『田山花袋研究』全十巻　桜楓社

3　志賀直哉「祖父」

〝小説の神様〟と称せられ、大正・昭和の文学に広範な影響を及ぼした白樺派の巨匠志賀直哉《しがなおや》が、相馬にゆかりをもつ人であることは今さら言うまでもない。父直温《なおはる》が、当時第一銀行石巻支店に勤務していたため、直哉の出生地は宮城県石巻町住吉町であるが、祖父直道《なおみち》は相馬藩士であった。祖父は、家禄二百石、物頭、普請奉行から藩の要職を歴任し明治二年には中老の職にあった。その間、二宮仕法修行のため今市に一時おもむいたこともある。明治二年福島県大参事に任ぜられたが、同五年一旦廃県するに伴い免職されるや、旧藩主相馬家より請われて、その財政たて直しのため家令となり、辞したのちもその一生を主家のために尽くした。祖母留女《るめ》も宇多郡中野村の人である。祖父および祖母が直哉の人間形成に大きな影響を与え、あるいは父との対立の原因ともなっている。

直哉は昭和三十一年に「祖父」という作品を書いている。そのなかに、少年直哉が相馬に来たときのことが回想されている。

> 私が十五六の頃、今の常磐線が開通し、四つ上の直六といふ叔父と二人で初めて「国」へ行って見たが、中村の町を流れてゐる川が其所で直角に曲がる小さい岩山の上に庵室があり、行って見た事がある。父は子供の頃、其所に通って色々教へを受けた。

『志賀直哉全集』年譜によれば、

> 明治三十一年（一八九八）十五歳　中等科四年に進級のさい落第、原級（三年）に留る。器械体操、ボート、水泳、自転車など運動事を得意とす。
> 明治三十二年（一八九九）十六歳　二月十六日、異母弟直三生る。

とある。確かに常磐線開通は明治三十一年のことであるから、「祖父」の中の「十五六の頃」と一致する。学習院中等科の生徒であった。直哉が行った庵室とは相馬市街の西端、愛宕山にあった静慮庵である。このときの直哉の行動の詳細は未詳である。ただ、相馬を「国」といっているのが興味をそそる。父や祖父母たちがそう言っているのを口移しのように書いたのだろうか。あるいは直哉自身に「国」意識があったのだろうか。

この時からほぼ十年経過した明治四十三年（一九一〇年）二十七歳の直哉はふたたび常磐線の客となった。そのときの日記が残されている。

八月六日　土

夜武者　山内と、川開見物、
大変面白く思った、
帰ったら大河原の伯父危トクの電報が来てゐた。

八月七日　日

午前死去の報を受けとって十一時半の汽車で出発
ネムル。
九時頃富岡で下りたが人力車夫が行くのがいやだといふので大野まで行き、中学生に送られて泥濘の道を大河原へ行く、八十《やそ》伯父おもと伯母等がゐた、夜、ノミで一睡も殆どせず、十二時過ぎにねて五時半頃起きた、

八月八日　月

朝から大変な人だった、自分はボンヤリしてゐた、一人々々の人と会って其人がどういふ関係を自分と持ってゐるかを考へるので尚つかれた、葬式は面白い形で行はれた、田舎人はイヤだと思った。皆が切りにゐよといふので尚イヤになって其夕大野へ行き夜汽車で湯本へ行き、夜食して十二時頃までゐて、夜行にのり東京へ向ふ。

八月九日　火

五時何分か上野着、荷をあづけ直ぐ峯の所へ行く、
夕方まで疲労しきって、ねむる、
此日から出水の話あり、夕方帰宅。

大河原は双葉郡大熊町大川原字西平、伯父は大叔父の誤りで、祖父直道の弟石田茂宗である。現在、同所に四代あとの方が茂宗を襲名してご健在である。

八月九日の項の峯は、前年からしばしば通っていた吉原の女の名であり、葬式の帰り足、しかも早朝、吉原にあがったのである。十日後の十九日には、峯とのことを「彼と六つ上の女」という短篇として書きあげている。

なお、この明治四十三年は作家直哉にとって重要な年である。すなわち、四月『白樺』を創刊し「網走まで」を発表したほか、「箱根山」「剃刀」などの発表もある一方、東京帝国大学国文学科を正式退学し、本格的に作家としての道を歩もうとした年である。

明治四十一年秋の執筆と推定される未定稿「富次の妻」は「明治三十年の春も夏に近い頃の事」として書き出されていて、場所は平町在の山田村という設定である。その中に、

「原ノ町の酒屋で一軒タヽッコワシにあった家があっ

ていふっけナ」と爺さんがいふ。
「長塚だったべ」と、額から爺さんを見て娘が小声でいふ。
「ン、ほだった。原ノ町のは料理茶屋だった」

という記述が見える。鉄道工事の工夫たちのなかに乱暴な者がいるという話題である。先に記したように、明治三十年の志賀直哉はまだ学習院中等科の生徒であるから、これは、のちに志賀家に出入りする相馬の人からでも聞いた話を素材にしたものと思われる。

〈参考〉「志賀直哉全集」（全十五・別巻一）第四・十・十四巻（岩波書店）

4　河東碧梧桐『三千里』とその周辺

近代俳句の、新しい地平をひらいた正岡子規《まさおかしき》は、明治三十五年秋、門下の双璧河東碧梧桐《かわひがしへきごとう》と高浜虚子《たかはまきょし》とに俳句革新の展開を託し、わずか三十六歳で冥界の人となった。その後、虚子は俳句から遠ざかったが、一方の碧梧桐は明治三十九年日本全国遍歴を志し、各地の俳人と句会を催しつつ、東北、北海道、北陸と旅した。その成果が『三千里』である。母の病気により中断するまで十七ヵ月間に及ぶ巡歴であった。

その途次、碧梧桐は、明治三十九年（一九〇六）十一月、仙台から南下し中村と小高に立ち寄ったのである。

十一月七日。晴。

午前八時の汽車で相馬中村《さうまなかむら》の春波庵に来た。庵主は学者でないコロボツクルの研究者である。石斧、石鏃、石匕、石刀、石錐、石鎗、金環、銀環、曲玉、胸鈴、鏡、冑、鐙、祝甕、土偶等所蔵に乏しくない。

相馬氏の城趾を観る。

夜相馬大会。（岩代中村にて）

水鳥や舟ゆた〳〵と渡る江に　　春水
摺鉢の中の城下の小春かな　　春波

革羽織老が心に日短か　北村

革羽織固陋の老となりにけり　草加

遠島の舟二艘来て冬の海　鷗眠

日の出見て山下りし里の小春哉　碧梧桐

十一月八日。半晴。

松川浦は小松島の名がある。同人四五と細田の入江から船を泛べる。舟は舷の低い田舟に類したものである。

十二景の一に数へられる離れ島の裏で綸を下ろす。木の葉鰈が六つの竿に交々かかる。船頭が汐加減を誇る。

水茎山の夕顔観音に上って、浦の全景を見晴らす。あれが文字島、沖賀島、こちらが梅川、鶴巣野、長洲の磯は三里に渡って、紅葉岡には今紅葉を見ぬ、と指し数へられる。長堤曲浦の蜿々とした中に、群立った松、並木の松が前後に錯綜して見える。真白な裸岩と、葭の穂の枯れたのが其松と水の間に隠見する。近くの丘には雑木の紅葉も交り、遠くの阿武隈連山は糢糊として、この水を圧するやうに立つ。さうして罾《そう》の竿の高々とある網代小屋が、山と水と松と岩との間に数限りもなく点綴されてをる。時に水鳥が群れ立つ。

一つの纏った山水に、網代小屋を画き添へて更に引立ったやうな画幅ぢゃと思ふ。浦の外はすぐ太平洋の波が打って居る。

夜に小高《たか》着、駒村庵泊。小集。（岩代小高にて）

家々にこゝら枯木の立てるかな　白香

大なる原の半ばや冬木立　虹村

山茶花や枯木の中に墓一つ　駒村

ありといふ小屋にも出でず冬木立　碧梧桐

十一月九日。曇。

朝、餘生《よせい》の墓に参る。餘生に面識はなかったけれ共、俳句の上では此地方の知己であった。年若うして妻子あり、身は不治の病に臥す、など言ひおこした事を想ひ出す。弟露生山茶花を挿し、駒村野菊とぬるで紅葉を挿す。寒い風につれて時雨が衣袂《いべい》にこぼれる。

哀れなる人に時雨の句を申す

餘生の寡婦其遺子にも会ふ。

我を見て泣く人よ寒し我も泣く

午後五時仙台に帰って虚牛庵に泊した。（陸前仙台にて）

句会に参席した俳人については、講談社版『三千里』の頭注をまずそのまま転記する。

春波＝舘岡虎三。福島県中村町。運送業。慶応２・３・28生。
春水＝川畑孫二郎。福島県鹿島町。呉服商。生年未詳。
北村＝村井常治。福島県中村町。銀行員。生年未詳。
草加＝斎藤良規。福島県小高町。教師。万延１・10・25生。
鷗眠＝未詳。
駒村＝大曲省三。福島県小高町。銀行員。明治15・10・８生。
白香＝浜名博綱。福島県中村町。銀行員。生年未詳。
虹村＝渡辺春次。山形県宮内町。職業・生年未詳。

このうち、碧梧桐がその家に宿泊したと思われる舘岡《たておか》春波《しゅんぱ》は、中村駅前で中村合同運送店、角丸運送店などを経営するかたわら、中村町会議員となり、また『相馬土俗史』などの著書もある東京人類学会地方委員でもあった。大正十五年二月二十八日没。墓地は蒼龍寺。駒村編『春波遺稿』がある。子孫は相馬駅前でかくまる薬局を営んでいる。斎藤草加は小高町大井の生まれ、昭和五年没。駒村の手によって『草加句集』が昭和二年六月に出版されている。

大曲駒村の生家は小高町の柏屋薬局である。実業人としては小高銀行、山八銀行仙台支店に勤務し、同福島支店長代理営業部長、安田貯蓄銀行大崎支店長となった。大正七年自選句集『枯檜庵《こびあん》句集』を刊行したが、その後俳句から離れ、また『末摘花通解』『川柳岡場所考』『浮世絵類考』などの著作がある。『東京灰燼記《かいじんき》』は中公文庫に入っており、『川柳辞彙』は高橋書店によって『川柳大辞典』（上・下）として復刻されている。また『福島県日本派俳壇史』は昭和四十七年、いわき地方史研究会によってようやく刊本となった。昭和十八年三月二十四日没。小高神社裏の墓地に埋葬された。駒村の遺子、斎藤浦子は仙台に住んでおり中公文庫版『東京灰燼記』の「あとがき」を書いている。

碧梧桐がその墓を詣でた余生《よせい》は、本名を鈴木良雄《すずきよしお》といい、明治十年四月二十八日小高町に生まれた。現在の林薬局がその生家である。東京の郁文館中学を中退、福島農工銀行、三星炭鉱東京本社に勤務した。明治三十二年に相馬郡内では中村町の相馬銀行に次ぎ第二番目に設立された小高銀行（鈴木家がその位置であったという）に招かれ、三十四年支配人代理となり駒村と机を並べた。また、町長に推す動きが町民のあいだで起きたこともあったという。しかし、同年七月に喀血、職を辞し、俳号を愚堂から余生と改め、三十五年には洗礼を受けた。一方で社会主義にも関心を抱き、盛んに読書した。三十六年から井田川浦のほとり行津字鳥木殆（位置は六号国道の東三〇〇～五〇〇メートルほどの丘陵の中腹）に居を移し療養した。その家の跡は、現在福浦農協参事衣山正昭氏宅となっている。井田川はいま水田地帯であるが当時はまだ浦であった。駒村の『福島県日本派俳壇史』に余生の「俳諧日記」が抄出されているので、井田川浦での生活ぶりの一端をのぞいてみる。

六月三十日　隣家の女房竹笠を被って麦焼く。流汗淋漓。
七月　二日　二十戸のおらが村より野馬武者三騎出づ。武者振凛々しく昨日の村の兄達に非ず。
同　十五日　井田川にダソ突く舟の篝。
同二十二日　村の寄り合に心太売りに来る。
同二十九日　雷去って夕日江に落ち漕ぎ出る小舟。
八月　五日　七夕竹を運ぶ女の子に白犬ついていく。
十二月一日　藁ひさしに泥のまゝ吊る大根。
同　　三日　品評会には南瓜党、大根党、大いに振ふ。挿雲兄来る。高田屋句会。
同　　四日　乞食穴の冬構、二階に煙ぬきの穴を作りて菰を垂れたり。
同　十二日　この頃うつくしき江上の雲。
同二十一日　芦刈るひまに鮒とる二升。
同二十三日　小春日和、舟で鯨見に行く。長さ十五間、夢のやうなと云ふ人あり。
同二十四日　鯨見に行く。小学校の生徒。鯨浜にウドン売りに行く人。
同二十五日　井田川浦の舟の中、板屏風の火鉢。
同三十一日　午前五時半喀血。三十四年七月の大喀血と昨年十一月のとこれで三回目也。頭痛み、而して咳嗽また出んとす。医師モヒを試む。

このうち、十二月三日の記事に見える挿雲とは、当時『福島民友新聞』記者であった子規門下の矢田挿雲《やだそううん》（のち『江戸から東京へ』などの著作をなす）である。彼は余生が明治三十七年二月十二日二十七歳の若さで世を去ると、追悼文「余生逝く」を二月十四日から六回にわたり『民友』紙上に連載した。

十二月に小高品評会《おだかひんへうくわい》が開《ひら》かれ余《よ》が出席《しゅっせき》する事《こと》に成《な》ったので一日《にち》に福島《ふくしま》を発《はっ》し其《そ》の夜《よ》は中村《なかむら》の俳友諸君《はいいうしょくん》と語《かた》り明《あ》かし、翌日《よくじつ》小高町《おだかまち》へ行《ゆ》くと駒村《くそん》と共《とも》に改札口《かいさつぐち》に立《た》って居《を》る人《ひと》が有《あ》る、駒村《くそん》の照会《せうくわい》に依《よ》って其《そ》の一人《にん》は二清《せい》で他《た》の一人《にん》は餘生《よせい》で有《あ》る事《こと》を知《し》り至極簡単《しごくかんたん》に初対《しょたい》面《めん》の挨拶《あいさつ》を述《の》べた。

小松屋《こまつや》と云《い》ふのが来賓《らいひん》の為《た》めに設《まを》けられた旅館《りよくわん》で有《あ》つたが、余《よ》は雑踏《ざつとう》を避《さ》けて或《あ》る海産物商《かいさんぶつせう》の二階《かい》を借《か》り置炉《おかろ》を中《なか》に餘生《よせい》と相対《あひたい》して座した、餘生《よせい》は訳《わけ》も然《な》く嬉《うれ》しそうな顔《かほ》をして居《を》る。

其《そ》の夜《よ》は無論《むろん》、雑魚寝《ざこね》をして僕《ぼく》が子規先生《しきせんせい》の逸事《いつじ》、中央俳壇《ちうわうはいだん》の風潮杯《ふうてうなど》を談《だん》ずると、餘生《よせい》は相馬俳壇《さうまはいだん》の状況《ぜうけふ》や俳人《はいじん》の奇癖杯《きへきなど》を語《かた》り夫《それ》から夫《それ》と絃《いと》の如《ごと》くに尽《つ》きなかつた。

（中略）

品評会《ひんへうくわい》が終《をは》つた翌日《よくじつ》、余《よ》は福浦村《ふくうらむら》なる自慢《じまん》の餘生庵《よせいあん》を訪《たづ》ねやうと共《とも》に人力車《じんりきしや》を駆《か》つて浜街道《はまかいどう》を南《みなみ》に走《はし》り、途中《とちゆう》で下《お》りて薬師岩《やくしいは》、玉市坊《たまいちばう》の墓《はか》などを見《み》、餘生《よせい》が語《かた》る昔話《むかしばなし》の面白《おもしろ》しさに酔《よ》はされ恍惚《こうこつ》として再《ふたた》び車《くるま》に上《の》り、車《くるま》の上《うへ》でも揺《ゆ》られ乍《なが》ら今聞《いまき》いた話《はなし》の節々《ふしぶし》を思《おも》い出《だ》し、嬉《うれ》しい様《やう》な悲《かな》しい様《やう》な感慨《かんがい》に打《う》たれて田中《たなか》の小径《せうけい》を辿《たど》つた。

（中略）

机《つくえ》の前《まえ》の小窓《こまど》を明《あ》けると庭越《にはこ》しに低《ひく》い田甫《たんぼ》を隔《へだ》てゝ井田川浦《ゐたがはうら》を見渡《みわた》し得《う》る、庭《には》の左《ひだり》の隅《すみ》から斜《ななめ》に出《い》てる松《まつ》の一木《ひとき》が丁度此《てうどこ》の景色《けいしよく》が中断《ちうだん》して居《を》る、余《よ》は斯《か》ふ云《い》ふ優勝《いうせう》な地《ち》を占《し》めて世事《せじ》に関《くわん》せず本《ほん》を読《よ》んだり、発句《はつく》を作《つく》つたりする主人《しゆじん》の得意《とくい》を羨《うらや》むと、主人《しゆじん》は一寸嬉《ちよつとうれ》しそうな顔《かほ》をしたが軈《やが》て淋《さび》しい色《いろ》を浮《うか》べて健康《けんかう》を心配《しんぱい》したので余《よ》は頗《すこぶ》る慰《なぐさ》め兼《かね》た。

なお、挿雲に「相馬事件の真相」があるというが、未見である。

余生の句

混沌として大きな初日かな
葵咲く茶店や絵図もひさぎけり
大水のあと砧打つ月夜かな
小春日の来鳴く目白を待たれけり

喀血

冬の部の句帖を染むる血潮哉
冬籠根深も植ゑて内畑
綿干すや枯菊はまだ刈らずある

さて、碧梧桐が詣でた余生の墓は、小高産業技術高校の南、吉名の岡にある。同行したのは駒村と余生の弟、露生佐藤雄八である。露生は中村町上町の中屋に婿入りした。墓参のとき碧梧桐は『三千里』の句のほかに、

枯々の野菊さす山茶花挿す

とも吟じている。これを記念し、山茶花を植樹したが、大きくなり過ぎたので切ってしまったという。碧梧桐が「泣く人よ」と慰めた未亡人はルイ、遺子は長女テル、長男安蔵である。安蔵は父の死後出生した。のち、憲法学者。静岡大学名誉教授となり、昭和五十八年八月七日逝去した。墓所は父と同じ吉名の岡であるが、今年三月十八日東京青山墓地内の〝解放運動無名戦士の墓〟に刻名された。非合法活動時代に用いた筆名のひとつに〝小高良雄〟があるのが興味深い。テルも俳句をよくし、号を瑛女といい、八十三歳で健在である。

駒村は大正四年に『余生遺稿』を編んだ。

松川浦の船越には船越観音堂と夕顔観音堂とが並んでいて、その境内入口に〝松川浦十二景之歌碑〟がある。元来、夕顔観音堂は鵜ノ尾岬の水茎山にあったものを、昭和十九年軍用基地にするということで松川部落とともに強制移転させられたのである。そのとき、大正十三年三月に建立された歌碑も現在地に移された。その裏面下方に次の三句が読める。

漁家三四菊うゑて松の中にあり　碧
大鍋や松にかけたる蜊汁　小波
松川や虹の中なる十二景　春波

碧梧桐、巌谷《いわや》小波《さざなみ》、舘岡春波のいずれも自筆の句である。

碧梧桐の句は『三千里』の旅で訪れたときの作であり、また、小波は関東大震災後に相馬に遊んでおり、そのときの作であるという。歌碑建立の直前である。

〈参考〉

○河東碧梧桐『三千里』上・下（講談社　昭和四十八年十月二十日刊）
○『明治文学全集』56（筑摩書房）では全文を読めないが、相馬関係部分は抄出されている。
○大曲駒村『福島県日本派俳壇史』（いわき地方史研究会雫石太郎編　昭和四十七年刊）
○その他『小高町史』『福島県史』20（文化1）など、また、鈴木学氏にお話をうかがった。

5　大須賀乙字の俳論と「松川浦舟行」

明治三十九年八月六日、河東碧梧桐の『三千里』の旅は両国駅（当時の総武線起点）からはじめられた。昼過ぎ稲尾に下車、磯遊びを楽しみ海気館で留送別の句を作った。送別したのは碧門の四人。その一人が大須賀乙字《おおすがおつじ》で、句は、

夏の雲長途の明日を思ふかな

であった。

大須賀乙字、本名績《いさお》。明治十四年（一八八一年）七月二十九日、中村町中野字黒木田一三六番地（現在、佐藤安司氏宅）に生まれた。父は漢詩人の筠軒《いんけん》大須賀次郎である。彼は当時行方宇多郡長であった。明治十年一月（村山古郷『大須賀乙字伝』では「明治十二年」としている。）から十五年五月までの任期中に、青年学校を中村および原町に創設し学事を奨励し、また養蚕伝習所を設け蚕業を普及するなどの功績があった。のち、安積中学校教授嘱託、仙台第二高等学校教授。乙字は、平小学校、安積中学校、仙台第一中学校、仙台第二高等学校を経て、このとき東京帝国大学国文科に在学していて、すでに碧門の俊英として俳壇の主流にいた。

翌四十年十二月、新潟県長岡に滞在中の碧梧桐に乙字は書簡を送り、その論を展開した「新俳風論」を明治四十一年（一九〇八年）一月に、「俳句界の新傾向」を同年二月に発表した。いわゆる〝新傾向論〟の出現である。

その論旨は、正岡子規唱道の写生法を直叙法もしくは活現法と名付け、狭き空間と短き時間における現象を精密に現わすことには有効であるが、一個の完全なる人間を描くことはできず、詩形の短小なるを覚えて写生文に走らねば満足できなくなるだろうと言い、これに対する描写法を隠約法もしくは暗示法と名付ける。隠約法・暗示法は特性を指示して本体を彷彿せしめるもので、十七字詩中乾坤を包蔵して余りあるものであり、余情余韻に富み、複雑にも精緻にも進み得て、俳句の特色はむしろこの方に多いと主張するものである。そして、この隠約法・暗示法が俳句界の新傾向として碧梧桐らの句に見られるとして、

思はずもヒヨコ生れる冬薔薇
会下《ゑげ》の友想へば銀杏黄落《くわうらく》す

などを例句としてあげたのである。

子規没後、写生文へ走った虚子への批判が明らかに見えるだけでなく、純写生の「日本俳句」黄金時代に俳風一変を

求める所論であった。碧梧桐はこの新傾向論を一種の警鐘の如く受けとめ、俳壇は以後新傾向時代に入ってゆくことになる。いわば、乙字は新傾向俳句の生みの親ともいえよう。時に乙字、二十八歳であった。

明治末年から大正八年まで、乙字は多くの俳論を発表し、俳壇をリードした。それらは、新傾向論のほか、季題論、二句一章論、俳壇復古論、俳句調子論、俳句境涯論、季感象徴論、切字論、写意論など多岐にわたるが、中心をなすのは「俳句の課題に就いて」を代表とする俳句境涯論である。

> 俳句は境涯を詠ずるのである。こゝに境涯といふは、其人の性向と環境との融合したる場合を指すのである。其故に動乱の波のまゝに連るるのではなく、動乱の底に流れたる情調が現はるるのである。情調の喜怒哀楽に係らず譬へば泣くにも笑ふにも其人の性向が見え其人の風格が露はるる風に、長時間の間に馴致されたものである。この情調が具体化されんとして天然の中に出場を求めて居るのである。即ち天然に調和を求めて居るのである。其調和された場合が境涯である。

そして、「芭蕉を俳聖と呼ぶ所以のものは、彼の句に其境涯より出でて対自然の静観に入って居るものが多いからである」と述べている。これは一言で要約するならば〝芭蕉に帰れ〟と主張するごときものであった。

ところが、新傾向俳句は乙字の意に反して詩形やあらゆる約束を否定し破壊する方向へと進みはじめた。乙字はそこに俳句衰退の兆候を見、次第に碧梧桐から離れ、彼を激しく攻撃することになる。乙字は、碧梧桐の第二次全国行脚の出発（四十二年）を見送ったものの、帰京の歓迎会（四十四年）には出席さえしなかった。大正四年、乙字は『碧梧桐句集』を選んでいるが、その「序」で次のように言う。

> 一度新傾向の声に驚いてからの碧梧桐は、局分されたる感覚に瞑想を加へて横道に外れて了った。（略）四十三年以後になると、殆ど拾ふ可き句がない。俳人碧梧桐を再び見ることは出来ないと思ふ。信に惜しいことである。其故これは序文にして弔文である。

大正二年の高浜虚子の俳壇復帰もあって、碧派は俳壇の主流から外れてゆくことになる。

さて、大正五年に東京音楽学校教授となった乙字は、大正七年（一九一八年）七月二十九日、生地中村町を訪れ、菅又天麓と松川浦に遊び、「松川浦舟行」十九句を作している。

蜩や藻畳におつ森のかげ
涼しさや舟中に遇ふ通り雨
　原釜一泊、二句
稲妻に舟べり叩く謡ひ込み
　　　註　―謡ひ込みは大漁の時にする也―
雲のさま月あらむ薄稲光
　中村宇田川畔天麓庵にて
千鳥なく水無瀬の上や夏の月
むけ蟬の尺遭うて鳴きそゝくれり
砂丘はなるゝ月のはやさよ月見草
蓑毛草に枯藻吹かるゝ土用風
土用風薊頭の白毛吹く
薫風や荻の長洲を廻りつきず
網代小屋《アジコヤ》の数や遠きは照り霞む
洲出入の数しれず薫風に鳴く千鳥
炎天の洲に餌を拾ふ千鳥かな
炎天や干潟水田蟹ばかり
峯雲のながさ長洲の磯といづれ
土用浪うち込んで風荻の四五里かな
雨気絶ゆれば土用鰻も捕れずとふ
鰈突いて蟹踊らせよ舟遊び
土用蜆堀りつ洲走り遠くまで

さらに、翌年夏、七月二十七日、乙字は妻子同伴で松島の一日を過ごすが、このときも天麓が同行した。乙字の句は、

　靄に消えあらはるゝ島も帆も涼し

天麓の句も見える。

　涼風や雨雲沈む沖辺より
　蜩や雨に明けゆく島の蔭
　鷗どっと立って浦州の明け易し
　伏せ臼に麦打つ音や嶋静か

そしてこの年の秋、風邪をこじらせ病床の人となり、大正九年一月二十日、満三十八歳の生涯を閉じた。墓所は雑司ヶ谷霊園である。

著書『乙字句集』（大正十年・岩谷山梔子ほか選揖・懸葵発行所）、『乙字俳論集』（大正十年・乙字遺稿刊行会）、『乙字書簡集』（太田柿葉編・大正十一年・懸葵発行所）、『自選乙字俳論集』（大正十四年・岩谷山梔子編・懸葵発行所）、『乙字俳句集』（昭和八年・岩谷山梔子編・紫苑社）、『俳句作法附乙字句抄』（昭和九年・川俣馨一編・東炎発行所）、『大須賀乙字俳論集』（昭和

五十三年・村山古郷編・講談社学術文庫)、ほかに『明治文学全集』第五十七巻に俳論二篇が入っている。また、乙字が編集したものとしては、『故人春夏秋冬』『緑筠軒詩鈔』『碧梧桐句集』『鬼城句集』があり、うち『碧梧桐句集』は『明治文学全集』第五十六巻に収められている。

なお、菅又天麓は本名を元之介といい、大正四年九月から同十二年三月まで相馬中学校教諭の職にあり、『石楠』の同人であった。『石楠』は大須賀乙字の援助によって臼田《うすだ》亜《あ》浪《ろう》が主宰した俳誌である。茨城県立太田中学校へ転出した。

〈参考〉右の編著書のうち、現在比較的手にし易いものは、『大須賀乙字俳論集』『明治文学全集』第五十六・五十七巻である。『乙字俳句集』は県立図書館の蔵書となっている。

河野南畦『大須賀乙字の俳句』(昭和五十五年・角川書店)は「初学時代」「新傾向時代前後」「石楠時代」「最晩年」と章を立て、その生涯と俳句・俳論を概観できる。また、年譜・参考文献一覧・索引も付して、秀れた案内書になっている。

6　久米正雄「盛岡より東京まで」

明治四十五年(一九一二年)七月六日の『万朝報』は同社主催の第二回学生徒歩旅行の選手を発表している。選手は、日本海沿岸選手と太平洋沿岸選手各一名、それぞれの補充者各一名である。そのなかに、日本海沿岸選手として第一高等学校生徒久米正雄《くめまさお》の名前が見える。

ちなみに、選手確定の過程は次のようになされた。まず、応募した〝答案〟三一八通から一五通を選び、次いで五名にしぼった候補の中から〝観察最も緻密にして且つ着眼の奇警なるもの、文章流暢にして且活気の汪溢したるもの〟を選び、確定したという。七月二十日、出発地の青森から二名の選手は越後高田および東京へ向かった。

ところが、太平洋沿岸選手は盛岡で発病し、補充者も一身上の都合で交替できず、久米正雄が代行することになった。八月九日もしくは十日に、久米は盛岡から中継した。七月三十日明治天皇没後九月十三日の大葬に至る期間のことであった。

久米正雄は、明治二十四年十一月二十三日、長野県に出生した。小学校長であった父は、火災によって校舎とともにご真影を焼失した責任をとって、割腹自殺を遂げたという。後年、『父の死』『不肖の子』にこの事件について書いている。

もっとも、自殺の理由については異説がある。このため、一家は、母方の実家のある福島県安積《あさか》郡桑野村（郡山市）に移住した。安積中学では碧梧桐門下の西村雪人《にしむらせつじん》が教頭をしており、久米正雄は新傾向俳句を学んだ。安積中学を経て一高一乙（英文科）に入学したのであった。同級には芥川龍之介、菊池寛《きくちかん》、山本有三《やまもとゆうぞう》、土屋文明《つちやぶんめい》らがいた。明治天皇の死を、久米はどう受け止めたのだろうか。

盛岡から南下してきた久米正雄は、八月二十四日、亘理町を出発し中村町（相馬市）入りした。

タンタラムの電球にまつはる翅虫の数と共に中村の夜は更けて行った。けれども階下の道筋の瓜市は未だ終らない。町の人々は明日の盆に供へる為に暗い露店の間を行き戻りし乍ら瓜を物色してゐる。旧藩時代からずっと下って近頃まで此瓜市は灯《ひとも》さない風習があって、人々は只狐のやうに匂を嗅ぎあるいて良否を判じたさうである。今と雖もカンテラ一つ油煙を立てるやうなことはない。外燈の明滅に依って見別けてゐるのだ。

（「万朝報」大正元年九月二日付、久米正雄『盛岡より東京まで（第二十信）亘理から中村へ』の一部。なおこの文章の末尾に「廿七日夜認」とある。）

この日は太陰暦の七月十二日だったようである。当時の相馬地方の盆の風習がよく窺われる。伊勢屋に宿をとり、旧城趾や尊徳碑を訪れた。翌二十五日、原町へ向かう。

とかく山を登りつめて下りると雲雀野つゞきの平野が一望に曠け、杉と桑は只管に雨を呼んで揺れてゐる。入口で海岸タイムス[註1]の岡和田氏、農学校の伊藤氏、新聞店の小林氏等に迎へられ、濡れて紅滴たる歓迎旗に擁せられ、晩い昼餐を御馳走になり、一泊を強ひられたのを豫定を楯に兎角重圍を切りぬけ、有志諸氏の篤きもてなしを謝しつゝ、小学校に開かれたる同窓会に臨席し、瞳かゞやく少年と桃割鮮かな少女との前に醜い身体を運んで一場の訓話めいたものをしなければならなかった。こんな事は旅中初めてゞある。又願くは終りであって欲しい。こんな浮浪漢に何の話を要求しやう。自分の平生を知るものは宜しく此時の私の困惑を想像してくれ。しかし同窓会其物は嬉しかった。只話をするが……。

半時ばかりで旧師たる鈴木先生、同窓の村井君に久濶を叙しつゝ送られて出て、夜の森公園の雨雲ゆらぐ高台にて記念の撮影をなし、雲雀が原べの露を散らして猶一里を有志諸氏に送られて進んだ。有名なる野馬追ひを行ふ広野は雨に伏した萱の根に寂しく虫が泣き泌みて、一面に秋は行きわたつてゐる。もう日没に近い雨空は野の果の木立を蒼く沈めて、本陣山も暮れて行く。野馬追の隊長たる佐藤氏[註2]の話に思ひ起すのは先年　今上陛下が東宮にあらせられた時はる〴〵此処にお迎へ申し上げ、台覧の野馬追を拝観した事であつた。それは未だ中学の四年頃、ヘルの洋服の匂ひにも心がときめく少年のすが〴〵しい官能を有つてゐた時分だ。今当時の印象を記すのは少しあたらぬけれど、あの行列の鎧のひらめき、旗の流れに驚きやすい瞳はどんなに好奇に輝いたであらう。野馬追ひの見るべきはその甲冑で固めた馬上の行列である。旗奪ひなども勇壮だけれど壮観ではない。……

日は芒の穂に沈んで了つた。小高へは猶二里余、蜩も声をひそめて谷と野と山とは患ひに患へてゐる。折々けたゝましく犬が吠える谷間の村の灯が浮んで私の足音のみがひゞく。とある切り通しの数丈の岩が層をなしてゐる壮観に急ぐ足をとゞめて佇み、又思ひかへして道を急いだ。道傍の二三家では今宵盆燈籠を高く竿にかゝげて明るい仏壇の前に一家の人人が蹲まつてゐた。此時寂しく通りかゝる旅人を彼等は何と見たであらう。今宵のみは魂を祭つて故国にあるべきに……と哀れむやうな眼光で見送る少女もあつた。吾には祭るべき亡父もある。亡姉もある。更に新盆なる母方の祖母もある。夕日の名残がほんのり漂ふ雲を眺めて堪へぬ思ひをまぎらさうと足を早めた。

（「万朝報」大正元年九月三日付。久米正雄「盛岡より東京まで（第廿一信）△中村より原町をへて小高へ」部分）

「思ひ起すのは先年　今上陛下が東宮に……」以下の部分については、相馬中学校『学友会雑誌』第四号（明治四十二年二月十五日）に「安積中学対本校野球試合」その他の資料がある。それによると、明治四十一年（一九〇八年）十月八日、安積中学の生徒は相馬中学に来校し、野球、庭球、剣道の試合をし、翌九日原町で皇太子を奉迎している。庭球は二対一で安中、剣道は相中がそれぞれ勝っている。野球は午後一時から相中グランドで開始され、八回を終了し七対五で安中がリードしていたが、日没無勝負となった。この試合に、久米正雄はセンターを守る八番バッターとして出場したが、満塁の好機を含め四打席四三振という成績を残している。九日は皇太子を迎え、臨時の野馬追いが行われたもののようである。久米正雄は四年まえのことを回想しているのである。

野馬原から小高へかけての部分には、魂祭る宵に旅をしている者のそくそくたる旅情が感じられる。なお文中の人名のうち、岡和田氏とは岡和田甫のことと思われる。また伊藤氏とは郡立相馬農業学校校長兼教諭伊藤春治であろう。小高では豊田君仙子《とよたくんせんし》の出迎えを受け、大曲駒村にも会った。

久米正雄が文壇にデビューしたのは、徒歩旅行の二年後、大正三年、戯曲『牛乳屋の兄弟』によってである。以後、大正末年から昭和初期にかけ、菊池寛とともに流行作家のトップに立って、活躍した。

〈註〉

1 「海岸タイムス」明治四十二年（一九〇九年）もしくは明治四十三年相馬新報社として発足し、のち改名した。社長は明治四十年まで原町町長であった佐藤徳助。

2 佐藤徳助。

7 加藤楸邨「相馬郡原ノ町 十五句」ほか

大正四年（一九一五年）もしくは大正五年、「小学校四年の終り頃」（「冬欅」）加藤健雄《かとうたけお》少年が、静岡県御殿場小学校から原町小学校に転校してきた。のちに、中村草田男《なかむらくさたお》、石田波郷《いしだはきょう》らとともに〝人間探求派〟の一人と称せられ、句誌『寒山』を主宰する現代俳句の第一人者加藤楸邨《しゅうそん》である。父健吉が原ノ町駅長になったための転校である。

原ノ町駅に公的な記録はないが、執務室の壁に歴代駅長の名札が掛けてあり、それによると第六代駅長として大正五年五月から七年三月まで勤務したということになっている。したがって、転校してきた時期と父が駅長として赴任した時期にずれがあり、今後、明らかにしなければならない。原町小学校の『学籍簿』を捜していただいたが、見つからなかった。ただ『卒業生台帳』は残されており、八二七号に加藤健雄の名が見え、住所は原町大字南新田字南東原七番地である。現在は、南相馬市原町区大町三丁目一六五番地になっていて、原ノ町駅の北西に数棟並んでいた国鉄官舎のうちもっとも駅よりの棟の東側が、それである。

しかし、この楸邨旧居は、国鉄用地払下げ売却を理由に昭和六十一年（一九八六年）三月十一日、取り壊されてしまい、現在は空地になったままである。

　同級生には、氏家幸三、大妻栄、脇坂巳鶴らがいた。卒業は、大正七年三月二十五日。脇坂によると、同じ三月ではあるが、卒業よりも父が一ノ関駅長に転勤を命ぜられたのが早かったために、加藤少年だけを残し、一家は先に任地へ移住し、卒業式までひとり丸屋旅館に下宿したという。丸屋旅館には、同級の前田正吉と大内平八がいた。脇坂はさらに、中学は相馬中学校を受験して一関中学校に転校したのではなかったか、といっている。ともあれ、こうして加藤健雄は少年期のほぼ二年間を過ごした原町を離れたのである。なお、『加藤楸邨全集』等の年譜では生年月日を明治三十八年（一九〇五年）五月二十六日としているが、原町小学校の『卒業生台帳』には「廿八日」とある。誤記であろうか。

　原町小学校の同級会に招かれた加藤楸邨は、知世子夫人を伴い、昭和三十七年（一九六二年）十二月二十日、四十余年ぶりに「若し過去に人並の故郷の感じを探ろうとするなら、…思い出されてくる」（「冬欅」）原町の土を踏んだ。五十七歳であった。『加藤楸邨全集』第三巻所収『まぼろしの鹿』より「相馬郡原ノ町　十五句」、および同第六巻所収「冬欅」の全文を次に引用する。

強霜や枯れしもの立つ生けるは伏し
四十余年の過去負ひし顔葱の香と
弾む白息軟調の思ひ出に乗りゆくな
霜柱傷つきしもの青が冴え
水底にある流速よ冬菜はしる
今も目を空へ空へと冬欅
冬青藻逢ひたけれども死が隔つ
枯萱を刈りし裸の水さむし
太陽雲と語りし日あり冬欅
新雪やわが思ひ稍々速度ます
冬菜青く眠りし土を牛が嗅ぐ
犬駈けて冬田は遠くなるばかり
打ち打つて冬田の土を眠らしめず
冬欅少年に解けざりしもの今も
削り削りてわが視野欅と寒鯉のみ

冬　欅

今も目を空へ空へと冬欅

　私は非常に樹木が好きだ、が現実の樹群の中に、幻のようにいつも一本の大きな欅が聳えている。そして奇妙にこの樹が思い出されるときは、葉をすっかり削りおとしてしまったあとの、冬欅の姿なのである。この冬欅は瞼にうかんでくるとき、必ず微妙な謎めいた感触を呼びおこす。何か背のあたりがあたたかで、しかも落ちつくかというと、反対に妙に満たされない焦燥を感じさせるのである。この冬欅を思い出すとその妙な感触が湧くように、その逆の場合も多かった。満たされない気持ちや、すっきり解けない気持ちのあるとき、それがこの樹を呼びさますのである。

私は、この木が現実にはどこに立っていたのか、よく知っている。福島県相馬郡原町小学校の校庭に立っていたもので、私が小学校四年の終り頃から卒業式の日まで、毎日眺めていた樹なのである。私はそもそも人生のスタートからして山梨県大月で生まれたのか、東京の三田あたりで生まれたのか今でもはっきりしないくらい、小学校も中学校も父の職業だった鉄道の常として何度も転校してあるいた関係で、郷里という感じの土地を持っていない。転居するとすぐ転校する。馴染みのない学校の一隅に立って、渦まくように動きまわる群を、どうしても羨みながらも融けこめない孤立感で眺めているのが常だった。次はどこへうつるのか、これがどこかへ落ちつくとすぐやってくる私の思いだった。そんな目に私の孤立感の支えになってくれたのが、この冬欅だった。だから、この冬欅は今でもその頃の焦燥と孤立感とをもたらしてくるのであろう。その感じやすい時期は幸なことに、原町の同級生達の親しんでくれたことであたたかくつつまれたようである。私は安住する故郷を未来にだけしか描けないのだが、若し過去に人並の故郷の感じを探ろうとするなら、原町が思い出されてくる。その真中には奇妙にこの冬欅が一枚の葉も持たないで雲を摩しているのであった。

原町小学校を出るとすぐ私は父が駅長をしていた岩手県の一関へ移り、そこの中学校に入学した。それきり原町の小学校友達とは逢う機会がなかった。爾来四十何年か、この冬欅は私の目の奥に聳えるだけだったものである。

ところが今度、その頃の同級生達が四十何年ぶりかでクラス会をやるということになった。私を誘いに来てくれたのが脇坂巳鶴で逢うとすぐわかった。十二月二十日の夕刻、私と知世子とは原町の駅に降りたが、すぐ声をかけてくれたのは、この駅の助役をしている金丸鉄蕉さんであった。鉄蕉さんも原町小学校の出だから、私のはるかな同窓の後輩にあたるわけである。その夜同級生十四人が集まったが、笑顔になると皆少年の俤がうかんできた。氏家幸三も佐藤国助も五十七歳の顔の中から十三、四の頃のいたずら顔をのぞかせてきた。私とよくとっくみあいをして泣きながらどうしてもあきらめなかった、クラスで最も チビだった大妻栄は市会議員だそうである。どうやら今でもその調子で生きぬいているらしい。私に泣かされたという人達が多いのでびっくりした。

翌日朝から私は小学校へでかけた。私の学んだ校舎はもうない。校庭のまわりの檜垣もとりはらわれて明るい。しかし、冬欅はあった。校舎がとりはらわれたので、今は運動場の真中に孤立している。校長の渡辺他山子さんが、これが校舎のあとですといって指さしてくれたところには、もとの土台石のあとが土の中から浮き出ていた。冬欅を仰ぐと、あの頃のように阿武隈山脈の峯々がそこに眠っている。国見岳は左に、二ツ森は右に。冬欅の削られたような枝は見てゐると自然に目を空へ運んでくれる。あの頃の私も、これを根本からながめては空へ空へと辿ったのであった。

この時、新田川や真野の萱原も訪ねたという。

右の句のうち、「冬欅少年に解けざりしもの今も」について脇坂は、五年生のとき高野という先生に加藤少年は不意に後ろから頭をボカッと叩かれたことがあって、その理由に思い至るものがなかったことを回想して吟じた句と説明してくれた。この句の作者自筆の短冊が原町第一小学校校長室にあるが、下句「今も」が「存す」に改められている。

その後、楸邨は〝故郷〟原町に何度か帰っている。昭和四十六年(一九七一年)十月二十四日と同五十年九月二十八日(『全集』年譜では、十一日と誤っている)にはそれぞれ講演を行っている。昭和五十年の場合は、第十四回県芸術祭俳句大会に選者および講師として出席し、「俳句雑感」と題する講演をした。知世子夫人も選者をつとめた。

昭和五十四年(一九七九年)一月二十五日、原町第一小学校校庭の校舎前に建立された〝わらべ石〟と呼ぶ加藤楸邨句碑の除幕式が行われた。碑面に刻まれた句は、昭和三十六年に母校を訪れたときの一句「今も目を上へ上へと冬けやき」である。この句の中七は、句集『まぼろしの鹿』では「空へ空へと」であった。校長室にある額装した書も初案のままである。楸邨句碑は全国でも珍しく、この句碑を建立することにも楸邨は難色を示したという。建立に奔走した脇坂巳鶴は、いきさつを次のように述べている。

自分の句碑を建てるのが嫌いな楸邨を説得するのに頭を痛めていた。そんなあるとき、栄町の〝わらべ〟がヒントになった。校庭の欅の下に大きな石を転がしておき、それに句を彫りつける。子供たちが、石の上にのぼったり、周りをぐるぐる回ったりして遊んでいるうちに、石の表面を手でさすって「なんだ、字が彫ってあるぞ」「こういうの、俳句っていうんじゃないか」と発見するような石はどうだろう。この、子供たちが遊べる石に〝わらべ石〟と名付けることにしたら、という考えが浮かんだ。楸邨も賛成したが、小学校の職員会議で、校庭のまんなかに大きな石を転がしておくわけにはいかない、ということになり、このような句碑ができた。脇坂にはすっかりだまされた、と楸邨は言っている。そんなわけで、除幕式にはもちろん出席しなかった。彼はクリスチャンだから、除幕式のお払いをするな、と言ってよこしたが、ＰＴＡの役員がどうしてもというので、早朝にお払いをしてすぐ後片づけし、楸邨には六年生が校歌を歌いながら除幕式を行ったと報告した。

加藤楸邨が福島県文学賞審査委員を第十三回（昭和三十五年）から第二十九回（同五十一年）まで十七年間にわたって続けたのも、原町を〝故郷〟と考えていたからであろうか。また、原町を中心に相馬地方には俳句に親しむ人が多いのも、楸邨の指導と庇護があるからかとも思われる。

〈付記〉

加藤楸邨旧居は、国鉄用地払下げ売却に伴い、昭和六十一年（一九八六年）三月十一日、とり壊された。その経過の概略を付記しておく。

昭和六十一年一月八日、『あぶくま新報』は原ノ町駅構内の国鉄用地売却の記事を掲載した。この売却予定地に楸邨旧居の敷地が含まれていることを『海岸線通信』第十一号（二月号）に紹介し、二月例会でも話題にした。一方、市俳句連盟会長脇坂巳鶴氏、同会員鈴木一夫氏、市芸文協事務局長松永章三氏らが相談し、二月二十四日市長に対し楸邨旧居の移築保存を図るよう申し入れた。しかし、原町市による保存は困難とのことから、「加藤楸邨旧居保存会」を発足させ運動を展開して行くことにし、二月二十七日その設立準備委員会を開催した。同日、水戸鉄道管理局で公開入札が行われ、国鉄官舎の解体取壊しを日本営繕株式会社が落札した。日本営繕はその作業を目黒鉄工所に下請けに出し、期限を三月上旬に限ったという。この間、脇坂氏、鈴木氏。市芸文協会長宝玉義信氏らが移築保存の方策はないものかと東奔西走した。しかし、とりわけ一千万円にのぼる移築保存のための費用の調達が困難なこと、国鉄側の売却手続きが進行し、限られた期間の中で官舎の解体取壊しを中止させることが困難であったこと、などの理由によって、加藤楸邨旧居の保存運動は挫折せざるを得なかったのである。

楸邨旧居と言っても、小学生であったとき僅か二年間ほど住んでいただけに過ぎないことから、その保存を疑問視するむきもあった。確かにその通りかも知れない。

しかし、原町市民もしくは原町市が過去を大事にしていないことも事実であろう。原町市はごくありふれた町かもしれない。それでも、ここで人々が生活を営んだからには、その痕跡としての価値を持つものがあるはずである。例えば、桜井式土器といえば弥生時代の全国に知られた考古学上の〈ものさし〉である。その出土した桜井古墳の学術的調査は完了しておらず、その保存も周辺の宅地化が進行している今、急を要することのようである。さらには、近世に築造された二十五キロに及ぶ野馬土手も破壊が進んでいるという。原町市内には他にも保存すべきものが多いに違いない。その一つが楸邨旧居ではなかったろうか。

古く価値のあるものを認め大切にできない者が、どうして新しく価値のあるものを創造できようか。

8　葉山嘉樹らの〝無産者文芸講演会〟と平田良衛

昭和二年（一九二七年）二月二十七日午前十一時半から、朝日新聞社が主催する無産者文芸講演会が小高町で行われた。講師は葉山嘉樹《はやまよしき》、蔵原惟人《くらはらこれひと》、山田清三郎《やまだせいざぶろう》、金子洋文《かねこようぶん》、小堀甚二《こぼりじんじ》の五人であった。二十四日郡山、二十五日福島、二十六日仙台、二十七日（夜）平という日程のなかで、なぜ小高なのか。

新藤謙『百姓一代』によれば、当初小高で開催する計画はなかったが平田良衛の熱心な奔走によって実現したのだという。

ここで、当時のプロレタリア文学の状況を概観してみよう。大正十三年六月、『種蒔く人』のあとをうけた『文芸戦線』が創刊され、葉山嘉樹、黒島伝治《くろしまでんじ》、平林《ひらばやし》たい子、林房雄《はやしふさお》、中野重治《なかのしげはる》らが結集した。『文芸戦線』は翌年十二月に創設された日本プロレタリア文芸連盟（プロ連）の機関誌となった。プロ連は、さらに昭和元年十二月発足の日本プロレタリア芸術連盟（プロ芸）の中核となったが、このときプロ芸は無政府主義文学者ら非共産主義者を排除した。これは、青野季吉《あおのすえきち》の主張する「社会主義的目的意識」を持った文学を実現するためのものであった。こうして広義のプロレタリア文学運動は「分離と統合の時期」に入ったのである。時間をさらにすすめ、小高で文芸講演会が行われた二月以後になると、プロ芸から除外された壺井繁治《つぼいしげじ》らは五月に日本無産者文芸連盟を結成、一方プロ芸は六月に福本和夫のいわゆる「福本イズム」の影響を受け分裂、脱退した青野、葉山、蔵原らは労農芸術家連盟（労芸、のち文戦派）を名乗り機関誌は『文芸戦線』を受け継いだ。残留した中野らは七月に機関誌『プロレタリア芸術』を発刊した。なお、労芸は十一月に至ってさらに分裂し共産党支持の蔵原、林らは前衛芸術家同盟（前芸）を作った。こうして、昭和二年当時のプロレタリア文学運動は四分五裂の状況のまっただ中にあり、翌三年三月大検挙（三・一五事件）後の危機意識のなかでなされた全日本無産者芸術連盟（ナップ）としての統一まで、これが続くのである。

さて、平田良衛は、明治三十四年（一九〇一年）十二月十二日、相馬郡金房村（現、小高町）大字小谷字元屋敷六九番地に生まれ、金房小学校を経て大正三年相馬中学校に入学、同八年同校四年を修了、さらに第二高等学校文乙から東京帝国大学独文科にすすみ、同十五年卒業後は大学院に留まった。東大在学中の同級に中野重治らがいたが東大マルクス主義研究会や新人会に出ていた形跡はない。ただ、プロレタリア芸術の学内研究会に時おり顔を出していた（『百姓一代』）という。大学院の籍はそのまま、大正十五年（昭和元年）のうちに小高に帰って来た。小高では同人雑誌『地霊』を昭和二年二月三日に創刊、第一号に「農村紀行」、第二号に「プロ文学雑記」「農村雑稿」を書いた（門馬英雄「共にあゆんだ社会主義者への道」『追想　平田良衛』）ということである。

こうしてみると、たまたま帰郷していた平田が、東大在学中に何がしかの関係を持ったプロ芸に所属する文学者達の講演会が開催されるのを知り、実現させたものであろう。

『文芸戦線』第九号（昭和二年四月）に葉山嘉樹と山田清三郎とが「東北地方講演旅行記」を書いているので抄出する。

二十七日午前八時起床。直ちに小高へ。小高では午前十一時半開会。聴衆五百。一時の汽車で、小堀と葉山は平へ先発。（葉山記）

四日間に五ヶ所の連続講演！　／しかもそれが、郡山、福島、仙台、小高、平と、可なりの距離を置いて土地を異にしてゐるのだから、たいていなものなら、途中で、火にかけた飴のように、グダ〳〵になってしまはざるを得ない。／それが、帰京して上野駅頭で別れるまで侃々諤々の「理論闘争」をぶッ続けてゐるのだから、実際それは、涙が落ちるほど頼もしく思った。（略）

仙台が稍期待に外れたゞけで、どこも予想外の盛況だった。／みんな、真剣な顔を見合して昂奮した。それほど感激したのだ。／葉山が書いてゐる聴衆の数は、余りに遠慮し過ぎてゐる。正確な数字は、あれを一廻り宛大きくしたところであらう——。これはほんたうだ。（略）

世の中の動きといふものを、これほどハッキリと摑んだような気がしたことはなかった。（略）

角帽を泥溝へ叩き込んで、タンポヽの実のように、地方へ吹ッ飛んでゐる人の中には信頼すべき闘士が多い。（略）

小高で、お爺さんが沢山やって来たのには面喰った。／みんな、終りまで満足さうに聴いてくれたのには涙がこぼれた。（略）

表面に立たず、今回の我々の講演旅行に対して、種々尽力して下さった各地の同志諸君の労は、永久に忘れることはないであらう。（山田記）

小高の五百人という聴衆は、「郡山三百人、福島五百人余、仙台四百人、平五百人」（葉山）という数に比較して遜色がない。これは、平田らの熱意にも依ったことであろうが、例えば、労働農民党（大正十五年三月結成）の初代委員長杉山元《すぎやまもと》治郎《じろう》が明治四十三年から大正九年まで小高で伝道活動をしその影響力が大きかったこと、日本農民組合（大正十一年四月設立）の発起人に小高の半谷清造《はんがいせいぞう》らが加わっていたこと、昭和二年には小高労働会が作られたことなどがあって、この地方では社会主義やその文学に対する関心が高かったためでもあろう。

講師の五人は昭和二年までに次のような文学的活動をしている。葉山嘉樹は「淫売婦」（大正十四年十一月『文芸戦線』）、「セメント樽の中の手紙」（大正十五年一月『文芸戦線』）、『海に生くる人々』（大正十五年十月、改造社刊）などによって、芸術性に欠けていたプロレタリア文学にとって画期的な業績を残した。蔵原惟人は「現代日本文学と無産階級」（昭和二年二月『文芸戦線』）を発表したばかりで、翌年にはマルクス主義的文芸批評家の第一人者と目されるようになる。金子洋文は『種蒔く人』に参加し成立期プロレタリア文学運動の推進者として活躍、「地獄」（大正十二年三月『解放』）などを書いている。やはり『種蒔く人』同人だった山田清三郎とともに『文芸戦線』の編集者。小堀甚二は「転轍手」（大正十五年七月『文芸戦線』）などを発表し有能な新人として期待されていた。

小高での講演会を成功させた平田良衛は、この年四月に新田目マツと結婚、秋には上京し労働農民党城西支部西郊班に所属している。なお、同人雑誌『地霊』は平田が小高を離れたため三号で終刊となった。

9　島崎藤村の書「草枕」来訪

半月後には日中戦争が始まろうという昭和十二年（一九三七年）六月二十日、文壇の巨匠島崎藤村は静子夫人とともに、上り列車から原ノ町駅のホームに降りた。土井晩翠《どいばんすい》、土居光《どいこう》知《ち》らの招きによって、四十年ぶりに仙台を訪れた帰途のことであった。完成した長編小説としては最後の作品となった『夜明け前』を二年まえに書き終えている六十六歳の藤村である。

日本の近代詩は、仙台時代の藤村によって新しい展開を果たした。これを記念して、昭和十一年十一月、仙台の八木山、桜が岡に藤村詩碑が建立された。（昭和四十二年、青葉城趾に移す。）この時、藤村は国際ペンクラブ大会出席のため、海外（アルゼンチン・アメリカ・フランスなど）にいて、帰国は翌年一月二十三日であった。そこで今回の藤村招聘となったのである。このとき藤村は、『河北新報』に二編の談話記事を載せたほか、『読売新聞』（六月三十日）に「仙台の二日」を書いているが、この間の行動の詳細については、藤一也が『島崎藤村の仙台時代』（萬葉堂出版刊）で明らかにしている。

6月16日（水）　藤村、仙台を去って四十年振りに、夫人同伴にて来仙。針久別館に投宿。

6月17日　午前10時40分、宿を出て詩碑へ。帰途宮城女子専門学校に寄り、「東洋館」（向山）で昼食。午後4時半、東北大学学生課主催の座談会に出席。夜、「春日」にて土井晩翠、土居光知らの歓迎晩餐会に出席。

6月18日　正午、満員の東北学院高等部のチャペルで全学生に一場の挨拶をする。続いて、東二番丁（東北学院中学部）・社交館で昔の同僚であった出村悌三郎（当時院長）らと共に旧交をあたためながら、午餐を共にする。午後1時、職員、学生有志の座談会。3時、松島へ向けて出発。その夜松島に泊る。

6月19日　松島を一巡の後、平泉へ向かう。その夜、一関の清水旅館に一泊、帰京する。清水旅館はかつて藤村（明治26年）が家庭教師をしていた熊谷太三郎の妹よしが嫁いでいたところ。藤村は没落した熊谷家のよしだけが一関にいることを知り、その宿に泊る。

藤村、よしに「行きかふ年もまた旅人なり」の芭蕉の句を色紙（蘆屋市在住の長男清水信雄氏蔵）に書いて贈る。

しかし、藤村は一関からそのまま帰京したのではなかった。

原ノ町駅前の中野屋旅館（現在はブライダル&ホテル・ラフィーヌ）の亡くなった女主人、塩谷花代に次のような話を聞いている。旧中野屋の玄関左手の壁に額に収めた藤村の色紙があったからである。

あの色紙は私が藤村先生にお願いして書いて戴いたものです。藤村先生は仙台の帰りに立ち寄り、裁縫の先生が中野屋へ案内しました。お泊りになったとき、裁縫の先生が「花ちゃん、何か書いて戴きなさいよ」と言うので、色紙をお願いしたのです。本陣山の桃山があったところに、星さんという裁縫の先生の家がありました。今はありません。市立病院の佐藤院長の奥さんになって浪江に行った人です。その妹さんが、藤村先生の奥さんの弟さんと結婚したのです。それで、藤村先生の奥さんと一緒にお出でになったのです。

藤村は、明治三十二年、秦フユと結婚したが、同四十三年にフユが死去した。昭和三年（一九二八年）、五十七歳になって加藤静子と再婚している。

この話を手がかりに、本陣山の堤のほとりに星という家があるのを知って、訪ねてみた。原町市二見町四丁目三番地、市下水道課課長の星清明宅である。ここで次のような事実が明らかになった。

清明の父藤右エ門の兄弟は八人で、長女ハルイが町立原町実科女学校（原町高等学校の前身）の和裁と生花の教師をしていた佐藤家に嫁ぎ、前の原町市立病院院長（現、名誉院長）佐藤光の母になった人であり、次女のマツイは埼玉県川越の内科医師加藤大一郎と結婚したということである。加藤大一郎は、藤村の妻静子の兄である。

塩谷花代の記憶に二つの誤り（ハルイを佐藤光夫人と思い違いしたことと、マツイの夫を藤村夫人の弟と思っていたこと）はあったものの、藤村は確かに原町の土を踏んでいたのであった。記憶によると、二十一日には宿泊した中野屋から、人力車に揺られて星家を訪ねてきたという。後日、藤村は訪問の記念として桐箱に入れて一幅の掛軸を送り届けた。箱書きには「宮城野」とあり、掛軸には藤村の筆跡で『若菜集』所収の「草枕」の一節が書かれてあった。

心のやとのみやき野よ　乱れて熱きわか身には
日かけもうすく草枯れて　荒れたる野こそ／
うれしけれ　独りさみしき吾耳は　吹く北風を琴

ときゝ　かなしみ深き吾眼には　色無き石も／花と見き
　宮城野の思ひ出に旧詩草枕の一節をしるし
　して星君におくる　印　　　　　　藤村

　この掛軸は、昭和五十七年（一九八二年）七月六日から十月三十日まで仙台市歴史民俗資料館で開催された「榴岡と宮城野の歴史展」に出陳された。

　藤村の、昭和十六年（一九四一年）七月三十日付、静子夫人宛て書簡の一節に、

　星さんもお出懸けでしたか。当地南裏隣家の若主人も細君や幼い子供を留守宅に残し置き八月一日の応召ときく。沈痛な都の空気に比ぶれば何と言っても当地あたりはまだ〳〵静かに物資の余裕もありて勿体なく思はる。

（『藤村全集』第十七巻　筑摩書房）


とある。書簡中の「星さん」とは藤右エ門のことで、北支に召集されたことが藤村に伝えられたのである。

　八十六歳になるマツイは川越市で健在だという。また、藤妹（四女）の春代は、神奈川県大磯市東子磯八八番地の、藤村が最晩年を過ごした邸宅（町屋園）で家事の世話をし、藤村没後はその管理をしている。

　藤村の原町来訪は、静子夫人のお伴でということになろうか。

　なお、中野屋所蔵の色紙は、ホテルに改築するときしまい忘れたということで、見ることができなかった。

10 埴谷雄高・荒正人・島尾敏雄

① 三人の出会い

明治四十三年（一九一〇年）一月一日、実際は前年の十二月十九日、埴谷雄高が台湾の新竹市で出生した。その三年後、大正二年一月一日、実際はこれもやはり前年十二月、荒正人が福島県相馬郡鹿島町字町一三六番地で誕生した。さらに四年後、大正六年四月十八日、島尾敏雄が生まれたのは横浜市戸部町三丁目八一番地であった。

出生地も年齢も違うこの三人のうち、二十九歳の埴谷と二十六歳の荒が、昭和十四年（一九三九年）十月創刊の『構想』同人として、まず最初に知り合うこととなった。二人は戦後ただちに『近代文学』の創刊に参画する。そして、昭和二十三年七月の『近代文学』第二次同人拡大の誘いに島尾が応じたのである。

島尾によれば、その「十月の頃（中略）東京に行ったとき〝らんぼお〟と呼ぶ喫茶店で埴谷雄高氏と会ったのが記憶に残っている最初」（「不確かな記憶の中で」）で、「その年の暮に、京都の出版社でたまたま来京中の荒正人氏と平野謙氏といっしょになり、出版社のさそいで会食の場所に加わった」（同前）という。翌日、上京した島尾は埴谷とも会うことができた。私がこれから書こうとする三人が、なにか大きな力によって引き寄せられた惑星のように、はじめて一堂に会したのである。埴谷三十八歳、荒三十五歳、そして島尾は三十一歳であった。

② 三人と相馬

なぜこの日島尾は荒を訪ねたのであろうか。その理由をのちに彼は前掲「不確かな記憶の中で」で推理している。

> 氏の苗字が、珍らしいだけでなくそれが私の父母の出身地である福島県相馬郡に多いことのためのひとり合点の親近感のせいであったかもわからない。（中略）荒正人氏の郷里は、もしかしたら相馬中村ではないかと考えていたことも、私の足を荒氏のところに運ばせたのかもしれない。

そしてさらに、次のような幼時の体験を書いている。

> 私は幼いとき祖母につれられて白い長いいなか道をくたびれはてて歩きながら、道路わきの小高い岡を示

して、あそこはハンニャハンの屋敷のあとで、ハンニャ・ハジメという人のとき没落してよそに行ってしまった、と回顧の口調で言うのをきいたのをどういうわけか、忘れることができない。

一方、埴谷は「不安の原質」で、

私と知りあったはじめ、島尾敏雄は私に向っておずおずと、埴谷さんは福島県ではありませんか、福島なら小高ではありませんか、といわば大きな輪から遠巻きにはじめた問いをつぎつぎと積み重ねあげた果て、彼と私が同郷と知れると、やはりそうだったか、と記憶の暗い闇のなかに不意と閃光を走らせてあがった大輪の花火が不思議な安定度をたもったまま宙に高く浮んでいるような明るく安堵した顔付を彼はしたのである。

と回想している。島尾は「死霊」が『近代文学』に連載され始めたとき、作者の埴谷雄高という名前を「ハンニャ・オダカ」と読んで、幼い頃に祖母から聞いた恐ろしい苗字を思い出し、心に懸かっていたのだった。(「埴谷さんとのつきあい」による)

埴谷雄高は本名を般若豊《はんにゃゆたか》といい、その本籍地は相馬郡小高町岡田字山田三一五番地(現、伏見定則宅)である。祖父般若源右衛門は明治維新に際しその地に土着した相馬藩郷目付であった。岡田踏切から六号国道に出る途中、西側に丘陵を背負ったところに本籍地があって、現在もその丘陵の小さな廹の奥の墓地に祖父の墓が残されている。埴谷が台湾で生まれたのは父三郎が当時新竹市で税務官吏をしていたためである。

荒正人が出生したとき、父善五郎は千葉県香取郡小御門村(現、下総町)立小御門農学校長をしており、母キクヨは出産のため実家である相馬郡鹿島町字町一三六番地の高橋家に里帰りしていたのであった。高橋家は現在も同地で泉屋呉服店を営んでいる。荒の原籍地は宇多川の右岸、向陽中学校に近い相馬市中野(当時、相馬郡中村町大字中野)字北反町七〇番地である。善五郎は福島師範学校本科卒業、相馬郡新地高等小学校訓導をしたのち、東京帝大農科大学農業教員養成所を卒業して小御門農学校に勤務していた。

島尾敏雄の出生当時、父四郎は横浜で輸出絹織物売込商として独立開店の準備をすすめていた。本籍地は相馬郡小高町大井字松崎二〇三番地で、六号国道から塚原に向かうその中ごろ、海のほうに開けた低い丘陵の裾にあって、現在は島尾清人(敏雄の父方従兄長男)宅になっている。また、母トシの旧姓は井上といい、実家は小高町岡田字北ノ内三五番地にあって、現在は従弟英俊宅となっている。この井上家と般若家のあったところとは常磐線の踏切をはさんで五百メートルほども離れていようか。トシは産後の二、三ヵ月間を敏雄を伴って実家で静養したもようである。

『近代文学』同人の総数は三十六人であるが、そのうち三人は不思議な先祖の地縁といったようなもので呼び寄せられたのでもあろうか。荒正人が亡くなったとき埴谷雄高は追悼の文章「荒宇宙人の生誕」を書いている。長くなるが引用する。

荒正人も私も、そしてさらにまたつけ加えると、島尾敏雄も日本文明の遠い僻地である福島県の片田舎の互いに僅か数里しか離れていない箇所を父祖の地としているのは、大げさにいえば、「精神の異常性」についての或る種の発生学的見地からいって、いささか気にかかることである。

(中略)互いの共通項は、「彼らはどうやらひどく変っていて、本来彼の地にある東北人の鈍重性を、よくいえば、惑る種の哲人ふう徹底性をもった永劫へ挑戦する根気強さ、悪くいえば、馬鹿の一つ覚えを、よそもまわりもまったく見えぬ一種狂気ふうな病理学的執着ぶりのなかに培養結晶化して、長いあいだまったく同じことを、熱心に、また、はしにもぼうにもかからず愚かしく、ただやりつづけている」ということになるだろう。荒正人の漱石年表に示された偏執病ふうな異様な熱心さも、島尾敏雄が『死の棘』に示したこれまた異常不屈な長期の持続性も、私の『死霊』のだらだらして果てしもない無窮性も、いってみれば、東北人特有といわれる「粘り」が或る極端へ向って極度に純粋結晶化したものに違いないのである。けれども、日頃もどんづまりの終局においてもぼーっとしている鈍重な東北人がどうしてこのような「極端」な無限格闘へ向ってひたすらつっ走り得たかという一種病理的な分析でもおこなうとなると、どうやら、中村、小高、鹿島という砂鉄に富んだ地域一帯に嘗て遠い有史以前に驚くほど巨大で、また、奇妙な内的燃焼を持続する隕石が落下して、ただひたすら無限のみを唯一の標的としつづけてきたその異常な粘着性を核心にまだとりのこしているその放射性断片がここかしこに散らばり、「極端粘り族」宇宙人のつむじ曲り子孫を地球に伝えた、とでもいっておくより仕方がないのである。

と述べ、さらに、

後天的に私達三人とも揃って故郷で育たず、各地を

> 「流浪」する故郷喪失者になったことが、私達の異常性の内部に一種説明しがたい相矛盾しあう「各地の味つけ」のまじりあった渾然たる複雑怪奇性を加味し

たのだとつけ加えている。有史以前に落下した隕石の放射性物質による「不思議な一筋の糸の尽きせぬつながり」によって三人が結びつけられているという、いかにも埴谷らしい見立てである。

③　三人と雑誌『近代文学』

ここで、三人が拠った『近代文学』について触れておく。第二次世界大戦が終結するや、マルクス主義文学と関係をもち戦中を「暗い谷間」として体験した当時三十代の批評家たち、山室静《やまむろしずか》、平野謙《ひらのけん》、本多秋五《ほんだしゅうご》、佐々木基一《ささききいち》、小田切秀雄《おだぎりひでお》、それに荒と埴谷、あわせて七人（うち、本多と小田切をのぞく五人はかつての『構想』同人であった）が、創刊同人として結集した。『近代文学』の昭和二十一年（一九四六年）四月号に荒正人は創刊の言とも言うべき「終末の日」を発表する。

> （原子核エネルギーという火の神の姿をまのあたりに見る）わたしたちのいま、立ってゐる文学的発足点は、かくも稀有な、かくも特異なものである。「終末の日」だ。壊滅の映像のなかに、虚無、否定、滅亡へのおさえがたい旅愁をおぼえるのである。だが、そこにこそ、前に立つものの影が宿されてゐるのだ。万有を孕んだ未来のすがたが秘められてゐるのだ。この「終末の日」の豊饒なる虚無のなかに、希望に溢れた絶望のなかに、否定のなかから湧きあがる新生の肯定のなかに、一切を賭けようではないか。

四十年を経た現在のわれわれにも新鮮なマニフェストである。

その前年暮れ発売の昭和二十一年一月号を創刊号とした『近代文学』は、三十九年八月終刊号までほぼ二十年間に通算一八五号を刊行し、〝戦後文学〟の主軸にして推進者としての役割を果たすこととなった。『近代文学』を基点に「戦争責任論」「主体性論」「世代論」「エゴイズム論」「政治と文学論争」が討《たたか》わされ、こうした論争の所産の一つが荒の「第二の青春」「近代の超克」などである。また、創刊号から書き始められた埴谷雄高の「死霊」など数々の戦後文学を代表する作品が発表され、島尾など〝第二次戦後派〟さらにはいわゆる〝第三の新人〟の多くを世に送りだしている。明治時代の『文学界』や大正時代の『白樺』に匹敵する同人雑誌で

あるとする評価は掛け値なしのものと言ってさしつかえない。
この「近代文学」の創刊同人が埴谷と荒であり、後日参加したのが島尾である。そこで、先に引用した埴谷の「荒宇宙人の誕生」が言及している荒の『漱石研究年表』島尾の『死の棘』、埴谷の『死霊』がどのようにして成立したかを示すことによって、彼らの文学的営為の一端を窺ってみることとする。

④ 荒正人『増補改訂漱石研究年表』

荒正人は昭和二十九年（一九五四年）創芸社が刊行した『夏目漱石全集』第十一巻に最初の漱石「年譜」を作成した。爾後、数次の増補を重ね、二十年後の昭和四十九年十月『漱石研究年表』（以下『年表』と記す）が集英社出版『漱石文学全集』別巻として出版される。翌年一月にはこの業績によって第十六回（昭和四十九年度）毎日芸術賞を受賞した。この時すでに『年表』は五六〇ページを超える大冊となっていたが、増補のための文献と事実の調査はいっそう情熱的に続けられた。「不明だったり、曖昧だったりする事項も労力を傾倒すれば必ず解決できるというのは、わたしの信念である。」（『年表』あとがき）と言い切る荒は漱石の五十年にわたる生涯を徹底的に明らかにしようとした。荒正人の死後五年を経た昭和五十九年六月に完成した『増補改訂漱石研究年表』（集英社刊、以下『増補年表』と記す）の「後記」で、小田切秀雄は「かれは漱石について分・秒まで明らかにしたい、といっていた。（中略）埴谷雄高が宇宙や存在を極限にまで追いつめようとしているのと同様に、荒は漱石をその分・秒まで――漱石の一種の極限までを追い求める途方もない道にふみこんでいたのであった。」と書いている。その方法は、徹底した資料探索と問い合わせである。それがどのようなものであったか、小田切の「後記」はいくつかのエピソードを紹介している。

かれはわたしと同じ勤め先の大学（引用者注、法政大学）の教授室でいつも電話の前に長時間座りこんで、かれ独特の厚い名簿を前にして北海道から鹿児島にまで電話をかけ続けている――それがみな漱石に関する問い合わせであった（学校でのかれの長距離通話料が月四十万円ほどになって問題になりかけたことがある）。わたしが雑談のおりに、『泡鳴全集』の池田日記の巻を読んでいたら、漱石が大阪近くのこの池田へ来たことがあるという話を泡鳴は聞いた、と書いてあるといったら、二、三日してかれがいうには、池田へ行って調べてきたがそういう事実はたしかめられなかった、とのことだった。わたしは、あらためて驚かねばならなかった。

一事が万事こうである。昭和五十四年（一九七九年）六月九日、入院先の杉並区駒崎医院で六十六歳の生涯を閉じたとき、荒正人の枕辺には前夜まで書き込みを続けていた『年表』の二八二頁が開かれたまま置かれていたという。（『増補年表』の斎藤静枝「付記」による）

書斎に残されていた『年表』の書き込み本十二冊、および書庫から発見された書き込み本四冊を基本に成立した『増補年表』はほぼ九〇〇ページ、洋の東西を問わずどのような文学者についてもかつて作られることのなかった詳細綿密な年表である。ふたたび小田切の「後記」を引用すれば、

読んでいると作家漱石の日々のたたずまいがうかび上ってくるばかりでなく、作品製作とその時その時の作家の生活との関係もかいま見られる。豊富な関連事項の記述とあわせて読んでゆくと、年表形式による一種の漱石伝というようなものになっていると同時に、漱石中心の日本近代文学史でもある。

ということになる。作家研究に関し画期的な方法とその成果とを示したライフワークに、荒正人の晩年二十五年間の日々は傾注されたのである。

なお、『増補年表』の刊行に前後して、昭和五十八年十二月から翌年十月にかけ三一書房から全五巻の『荒正人著作集』が出されており、先駆的な〝見者〟荒の主著を読むことができる。ただ、その全貌を知るには不十分で、時宜を得て全集が刊行されることを期待するものである。

⑤　島尾敏雄『死の棘』

荒が漱石「年譜」の作成に着手したころ、島尾敏雄は生活上の危機をまねいていた。島尾の年譜、昭和二十九年（一九五四年）の項に「夏の終り頃から、妻・ミホの健康がすぐれなくなった」とあり、翌三十年三月には「高等学校を退職し、妻の病気治療のため、佐倉、池袋、市川などに居を移し」たとある。そのときから長篇小説『死の棘』成立までをあとづけてみると、六月からの入院生活を終え十月に退院した島尾夫妻は先に預けていた二人の子供たちが待つ奄美大島の名瀬市に転居する。そこで最初に書きだしたのは入院中のことがらを題材にした病院記連作九篇で、夫人発病後の二十九年十月から三十年六月の入院まで九カ月間のことがらを扱った『死の棘』はその後に執筆を開始している。第一章にあたる「離脱」を三十五年四月に雑誌『群像』に発表したの

ち、十七年後の昭和五十二年（一九七七年）九月にようやく新潮社から出版するに至った作品である。

「病的な嫉妬反応と夫の生活態度にたいする長年の不信に神経を狂わせた主人公の妻の、無限に繰返される夫への追求の地獄、その陰惨さ」（吉本隆明『『死の棘』の場合』）を書いた『死の棘』は一般にはいわゆる私小説と目されている。しかし、そう言い切れないものがこの作品にはある。なぜ夫人は病まねばならなかったのか、なぜ作者は病いのため「絶対的な糾問者と化した妻の尋問に応ずるようなかたちで」（栗津則雄『『死の棘』をめぐって』）作品を形象化しなければならなかったのか。そのあたりを見のがしてはこの作品を正当に理解したことにはならないにちがいない。

島尾敏雄と大平ミホとの出会いは神話的ですらある。海軍特攻隊第十八震洋隊指揮官として奄美群島加計呂麻島に駐屯し、島民のまえに大和の国からのまれびと（海のかなたの異郷から来臨しこの世に幸福をもたらす常世神）として現れ、その約束された死ゆえに島民に崇拝された（もちろん島尾個人の人間性もその対象にはなったのだが）島尾は、島の巫女の末裔であるミホと神話的必然をもって結ばれるのである。だが、島尾の出撃直前に戦争は終結し神話は崩壊する。二人が本州島で営んだ生活の中で、島尾の神性は剥ぎとられただの人として堕落してゆく。島尾にとっての現実がミホにとっては非現実と化す。ミホの現実は加計呂麻島でのまれびととの共生であり、トシオが非現実に虜われているならば神の娘としての役割を担うミホ（幼時洗礼を受けている。土俗信仰とカソリックの融合！）はトシオを現実に呼び戻さねばならなかったのである。病んでいたのは夫人ではなく島尾自身であった。そのことに気づいたとき「絶対的な糾問者と化した妻の尋問」を自己再生のための啓示として受けとめることとなる。〝死の棘〟ということばは『聖書』コリント前書の「死の棘は罪なり。罪の力は律法なり」から得た。『死の棘』に宗教ないしは信仰に関わることがらは何ひとつ書かれていない。しかし、糾問するミホとその前で罪の意識によってひたすら自己を滅却しようとするトシオとの関係に、超絶的な存在とそれに対して捧げられる〈祈り〉の姿を見てとることは容易である。この作品を夫人は自ら希望して清書し、夫人を刺激しないようにと抑制した表現に対してはもっとありのままに書けと要求したという。夫人の病いの治癒と鎮魂、そして自己の再生を賭けた『死の棘』は島尾夫妻の共同作業によらねばならなかったのだし、カソリックへの入信（昭和三十一年二月二十三日受洗、受洗名ペトロ）と十七年におよぶ歳月（扱われている出来事のあったときからでは二十三年間）をも必要としたのである。私たちは『死の棘』に私たちの時代の疎外され解体された都市生活者の陰惨な姿を読みながら、卑小なものであったはずの人間同士の間に、なぜこんなにも、誇らかな、巨大な愛情が生まれるのだろう、と私は圧倒されてしまうのだ。(中略)小説とは、結局、この奇蹟のような価値転換を再現させようとする人間の営み、ということになるのだろうか。

(津島佑子「最後に残る感想」)

といった思いを強く感じないではいられぬのは、こうした作品形象上の動機とその実現のためのひたすらなる祈りとがあるからであろう。エッセイ「妻への祈り」および「妻への祈り補遺」は作品成立の事情を側面から説明してくれる。

昭和六十一年(一九八六年)十一月十二日、島尾敏雄が出血性脳梗塞のため鹿児島市立病院で六十九歳の生涯を終えたとき、埴谷雄高は『毎日新聞』の求めに応じ、『死の棘』を人間の極点に達した作品であるとし、「このような仕事をした人はほかにない」と述べ、その死を悼んでいる。

島尾敏雄の作品は昭和五十五年(一九八〇年)五月から五十八年一月にかけ晶文社から刊行された『島尾敏雄全集』全十七巻によって読むことができる。その後の作品の増補が望まれる。なお、長篇小説『死の棘』に対し読売文学賞と日本文学大賞が与えられている。その他の受賞作品を列挙すると、「出孤島記」(戦後文学賞)、短篇集『死の棘』(芸術選奨)、『硝子障子のシルエット』(毎日出版文化賞)、『日の移ろい』(谷崎潤一郎賞)、「湾内の入江で」(川端康成文学賞)などがあり、これらの業績によって日本芸術院賞も受けている。

⑥ 埴谷雄高『死霊』

食べものだけではなく出版物さえも行列しなければ手に入らなかった敗戦直後の混乱と窮乏が深い、昭和二十一年(一九四六年)一月創刊のごく薄い雑誌『近代文学』に、

最近の記録には嘗て存在しなかったといわれるほどの激しい、不気味な暑気がつづき、そのため、自然的にも社会的にも不吉な事件が相次いで起った或る夏も終りの或る曇った、蒸暑い日の午前、××風癲病院の古風な正門を、一人の痩せぎすな長身の青年が通り過ぎた。(表記は講談社版による)

という書き出しの小説が発表され、食品も出版物も過剰に氾濫している四十二年後の現在も書きつづけられている。埴谷雄高の『死霊』である。「四章」までを昭和二十四年十一月までに『近代文学』に断続的に書いたあと、二十六年間の中断

を経て『群像』昭和五十年（一九七五年）七月号に「五章」を発表、以来「八章」までが公刊（昭和六十一年十一月・講談社）されている。

『死霊』は戦前の獄中体験を母胎に主人公三輪与志の五日間の出来事として戦中に構想し、戦後世界観再編のために筆を執った、小説がひとつの形而上学たりうることを証明しようとする思考実験としての作品とされている。埴谷によれば、与志の兄弟四人にはドストエフスキー『カラマーゾフの兄弟』のごとく「sadが憂いに満ちた三輪与志で、badが三輪高志、gladが首猛夫、madが矢場徹吾」にそれぞれ付与され、意識の側面、社会の側面、それらをいっさい含んでしかもそこからさらにそれら以外へ飛躍する何かの秘法みたいな側面、それらの側面を通じて人間がついに何になり得るか、をそれぞれ追求する構造になっているという。昭和初期の隅田川付近の霧にこめられた低湿地帯を舞台としてはいるものの、宇宙の生誕から終焉までの時空の総体と等しい人間の脳髄のなかの無限と極微のあいだを一瞬に往復する観念の世界劇である『死霊』は、二十世紀文学がなし得る最大の実験を試みているのかもしれない。島尾敏雄の『死の棘』とは対極のところで創造されているのである。

その「五章」までを発表したところで『死霊』は第八回日本文学大賞を受賞した。また、昭和六十年には三十二家の論考に「参考文献年表」を付した『「死霊」論』が刊行された。執筆中の作品に対するものであることを思えば、いずれも異例に属す扱いであろう。なお、『闇のなかの黒い馬』によって第六回谷崎潤一郎賞を受けており、昭和四十六年（一九七一年）に配本を開始した『埴谷雄高作品集』全十五巻・別巻一巻は十七年ぶりの昨年・昭和六十二年に完結している。奇しくも島尾が『死の棘』執筆に要したと同じ時間であった。

⑦　三人に共通すること

こうして三人の代表的著述の成立過程を概観すると、先に引用した「荒宇宙人の生誕」で埴谷が三人の共通項として指摘している強靱な精神の持続力によって、これらの作品ははじめて存在し得たのだということを改めて納得するのである。

このように彼らの作品形成にあずかった「強靱な精神の持続力」のほかに、三人に共通することがらがいくつかある。

そのひとつは戦前・戦中に身柄拘留もしくは官憲の取調べを受けていることである。昭和六年（一九三一年）、十八歳の荒正人が山口高校の学内政治運動に参加し、一カ月ちかく警察に留置された。無期停学ののち八年四月復学している。

埴谷雄高は翌七年三月二十六日逮捕され、五月不敬罪および治安維持法違反により起訴された。このとき埴谷は二十三歳で、未決期間中に『死霊』の原型を構想したという。八年十一月、懲役三年執行猶予四年の判決を受け、出獄した。十三年二月には長崎高商の学生だった二十一歳の島尾敏雄が文芸雑誌に発表した作品により出版法に抵触し、発売禁止処分と取調べを受けた。さらに、日米開戦の翌日、十六年十二月九日、埴谷雄高が予防拘禁法により拘引され、年末に釈放された。荒正人も十九年四月二十七日、治安維持法違反により身柄拘束を受け、十二月二十七日釈放されている。

彼らは本籍を変更しなかったことでも共通している。そこで最後に、有史以前に落下した隕石が強靭な精神の持続力を彼らに与えたという〝故郷〟相馬を、三人が作品にどう表現しているか、あるいはどう関わったかを確認してみることにする。

⑧ 荒正人と相馬

郵政省のPR誌『ポスト』（昭和四十二年十月号）のコラム〝ふるさと〟に荒正人は「数多いふるさと」というエッセイを書いている。

私の故郷は、福島県相馬郡中村町である。だが、小さいころから、全国を転々と移ったので、普通の日本人のような故郷へのなつかしい気分を抱いたことはない。これは、父の勤めの関係で、そうなったのだが、一般の日本人とは大いに異なる。（中略）故郷といえば、日本そのものが故郷にほかならない。それでよいのだと思いこんでいる。（中略）

故郷のない人たちのことをドイツ語で、ハイマートロスというが、私はその逆で、故郷があまりに多すぎる。これは、私の精神形成に大きい影響をもたらしたように思う。（中略）電話一本で、全国にも、全世界にも通じるような世のなかが実現しそうになっている時代に、ふるさとを固執するのは、時代錯誤である。望郷の思いは、石川啄木とともに、終止符を打たれたように思うが、これは、私ひとりの偏見であろうか。

このほか荒が相馬について言及している文章としては『月刊ふくしま』昭和四十六年七月号に書いた「福島と私」があり、長女の植松みどりの示唆により発見することができた。「私は、相馬郡の出身である。母方の生家は鹿島だが、父は中村であった。相馬は、野馬追（のまおえと発音していた）で全国的に名高い」と書き出し、安羅族のことや騎馬民族のことに触れ、「相馬地方でも、母などが子供だったころには、まがたまなど、田畑に散乱していたという」などの記述もみえる。なお、鹿島町の高橋家で聞いたところでは、五十歳ごろ相馬の鮭漁について書こうとして調べていたとのことであるが、いまだにその存在は確認できないでいる。

さて、「数多いふるさと」によって明らかなように、荒正人は相馬に関して特別な感慨をいだくということはなかった模様だ。父の転勤に応じ中学時代までに七回も転居を繰り返していたのであるから当然のことに相違ない。実は、埴谷雄高も父の転職や転勤にしたがい中学までに五度転校し、島尾敏雄も四回の転居により三校の小学校に通学している。三人のうちで〝ハイマートロス〟ということばを最初に使ったのはたぶん昭和三十四年一月三日付け『河北新報』に「ハイマートロス」を書いた埴谷である。埴谷は、「故郷というところが自分が生まれ、育ったところ、そして、少なくとも小学校ぐらいまで通ったところだとすると、困ったことに、福島県は私の故郷とはいえない」、荒、島尾とともに「三人ともハイマートロスである」と規定している。「私はその逆で故郷があまりに多すぎる」と言う荒と、どちらが正しいかどうかは問題ではない。こだわりの度あいの相違があるだけである。荒が他の二人と比較してこだわりの度あいが少ないのは彼が評論家・研究者として生きたことと無縁ではないと思う。志賀直哉を研究対象とし「私小説作家としての志賀直哉」などの著述をのこしたのは、直哉が相馬と関わりのある作家だという理由からではないはずである。直哉に関しては文学全集の「解説」が三種ある。また、座談会「戦後文学の批判と確認―埴谷雄高―その人間と仕事」に出席し、埴谷を論じている。

荒の妹・片桐玲子の教示によると、荒は二度相馬を訪れている。一回目は戦後間もないころで静枝夫人が同行したという。これは正確な年月を明らかにできなかった。二回目は、高橋家から聞いたこととあわせて整理すると、昭和五十一年（一九七六年）三月十五日朝相馬に着き、母キクヨの妹たちが嫁いだ泉屋衣料店と丸井毛糸店（ともに相馬市宇多川町）に立ち寄ったあと、鹿島町の高橋家に向かった。正人の従弟の妻いく子の葬儀に東京の親戚を代表して弔意を表すためであった。法政大学の講義があるため翌朝早く帰京したが、お煮しめとごぼうの煮物をことのほか喜んでどんぶりひとつを平らげたのが印象的であったと語っていた。なお、昭和三十八年（一九六三年）から四十四年までの福島県文学賞審査委員となっている。

⑨　埴谷雄高と相馬

埴谷雄高は「祖父の墓」に、「中学二年後はずっと東京に住んで、夏休みにときたま、その田舎の家で過ごしたことがある」と書いている。父が台湾製糖を退職し、埴谷は大正十二年四月に目白中学校二年に編入しているから、そのころに何回か来たことがあるという程度が戦前の〝いなか体験〟だったのであろう。戦後には小高に二度来ていることは確認できる。その一が「祖父の墓」を、その二が「無言旅行」を書いた旅である。

「祖父の墓」には、昭和三十七年秋、会津若松市で講演をしたあと吾妻スカイラインから福島市を経て相馬市に出、小高町に至ったときのことが書かれている。抵当にはいっていた家や田畑を父が取りもどしたものの埴谷の代にまた手放したこと（「無言旅行」ではそれを「左翼運動で刑務所にはいっているあいだ」のことだとしているから、昭和七、八年ごろのことであろうか）などを述べたあとの部分から少し文章をひろってみる。

私の家の墓を東京青山墓地に置くことになったが、しかしそのとき、運ぶことのできなかった祖父のただひとつの記念碑ふうな墓は、いってみれば一本の鋭いトゲとなって私の暗い胸の隅にのこることになったのである。この祖父は私が生まれる前にすでに亡くなっており、まったく見知らぬところのその祖父は私にとっていわば抽象的な存在に過ぎないにもかかわらず、記念碑ふうなひとつの大きな墓として故郷の山陰の一角に建っているだけのことによって、私に打ち切りがたい一つの不思議な靭帯《ママ》を感ぜしめ、その後三十年ひとりの親族もいないそこをいまだに原籍地としつづけている理由となったのであった。

その祖父の墓が倒れかかっていることを知らされたことが小高訪問の理由である。小高に着いた夜、埴谷は父の古い友人に祖父の墓を起こすことを依頼したものの、「深いやみのため墓地を訪れ」ずに帰京したのであった。その四年後、昭和四十一年夏、野馬追いのときの旅が、「無言旅行」である。

原町に家がある島尾敏雄君の甥が野馬追い見物にさそったとき、私がすぐ考えたのは、すでに三十年以上も長く放置されているその古い墓の様子を見てこようということであった。数年前、祖父の墓が前へ傾いて殆んど倒れかけているがどうするか、という通知をそこにいる殆んど唯一の知人から受けとったとき、何時も世話ばかりかけるが青年団のひとびとに頼んでおこしてもらいたい、と依頼しにその知人宅を訪れたことがあったけれども、そのときは急いでおり僅かな時間しかなく、また、夜にもなっていたので、山にわけいらなければならぬ墓の所在地までついにゆけなかったのであった。その起された墓の現状をみておこう、というのが私のとっさの思いつきであった。（中略）野馬追い見物旅行は、島尾敏雄君の甥と、高校生である島尾君の長男と、そして、島尾君の小説に屢々でてくるところの言語障害の病状をもった長女「マヤちゃん」と、私の四人でおこなわれることになった。この「マヤちゃん」と一緒に旅行することになろうとは思いがけなかったが、この同行はまた私に思いがけぬ何かを与えることになったのであった。

中学生である「マヤちゃん」が唖でもないのに話せない原因は現在の医学ではまだ解らないので、従って、まだ療法はないのである。しかし、話せないけれども、私達が話しかける内容は彼女によく理解され、そして、よく理解されていることは、その自然な行動にも、その眼の穏やかな動きにも確然と示されているのである。そして、深い理解力をもって黙っている「マヤちゃん」が、ひととひととのあいだの暗い壁に汚されていないところのすべてを信ずる美しい魂の所有者であることは、トランジスターラジオのスウィッチをいれてこちらへ差し出す手つきや、お菓子の箱を開いてまずこちらへわけてよこすときの親しい眼付をみている裡に、次第に深い感銘にうたれてくることで明らかである。そして、このもの言わぬ無垢な美しい魂に向きあっている裡に、父親である島尾敏雄君と母親のミホさんがカトリックにはいった理由も不意に理解できるように思われてくるのであった。私は、嘗て、椎名麟《しいなりん》三《ぞう》がプロテスタント、島尾敏雄がカトリックの信者となったとき、どちらかといえば、否定的であったけれども、ものいわぬ苦悩のなかの美しい魂に、このように触れると、《魂だけの対話》からさまざまなかたちの《神との対話》にずれてゆく志向のなりゆきも臆測できるのであった。

私の旅行の一目的である祖父の墓は、誰も訪れぬため、マルロオの『王道』を思わせるほどの鎌で切りひらいても容易にすすめぬ閉ざされた密林のなかの狭い空地にあった。私は依然として宗教に無縁であるけれども、ものいわぬ「マヤちゃん」との同行は、私の暗い胸のなかにひとつの小さな休閑地をつくり、それは夜半すぎの私の魂の独語をかきたてる根拠となったのであった。生の悲哀がかくも美しい静謐を内包していることを教えられたのは、この無言旅行の貴重な贈物といわなければならない。

長い引用になったが止むをえまい。「島尾敏雄君の甥」とは清水市にある常葉学園大学教授佐々木孝、泊まったのは原町市橋本町一丁目五番地の佐々木千代宅である。佐々木千代は島尾の従姉で、孝はその次男である。彼女の記憶では、野馬追いの宵乗りの日に来て三泊ほどしたというから、七月二十三日から二十六日まで滞在したということであろうか。原町市の文学愛好者による海岸線同人会が発行した『海岸線会報』第二十八号（昭和四十一年七月）および『海岸線』第六号（同年十一月）に埴谷雄高を囲んだ座談会の記録が残されている。それによると、二十五日午後七時から松永ミルクパーラー二階で「私たちは何のために書くのか」「文学とは何か」などを話題にしたほか、武田泰淳《たけだたいじゅん》、椎名麟三などの作家の素顔なども語られ、そののちバー〈河〉へ場所を移し、十一時三十分閉会したとある。埴谷は「飲みながら話すのなら何時間でも平気ですよ」と言い、作品の難解さとは逆に夜の素顔は明快であったとも記録している。この座談会は佐々木千代の好意によって実現したものだった。これも佐々木千代の記憶にしたがえば、翌二十六日、野馬追いの熱気が去った小高町に目的の祖父の墓を訪ねたのである。

　埴谷雄高にとって「幼少のころ育たず、友達の居ないところは、故郷という感じをもちえ」ず、かといって台湾は「父が転任と転任のあいだの過程にわずかに住んだに過ぎないところ」であり、結局自分は「どこにも故郷をもたざるところの永遠の故郷喪失者」だと断じている。ただ、ひとつは記念碑のような祖父の墓の存在が彼の意識を小高に向けさせるものとしてあり、また荒正人や島尾敏雄との文学および私生活を通しての関係のなかで相馬を意識しているもようである。

　次に、埴谷雄高の著作のうち福島に関係するものをリストアップした。〇内数字は『埴谷雄高作品集』所収の巻数を示す。

1、小高もしくは血縁に関するもの・「ハイマートロス」「無言旅行」「叔父の心臓」以上⑥・「祖父の墓」（『福島民報』昭和三十七年十一月四日）・「うちの先祖」（『東京新聞』昭和四十二年八月）

2、荒正人に関するもの・「異常児荒正人」④・「安吾と雄高警部」⑥・「荒正人」「荒エレクトロニクス」以上⑦・「荒正人を悼む」「終末の日」「荒宇宙人の生誕」「『近代文学』と『近代化』」「荒正人の糖尿病」「ふたりの宇宙馬鹿」（以上「戦後の先行者たち」影書房）

3、島尾敏雄に関するもの・「島尾敏雄を送る」「はじめの頃の島尾敏雄」「感覚人、島尾敏雄」「『われ深きふちより』」「『硝子障子のシルエット』」以上⑦・対談「原点としての『南』」⑮・「あの頃の島尾敏雄」（『戦後の文学者たち』構想社）・「不安の原質」（『カイエ』昭和五十三年十二月増刊）・「島尾敏雄を悼む」（『読売新聞』昭和六十一年十一月十五日）・「島尾敏雄とマヤちゃん」（『群像』昭和六十二年一月）・ほかに、談話を『毎日新聞』（昭和六十一年十一月十四日）に発表。

4、平田良衛および鈴木安蔵に関するもの・「農業綱領と『発達史講座』」「雑録ふうな附記」以上⑥・「『資本論』と私」「平田さんの想い出」以上⑬

5、その他・「招かれざる酒客――草野心平」⑧

⑩　島尾敏雄と相馬

島尾敏雄は作品のうえでも生活のうえでも三人のうちで相馬ともっとも深く関わりを残している。

最初に、埴谷雄高の場合と同様に関係ある作品を列記する。分類はきわめて便宜的である。○内数字は『島尾敏雄全集』所収の巻数を示す。

1、相馬が作品の背景となっているもの・『死の棘』第四章「日は日に」および第五章「流棄」⑧・「砂嘴の丘にて」「いなかぶり」以上③・『続　日の移ろい』（中央公論社）

2、親族に関するもの・「忘却の底から」（全集月報1～17）

3、相馬（東北）に関するもの・「湯槽のイドラ」「幼き日の思い出」以上⑬・「二つの根っこのあいだで」「思い出につながる幼少時代のたべもの」「消された先祖」以上⑭・「昔ばなしの世界」「馬」「田舎」「嗚呼！東北――葉書アンケート」「田舎の馬」「奥六郡の中の宮沢賢治」以上⑮・「ふるさとを語る」⑯・「私の中の琉球弧」「奄美を手がかりにした気ままな想念」「琉球弧の視点から」「奄美・沖縄の個性の発掘」「回帰の想念・ヤポネシア――沖縄・奄美・東北を結ぶ底流としての日本」以上⑰

4、相馬の民話に取材したもの・『東北と奄美の昔ばなし』⑫

5、埴谷・荒その他の人物に関するもの・「般若の幻――埴谷雄高」「私の埴谷体験」「埴谷さんとのつきあい」「志賀直哉と私」以上⑮・「不確かな記憶の中で」「君仙子先生の句集に寄せて」以上⑭

6、その他（初期作品）・「思ひ出（詩）」「奇遇」「夕暮の哀愁」「帰って来た子供」「東北について」のほか、日曜日記・夏休日記など、以上①

さきに触れたように、島尾は生まれるとすぐに母に連れられて小高に来たのをはじめとし、「幼時の頃からその場所を田舎と称して帰省（と言えるかどうか）を重ねた。殊に小学校にはいってからは、夏休みは必ず田舎で過ごした。中学生になったあとも大学を卒業するまでは特に夏休みと限らなければ田舎に帰らぬ年は本当に少な」（「忘却の底から」）く、たとえば祖母の外出について行っては「あそこはハンニャハンの屋敷のあとで、…」などという話を聞いたりしていた。そうした体験のなかからうまれた「いなかぶり」は国語の教材として教科書に載ったこともある。角部内の浜から村上の浜へ行く途中、崖下の荒磯にさしかかると潮が満ちて来る、そのときの恐怖感などが書かれている。前記リストのうち、6および3の作品の多くはこうした体験から形象化されたものであり、ミホ夫人との共著『東北と奄美の昔ばなし』の昔ばなしは祖母が語ってくれたものであった。夏休み以外では、昭和九年（一九三四年）十一月十一日に母トシが死去したあと、翌年一月に父とともに埋葬のために帰郷している。

終戦の年も、除隊されると十月七日前後に小高に滞在した（「忘却の底から」第2回）のをはじめ、帰郷することが埴谷や荒に比較して多かった。年譜に昭和二十五年「十二月から翌年一月にかけて、蔵王山麓の峨々温泉に病気療養のため滞在した」とあって、その前後には小高に立ち寄っているのではないかと推測される。次に、佐々木千代は「わたしの中の〝敏雄さん〟」（『であい』第十三号・福島県文化センター）に「二人の子供を連れ引き揚げて来た私が、昭和二十五年から原町に落ちつきましたものの、駅前の小さな借家から小学校に再就職をした頃で、彼もまた東京での生活から逃れて、五歳になったばかりの伸三君の手を引いて我が家を訪ねてくれたのでしたが、この時もまた何のもてなしも何の力にもなれぬまま、伸三君の白い小さな手がいかにも冷たそうだったので、毛糸の手袋をはめてやったことだけが妙に悲しい思い出となって心に残っています」と書いている。佐々木千代に尋ねたところ、現住所に移った三十年以前のまだ原町駅前に住んでいたときのことで、伸三ひとりだけを連れてきたと記憶している、とのことである。同じ冬のことではあるが、『死の棘』第五章に書かれている昭和三十年一月に家族四人で来たときとは違うはずだという。このときの訪問は、新しい生活の場所を相馬にさがすためであったというから、二十七年三月に神戸市立外国語大学を退職し都立向丘高等学校講師になっていること、伸三が生まれたのは二十三年であることからいって、二十七年の冬のことであったろうか。

『死の棘』第四章「日は日に」に次の記述がある。

相馬に行こう！　と私はふと思った。どうしてもっと早く気がつかなかったろう。そこは父母の郷里で、こどものころ私はたいていの夏休みをそのいなかで過ごしたから、おじおばやいとこたちともなじんでいる。どこか農家のはなれの静かな部屋を借りて妻のきもちがおさまるまでそこらでくらそう。妻やこどもにいなかを見せて置くいい機会かもしれない。そちらのほうで、もし幸いに学校などの勤め口でもあれば当分はいなかぐらしをしても悪くないかもしれない。いつもは忘れている東北のいなかの古くて変わりのない土くさいにおいのようなものが私のこころを包んだ。

これは、作品のなかでは一月七日のこととして書かれている。その二日後、家族四人は常磐線の列車に乗る。

ふたつばかりトンネルを過ぎると、町の手前の家なみのあかりがぼんやり見えたので、窓にひたいをつけて外を確かめると、こどものころ遊んだそのあたりの地形が、記憶のままのかたちであらわれ、夜目にも白い街道、親戚の家のガラス窓のあたりのあかり、鎮守の森や低い丘陵、踏み切り、シグナルなどが次々に認められ、短い鉄橋を渡ると、ガラス工場と倉庫の大きな構えが近づき、汽車はがたんと大きくゆれると急に速力が落ち、やがて全く停車した。駅名を呼ぶ駅員の寂しい声が、プラットフォームの砂利をふむ足音にまざってきこえ、私たちは、荷物をいっぱいかかえて、あわて気味で汽車をおりた。

私はからだが軽くふるえているのに気づいた。

続く第五章「流棄」は全体が小高滞在の約一週間の記述についやされている。小高町の地理を知っている人なら、作中の私と妻がどこを歩きどこでなにをしたか（しようとしたか）を手にとるように読み取ることができよう。教師になるためS市にある「教育委員会出張所に行き、願書の用紙をもらい、採用のことなど確かめ、いとこにすすめられるまま人口三万ほどのもとの城下町のいくらかは伝統の残ったにおいのする町すじを歩」いたことも書いている。しかし「私たちの家族の奇妙な旅行が親戚のあいだで取り沙汰されはじめもしたこと、「教員採用試験が二月はじめに県庁のあるF市で行なわれるまでは二週間ばかりの日にちがあったが、このままいなかにはとても居れそうにない。採用になったとしても県内のどこの学校にまわされるかもわからない。いずれにしろいったん東京に帰ろう。妻ははっきりした意見を言わないが、いなかに居るのもいやだという。頬がこけてすっかりやせ、目の力もなく気抜けしたようだ」ということもあって、ふたたび東京に戻ることとなる。S市は相馬市、F市は福島いる。
市であろう。「流棄」の最後は「自分たちの家にもどり、十日ぶりに釘づけにして置いた玄関の戸をあけた」と結ばれている。

『続　日の移ろい』は昭和四十八年（一九七三年）四月一日から十一月一日までの「日記を下敷にした心の日々の移ろいの記録」である。その八月九日、この日は宮沢賢治紀行の旅を終え盛岡を出て小高に着いた日である、の項に「五年ほど前、日本図書館協会全国大会に出席するために北海道に出かけた戻りに立ち寄ったのが十四年ぶりのことであった」とあることから、三十年一月のあと小高を訪ねたのは一度だけで、それは四十三年のことであったと推定される。

エッセイ「田舎」の書き出しは「昨年（一九七三年）の夏から秋にかけて私は三度もいなかに帰った」という文である。『続　日の移ろい』にはそのうちの二回について『死の棘』の記述にもまして詳細に書かれている。最初は八月九日から十一日まで、次が十月十四日から二十日までである。三回目は「十一月下旬には供養の法要を営む方針が決まった」（十月十六日、以下の日付は『続　日の移ろい』による）との記述から、おそらくそのときのことであろう。ふたたび「田舎」を引用すると「三度もそのいなかに行ったのは、本家の墓の横にあたらしく納骨墓をこしらえたからだが、それはいなかを離れていた父の遺言と言ってもよく、父が死んでから五年めにようやくその意志に添うことができたのだった」ということである。補足すれば、父・四郎は四十四年五月に死亡し、そのとき島尾は二月に遇った事故のため奄美大島の病院に入院中であった。さて、十月十四日から二十日までの滞在には夫人と長男をともなっている。それは、墓のことのほかに「原町のいとこのちよちゃんから、その原町か或いはいわきのあたりに土地を買って家を建てないかという誘いの手紙が来ていた。花巻の帰りに会ったときもそんな話が出た。妻と話し合った結果、そうしてもいいという結論になった」（八月二十四日）こと、「伸三も一緒に連れて行くことにした。もし適当な土地が見つかった時の彼の意向も知りたかったから」（十月十四日）である。十七日から二十日までは原町市の佐々木千代宅に泊まった。夫人や伸三それに千代たちが家や土地を見に行ったりしているあいだに、島尾は『杉山元治郎伝』を読み、「弓立社版『幼年期』あとがき」「文芸賞選後評」「東欧への旅」の最初の五枚などを書き、原稿を投函するついでに市内の理髪店で調髪もした。

夕方ひとりで町を散歩した。住みつくことになるかも知れぬ町の様子を下調べしたかった。まだ留保の状態なのにほぼそのつもりになっていた私に、どうしても対象を好意的に見ようとする気分がはたらくのは致し方ない。しかし町筋に食料や日用の品々の店舗が少なく如何にも寂しげに見えたので、いよいよ住み込むとなれば、毎日の必需品の調達にまず以て妻が不便を覚えるだろう事態が目に見えるようであった。それは差し当たってのつまづきになりそうだ。それに未だ十月の半ばというのに、島を出る時には予想もしなかった寒冷が町全体を覆っていて、先々の厳冬が思いやられた。歩いていてもからだにしのび入るそのうそ寒さは、町の閑散と重なって私をうら寂しい気分に誘いこんだ。こんなに不便で寒い場所にいきなり移ってきて、本当に大丈夫かな、とあやしくなりながらも、なお一方で私はいずれすべては馴れの中に押し流されてしまう、と思いたがっていた。目をつぶって跳び越えなければ、どんな新しい生活へも突き進めまい、こんな静かな地方田園都市でのおだやかな日々に当分身をまかせてみるのも又楽しからずや、などと考えをまぎらせながら。と裏通りにひっそりと佇むが如き一軒のバーの玄関口に、手荒に盛り塩のしてあるのが目についた。如何にもそれは鄙びた風情を漂わせていて目に染みた。さて果たしてこの町での私たちの生活はうまく行くだろうか。さまざまな考えに揺れ動かされつつ、私は住宅の建ち並んだ通りを闇雲に歩いて行った。何だかひどく寂しかった。胸元に閊《つか》えるような不安があった。

（十月十七日）

南島育ちの夫人は、東北の秋の「からだの芯からの底冷えの寒さ」や「東北の相馬の人たちの感情を抑えた態度と表情」から受ける取りつく島のない冷たさなどによって「この地方への適合はかなり厳しいもののあることを感じ取っ（十月十九日）たようである。島尾自身の不安とためらい、あまりすすめたくないという伸三の考え、埴谷のよく考えてからきめなさいという助言もあった。結局、「相馬から列車で列島を南へ南へと下がり、船で七島灘を越えて名瀬に戻ってくる道筋の中で、私は自分のからだには南島の風がすっかり染みこんで離れがたくなっていることを思い知った」ことと、夫人も船中で人々が話す言葉の耳馴れた律動を聞いて「自分の身内に流れる南島の血が沸き立つ思いになるのがおさえられなかった」ことによって、「思いあぐねていた相馬への移住計画をきっぱり中止することに期せずして一致したのだった」（十月二十六日）。

島尾敏雄が最後に小高に帰省したのは昭和五十六年（一九八一年）である。

この六月に私は久し振りで田舎の小高に行った。私の父方と母方のいとこ合わせて十八人と既に他界したいとこの子ら四人などが集まっていとこ会がひらかれたからだ。〈生存中のいとこみんなを数えると三十人ばかりになり、その大半は小高町とその近在に住んでいるが〉。そのような集まりははじめてのことだったので私には甚だ珍しい体験であった。（「忘却の底から」第8回）

いとこ会は、島尾が日本芸術院賞を受賞しその受賞式に出席した機会に、受賞を祝って開かれたのである。六月四日家族とともに小高町に着き、この夜は原町市南町にある森の湯旅館に宿泊した。翌五日には夜七時から小高町公民館で〝島尾敏雄氏を囲む懇談会〟が行われ、その朴訥な話しぶりと人柄に日本間をぎっしり埋めた〝田舎〟の人々は紛れもない東北の人の姿をそこに見て、身近な存在として作家を感じたようであった。

昭和六十一年（一九八六年）十一月十五日には鹿児島純心女子学園短期大学体育館でペトロ・島尾敏雄の葬儀ミサ式ならびに告別式が、さらに十二月十三日に上智大学クルトゥルハイム聖堂で追悼ミサ式がそれぞれとりおこなわれた。そして、同十六日、長男伸三《しんぞう》夫妻および親族によって営まれた小高町金性寺《きんしょうじ》での法要ののち、小高町大井に四十三年に設けた墓所に納骨された。島尾敏雄は自らをハイマートロスと意識していたかどうか。

もともと私は東北の体質を持っているのだから、十数年にも及ぶ長い南島の生活のあとで父祖の地の東北で暮らしてみるのは、回帰の現象に見舞われることともなってすべては円環を結びきもちの平衡をもたらせてくれるはずではないか。（『続　日の移ろい』十月十四日）

と考えていた島尾は、出生した土地ではなかったけれども生涯にわたって小高をこころの故郷としつづけた人であった。島尾伸三は「父が小高に住もうと言っていましたのも、もう返らぬ日々の思い出になってしまいました」と筆者宛の書簡に書いている。たしかに、生前にはその希望を果たせなかったとしても、回帰の円環を閉じた島尾敏雄の魂は、いま小高の丘で安らいでいるにちがいない。

11　高村光太郎の詩碑

相馬郡小高町摩辰に集乳所があり、その傍らの茂みに埋もれるように大きな石碑が建っている。碑の上部に〝開拓碑〟とある。三段に彫られた碑文は次のとおりである。

開拓十周年

詩　高村光太郎

赤松のごぼう根がぐらぐらと
まだ動きながらあちこちに残っていても
見わたすかぎりはこの手がひらいた
十年辛苦の耕地の海だ

今はもう天地根元造りの小屋はない
あそこにあるのはブロック建築
サイロは高く絵のようだし
乳も出る卵もとれる
ひょうきんものの山羊も鳴き
馬こはもとよりわれらの仲間

こまかい事を思いだすと
気の遠くなるような長い十年
だがまたこんなに早く十年が
とぶようにたつとも思わなかった
はじめてここの木立へ斧を入れた時の
あの悲壮な気持を昨日のように思いだす
歓迎されたり疎外されたり
矛盾した取扱いになやみながら
死ぬかと思い自滅かと思い
また立ちあがりかじりついて
借金を返したりふやしたり
ともかくもかくの通り今日も元気だ

開拓の精神にとりつかれると
ただのもうけ仕事は出来なくなる
何かあっても前進
一歩でも未墾の領地につきすすむ
精神と物質との冒険
一生をかけ二代三代に望みをかけて
開拓の鬼となるのがわれらの運命

食うものだけを自給したい
個人でも国家でも
これなくして真の独立はない
そういう天地の理に立つのがわれらだ
開拓の危機はいくどでもくぐろう
開拓は決して死なん

開拓に花の咲く時
開拓に富の蓄積される時
国の経済は奥ぶかくなる
国の最低線にあえて立つわれら
十周年という区切り目を痛感して
ただ思うのは前方だ
足のふみしめるのは現在の地盤だ
静かにつよくおめずをくせず
この運命をおうらかに
記念しよう

この碑文のほか、
泉汀林丈雄篆額　雲鶴渡辺尹松書
昭和三十年十一月建之　金房開拓農業協同組合
そして、裏面には入植者と増反入植者の氏名の文字も読める。

開拓記念碑としてはほかに例がなさそうな高名な詩人の詩碑が、人目に触れることの少ないこの場所にどうして建てられたのだろうか。

一九五五年（昭和三十年）に東京で開催された全国開拓者大会十周年記念大会の席上、高村光太郎の詩「開拓十周年」が朗読された。

高村光太郎は、太平洋戦争のさなか、戦争協力の詩集『大いなる日に』（昭和十七年）、『記録』（昭和十九年）などを著し、文学報国会詩部会会長もつとめた。アトリエを戦災で失い岩手県花巻に疎開していた光太郎は、戦後になっても帰京せず、花巻の在の太田村山口の小屋で自己流謫とも言うべき一人住いをはじめた。昭和二十七年まで農耕と自炊の生活を続けながら、戦中のみずからの思想と行動との責任を追求した。連詩「暗愚小伝」を含む詩集『典型』（昭和二十五年）はその成果である。

光太郎は昭和三十年には既に太田村を離れていたが、求められて全国開拓者大会に詩「開拓十周年」を寄せたのであった。大会に出席していた平田良衛がこの詩の朗読を聞いたのが、詩碑建立のきっかけになった。

平田良衛は一九〇一年（明治三十四年）十二月十二日、父良祐、母やすの七人兄弟の長男として、相馬郡金房村大字小谷字元屋敷六十九番地（現、南相馬市小高区）で出生した。金房小学校、相馬中学校、第二高等学校を経て、東京帝国大学文学部を一九二六年（大正十五年）に卒業した。労農党に入党、プロレタリア科学研究所所員となり『日本資本主義発達史講座』の編集を担当したほか、レーニン『何を為すべきか』（岩波文庫）や『マルクス主義地代論』（共生閣）を翻訳した。一九三二年（昭和七年）四月、治安維持法違反で下獄、三六年に出獄したあとの約二年間を小高町で生活した。その後、理研映画社、中華電影公司に職を得ていたが、敗戦直前に帰国、小高町に落ち着いた。

戦後の平田良衛は、日本共産党福島地方委員会初代委員長、金房村開拓団長、金房農民組合長、福島県開拓者連盟委員長、小高町議会副議長などを歴任した。その間、衆議院議員選挙、福島県知事選挙、小高町町長選挙に日本共産党から立候補した。

静岡大学に勤務する長男良宅へ移っていた良衛は、一九七六年（昭和五十一年）六月二十九日、静岡県立中央病院で脳出血により七十五歳の生涯を閉じた。小高町摩辰の開拓地の墓地に埋葬され、さらに、東京都港区の青山墓地にある〝無名戦士の墓〟にも合葬された。

全国開拓者大会十周年記念大会に参加していた平田良衛は、席上朗読された高村光太郎の詩「開拓十周年」を碑にして金房村開拓組合入植十周年の記念にしたいと考えた。この考えを光太郎に伝え、許可を求めた。

光太郎からはペン書きの原稿が送られてきた。詩碑建立当時の事情に詳しい鈴木学は、銅板に光太郎自筆のままを浮き彫りにすればよかったと、後になってから思ったと言っている。しかし、実際には渡辺雲鶴が新たに筆書したものが石に刻まれた。

〝開拓碑〟は飯崎字北原にあった金房開拓農業協同組合の敷地内に道路に面して建てられた。その後、同地に金房小・中学校校舎が建築されるにあたって、碑の移転が問題になった。移転先が決まらないまま。結局は碑建立の中心的存在だった平田が、一九五二年（昭和二十七年）から住んでいた摩辰の家の西隣の集乳所わき空地に、引き取るようなかたちで移築したのであった。

〝開拓碑〟建立から三十五年が経過した今、詩碑は見捨てられたように茂みに埋もれている。

12　草野心平「相馬野馬追祭」

草野心平《くさのしんぺい》に「相馬野馬追祭」という原稿用紙にして七枚ほどの小文がある。書かれている内容から、一九七五年（昭和五十年）五月二十日に志賀高原石の湯ロッジで執筆したものと推定される文章である。

「相馬流れ山」にまつわる経験、ＮＨＫのドラマ「国盗り物語」の合戦シーン撮影に原町界隈の騎馬会が果たした役割を述べたあと、文章の中心に騎馬武者の行進を実見したときの印象を据えた内容になっている。草野心平の関心は騎馬武者の「旗差物」のデザインに向けられている。

その一部を引用しよう。

次々と現われる騎馬武者連の行進を見ながら、ふと私は花札を連想した。花札はいかにも日本的なデザインの傑作である。一ト箱や二タ箱の花札は軽いし、安いし、デザインとしてすばらしいし、飛行機などで帰る海外の友人や、またはこっちが旅をしたとき海外の友人などへの土産として私はよくおくることにしている。その花札を想い出したのである。

尻っぽに夫々袋をかぶせた馬上の武者たちは「旗差物」とも呼ばれている長い竹竿を各々の腰に結んでいる。その旗竿に結ばれている木綿旗のそのデザインの奇想天外とも言えるヴァリエーション。鎧、兜の類ならば博物館などでも優秀なものを度々見ているが、旗模様の古典的な紋章や大胆、そして稚拙でユーモラスなデザイン、その他その他、そのヴァライテーの広さと深さに驚いたり笑ったりした。日本の家紋のデザインも私は好きだが、江戸から明治時代に発案されたと思われる、家紋を除いた馬追祭のために考えられたそれらのデザインが恐らくは美術家と言われる人たちによってではなく、一年に一回武具をつける庶民たちの発明によるものであろうことを想像し、私はなんとも微笑を禁じ得なかった。いまそれらのデザインを言葉で現わすのは六ヶ敷いが、デザインの大体を連想していただきたい。

黒地に赤のまん丸、青地に〇一、青地に白丸の中に白扇の中の日の丸、黒地に赤の横線、赤地に白馬の逆立ち、青地に赤のブラ提灯、白地に白馬の逆立ち、白地に白馬の跳躍、赤地に黒ワクの黄の三角、赤地に黒の吊鐘、赤一色無紋、赤地に青の七角、黒地に赤丸そのなかの白丸、青地に白馬の逆立ち、白地に一、白地に流れる炎、青地に白の火見櫓、白地に赤の日の字、青地に三日月、白地に赤い太陽その下の青い渦雲、黒地に白丸、青地に赤の日の丸、青白青の横縞、赤黒赤の横縞、黄地に黒の稲妻、白地に赤ひょうたん、青地に赤の満月と星それに跳び向かう白兎、赤地に三つのソロバン玉、白地に黒の曲り川、白地に赤の菱形、青地に白の鳥居、青地に白の斜め三つ玉、黄地に赤の七、黒地に白の日の丸、黒地に白の枡、青地に宗達の雷鳴、緑に白の菊紋、白地に黄のまん丸、セピア地に白の団子と串、白地に黒丸と一、黒地に討入りの陣太鼓、白地に赤の兎とキネ二本、セピア地に黄の丸の中の赤一、黒地に黄の扇三つ、黒地に白の井、青地に黒の三階松、青地に白丸その中の赤十、白地に黒の龍一字、まだまだ他にも沢山ある。その他に古くからの揚羽蝶とか橘などの家紋も続々、といった具合である。

それらの馬と人との行列が各地からの道を夫々祭場である原町雲雀ヶ原の本陣山に着き神官が馬場浄めの式を行うと陣螺が高く鳴り響く。それが宵乗競馬の合図である。白鉢巻に野袴、陣羽織といった装束での、言わば古式の草競馬である。馬場といっても、なんのことはない草っ原である。それが却って面白かった。

（筑摩書房版『草野心平全集』第十巻）

草野心平はいつ野馬追を見物したのだろうか。心平の秘書であった難波幸子によれば、それは一、二度ではなかったはずだという。ただ、「相馬野馬追祭」を執筆する契機になった見物は、昭和四十六年から四十八年にかけてのどの年かの七月二十三日と限定できそうである。

心平は二十三日の騎馬行進と宵乗り競馬、相馬盆踊りのパレードなどだけを見、翌日の神旗争奪戦は見ていないようである。

草野心平は一九〇三年（明治三十六年）に現在のいわき市、当時、石城郡上小川村に生まれた。双葉郡川内村に天山文庫を建て、名誉村民となり、川内村で過ごすことが多かった。野馬追見物も川内村を足がかりにしてなされたのである。

13　新川和江「かわいそうにナ」

第十四回福島県文学祭のうち、小説大会と詩大会とは一九七五年（昭和五十年）十一月九日午前十時から原町市文化センターで開催された。講師は小説大会が平井博《ひらいひろし》と佐藤民宝《さとうみんぽう》、詩大会が新川和江《しんかわかずえ》と斎藤庸一《さいとうよういち》であった。新川和江は「詩の日常性」という題で講演をおこなっている。

この日、開会に先立って、前夜宿泊しなかった平井博をのぞく三人の講師や希望者を原町市渋佐の新田川に案内して、鮭漁を見た。

鮭漁を見た感想を新川和江は、同年十二月二十一日付『毎日中学生新聞』の〝若い仲間に〟欄に「かわいそうにナ」という題で書いている。以下に全文を掲げる。

福島県の原町市。そのはずれを流れる新田川。

川の中ほどに、舟に乗った男の人がふたりいて、ろ竿（ざお）でバシバシ水面をたたいています。川にはいくつもの網が、くまなく張りめぐらされているらしく、その中のひとつを、ひきあげようとして、えものを追いこんでいるのでした。「サケというのは、かならず、自分の生まれた川へ産卵にやってくるものですよ」

「まあ、そうですか。いくつもいくつも川があるのに、よく間違えないものですね」

と私は、案内役の人の説明に感心しながらも、せっかくそうして、ふるさとの川へ帰ってきたのに、卵も産まないうちからつかまえられてしまったのでは、サケはさぞかし無念だろうとふくざつな気持ちでした。

岸にも同じように、胸まであるゴム長をはいた小父（おじ）さんがふたりいて、まもなく網は、川原にひきあげられました、大小九匹のサケが、網の中でバタバタもがいています。堤防の上で待ちかまえている、市場行きの小型トラックに、そのまま積むのかと見ていると、舟からおりた男の人が、コン棒のようなものを振りあげ、やにわにポカポカ、サケの頭を打ちはじめました。ひと打ちで動かなくなってしまうサケもいれば、二度三度なぐられても、死にきれずにいるサケもいます。

「かわいそうにナ」

と男の人は、棒を振りおろすごとに、同じ言葉を、同じ調子で言いました。この地方のアクセントで発音されるその言葉は、しかりつけているようにも聞こえるのですが、その言葉が吐かれるたびに、ひとびとの間から歎声のような声が洩（も）れて、言うに言われぬ、あわれみのふんい気が、その場にただようのでした。

もし男の人が、最後まで無言でその作業を続けたとしたら、その光景は、陰惨きわまりないものとなったのに、ちがいありません。その場にいあわせるのが苦痛になって、私はとちゅうで、逃げ出してきてしまったかもしれません。きっと、そうしたでしょう。

いたわりや、あわれみというものは、心で思っているだけでなく、言葉にあらわして、声にして出さなければダメなのだな、と私は、帰るみちみち、しみじみ考えさせられました。

新田川のほとりで、私が見せてもらったのは、めずらしいサケ漁でした。でも、私の心に深く印象づけられたのは、やはり言葉と、その表現の問題でした。


「言葉と、その表現の問題」につねに敏感であるべき詩人の感性がよく表されている文章である。

新川和江は一九二九年（昭和四年）生まれ。詩集『ローマの秋・その他』により第五回室生犀星賞、『ひきわり麦抄』により第五回現代詩人賞などを受賞したほか、日本現代詩人会会長および理事長をそれぞれ一期ずつつとめている。


なお、文学祭の前日、八日夜には、原町市内の中野屋旅館を会場として、小説大会・詩大会合同前夜祭が行われた。出席者は、詩大会講師の新川和江、斎藤庸一、小説大会講師佐藤民宝、問題提起者鈴村満、安斎宗司のほか、長谷部俊一郎、神野行夫、鈴木美沙、木川保子、大井義典、社内慶雄、古山哲朗、成田真、吉田耕人、松永章三、門馬政広、鈴木孝紀、根本昌幸、二上英朗、牧野芳子、寺島節子、若松丈太郎の名前が記録として残されているが、遺漏があるかもしれない。

玄葉和伸、渡辺義昭も小説大会の問題提起者として参加している。

14 石垣りん「原ノ町市にて」

原ノ町市にて

原ノ町は　なんにもないところです　と
町の人が言いました。

なんにもないところに駅があって
降り立つと　その足で料亭へ案内され
福島県詩祭の前夜祭がはじまっていました。

宴席で　お銚子片手のひとりが　私に語りかけてくれた
　こと
夜が明けると　無線塔が見えるでしょう
関東大震災の第一報を　サンフランシスコに向けて打電
　した　記念の塔です
アメリカからは　どっと救援物資が送られてきました。

大正十二年　私は四才
場所は東京港区　当時の赤坂区役所の中庭のあたり
被災者が行列をつくって　救援品受取りの順番を待って
　いたらしいこと
私は誰の手にすがっていたろう
翌年死んだ　二十九才の母だったかも知れない──
かすかな記憶が　手のひらを伝った
遠い無線塔からの電波。

コンクリートで固めた　円錐形の高さ二百メートルの塔
は　私がはじめて目にした十日後に　取壊し開始の運
　命にありました
昭和五十六年　秋。

なんにもないから　ここはいいところなんです
原ノ町の人が言いました。

第二十回福島県芸術祭の主催行事、「詩祭・講演と朗読のつどい」は講師に石垣りんを迎えて、一九八一年（昭和五十六年）十月四日、原町市文化センターで開催された。講演は「詩を書いてきて」という演題で行われ、多くの自作詩の朗読をまじえた親しみやすい内容のものであった。

「詩祭」の前日、原町市内の割烹「国見」で前夜祭が行われた。その時の話題が詩人の幼時のかすかな記憶を呼び覚まして作品「原ノ町市にて」が書かれたのである。「原ノ町市にて」は「福島県現代詩人会会報」第十四号（同年十一月十日発行）に発表された。

石垣りんは一九二〇年（大正九年）生まれ。詩集『表札など』により第十九回Ｈ氏賞、『石垣りん詩集』により第十二回田村俊子賞、詩集『略歴』によって第四回地球賞を受賞している。

なお、「原ノ町市にて」が書かれるきっかけになった前夜祭の出席者氏名は次のとおりである。

石垣りん、長谷部俊一郎、三谷晃一、小川琢士、天城《あまぎ》南《な》海子《みこ》、岡村史夫、加藤進士、菅野怜子、菊地啓二、木村徳雄、佐々木茂、佐藤甲井、鈴木蝶次、鈴木美沙、高橋重義、高橋八重子、文逸郎、和田榛二、渡辺元蔵、松永章三、伊藤清司、木村健一、斎藤久夫、佐藤幸治、佐藤隆貴、鈴木豊、二階堂憲宏、根本昌幸、古山哲朗、門馬政広、若松丈太郎。

15　古山高麗雄「湯タンポにビールを入れて」「馬と人と大地の祭り」

芥川賞作家・古山高麗雄《ふるやまこまお》は、野馬追祭を取材した「馬と人と大地の祭り―相馬野馬追」を雑誌『太陽』の一九七一年（昭和四十六年）十一月号に発表した。そのなかに、次のような記述がある。

原町市というところは、なにかと私には因縁の深い町である。この町を訪れるのは、戦前を含めて、今度で四回目である。京阪神や東京近辺の町を別にすれば、私が四回も行った町は、この原町市だけである。

私は旧植民地の朝鮮生まれだし、私の父は宮城県の出身だが、父の姉が原町市の人に嫁いだのだ、この町には数人のいとこが住んでいる。いとこがいるからこの町に来るのではなくて、別用で来るのだが、来ればいとこたちに会って帰るということになる。私の小説に「湯タンポにビールを入れて」というのがあって、この小説の冒頭に私は、原町市を使った。それはもう十年ぐらい前に、私は蘇鉄の行商をしている青年を取材する目的でこの町に来たことがあって、そのときの経験を利用したのだが、人口四万とちょっとというこの小さな町は、あれから十年たってもいくらも変わっていなかった。

「湯タンポにビールを入れて」は、古山高麗雄が「プレオー8の夜明け」で第六十三回芥川賞を受賞した年、昭和四十五年八月号の『群像』に発表した作品である。のち、短篇集『湯タンポにビールを入れて』(四十六年・講談社)の標題作ともなった。取材旅行は「もう十年ぐらい前」と「馬と人と大地の祭り」に書いているが、PL教団の雑誌『芸術生活』の編集に従事(昭和三十七〜四十二年)していた期間に行われている。

「湯タンポにビールを入れて」の一部を紹介する。

もう少し写真を撮ろう。蘇鉄屋の谷原君がオートバイで国道をぶっ飛ばすシーンなども撮ろう。

原町市で、まる一日、谷原君の行商に随いてまわった。駅前の小さな旅館に同宿して、夜、身上話も聞いた。記事を書くには、これだけで充分だ。(略)

とにかく写真は、もう少し撮ろう。――ポートレイトと行商の場面はふんだんに撮った。

「ごめんください。蘇鉄の苗、いらんですか?」

谷原君は、張りのある声をかけ、農家であれ、商店であれ、気楽に入って行くのだった。私はその谷原君の前にまわったり、横にまわったりして、キャノネットのシャッターを押した。カメラマンにつきまとわれた蘇鉄の行商人を、あるいは行商人につきまとうカメラマンを、原町市の人々は異様に感じないのだろうか。原町の人々は、みな平然とした態度で、いっこうに私を問題にしないのだ。レンズを意識せずに動いている。私のレンズの前で、ちらっと見るだけ。私にはそれが奇異に思えた。一軒の農家でだけ、あんた写真うすだらば、うつして送ってけろ、と言われた。送りますよ、と言って私は、その家の住所と姓名とを訊いてメモに書きつけた。送ってけろと言った男が、その家の家長らしかった。家族を呼んだ。六、七人、婆さんや中年の女や子供たちが、集まって並んだ。

「もう一枚撮りますよ。はい。いいですか、はい、うつしました」

「頼んだや」と家長らしい男が言った。

「一週間ぐらいしたら、送りますから」と私は言った。

この取材旅行中の古山高麗雄に会った原町市に住むいとこの古山哲朗は、「突然、小さなバイクに乗ってやって来たので、おどろいた記憶がある」と言っている。

古山高麗雄は、宮城県刈田郡七ヶ宿出身の内科・小児科の開業医であった佐十郎を父として、一九二〇年（大正九年）に朝鮮新義州府で生まれた。名前はこの出生地に由来する。芥川賞を受賞したときは既に五十歳になっていたので話題にもなった。

「馬と人と大地の祭り」に原町市を「訪れるのは、戦前を含めて、今度で四回目である。（略）父の姉が原町市の人に嫁いだのだ、この町には数人のいとこが住んでいる」と書いていることについて確認しておこう。

父の姉は、おきせ、と言い、原町の松永家に嫁いだ。その子供たち、春子、時雄、勝巳が原町に住んでいた。また、父の弟、古山庄平の子供、哲朗も戦後になってからは原町に住んでいた。いとこたちとは、彼らのことを指している。

つぎに、四回の原町来訪のうち、第二回目が「湯タンポにビールを入れて」に書かれている取材旅行、第三回目は「湯タンポにビールを入れて」を発表した昭和四十五年十一月中旬に講演会の講師として来訪、第四回目が「馬と人と大地の祭り—相馬野馬追」の取材を目的としたものである。

このときの取材旅行は、昭和四十六年八月二十四、五日に行われたものと考えられる。その根拠は、文章中に「昨日の七時半から見た野馬追の全国紹介、というのは、ＮＨＫが放映した新日本紀行」とあるからである。「野馬追い—福島・相馬」が放映されたのは八月二十三日である。つまり、七月に行なわれる野馬追を古山高麗雄は実際には見ていないということである。八月二十四日、いとこの松永時雄の案内で藤田魁を、翌二十五日は谷皎の案内で五島彦七、深野正義などを訪ねたのである。

16　高浜虚子の〝祝句〟

一九一四年（大正三年）六月、小高町在住の文人、半谷絹《はんがいけん》村《そん》、豊田君仙子らは俳誌『浦』を創刊した。

『浦』の創刊にあたり、高浜虚子は祝句として

涼しさやこの浦人を見守りし

を寄せて祝福したのであった。

この『浦』は、一地方で発行された雑誌としては豪華な顔ぶれの俳人たちが寄稿したり選者となったりしている。すなわち、雑詠の選に渡辺水巴《わたなべすいは》、課題句の選に村上鬼城《むらかみきじょう》、原石《はらせき》鼎《てい》、前田普羅《まえだふら》、長谷川零余子《はせがわれいよし》らがあたり、文章も書いている。残念ながら、半年後に六号で廃刊し、短命であった。

高浜虚子は正岡子規を中心とする俳句革新、写生文運動の一翼を担った。一時俳句を離れたが一九一三年に復帰し、定型と季語を尊重する旧守派のリーダーとなった。『浦』に祝句を寄せたのは俳句復帰の翌年のことである。

ところで、半谷絹村、豊田君仙子、あるいは、大曲駒村、鈴木余生などが相馬という狭い地域に住みながら、あるひとつの磁場のごとき働きをしているのは、なぜなのであろうか。（大曲駒村は、のち、中央で川柳研究者としての業績を残しているが）

あるいは、これは彼らが俳句というジャンルに関わっていたためであろうか。俳諧には〝異人歓待〟の文学とも言うべき側面があるかもしれない。たとえば、松尾芭蕉《まつおばしょう》が旅することができたのも、〝異人歓待〟の習慣がひとびとのあいだにあったからにちがいない。そうした習慣が近代の俳人のあいだにも受け継がれていて、絹村や君仙子らは多くの文人の訪問を歓迎し、文学の磁場を提供しているようである。

絹村、君仙子、駒村、余生などに河東碧梧桐、大須賀乙字、臼田亜浪、大野林火《おおのりんか》、萱又天麓、鈴木安蔵、平田良衛、埴谷雄高、荒正人、島尾敏雄、あるいは矢田挿雲、久米三汀（正雄）、あるいは高浜虚子、渡辺水巴、富安風生《とみやすふうせい》、村上鬼城、原石鼎、前田普羅、長谷川《はせがわ》かな女《じょ》といった名が結びついてくる。

小高町など相馬地方に文学の磁場が形成されたのは、埴谷雄高の言う「奇妙な隕石」が落下したせいでもあろうか。

17　江見水蔭「相馬と伊達政宗」

江見水蔭《えみすいいん》は明治・大正期の作家で、硯友社同人として文壇生活に入った。その後、観念小説・深刻小説の流行にのって『女房殺し』を発表、田岡嶺雲《たおかれいうん》や内田魯庵《うちだろあん》らの絶賛を得、新傾向小説界の第一線に立った。その後はしだいに文壇での影が薄くなってゆく。晩年の回想記『自己中心明治文壇史』は硯友社を中心とした明治文士の記録として価値がある。

その江見水蔭に「相馬と伊達政宗」と題する一文がある。徳川家康が会津の上杉景勝を討つため下野の小山に陣を置いたとき、伊達政宗は家康から会津を搦め手から攻撃するよう命じられ仙台に帰る途中、五十騎の供とともに相馬領を通過しようとする。

政宗は使者を先に走らして「今度、自分は徳川殿が会津の上杉を討たるゝについて、搦め手から攻めかゝるやうにと申しつかり、それで急いで帰るところ、何分よろしく」と申し入れました。

そこで長門守義胤公は、重立った家臣を集めて、評定にかゝりました。年来の敵政宗を討つは此の時とばかり、衆議は夜討に決しようとした時、水谷式部といふのが進み出で、

「そも〳〵窮鳥懐に入る時は、猟者もこれを殺さずとか申しまする。政宗程の大将が、年来の恨みを捨てゝ、君を頼んで来たのでありますから、無事にお通しするこそ勇者の本意でございませう。勝負は戦場で正々堂々とおきめになった方がよろしいかと存じます」と申しました。

これは道理にかなった説でありましたので、義胤公も式部の意見を聞きいれました。

政宗の宿舎にはかがり火をたき、夜警を廻らして、十分注意を払ったのであります。

政宗の宿舎の中は、しーんと静まりきってをりました。あまりに大胆至極なので相馬方では、ちと心にくい位でした。

（中略）

それで、かうした敵地も同然のところにゐるのでありますから、普通の者ならば、夜の明けるのを待ちかねて、そこ〳〵に出立するのですが、政宗は悠々として、日が高く昇ってから、ちゃんと使者をして相馬家に礼をいはして其の上で出立いたしました。

相馬家では、家来をもって送らせました。国境の駒ヶ嶺といふ所までゆきますと、伊達家の軍兵が、雲

か霞のごとく充ち満ちて、主人の出迎へに来てゐたので、相馬方でも驚いたといひます。

しかし政宗は、一夜の宿を相馬に借りた恩誼を忘れず、関ヶ原没後、西軍に与した相馬の為に弁じてくれたので、相馬も又旧領を保つことが出来たといふことであります。

18 沖野岩三郎『八沢浦物語』

沖野岩三郎《おきのいわさぶろう》は明治学院神学部の学生であったとき社会問題に関心を持ち、賀川豊彦《かがわとよひこ》らと非戦論を唱えた。一九〇六年（明治三十九年）夏期伝道生として新宮に赴き大石誠《おおいしせい》之助《のすけ》を知り、翌年新宮基督教会の牧師となった。一九一〇年、大逆事件に巻き込まれ、連座は免れたが大石誠之助など親友が被告となった。以後、事件の被告とその家族の救援活動をおこない、また、事件の真相を伝える秘密伝道をながく続けた。

一九一七年（大正六年）、大逆事件をモデルにしたストライキ事件を描いた小説『宿命』を書いた。一方、この年の秋には小高町の日本基督教会牧師をしていた杉山元治郎を訪ね、相馬郡八沢村（現、鹿島町）の八沢浦干拓地の案内を受けている。

『宿命』は『大阪朝日新聞』懸賞小説の第二席となり、検閲による改稿を経たあと新聞に連載された。選者内田魯庵は「政治上、又は思想史の貴重なる資料」と評してその特異な価値を認めた。沖野岩三郎はこの入選を契機に上京し、宗教活動のかたわら作家生活に入った。

『八沢浦物語』は一九四三年（昭和十八年）十月三十日に金の星社から刊行された。その「あとがき」によれば、執筆を開始したのは前年からということである。執筆にあたり、改めて取材する必要を覚え、「昭和十七年十月十五日十三時二十一分に、私は常磐線鹿島駅に下車し」八沢村を再訪した。

『八沢浦物語』から二箇所を紹介する。岐阜県の山田貞策《やまだていさく》が八沢村北海老の紺野忠に干拓まえの浦を案内される場面と、トンネルを用いて排水に成功する場面である。

それから丘の上に立って見ますと、はるか向ふに日立木村の農家が箱庭のやうに小さく見えます。右に磯部村の小山、左に八沢村の村落が、八沢浦を抱くやうにしてゐます。湖水一面の青い水が美しく小波を立ててゐます。ところどころに葦が生えて、その葦のかげに小舟が浮んでゐます。

『これは大変なものだ。これを一枚の田圃にすれば、どのくらゐの広さがありませうか。』

山田さんは紺野さんをふり返って問ひました。

『東西一千九百間、南北五百五十間ですから、面積は三百六十町歩ぐらゐでせう。』と、紺野さんは答へました。

山田さんは岐阜県で四十五町歩の田を持ってゐる大地主です。けれどもこの湖水の水を流し出せば、四十五町歩の約八倍の田ができるのです。一枚で三百六十町歩の田……山田さんの心臓はふるへました。何というすばらしい話であらう。

＊

時は来ました。係員一同は水門の所に集りました。

山田さんが水門の螺旋をねぢて扉を上げますと、水は旧水路の中に、どっと流れ込みました。見る見るうちに、水路の中を水がいっぱいになって流れます。若い人たちは、水といっしょに松原を走りました。そしてトンネルの所を見ますと、水はトンネルの中に、どんどんと流れ込んでゐます。

山田さんは松原の所に立って、湖水の水が減って行く有様をながめてゐました。水は二寸三寸と減って行きます。岸に生えた草の根が、だんだんとおき去りにされて、水は下の方に水面を下げて行きます。鮒や鯉が、時時水路の方へ走って行ってはもどって来ます。工夫たちも堤の所にって、わあわあと声を立ててさわいでゐます。

この『八沢浦物語』には、著者が一九一七年の秋に小高町の杉山元治郎を訪ねたときのことも書かれていて、興味深く読めるので、引用しておく。

家の表には、農作物種物取次販売、農具一式取次販売、多木製肥料取次販売、売薬製造販売、屋根瓦製造販売、相馬焼陶磁器取次販売、燻炭製造販売、杉山式瓦鋤犂販売、杉山式自転車修繕器販売、と、いふやうな看板をずらりとかけたまんなかに、日本基督小高教会の看板が雑居してゐます。おまけに入口には焼芋がまをすゑつけてあって、そこでぽかぽかあたたかい焼芋を売ってゐます。（略）その頃杉山さんは小高町の教会内に、農民高等学校といふ学校を開いてゐました。学校とはいふものの普通の学校とはちがふのです。入学期は冬の雪のふりはじめる十二月で、それから、雪のとける春の四月までの五箇月間で、教授時間は毎晩夕方から十一時ころまでです。教科書といふものをつかはないで、火鉢をかこんで、いろんな話をしながら知らず知らずのうちに、農業に関する智識を授けるのです。月謝は五十銭ですがそれはお金でなくともよいので、お米でも大根でもいもでもよいのです。

杉山元治郎という人物の姿が浮かびあがってくるではないか。

19　山本周五郎『天地静大』と『失蝶記』

約束の日、透が岩古の「江戸新」へゆくと、なほはもう来て待っていた。

その茶屋は松川湖の湖畔にあり、座敷に坐っていながら、蘆原の向うにひろがる湖の水面や、対岸の長い砂丘が眺められる。――昔はその砂丘ももっと短く、歌川の河口を包んで入江のようになっていたという。いまでも北端の松川と緒浜とのあいだが切れているので、汐の干満の影響がはっきりあらわれるのであった。

なほの待っていたのは、いちばん端にある小座敷で、東側と北側に、掃き出しの付いた腰高窓があり、縁側はなかった。

彼がはいってゆくと、窓に凭れて湖のほうを眺めていたなほが、振返って微笑し、彼のために敷物を直した。そこには茶と菓子と、みごとな柿が出してあったが、手をつけたようすはなかった。

「待たせてしまったんですか」

透は刀を置き、脇差もとってそこへ置きながら云った。なほはそっとかぶりを振った。

「出る都合があったものですから、お約束より早くま

「いりましたの」

山本周五郎《やまもとしゅうごろう》の『天地静大』の第一章「松川湖にて」の部分である。

〝岩古〟〝松川湖〟〝歌川〟〝緒浜〟をそれぞれ〝石ノ子〟〝松川浦〟〝宇多川〟〝尾浜〟と読み替えれば、松川浦を知る読者にはその景観が誤りなく表現されていることがわかる。

『天地静大』は一九五九年（昭和三十四年）十一月二十九日に起稿し、十二月から『北海道新聞』『中日新聞』『西日本新聞』に連載を開始した作品で、安政年間の動乱期における奥州の小藩、中村藩の若い武士たちの姿を描いたものである。のち、新潮社版『山本周五郎小説全集』第十二・十三巻に収録された。

『天地静大』の執筆開始に先立って『別冊文藝春秋』（昭和三十四年十月）に発表した「失蝶記」（のち『山本周五郎小説全集』第三十一巻収録）も中村藩を舞台にした短篇である。中村藩という言葉はでてこないが、藩内の〝宇多川〟〝西山〟〝磯部〟〝和田〟〝粟津〟などの地名のほか、藩校である〝育英館〟の名、それに〝慈隆〟に似た〝法隆和尚〟という人物もでてくる。勤王か佐幕かに揺れる幕末の小藩の若者の悲劇を描いた作品である。

山本周五郎は伊達騒動とよばれた寛文事件の立て役者原《はら》田甲斐《だかい》を新しい視点から扱った『樅ノ木は残った』を書いている。その取材を目的として一九五四年に宮城県地方を旅行している。彼の最初の妻きよい（旧姓、土生。戦争末期の一九四五年五月死亡）は宮城県亘理町出身でもあり、このとき、亘理町や原田甲斐の居館のあった船岡城にも近い相馬市に立ち寄り、松川浦に遊んでいるのではないかと推測される。『樅の木は残った』は歴史小説に新境地をひらいた作品であり、『天地静大』などはその延長線上にあるものと言ってよい。

山本周五郎は、つねに政治や経済に見放された弱く貧しい者の側に立ち、反権力の立場から独自の文学を展開した。また、直木賞、毎日出版文化賞、文藝春秋読者賞を辞退し、反骨ぶりを貫いた。

20　杉森久英『大風呂敷』

杉森久英《すぎもりひさひで》の『大風呂敷』は後藤新平《ごとうしんぺい》の生涯を描いた長編伝記小説で、一九六四年（昭和三十九年）八月二十一日から翌年の九月十六日まで『毎日新聞』紙上に連載されたあと、同新聞社から出版された。

この作品の約四分の一にものぼるスペースが〝相馬事件〟の記述についやされている。次の引用は、錦織剛清《にしごりたけきよ》が後藤新平に助力を依頼しようと訪ねてきた場面の一節である。

新平は相馬藩というものに対して、かねてから特別の感情を抱いていた。

彼はボロ袴にチンバ下駄の須賀川医学校時代、病院長の塩谷退蔵の助手として、相馬藩の斎藤久米之助という学者を往診したことがある。

その時彼は、この斎藤先生の住居がひどいあばら家で、暮しぶりがあまりにもみすぼらしいのに驚いた。

さらに彼は、このあばら家の、押し入れの隅から屋根裏にいたるまで、書物が充満しているので、驚いた。

さらに彼が驚いたことは、このみすぼらしい学者を、周囲の人が下へも置かぬほど、うやうやしくもてなしていることであった。

もうひとつ彼が驚いたことは、駆け出しの助手にすぎぬ新平に、往診料として三円包んでくれたことであった。こんな大金を、彼はもらったことがない。この分では、塩谷院長は十円もらったか、二十円もらったか、見当もつかない。

この斎藤久米之助という人は、二宮尊徳の弟子であった。幕末のころ、相馬藩の財政が窮乏におちいったとき、二宮流の倹約政策をとって、立ち直って以来、二宮尊徳といえば、相馬藩では神様のように尊敬された。そして、尊徳のなくなったのちは、斎藤先生が、尊徳の身代りとして尊敬された。人々の彼に対する態度がうやうやしいのも、当然であった。

したがって、新平がもらった大枚三円の往診料も、おそらく斎藤先生の知らないうちに、藩から支払われたものであろう。それはどう考えてみても、あのあばら家の主には不似合いな金であった。

その時以来後藤新平は、相馬藩といえば、一風変ったところと、奥ゆかしく思うようになった。

その相馬藩にお家騒動が起ろうとしている。新平は他人事でないような気がした。

『大風呂敷』には、「取材余話」として、作者が志賀直哉を訪ね、相馬事件に筆がおよび直哉の祖父直道についても触れることの了承を得たときのことも書かれている。

こんな話をしていると、相馬事件なんて、殺伐な話を持ち出すのが、いやになる。やっと

「先生のおじい様のことを、悪く書かなきゃならないので、どうも……」

口ごもりながらいうと、気軽に、

「ああ、いいよ……」

それから先生は、いろいろ当時のことを思い出して話してくださったが、中でおもしろいと思ったのは、後日談であった。

昭和のはじめごろ、志賀先生は奈良に住んでおられた。

友人の中戸川吉二氏が競馬に凝っていて、ある日、持ち馬が淀で優勝したから、見に来いというので、お子さんたちをつれて行かれた。

厩舎には若い調教師がいたが、その言葉に東北地方のなまりがあるので、先生が

「君は福島あたりか」

「はい、相馬です」

「ホホウ……」

男は得意そうに

「むかし相馬事件の錦織剛清という男がいましたが、私の祖父になります」

四五十年ぶりで、孫同士が対面したのだが、先生は自分が志賀直道の孫だということは黙っておられたというのである。

杉森久英は、『地上』を残して狂死した作家島田清次郎《しまだせいじろう》の生涯を綿密に調べ、伝記文学『天才と狂人の間』を書き上げ、直木賞を得た。以後、伝記文学の分野で独自の境地を占めることとなった。

21 安岡章太郎『志賀直哉私論』

「鋭い独断を閃かせて対象に肉迫する実感的批評の典型」(阿部昭)とされる安岡《やすおか》章《しょう》太郎《たろう》の『志賀直哉私論』は一九六七年(昭和四十二年)秋から翌年夏にかけて雑誌に連載されたあと、文藝春秋社から単行本として刊行された。ここでは、そのうちの「風土的拒否反応」(一九六八年三月号「文学界」初出)の一部を紹介する。

二宮仕法とはどんなものか、何も私は知らない。ただ直道にとって、それは彼の全人生をあらゆる意味で決定づけるものだったことはたしかである。

一体、相馬藩というのは千葉氏の流れを汲む古い家柄ではあるが、禄高は僅か六万石で、北と南に、伊達や会津などの強大藩をひかえ、戦国時代以来、つねに存続を保つのに両方の藩に挟まれて戦々兢々として来なければならなかった。しかも徳川三百年の間、ついに一度も国替えにもならず、取りつぶしにも遭わず、明治の廃藩まで持ちこたえたというのは、代々よほど外交政策が巧妙であったか、或いは相馬というところは地形、風土、人心などに、何か外部からは手をつけにくい特殊なものがそなわっていたのかもしれない。

脱線になるが、いつか島尾敏雄に雑誌「近代文学」の初期の同人たちの話をきいたとき、

「とにかく、おれは子供のころから、あの連中にはアタマが上らなかった。母親に手をひかれて道を通りながら、ちょっと大きな門構えの家があると、『これが荒さま』、またすごくいかめしい屋根のそびえた家があると、『これが般若さま』と教えられて育ったんだからね。」

と、島尾のいわゆる幼年時代からの劣等感のイワレを説明してくれた。つまり荒正人、埴谷(般若)雄高、など「近代文学」で島尾の先輩に当る人たちが、みんな島尾の郷里の相馬中村で、島尾よりも家柄や格式の高い家だという。なかでも般若家は千葉氏が千葉から相馬に移るとき、殿さまに従った七騎の武士の一人という、なかなか歴史的な名家であるらしい。しかし、埴谷、荒、島尾、と三人を並べてみると、相馬人というものが一と癖ありげな、いかにも平将門の子孫らしい気性と雰囲気とが感じられる。顔立ちも、鼻が高く、濃い太い眉が落ちくぼんだ眼の上に迫って、どこか日本的でない、コーカジアン人種の血でも流れていそうなところがある。それはともかく、歴史的にみても、

相馬が東北の他の藩のなかでも一種異った閉鎖的な土地柄であること、その一見外からは窺い知れぬという閉ざされた感じが、明治になっても「相馬事件」という奇怪な事件のウワサばなしを世間の人たちに、容易に信じこませてしまったりもするのであろう。

そんなことから好奇心をそそられ、私は二度ばかり相馬の町を訪れた。だが通り掛りの旅行者にとって、そこは旧い城跡を中心とした比較的まとまりのある城下町で、平将門や相馬事件の猟奇趣味とはおよそ無縁な、落着いた居心地の好さそうな町であるに過ぎなかった。駅前に一軒、志賀時計店と大きな字で書いた看板の出ている家があったが、これは別段志賀家とは縁続きでもなさそうだった。それよりも城跡の本丸が神社になっている境内に立っていた二宮尊徳の銅像で、私は相馬地方に於ける尊徳の影響力の現在に及んでいるらしいことを見て、なるほど、と思った。

この文章には「島尾の郷里の相馬中村」「城跡の本丸が神社になっている境内に立っていた二宮尊徳の銅像」をはじめとしていくつかの事実誤認が認められる。

しかし、この文章によって、安岡章太郎は一九六八年以前に相馬市を二回訪れていることがあきらかである。そのうちの一度は、まだ確認はしていないが、相馬女子高等学校で講演をしているという情報を得ている。

安岡章太郎は、一九五三年に「陰気な愉しみ」と「悪い仲間」とで芥川賞を受賞し、「第三の新人」の一人として作家生活に入った。その後、『海辺の光景』によって文壇的地歩を固めた。自らの家系を溯った歴史小説『流離譚』などの作品がある。

22　鈴木安蔵「阿武隈山脈のふもと」「つきぬなつかしさ」

わたくしが生まれたのは福島県相馬郡小高《おだか》町、海岸線の北の方の平凡な町である。中学からやがて大学と町をはなれたから、ふるさととはいえ、幼いときの十三、四年の環境である。だが戦争中は家族が疎開したり、祖先の墓もむかしながらの郊外の吉名の丘にある。まぶたに浮かぶのは、なによりもさきに、この丘のあたりである。

「見返れば墳墓は見えず蟬しぐれ」――これは小学校時代の句だが、郷土は俳句でよく知られたところ、大曲駒村、豊田君仙子、半谷絹村など今日なお記憶されてよい人びとがあり、今日でも「水明」派の一支点である。わたくしたちも小さいときから、俳句に親しんだ。

俳句が盛んな土地であることの根拠をしいて求めると、観光地向きの名所とてもなく、西になだらかな阿武隈山脈が走り、東に近く波荒い海岸がつらなる。蚕業といえば、羽二重、生糸の小産地であったにすぎず、今日なお、逆にそれが幸いしてか、郊外やけばけばしい観光地開発もない静かな小天地であるという事情かもしれない。大正時代の全国的な小作争議も、ここにはおこらなかった。日本の農民運動の草分けの一人である杉山元治郎氏は、小高の若い牧師であり、わたくし自身その教会で教えを受けたが、農民組合、労働農民党の指導者となって氏が活動したのも、小高をはなれてからである。

だが必然的な社会的矛盾がないのではない。先覚者平田良衛さんの開拓地の苦心に示されるような働く農民の苦難が生まれたし、町民大衆のインフレによる苦悩もある。野馬追い祭りで知られる近くの原町市や浪江などにおける工場進出による諸問題も、国鉄労働者の組織とともに、もっと今日的な郷土の再建を生み出す原動力になろう。

一九七三年（昭和四十八年）五月十三日付け『赤旗』日曜版の〝ふるさとじまん〟の欄に掲載した「阿武隈山脈のふもと」の全文である。短いながらふるさとへの思いが伝わる文章である。

さきに、「4、河東碧梧桐『三千里』とその周辺」で、鈴木安蔵の父である俳人、余生（良雄）について述べ、さらに安蔵についても簡単に触れておいた。鈴木安蔵は文学者ではない。しかし、ここであらためて取り上げるべきだと考えている。

鈴木安蔵は一九〇四年（明治三十七年）三月三日、鈴木良雄（余生）の没後、その長男として相馬郡小高町大字南小高字町四五で出生した。小高小学校、相馬中学校、第二高等学校を経て京都帝大にすすんだが、京都学連事件により検挙され、退学する。日本憲法史研究に多くの業績をあげるとともに、戦後、革新的立場から憲法研究会を結成、憲法草案作成に関与した。法学博士、日本学術会議員、静岡大学名誉教授、立正大学教授、憲法理論研究会会長などの肩書を持った。著書多数。一九八三年（昭和五十八年）八月七日、七十九歳で死去。戦前の非合法時代の論文には〝小高良雄〟という筆名を用いたものがある。

なお、鈴木安蔵の「つきぬなつかしさ」（相馬中学校二十回生『卒業五十周年記念誌』）を読むと、相馬中学校弁論部部長菅又天麓のことが書かれている。

> 今にして思うと相馬中学時代、野球部の選手生活、福島県下の弁論大会での優勝、さらにストライキなど、あれこれあるが、帰するところは、級友たちとの友情こそが心の灯として燃えつづけている。しかし渡部信君など、すでにない。弁論大会で優勝にみちびいた部長の菅又先生（天麓といい俳句をつくられた）にも、ついに卒業後親しくお会いできずに、そのうち先生は不遇な晩年をおくられたことを、ずっとあとになってきいて心痛むのであった。

「5、大須賀乙字の俳論と『松川浦舟行』で菅又天麓（元之介）に言及したが、不注意なことにその時は二人の関係についてはまったく気付いていなかった。「つきぬなつかしさ」を読み、始めて思いがけないつながりがあることを知り、ドラマティックでさえあると思った。

23　高木敏子『ガラスのうさぎ』

　学校の授業もなかなか進まないしそこでこの際、家が建つまで、わたしは父の実家、福島県相馬郡中村という所に行くことになった。学校の方はいちおう欠席の手続きをとり、もし向こうに行って転校できるようだったら何か月でも、あちらで授業を受けるつもりであった。そうでないと、長期欠席で留年になってしまうからである。家が出来るまでの辛抱だよ、と兄にいわれた。やっと兄に会え、たとえいっしょに住めなくとも、同じ東京の空の下にいるんだと思うと心強かったのに――。

　わたしは兄につれられて、父の実家に向かった。常磐線の中村（現在の相馬）駅を出てから町はずれまで、ずいぶん遠くまで歩いた。しかし兄は、

「まだ半分も歩いていないぞ。もっと一生けんめい歩け。」

という。荷物は重いし、畑の真ん中にある一本道は、まだどこまでも続いている。わたしはとぼとぼ歩いて行った。そのうち夕方にはなり、おなかはすいてくる。下駄の鼻緒は何回も切れる。わたしは思わず。

「お兄ちゃん、わたしはもう歩けない。」

と、すわりこんでしまった。兄は、

「なんだ。意気地なし。歩かなければ、ここに置いて行くぞ。」

と、叱りつけた。いま思うと、兄もきっとつらかったのであろう。わたしは泣き泣き下駄をぶらさげて、はだしで兄の後を追いかけた。歩かなければ、歩かなければと、もう何も考えずただ歩いた。やっと父の実家に着いた。

　東京大空襲などで両親とふたりの妹を失った主人公、十二歳の敏子は、敗戦後、復員した特攻隊員だった兄と再会できた。その兄に連れられ、父の実家を頼って東京を後にした『ガラスのうさぎ』の一場面である。その敏子を父の故郷は冷たい仕打ちで迎えたのだった。

『ガラスのうさぎ』は著者、高木敏子《たかぎとしこ》の実体験にもとづいて書かれた作品で、一九七七年（昭和五十二年）十二月に金の星社から出版された。のち、映画化もされている。

24　木下順二『ＳＫ先生〝野馬追〟に参加する』

木下順二《きのしたじゅんじ》の「ＳＫ先生〝野馬追〟に参加する」は古流馬術の名人で八十歳になるＳＫ先生こと小松崎新吉郎が神旗争奪戦に参加したいきさつを書いたものである。二箇所から引用する。

　年に一度のこの祭のためだけに馬を飼っている人もずいぶんいるらしい。よそから馬を借りるにしても運送費だ何だとばかにならない費用がかかるはずだが、ふだんは普通のサラリーマンであり商店のおやじさんである人たちが、この日が近づいてくるにつれて、伝来の甲冑や旗指物の手入れ、乗馬の練習、だんだん興奮しかつ緊張してくるのだそうだ。七日間から二十一日間の精進潔斎をする人も少なくないらしく、いよいよ当日鎧兜に身を固めると、「〇〇郷組頭某々、御大将をお迎えに唯今参着！」「大義、ひとまず休息せい。」なんてことばが自然に出て来てしまうようになると、案内のパンフレットに書いてある。だからハイライトの神旗争奪戦では、中天高く花火と共に打ち上げられた神旗を追う五百騎が、文字通り殺気立って一点に殺到する。

＊

　二時間半も待ったころ、原っぱの遥か東の街道に騎馬行列の先頭の姿が見えた。そして原の中へ繰り込んでくる。それがやがて五百騎、蜿蜒と一時間ほど続いた。ＳＫ先生の、先生が凝って染めさせた家紋揚羽蝶の紋所の旗指物が私の望遠鏡の視野にやっとはいったのは、行列の真中頃だったろう。大原野一杯に響きわたるスピーカーの声が刻々状況を解説している中で、「日本一の馬術の名人小松崎……」あとは声が割れて分らなかった。

　それから何十騎かの一隊は原っぱを横切って、その中に〝御神輿守護〟の布を背に付けた先生もまじっていたが、西の斜面の御神輿の据えてある遥かに高い高みまで、七曲りに作ってある〝羊腸の坂〟を登って行って、〝総大将〟の相馬の殿様に挨拶して、また七曲りの坂を下りて来たのが十一時半。

木下順二は、どうやら勘違いして、東西の方角を逆にとっているように思われる。

　この文章が発表されたのは一九八二年（昭和五十七年）十月号の「海燕」で、のち『ぜんぶ馬の話』（一九八四年七月一

日　文藝春秋社）に収載された。文中に「私は祭りの第一日が済んだ夜おそく原町に駆けつけた」とあり、一九八二年七月二十三日に原町入りしたと読み取れる。

この年は、連続的に講演会を企画する相馬市民の会が木下順二を招いて、六月五日に相馬市図書館会議室を会場にして「戯曲のことば（せりふ）とは何だろうか」というテーマで少人数を対象とした講演会を開催しているので、相馬地方には短期間に二度来訪していることになる。

木下順二は、戦後の典型的な歴史的現実をとらえ普遍的な意味を見出そうとするところからスタートし、「人間と人間以上のものとの根源的な対立」を舞台のうえで追求している劇作家である。同時に、日本語の芸術語としての可能性を求める作業を山本安英《やまもとやすえ》の会における〝ことばの勉強会〟を中心として続けている。相馬市での講演会も〝ことばの勉強会〟にかかわるものであった。

代表的な戯曲には『夕鶴』『神と人とのあいだ』『子午線の祀り』などがある。

25　皆川博子『相馬野馬追い殺人事件』

法螺貝の音を合図に、狼火が打ち上げられた。灼けつく夏の空に薄墨色の煙がしみのように滲みひろがり、小さい黒い点が浮かんだ。舞い落ちるにしたがって、細長くよじれた布の姿をあらわす。

旗指物をなびかせ、騎馬武者の群れが、右手の鞭をさしのべ、落下してくる神旗をからめとろうと寄り集まる。

幾度となくくりかえされた競技が終わりに近づき、丘の斜面を埋めた万を越える観客は、倦きはじめていた。単純な競技だが、神旗争奪戦と、呼称はものものしい。

曳地忠晴は、膝の上の孫を隣の空いた椅子にうつした。スチールの椅子は、老人が長時間の見物に耐えるには固すぎた。

首すじにつたう汗をぬぐった。痩身の彼はあまり汗をかかない方だし、天幕が陽をさえぎっていたが、ハンカチはすでに、さわるのも不愉快なほど濡れていた。

「疲れましたか」

うしろの席から、徳丸玄一郎が気づかうように声をかけた。徳丸も曳地と同年、今年古稀をむかえた。農夫のように褐色の皮膚が、汗に濡れてかえって艶をましている。

「いやいや」

あまり気をつかわないでくれという意味をこめて、曳地忠晴はかるく手をふった。

七月二十四日。相馬野馬追祭の当日である。

祖先伝来の甲冑装束に身をかためた騎馬武者が集い、行列と神事の後に行なう甲冑競馬と神旗争奪戦が、メインイヴェントであった。


一九八四年（昭和五十九年）七月三十一日に徳間書店からトクマノベルズの一冊として刊行された皆川博子《みながわひろこ》の『相馬野馬追い殺人事件』の冒頭部分である。

甲冑競馬と神旗争奪戦がおこなわれるとき本陣となる山を本陣山という。その裏の崖のきわに仮設された便所をやや下りた夏草のなかに横たわっている武者姿の死体を、曳地が発見することから事件ははじまる。

皆川博子は一九三〇年生まれ。八六年に「恋紅」で第九十五回直木賞、九〇年に「薔薇忌」で第三回柴田錬三郎賞を受賞している。『みだら英泉』『鶴屋南北冥府巡』などの作品がある。

26　相馬地方の現代歌碑と句碑

a．斎藤茂吉歌碑

ことし（一九九一年、平成三年）三月二十二日、相馬郡鹿島町の桜平山公園内の万葉植物園前で、斎藤茂吉《さいとうもきち》歌碑の除幕式がおこなわれた。

茂吉の歌碑としては全国で百二基めのものとされ、宮城県丸森産の青石の碑面に、明朝活字体の文字で

みちのくの相馬郡の馬のむれ
あかときの雲に浮けるがごとし　茂吉

と刻まれている。

この歌は、歌集『つきかげ』のうち茂吉七十歳の一九五一年（昭和二十六年）の作品「朝空」三首の第三首である。

第一・第二首は、

起きいでて朝の空を見るときにこの世のさまはしるくぞありける
羊等のむらがりゆける野のはてに空はにほひてこよなかりけり

である。

茂吉は一九二八年（昭和三年）と四五年（同二十年）の二回仙台・上野間の常磐線の旅客となったことがあり、そのいずれかのとき（おそらくは後者）の印象を詠んだ作品と考えられている。

三年間の準備期間を経て歌碑は建立された。茂吉の長男で精神科医である斎藤茂太《しげた》夫妻らの手で除幕し、アララギを記念植樹した。このあと町内の割烹〝亀八〟に会場を移し、斎藤茂太が「父、茂吉と私」の題で記念講演をおこなった。

斎藤茂吉は伊藤左千夫《いとうさちお》の門に入り、『阿羅々木』の創刊に参加、編集を担当した。アララギ派の中心的存在としての地位にはゆるぎないものがあった。『赤光』『あらたま』『寒雲』『白き山』などの歌集がある。

b. 阿部みどり女句碑

相馬市大州の先端、鵜の尾岬の登り口に阿部《あべ》みどり女《じょ》句碑がある。

菜の花や
岩を
曲れば
怒濤見ゆ
みどり女

この句碑は一九七四年（昭和四十九年）十二月一日に門弟たちの手によって建立された。除幕式には、当時八十八歳であったみどり女も出席した。

阿部みどり女は、高浜虚子に師事し、大正時代の『ホトトギス』の女流作家として認められた。『定本阿部みどり女句集』がある。

c. 富安風生句・清崎敏郎句碑

原町市牛来字出口一三一番地、箭原要宅庭園に、一九七六年（昭和五十一年）六月、富安風生句碑

野馬追の
緋の母衣
はらみ
おん大将
風生

が建立された。

富安風生は高浜虚子に師事、『ホトトギス』同人となる。

句集には『村柱』のほか『喜寿以後』『傘寿以後』『米寿前』の句集三部作などがある。芸術院賞を受賞している。

相馬地方には二度来訪している。まず、一九四七年十月、双葉郡浪江町での鮭川遊吟（十一句をつくる）のあと相馬郡小高町の半谷絹村宅に宿泊した。さらに、一九五四年七月、半谷絹村の案内で野馬追を見物した。

箭原要宅庭園には、やはり『ホトトギス』の同人である清崎敏郎《きよさきとしお》の句碑もある。

野馬追の母衣の緋色の褪せたれど　敏郎

清崎敏郎は『若葉』を主宰し、淡々とした写生句を特色とする。句集には『安房上総』『島人』などがある。

d．大野林火句碑

一九八三年（昭和五十八年）五月二十七日、原町市上太田字前田七六番地の岩屋寺境内に大野林火《おおのりんか》の句碑が建立された。

大野林火は臼田亜浪の門を叩き『石楠』を代表する作家となった。亜浪の没後は主宰する『浜』によって後進の育成につとめた。多数の句集、研究書があり、飯田蛇笏賞などを受賞している。岩屋寺句碑建立の前年、七十八歳で死去した。

林火は相馬地方にしばしば来訪している。一九四八年秋に原町でおこなわれた俳句大会に出席。一九五六年十月には原町市を訪ねて鮭川で吟行、このときの句に「まんじゅさげ暮れてそのさきもう見えぬ」（句集『白幡南町』）などがある。

一九七一年七月二十四日に原町市で野馬追を見物した。

一九七九年十一月十日には岩屋寺で催された門下生のははららご句会に出席し、句作した。翌日は浪江町で鮭漁を見、浪江町公民館での俳句大会で講演した。岩屋寺碑の句は翌年一月号の『俳句』に「晩秋初冬」として発表されたこの折の一句

合掌に
僧搗き
はじむ
刈上餅
林火

である。はららご会同人が師を偲んで建立したもの、である。

林火が野馬追を吟じた句には、

葦の間も神の火頒ち火の祭
稲の香のせり火の祭神代めき

鰹の焼つけこんがり野馬追祭来る

などがある。

e．遠藤悟逸句碑

金賞の南瓜に
誰も異存
なし　　悟逸

原町市大甕字十日廹の大甕公民館の前庭にあり、一九八〇年（昭和五十五年）に建立された。

一九六九年（昭和四十四年）十二月二日、原町第一中学校でおこなわれた福島県文学祭俳句部門の講師をつとめた。

遠藤悟逸《えんどうごいつ》は、『ホトトギス』同人、『若葉』同人会長、『みちのく』を主宰。句集に『悟逸句抄』など。

なお、加藤楸邨句碑「わらべ石」については「7、加藤楸邨『相馬郡原ノ町　十五句』ほか」で述べているので、省略する。

27　詩人が作詞した相馬地方の校歌

相馬地方（旧相馬郡、二市三町一村）には小中学校および高等学校が、養護学校と私立高校をふくめ、五十四校ある。そのうち、詩人が作詞した校歌をもっている学校は、大木惇夫《おおきあつお》の原町市立第一小学校、草野心平の原町市立第三中学校と鹿島町立鹿島中学校、大岡信《おおおかまこと》の飯舘村立飯舘中学校の四校である。

a．原町市立第一小学校校歌

制定　一九五二年（昭和二十七年）三月
作詞　大木惇夫　　作曲　門馬直衛

一、のぞみはひろし国見山
青空仰ぐまなびやたのし
ああ　庭のけやきのかげよ
あしたにつくは自主の鐘
いそしみはげみうちつれて
正義の丘をこえゆかん

二、操はきよし新田川
若あゆまごうはらからうれし
ああ　岸の野ばらの木々よ

むくゆるこころ父祖の土
つちかいやわしうちつれて
文化の花の香をあげん
三、ひばりが原の草わかば
萌えてはのびる友どちすがし
ああ　笛のひびこう牧よ
夕べに思う愛の道
すすみて扶けうちつれて
平和の虹をいざ懸けん

b. 原町市立第三中学校校歌
制定　一九六二年（昭和三十七年）十月二十四日
作詞　草野心平　　作曲　天野秀延
一、阿武隈山脈　北方の
国見のあたり　雲は湧き
広き大地の　学び舎に
日輪は　燦とかがやく
お〻　友がらよ
相共に　われらはげみつ
真善美　ひたに追わなん
二、親潮のうねり　南方に
永遠に高鳴る　雫浜
若人の胸も　高鳴り
高き夢　前途はひらく
お〻　友がらよ
相共に　われら腕くみ
大いなる未来　創らん

c. 鹿島町立鹿島中学校校歌
制定　一九八四年（昭和五十九年）二月二十五日
作詞　草野心平　　作曲　古関裕而
一、阿武隈や　太平洋の
美と力　ここぞ古里
真野川は　銀のさざなみ
光茫は　天にあまねく
二、みちのくの　縄文・弥生
わが鹿島　文化の先駆
知・徳・体　一団となり
新しき　我等をつくる
三、相共に　腕組みつつ
流れゆく　時間のなかで
真と善　ひたに追はなん
翻れ　われらが校旗

d．飯舘村立飯舘中学校校歌

制定　一九八八年（昭和六十三年）四月

作詞　大岡信　　作曲　一柳慧

一、高原の空　ひかる風
　大火・花塚見はるかす
　飯舘の地のさやけさよ
　校舎にひびく歌ごえも
　鳥と高さを競ってる
　ああ　われらの飯舘中学校

二、古い歴史を背に負って
　未来をひらく足音よ
　山のかなたの潮騒を
　心の海に育てつつ
　緑の村を守りゆく
　ああ　われらの飯舘中学校

三、高くそびえる時計塔
　斜面にゆれるコスモスに
　夢はぐくんで三年の
　学び遊びの貴さよ
　栄えあれここに生きるもの
　ああ　われらの飯舘中学校

大木惇夫は北原白秋の詩風を継承する叙情詩人で、詩集に『風・光・木の葉』などがある。一九四四年（昭和十九年）過労に倒れ、双葉郡浪江町で療養生活を送っているあいだに敗戦を迎えた。浪江町での自然にとけこんだ生活のなかから詩集『山の消息』を得ている。戦中に多くの愛国詩を書いたため戦後は厳しい批判を受けた。

大岡信は『朝日新聞』に「折々のうた」を長期にわたって連載し、一般にもなじみぶかい詩人である。詩集に『透視図法—夏のための』『水府』など多数あるほか、旺盛な評論活動によっても大きな影響力を示している。現在、東京芸術大学教授、日本ペンクラブ会長。

草野心平については前号の『12　草野心平「相馬野馬追祭」』で触れているので、省略する。

作曲者も簡単に紹介しておく。

門馬直衛《もんまなおえ》は原町市出身。東京帝大法学部の卒業だが、畑ちがいの分野に飛び込み、武蔵野音楽大学教授のかたわら音楽批評もおこなった。著書に『音楽美学』『西洋音楽史』などがあって日本の音楽界につくした。「サンタ・ルチア」のほか多くの歌曲の訳詩もしている。音楽評論家門馬直美は長男である。また、原町市長門馬直孝の大叔父にあたる。

天野秀延《あまのひでのぶ》は相馬郡小高町の地主の長男で、家を継いだものの家業は人に任せ、音楽研究に没頭した。著書『現代イタリア音楽』は第一回芸術選奨、文部大臣賞を受けている。

古関裕而《こせきゆうじ》は福島市出身。早稲田大学応援歌「紺碧の空」や「東京オリンピック・マーチ」などの作曲者として知られている。代表作に「長崎の鐘」「君の名は」など。

一柳慧《いちやなぎとし》はジュリアード音楽学校に学んだピアニストでもある現代音楽作曲家。都市計画における音楽の問題、騒音問題などにも取り組んでいる。飯舘中学校の校歌には「明るいアップテンポの曲と荘厳で雄大な曲」の二つの曲がつけられた。

飯舘中学校校歌は一九八八年四月六日の同校開校式に大岡信、一柳慧が出席して披露された。

28 そのほかの来訪文学者

○長塚節《ながつかたかし》＝『馬酔木』を創刊、写生と客観を強調し『アララギ』にいたる水脈を開いた。
一八九六年（明治二十九年）福島町から中村町へ徒歩旅行。途中霊山に登る。
○杉山元治郎＝一九二二年日本農民組合長、以後、労働農民党委員長、全国農民組合委員長、衆議院副議長など。
一九一〇年（明治四十三年）小高町の日本基督教会に赴任し、一九一三年二月私塾小高農民高等学校を開いたほか、一九二〇年まで自給伝道にあたり、小高・原町・鹿島・浪江など近在農村青年に多大の影響を与える。この結果、相馬地方は福島県内でもっとも社会意識の強い農村地帯となった。
○小川芋銭《おがわうせん》＝日本画家。老荘思想に通じ、書・俳諧もよくした。
一九一一年（明治四十四年）相馬郡小高町を訪れ、大曲駒村に会う。
○渡辺水巴《わたなべすいは》＝大正期ホトトギス黄金時代の代表的俳人。『曲水』主宰。
一九一六年（大正五年）六月、小高町に半谷絹村を訪ね、宿泊。

一九一九年（大正八年）七月、野馬追を見物。半谷絹村、豊田君仙子が案内し松島へ同行。
○臼田亜浪＝虚子の守旧的俳句観を批判し『石楠』を主宰。
一九一七年（大正六年）小高町の半谷絹村宅に来泊、絹村、豊田君仙子と松川浦に遊ぶ。
○巌谷小波＝明治期最大の児童文学作家。小説家、俳人。
一九二三年（大正十二年）九月以後、中村町を訪れ、舘岡春波に会う。また小高町にも立ち寄る。
○まつやま・ふみお＝左翼系漫画家として活躍。
一九二八年（昭和三年）十二月、小高町の半谷絹村宅に宿泊。
○長谷川零余子＝『ホトトギス』を経て『枯野』を創刊、主宰。句集『雑草』ほか。
一九二八年（昭和三年）小高町小高神社で句会。
○長谷川かな女＝虚子に師事、『枯野』を助け、『ぬかご』『水明』を主宰。句集『竜胆』ほか。
一九三一年（昭和六年）六月、小高町泉沢の大悲山で句会。

一九三二年（昭和七年）七月、半谷絹村らの案内で小高町村上浜の地曳網を見る。


一九四八年（昭和二十三年）三月、小高町の小高農学校での俳句大会に出席、半谷絹村宅に宿泊。

一九五三年（昭和二十八年）六月、小高町を訪れる。
○徳富《とくとみ》蘇峰《そほう》＝民友社を設立、平民主義を唱えたが次第に国家主義に移行し、戦後は戦犯に指名される。
一九三八年（昭和十三年）十一月二十九日、蘇峰会相馬支部発会式（相馬中学校講堂）に夫妻で出席、蒲庭で記念植樹。翌々年同所に〝蘇峰園〟碑を建立。

一九七三年（昭和四十八年）蒲庭に〝藏輝〟碑を建立。
○和田《わだ》傳《つとう》＝農民文学者。日本農民文学会初代会長。
一九四二年（昭和十七年）十二月、半谷清壽の伝記執筆のため小高町の半谷絹村宅に来泊。
○佐藤民宝＝戦前から農民文学に活躍、『構想』同人となり埴谷雄高・荒正人らを知る。戦後は『大地』の主宰を試みた。新日本文学館創立同人。
一九六三年（昭和三十八年）八月十七日、土曜会同人と原町市を訪ね一泊し、海岸線同人と交歓会を行う。

一九六九年（昭和四十四年）十一月二日、原町第一中学校で行われた福島県文学祭創作評論部会講師として出席。

一九七五年（昭和五十年）十一月八日、原町市中野屋旅館で行われた福島県文学祭小説大会詩大会合同前夜祭に出席。翌日、小説大会講師となる。

○今東光《こんとうこう》＝新感覚派、プロ文学を経て戦後は直木賞作家として「河内もの」を書いた。

一九六五年（昭和四十年）頃、原町市で行われた文春講演会で講演。

○瀬戸内晴美《せとうちはるみ》＝田村俊子賞、女流文学賞受賞。中尊寺で得度。法名、寂聴。

一九六五年（昭和四十年）頃、原町市で行われた文春講演会で講演。

○富沢有為男《とみざわういお》＝「地中海」で芥川賞受賞。太平洋戦争中に双葉郡広野町に疎開、そのまま腰を落ちつけ、公民館長の職に付く。福島県文芸誌協会会長。

一九六九年（昭和四十四年）十一月二日、原町第一中学校で行われた福島県文学祭創作評論部会講師として出席。

○斎藤庸一＝『ゲンの馬鹿』は方言詩集の秀作として注目された。評伝的エッセイにも力作がある。

一九六九年（昭和四十四年）十一月二日、原町第一中学校で行われた福島県文学祭詩部会講師として「方言の詩」のテーマで講演。

一九七五年（昭和五十年）十一月八日、原町市中野屋旅館で行われた福島県文学祭小説大会詩大会合同前夜祭に出席。翌日、「血縁の風土」のテーマで講演。講演に先立ち、新田川で鮭漁を見る。

○扇畑忠雄《おうぎはただお》＝『アララギ』に入会、土屋文明に師事。東北アララギ会誌『群山』編集責任者。

一九六九年（昭和四十四年）十一月二日、原町第一中学校で行われた福島県文学祭短歌部会講師として出席。

○角川源義《かどかわげんよし》＝俳句総合誌『俳句』を創刊、戦後俳句の興隆発展の原動力となる。句集『ロダンの首』など。

一九七五年（昭和五十年）七月、原町市を訪ね、野馬追を見物。

○稲畑汀子《いなはたていこ》＝高浜年尾の娘。年尾没後『ホトトギス』主宰。朝日俳壇選者。著書に『汀子句集』など。

一九八三年（昭和五十八年）七月、原町市を訪ね、俳句大会に出席、野馬追を見物。

○角川春樹《はるき》＝角川書店社長。映画製作にもあたる。句集に『流され王』など。

一九八六年（昭和六十一年）七月、原町市を訪ね、野馬追を見物。

○青野聰《あおのそう》＝「愚者の夜」で芥川賞受賞。著書に『自己への漂流』『歩く風車』など。須賀川市に在住。

一九八八年（昭和六十三年）七月、原町市を訪ね、古山哲朗・若松丈太郎が案内して野馬追を見物。

そのほか、
○中山千夏《なかやまちなつ》＝革自連代表、参議院議員一期。小説に『ダブルベッド』など。『古事記』の現代語訳を試みる。
○落合恵子《おちあいけいこ》＝著書に『シングルガール』『スプーン一杯の幸せ』など多数。
○森敦《もりあつし》＝『月山』で芥川賞を受賞。ほかに『鳥海山』など。
○戸川幸夫《とがわゆきお》＝『高安犬物語』で直木賞受賞。動物文学作家として活躍。
○三好徹《みよしとおる》＝社会派推理小説を経て直木賞を受け、流行作家となった。
などの作家たちが、講演会の講師として相馬地方に足をはこんでいる。

29 相馬地方と近現代文学・外篇

前号で連載を終えたはずだったが、ふたりの漢詩人・大須賀筠軒と井土霊山、文学畑ではないが音楽家天野秀延、そして映画監督亀井文夫といった気になる人物たちを残したままなので、「外篇」と名付けてこれまで知りえたことがらをまとめてみた。

昨今出版される近代文学史では漢詩文にその記述が及ぶことは稀である。しかし、例えば小西甚一『日本文芸史Ⅴ』が、さまざまな漢詩選集が刊行されたり六百八十四種もの漢詩文雑誌が出回っていた一八八〇年代は、最高の達成を示した十九世紀前半にひきつづき依然として高いレベルの作品を生んでいて、漢詩文の隆盛期だったと認めなくてはならないと述べている（同書三四八ページ）ことを踏まえるならば、このジャンルにも目くばりすべき必要があるだろう。

この時期の漢詩文作者で相馬地方にかかわる人物は、大須賀筠軒と井土霊山である。

① 大須賀筠軒

大須賀筠軒は本名を履、通称を次郎といって、本稿で既にとりあげた大須賀乙字（「5、大須賀乙字の俳論と『松川浦舟行』」）の父である。

天保十二年（一八四一年）、平藩の文学者であった神林復所の二子として生まれ、昌平黌《しょうへいこう》で安積艮斎《あさかごんさい》ほかに学んだあと仙台で大槻磐渓に詩を学んだ。のち、士籍を脱して大須賀姓を名乗った。

廃藩置県のあと、明治十一年一月（もしくは十二年）行方《なめかた》・宇多《うた》二郡郡長となった。十五年五月までの任期中に青年学校を中村および原町に創設し学事を奨励し、また養蚕伝習所を設け蚕業を普及するなど農村の振興・教育の奨励などに功績があった。三島県令の暴政に反対する筠軒は明治十五年五月十五日をもって退任した。福島事件が惹起するのはその直後である。乙字（本名、績）の出生は行方宇多郡長在任当時である。住居は宇多郡中村町大字中野字黒木田一三六番地にあった。

明治二十七年十一月に安積中学校漢文科教授嘱託、二十九年九月十日付けで退職、仙台に移り九月十二日から第二高等中学校の大学予科漢文科嘱託となり、翌年には教授に進んだ。

筠軒のほかに鷗渚、舟門の別号をもち、著書に『舟門漁唱』（明治二十一年）、『緑筠軒詩鈔』（大正元年）、ほかに『筠軒文集』『美術漫筆』がある。筑摩書房『明治文学全集』第六十二巻・明治漢詩文集には「望平城墟。有憶戊辰戦没諸子。賦七古一篇弔之。」「春日山」「雪師来訪。唱和畳韻七首。節二」「飲酒三十首　節三」が収載されている。また、石神村（現、原町市）の佐藤精明《さとうせいめい》が編集した文集『松川詞藻』『続松川詞藻』『松江名勝志』のそれぞれにも松川浦・原釜で詠んだ作品が収載されている。その二、三を紹介する。

捨船攀断岸　　船を捨て断岸を攀る
長嘯立絶巓　　長嘯して絶巓に立てば
金華山一髪　　金華山一髪
忽然揖我前　　忽然我が前に揖す
鵬図九万里　　鵬図九万里
水天青渺然　　水天青くして渺然たり
鰲梁懸落日　　鰲梁は落日を懸け
蜃市迷暮烟　　蜃市は暮烟に迷ふ
自疑換凡骨　　自ら疑ふ凡骨を換へ
羽化而登仙　　羽化して登仙するかと

（「松川詞藻」より）

湖心風定不生漣　　湖心に風定まりて漣を生ぜず
愛聴漁歌一叩舷　　漁歌を愛聴してひとり舷を叩けば
雲影乱皴霞影砕　　雲影乱皴　霞影砕く
驚禽蹴破水中天　　驚禽蹴破す水中の天

手攫雲根踞絶巓
東洋万里渺無辺
一帆如坐金華上
疑是蓬萊採薬船

手雲根を攫み絶巓に踞る
東洋万里渺として無辺
一帆坐するが如し金華の上
疑ふらくは是れ蓬萊の採薬船かと

（『続松川詞藻』より）

大須賀筠軒は大正元年（一九一二年）八月二十八日、七十二歳をもってその生涯を終えた。仙台市北山の東昌寺に葬られている。

② 井土霊山

井土霊山は名を經重、字を子常といい、安政六年（一八五九年）一月二十九日（安政二年、明治二年とする資料もある）相馬藩士和田祥重の二男として生まれた。

父祥重は相馬藩山中郷、中ノ郷、浪江郷の代官、維新後は福島県土木掛の役人をつとめ、下高平村（現住所、南相馬市原町区下高平字谷中二十八番地）に土着した。

和田經重は文部省官立仙台師範学校を卒業したあと、明治十四年六月、二十二歳で原町小学校第四代校長に就任した。折から自由民権運動は高揚期に達し、經重もこの運動に参加した。十五年十一月二十八日、会津自由党員、農民ら数千人が警官と衝突、十二月一日には河野広中が逮捕される福島事件が起きた。經重にも拘引状が用意されたが、逮捕の危険を察知すると同志を頼って岡山に逃亡してしまった。原町小学校長は十五年十月に退任したことになっている。

『山陽新聞』『大阪毎日新聞』の記者をしたのち東京に出て、三、四の新聞に編集長などの身分で関係し、次いで雑誌『書道及画道』『詩書画』の編集に携わった。

明治十八年、下宿していた麻布区麻布我善坊町（現、港区麻布台一丁目）の井土シゲに入婿し改姓した。また、雅号の霊山（れいざん）は、あるいは相馬の西方にそびえる南朝ゆかりの霊山（りょうぜん）から得たものであろうか。

中村《なかむら》不折《ふせつ》との共著『六朝書道論』のほか、『選註李太白詩集』『選註白楽天詩集』などの選註、『新作詩自在』『新漢詩作法』など詩作に関する著書がある。

昭和四年刊行の改造社版『現代日本文学全集』第三十七巻・現代日本詩集・現代日本漢詩集は現代日本漢詩家として四十四人の作品を載せている。井土霊山はその一人に選ばれ、作品四篇が収載されているだけでなく、その巻末に「明治大正漢詩史概論」を執筆している。

昭和十年（一九三五年）七月二十二日、豊島区巣鴨四丁目二〇四〇番地で没し、文京区関口台町の養国寺墓地に葬られた。七十七歳であった。

寄呉昌碩翁三首　　呉昌碩翁に寄す三首

孔子終不知石鼓　　孔子終に石鼓を知らず
韓蘇両輩口猶乳　　韓蘇両輩口猶ほ乳
撫摩至君光陸離　　撫摩君に至りて光陸離
秦篆漢隷何足数　　秦篆漢隷何ぞ数ふるに足らん

自我作古空群雄　　我より古をなして群雄を空しうす
笑言八大我高足　　笑って言ふ八大は我が高足と
贈我一巻缶廬詩　　我に贈る一巻缶廬詩
郢中誰和陽春曲　　郢中誰か和せん陽春の曲

君家妙墨足千古　　君が家の妙墨は千古に足る
遐齢祇応学彭祖　　遐齢ただ応に彭祖を学ぶべし
海上仙山薬草肥　　海上の仙山薬草肥ゆ
為君我作東道主　　君が為に我東道の主とならん

③ 天野秀延

歌人、会津八一《あいづやいち》の「唐招提寺の円柱」（昭和十六年四月二十八日稿）は次のように書き出されている。

おほてら の まろき はしら の つきかげ を
つち に ふみ つつ もの を こそ おもへ

これは『鹿鳴集』では「唐招提寺にて」と詞書を附けておいた。自分としても割合に好きな方であり、福島県の天野秀延君が、伊太利風の作曲をしてくれた三首の中にもはひって居るし、ほかにも折々見かけることがある。

天野秀延は明治三十八年（一九〇五年）三月二十六日、相馬郡福浦村（現、南相馬市小高区）耳谷字桃内二八番地で出生した。大正十二年、県立相馬中学校を卒業したあと、関西学院文学部英文科に入学した。そこでマンドリンクラブの指揮をとるかたわら独学で作曲学を学んだ。

昭和七年、歌集『南京新唱』（大正十三年刊、のち昭和十五年『鹿鳴集』に再録）を手にした二十七歳の天野は著者の会津八一に手紙をし、作曲の許可を求めた。このとき得た作品が「寧楽」三章である。

㈠　春日野にて
かすがの　に　おしてる　つき　の　ほがらかに
あき　の　ゆふべ　と　なり　に　ける　かも

㈡　唐招提寺にて（前出）

㈢　春日野にて
かすがの　に　ふれる　しらゆき　あすの　ごと
けぬ　べく　われ　は　いにしへ　おもほゆ

㈠は歌集冒頭の歌である。

このの ち、会津八一の没年に近い昭和二十九年まで八一と天野の書簡による交誼はつづき、『会津八一全集』には天野秀延宛書簡九通が収録されている。

昭和十五年、〃現代日本作曲家連盟十周年記念作品発表会〃が東京銀座の明治生命ホールでおこなわれ、「寧楽」三章も演奏された。天野からの招待を受けた八一は発行直前の『鹿鳴集』の校正を手伝いにきていた吉野秀雄《よしのひでお》を伴って会場に出向いた。

曲はフォーレ又はドビッシィ等の近代音楽理論に基けるものらしく無駄な昂揚を避けたるは大いによけれども、当方頗る緊張しているうちこそあれ殆んどアッという間に終り了へり。唱ひしソプラノは松田トシと云ふ女性なり。

これは吉野秀雄が「念々不停流」に書いた当夜の印象である。演奏を聴いてよろこんだ八一が楽屋に天野秀延を訪ねたが、なんらの感動もない演奏に落胆した天野はすでに帰ってしまったあとであった。次は、翌日の日付がある八一の天野宛書簡である。

拝啓　昨夜は御作曲拝聴致し　まことに敬服仕り候。会後刺を通じて御面会申上度存候ところ、すでに御帰宅の後なりし如く残念に存じ候。いづれまた他の機会あるべしと存じ候。拙者音楽は全く門外漢にて発言の資格は無之候へども、清新にして高雅なる御調子はうれしく聴取し候。（以下略）

この事情を、のちに天野は双葉郡浪江町在住の松本哲夫宛書簡（昭和四十九年）で次のように説明している。

歌手もピアノ伴奏者も若く会津先生の歌などは到底

解りさうもなささうで（歌手もピアノも東京の、当時所属してゐた連盟の方で選んだのです）事実ピアノが鳴り歌が出たら何の感動もない演奏でがっかりして小生のものが済むと直ぐ会場を出て了いました会後刺を通じて楽屋に先生が小生を訪ねられたよしあとで御手紙を戴きました

（『歌曲集「寧楽」』から）

このときの機会を逸した二人はついに会うことはなかった。

この年、天野秀延は新たに三曲を作曲した。

㈣　法隆寺村にやどりて

いかるが　の　さと　の　をとめ　は　よもすがら
きぬはた　おれり　あき　ちかみ　かも

㈤　法輪寺にて

みとらし　の　はちす　に　のこる　あせいろ　の
みどり　な　ふき　そ　こがらし　の　かぜ

㈥　秋篠寺にて

たかむら　に　さしいる　かげ　も　うらさびし
ほとけ　いまさぬ　あきしの　の　さと

十六年の二曲。

㈦　薬師寺東塔

すゐえんの　あまつ　をとめ　が　ころもで　の
ひま　に　も　すめる　あき　の　そら　かな

㈧　春日野にて

もりかげ　の　ふぢ　の　ふるね　に　よる　しか
の　ねむり　しづけき　はる　の　ゆき　かな

翌十七年、三十七歳のときにも作曲している。

㈨　奈良坂にて

ならさか　の　いし　の　ほとけ　の　おとがひ
に　こさめ　ながるる　はる　は　き　に　けり

没後四年の昭和六十一年三月二十六日、原町市サンライフ原町で〝天野秀延先生を偲ぶコンサート〟が開かれて七曲が演奏された。このとき、松本哲夫は七曲の直筆楽譜に略年譜などを付した『歌曲集「寧楽」』を作成した。この七曲とは、上記の㈠、㈡、㈢、㈦、㈧、㈨の六曲に『山光集』（昭

和十九年）所収の次の一首を加えたものである。

㈩　阿修羅の像に

けふ　も　また　いくたり　たちて　なげき　けむ
あじゅら　が　まゆ　の　あさき　ひかげ　に

会津八一の和歌への作曲は昭和二十五年頃までは続けられており、小沢美智によれば、

天野秀延の歌曲は「寧楽八章」の他にまだ五曲も作曲されているのです。その楽譜を見ますと何年もかかって手直しされていることがわかります。
己れの作品に対するきびしい姿勢と共に終生敬慕してやまなかった八一の歌曲「寧楽」への深い愛情を感じさせられました。（今津八一記念館会報『秋艸』第五号）

ということである。ここでの「寧楽八章」とは、上記の㈠、㈡、㈢、㈣、㈦、㈧、㈨、㈩を言う。

天野秀延は昭和十五年に懇請されて福浦村村長となって、二十年までその任にあった。また、昭和四十三年からは郡山女子大学短期大学部教授となり、専門であるイタリア音楽の研究生活を続けた。その間、昭和三十六年には著書『現代イタリア音楽』と二十年にわたるイタリア音楽の研究成果が認められ第十一回芸術選奨文部大臣賞を受賞した。さらに、多くの学校の校歌の作曲、小中学校の器楽合奏の指導における功績も見逃すことはできない。

昭和五十七年（一九八二年）十一月八日、七十七歳で永眠した。

④　亀井文夫

南相馬市原町区橋本町墓地の一隅に、ドキュメンタリー映画をメディアとしてそれぞれの時代の問題がどこにあるかをつねに鋭く見抜き、切り結び、数々の作品をもって問いかけつづけた映画監督亀井文夫は、いま両親や兄などと同じ墓石の下でひっそりと眠っている。

亀井文夫は昭和六十二年（一九八七年）二月二十七日に逝去したが、彼が人類への遺作とすべく晩年に取り組んだ『生物みなトモダチ』シリーズの制作にあたって、つねに念頭にあったものは五歳まで過ごした原町で刻みつけた記憶だったように思われる。そのことをうかがわせるくだりを含む以下の三つの引用は、岩波新書の亀井文夫著『たたかう映画―ドキュメンタリストの昭和史』（谷川義雄編）からの抜粋である。

ついに人間は、来るところまで来てしまった。「核」の泥濘に足をとられて、ぬきさしならぬ、あがき——。やがて総決算を迫られる日がやってくるだろう。それが、餌不足による飢餓であろうと、核による第三次世界大戦であろうと、結果は同じことだ。これらは、いずれも「知恵」の暴走がもたらしたツケ。人間は知恵によって栄え、知恵によって滅びるのが、宿命かも知れない。

とすれば、この際、何とかして、知恵以上の知恵を、われわれは求める。それは「不知」という知恵ではないだろうか？　「知らない」あるいは「知り過ぎない」という知恵！　それは、人間以外の生物だったら、みな持っている知恵である。いまわれわれにとって一番必要なのは、これら人間以外の生物の声に、すなおに耳を傾けることではないだろうか……。

＊

ぼくが今度の映画で主張したいのは(略)、生まれてくる人間がみんなそれぞれに生きられるような社会をつくるにはどうしたらよいかを考えようということである。ぼくが生まれ育った福島県の原ノ町には、いまだによく覚えている「丸通の大将」という男がいた。少し知恵遅れだった。しかし荷物をどこへ配達すればいいかということは判るので、荷車で配って歩く仕事をもらっていた。配達した証明にハンコをもらうのに、「アンコ」としかいえなかったくらいだったが、町の人たちはその「大将」の存在を認めていたわけだ。そういう人が自分たちと一緒に生きてゆくのはごくあたりまえなことだと思っていたのであろう。そういった意味で、村の結（ゆい）なども外からは閉鎖的に見えるかもしれないが、そこではそれぞれが全体の生活を成り立たせるための役割を担っていたのだろう。

＊

どうしたら生き残れるか？　それは、人間の「種」の生き残りの問題である。十数回も地上の生物をみな殺しできるほどの、大量の核兵器が、既にストックされているということだけが、生き残りの危惧をもたらしているわけではない。今日の「文明」そのものの性格が、人間の破局につながっている点に、視点を向けなければならない。人間エゴの現代文明が、急テンポに高潮すればするだけ、自然が破壊され、すべての生物が、生存の危機に迫られてくる。これはSFでもなければ、誇張でもない。

もし人間が、自己の欲望を「腹八分」の英知で制御することが出来たら、当面する厄介な諸問題も、かなりのパーセンテージで沈静化できるはずだ。もっとも、個人の自制心に期待することは無理だとしても、生物一般の習性である「相互抑制共力装置」を取り戻すことで可能になるだろう。映画『生物みなトモダチ』のサブタイトルとして「知恵の暴走と制御の英知」と書きそえた意図も、この「生き残り」の願望のあらわれなのである。

明治四十一年（一九〇八年）四月一日、福島県相馬郡原町大字南新田字町一〇一番地（現、原町市本町二丁目八五番地）で松本良七を父、くまを母として亀井文夫は出生した。立憲政友会党員であった松本良七は、『原町市史』によれば、原町村村会および原町町会議員、三度の福島県会議員を経て、明治四十四年十一月二十九日には原町町長に就任し、六年後の大正六年十一月三十日までその職にあった。その善政を称えて駅前の通りのひとつに〝良七通り〟と命名されたりもしている。

父が政治に没頭していたとき、母は家業の雑貨商と質屋の経営に励んだ。しかし、兄の武夫が仙台陸軍幼年学校に入学すると、くまは「子どもの教育のため」と称して町長在任中の良七だけを原町に置いて、大正二年（一九一三年）に子どもたちと仙台に移住してしまう。文夫が五歳、姉のハマが十歳のときである。

大正五年に母方の祖母である亀井なつ（仙台市花壇川前）が死亡する。亀井家には跡継ぎがいなかったので、五月二十四日に文夫が家督相続入籍した。以後の文夫は亀井姓を名乗ることになる。

武夫が陸軍士官学校に入学すると、一家はそれを追うようにこんどは東京へ転住する。文夫も大正七年九月、仙台市の南材木町小学校から新宿区の淀橋第一小学校五年に転校した。やがて、原町町長を退任した父も上京してようやく家族がそろうのだが、それも束の間、不幸が次々に一家を襲う。大正九年に父良七が、同十三年に兄武夫が、昭和三年には結婚していた姉ハマが、いずれも病死する。

昭和四年（一九二九年）は残された母と文夫の人生上の転機の年である。聖公会信徒になっていた母は茨城県日立市にサナトリウム〝大甕ホーム〟を開設し、献身的な病人看護の生活にはいった。文化学院の三年生だった二十一歳の文夫は中途退学し、革命後十年のソヴィエトで新しい芸術運動のさなかにある美術を勉強しようと、舞鶴から船に乗りこんだのであった。

だが、ウラジオストックで映画を観た亀井文夫は、留学の目的を美術から映画に代えてしまう。レニングラード映画技術専門学校の聴講生になると、病を得て帰国するまでの足かけ三年間、ドキュメンタリー映画を学ぶことに熱中する。

映画人としての生活は、母が経営する〝大甕ホーム〟で二年の病気療養を終え、寺岡芳子と結婚した前後からはじまる。

昭和十二年（一九三七年）七月七日、日中戦争が開戦し、八月十三日には上海で両軍が衝突して全面戦争に拡大した。現地をドキュメントで伝える企画がたてられ、構成、脚本、編集が亀井文夫の担当ときまった。

> 日本人の偏狭で排外的な民主主義ではなく、コスモポリタンというか、中国人の立場も考えた客観的な立場で表現したかった。だからといって日本を憎むわけでは無論ない。日本の兵隊も当然あたたかく見る。しかし中国の民衆もあたたかく見つめる。場合によったら、草も虫も、そういう自然界のものをあたたかく見つめる。ぼく自身は行かなかったが、キャメラマンの三木茂がぼくの態度と一致した考え方でもって撮影してきたフィルムを、あくまでその観点で編集した。
>
> 一〇一部隊全滅の戦跡呉淞クリークなどを静かに撮して、林立する白木の墓標や、飛び交う紋白蝶などにピントを合わせたこの映画『上海』は、いわば「異色篇」だったのである。映画館内が、すすり泣きでいっぱいになり、「戦意昂揚」には、あまり役立たない映画だったらしい。
>
> （『たたかう映画』から）

『上海―支那事変後方記録』は昭和十三年二月一日から東宝系映画館で上映された。戦中に公開できた唯一のと言える厭戦映画である。亀井は二十九歳だった。

さらに、この年の夏、実戦の模様を記録する映画『戦ふ兵隊』が企画され、亀井を監督とするスタッフは武漢作戦に従軍した。

> ぼく自身、腹の中では、戦争の中絶を心から待望していた。戦場にあっても、中国人に対して、『敵』という意識はまるで持てなかったし、一片の憎しみの感情も持てなかった。（略）こうした感情を胸に持ちながら、戦争で苦しむ大地、兵隊も農民を含めてそこに生きる人間、馬や一本の草の悲しみまでものがさずに記録したいと努力した。ただそれだけのことだった。
>
> （『たたかう映画』から）

四か月のロケで撮影したフィルムを編集し、昭和十四年三月に『戦ふ兵隊』は完成した。陸軍省後援の映画でありながら「全篇を流れるムードは華々しい戦闘というより、死に直面しつつ、穴のあいた靴や、眠りながら行軍する兵隊たちの、静かな、黙々とした魂にふれる思いがして、見ていて心臓が凍るよう」（田中純一郎）な作品だった。結局、内務省は検閲を却下し公開中止となってしまった。（田中純一郎の引用は都築政昭『鳥になった人間』からおこなった）

つづいて『信濃風土記より』三部作に着手し、『伊那節』と『小林一茶』を完成させたが、そのさい小高町で平田良衛が発行していた『農村だより』を友人から借りて読み、「こうゆう見方もあるなと思ってかなり影響を受けた」という。『小林一茶』は文部省に認定を拒否された。

太平洋戦争を直前にした昭和十六年（一九四一年）十月九日、亀井は治安維持法違反容疑を理由に検挙され、世田谷署に留置された。翌年五月、巣鴨拘置所に移送されたのち、起訴猶予・保護観察処分となった。映画法による監督資格が剝奪され、東宝を退社した。

亀井文夫の戦後作品を概観してみる。戦争責任を追及した『日本の悲劇』は一週間で上映禁止処分となり、GHQがフィルムを没収した。昭和二十三年の東宝争議をはさんで五本の劇映画をつくったあと、基地問題を扱った『基地の子たち』、砂川基地闘争三部作、被曝者問題を追求した『生きていてよかった』につづく『世界は恐怖する』など反核映画、部落差別を糾弾した『人間みな兄弟』と息つく間もなく問題作を世に問いつづけた。昭和三十三年には母くまが八十六歳の長寿をまっとうした。

冷戦構造が深刻化した昭和三十六年（一九六一年）に『軍備なき世界に』を送り出したあと、人間を欠陥動物だと思うようになった亀井は社会的テーマの映画から手をひき、五十三歳からのほぼ二十年間にわたって沈黙してしまう。もっとも、その間に『炎の記録・東京大空襲』の制作準備がすすめられたものの、事情あって中止されるということもあった。

昭和五十七年（一九八二年）秋、〝昨日の映画を語りあう会・亀井文夫さんを招いて〟という集まりが開かれた。そこで亀井がながく温めていた「自然と人間をテーマとした壮大なシネ・エッセイの構想を披瀝した」ことが契機になって、現代文明を批判し人間と生物の共生を説く『生物みなトモダチ』シリーズが現実化するはこびとなった。いまでこそ広く人々が今日的でしかも将来的な問題だと認識するようになったテーマをこの時期に取りあげた先見性は貴重である。昭和五十九年にその第一作『みんな生きなければならない』が完成、つづいて第二作『トリ・ムシ・サカナの子守歌』の制作がロケから開始された。

昭和六十一年の夏から亀井を腰痛が悩ませるようになった。ガン細胞が胸椎を冒していたことがあとで判る。十一月九日の未明、最終試写を見おわったときには足腰の自由がきかなくなっていた。

「僕は自分の作品にこんなに感動したことないよ」

とつぶやく亀井文夫の目に涙が光っていたという。

妻芳子と息子の節夫妻だけがその死を看取った。享年七十八の激動の生涯であった。亀井文夫が残した業績に対し今後その評価がいっそう高まるのでなければならないだろう。

〈付記〉亀井文夫については、亀井文夫『たたかう映画—ドキュメンタリストの昭和史—』（谷川義雄編・岩波新書）および都築政昭『鳥になった人間—反骨の映画監督○亀井文夫の生涯』（講談社）に負うところがおおきい。

30 年表 相馬地方と近現代文学・思想

この年表は、①相馬地方ゆかりの文学者、②相馬地方に来訪した文学者、③相馬地方を題材にした文学者で、『日本近代文学大辞典』（講談社）の人名項目となっている文学者もしくはそれに準ずる文学者の、相馬地方に関わる事項を対象の中心とした。したがって、その文学者の文学的業績の重要度とはかならずしも一致しない。また、文学者ではなくともこれらの文学者との関わりで重要と目される数人については、特に項目を立てた。人名の下の（ ）内は典拠を、また項目末の〔 〕内は年齢を、それぞれ示す。

一八八一（明治十四）年　七月二十九日、大須賀乙字（績）、漢詩人で当時行方宇多郡長だった大須賀筠軒（次郎）〔40〕を父とし、中野村（現、相馬市中野字黒木田一三六番地、佐藤安司宅）に出生。（村山古郷「大須賀乙字伝」など）

一八八二（明治十五）年　五月十五日、大須賀乙字〔1〕、この日をもって行方宇多郡長を退職した筠軒とともに平町（現、いわき市平）へ移住したか。十月八日、大曲駒村（省三）、南小高村（現、小高町上町一—三七、柏屋薬局）に出生。

一八八三（明治十六）年　二月二十日、志賀直哉、宮城県石巻町（現、石巻市）住吉町で、父直温、母ぎんの次男として出生。当時、祖父直道〔56〕は旧藩主相馬家家令。

一八八四（明治十七）年　三月十一日、相馬事件起こる。相馬家旧家臣錦織剛清は、旧藩主相馬誠胤の依頼を受けたと偽り、志賀直道らを私掠監禁の疑いで告訴した。

一八九四（明治二十七）年　八月一日、日清戦争。翌年四月十七日終結。十月七日、田山花袋〔22〕、平町に宿泊。（兄の実弥登あて書簡）十日頃、田山花袋、東北徒歩旅行の途中、松川浦を訪ねる。（「陸羽一匝」および「山水小記」）

一八九六（明治二十九）年　この年、長塚節〔17〕、福島町から中村町へ徒歩旅行。途中、霊山に登る。（佐久間政雄あて書簡）

一八九七（明治三十）年　十月九日、幸田露伴〔30〕、朝、富岡村で人力車を雇い、途中、泉沢薬師堂石仏などを見て、原町に宿泊。夜、按摩を呼び、民謡を歌わせる。同行の大橋乙羽〔28〕は芝居見物に外出。（「うつしゑ日記」）十日、幸田露伴と大橋乙羽、原町を発ち、中村町伊勢屋旅館で昼食の後、松川浦に遊ぶ。原釜の旅亭で夜食後、中村町に戻り、田代窯を訪ね焼物を求む。（露伴「うつしゑ日記」「遊行雑記」『松川詩藻』所収乙羽の文）十一日、幸田露伴と大橋乙羽、未開業の中村駅から「材木など積みたる車」に便乗し、岩沼に至る。（「遊行雑記」）十一月十日、中村岩沼間鉄道営業開始。

一八九八（明治三十一）年　八月二十三日、日本鉄道磐城線（現、常磐線）全線開通。この年（もしくは翌年）、志賀直哉〔15〕、叔父の直六と中村町を訪れ、父直温が子供のころ勉学に通った愛宕山の静慮庵に立ち寄る。（「祖父」）

一八九九（明治三十二）年　この年頃、田山花袋〔27〕、明治二七年の東北旅行後半の紀行文「陸羽一匝」を書く。松川浦から書き出している。

一九〇一（明治三十四）年　十二月十二日、平田良衛、金房村大字小谷字元屋敷六九（現、南相馬市小高区金房、平田良則宅）に出生。

一九〇三（明治三十六）年　八月、田山花袋〔31〕、東北旅行の際、松川浦に立ち寄ったか。（「山水小記」）十二月三日、矢田挿雲〔21〕（当時、福島民友新聞記者）、大曲駒村〔21〕と鈴木余生（良雄）〔26〕を小高町に訪ねる。（鈴木余生「俳諧日記」）

一九〇四（明治三十七）年　二月十日、日露戦争。（翌年九月五日終結）十四日、矢田挿雲〔22〕、この日から「余生逝く」を『福島民友新聞』に六回連載。鈴木余生は十二日死去、二十七歳。遺子安蔵は三月三日小高町（現、南相馬市小高区仲町一-六八、林薬局）に出生。

一九〇六（明治三十九）年　八月六日、大須賀乙字〔25〕、千葉県稲毛の海気館で行われた河東碧梧桐『三千里』の旅の留送別句会に出席。十一月七日、河東碧梧桐〔33〕、仙台から中村町に入り、舘岡春波（虎三）〔40〕を訪ね、城趾を見、夜、句会に出席。（『三千里』）八日、河東碧梧桐、松川浦を舟行し、夜、小高町の大曲駒村〔24〕を訪ね、句会に出席。（『三千里』）九日、河東碧梧桐、鈴木余生の墓に詣で、『三千里』所収の句のほか「枯々の野菊さす山茶花挿す」「あはれなる人にしぐれの句を申す」と吟じ、記念に山茶花を植樹、ルイ未亡人、遺子のテルと安蔵〔2〕に会う。午後、仙台に戻る。（『三千里』、鈴木学談）

一九〇八（明治四十一）年　二月、大須賀乙字〔27〕、「俳句会の新傾向」を発表。十月八日、久米正雄〔17〕、相馬中学校（現、相馬高校）グランドでの相馬中学対安積中学の野球試合選手として出場。（相馬中学校「学友会雑誌」第四号）九日、久米正雄、ほか安積中学の生徒は原町で皇太子を奉迎、台覧の野馬追を雲雀ケ原でみる。（相馬中学校『学友会雑誌』第四号など）秋（推定）、志賀直哉〔25〕、「富次の妻」（未定稿）を書く。常磐線の鉄道工事の工夫たちのなかに乱暴な者がいて、原ノ町の料理茶屋が被害にあった、などを内容とした草稿。

一九〇九（明治四十二）年　十二月十九日、埴谷雄高（般若豊）、台湾の新竹で出生。父三郎、母アサ。翌年一月一日生まれとして小高町に入籍。本籍地、小高町岡田字山田三一五番地（現、伏見定則宅）。

一九一〇（明治四十三）年　四月一日、志賀直哉〔27〕ら、『白樺』を創刊、直哉は「網走まで」を発表。五月二十五日、大逆事件の検挙開始。八月七日、志賀直哉、祖父直道の弟石田茂宗の葬儀のため、双葉郡大野村大河原字西平へ。翌日、夜行で帰京。（「日記」）この年、杉山元治郎〔25〕、小高町の日本基督教会に赴任し、大正九年まで牧師として自給伝心にあたり、近在農村青年に多大の影響を与える。（『小高町史』など）

一九一一（明治四十四）年　この年、小川芋銭〔43〕、小高町を訪れ、大曲駒村〔29〕に会う。（「駒村年譜」）

一九一二（明治四十五・大正元）年　七月三十日、明治天皇没。八月二十四日、久米正雄〔21〕、万朝報社の学生徒歩旅行の選手として、正午新地村、午後二時半中村町入り。伊勢屋旅館で遅い昼食をし、城趾や尊徳碑を見る。夜、瓜市を見る。（『万朝報』同年九月二、三日「盛岡より東京まで」）二十五日、久米正雄、午前七時、中村町を発つ。原町小学校で開かれた同窓会（安積中学のか）に出席、夜の森公園で記念撮影。雲雀ケ原で四年まえの野馬追を回想。夜、豊田君仙子（秀雄）〔18〕、大曲駒村〔30〕に迎えられ、小高町に到着。小松屋に宿る。（『万朝報』同年九月三日「盛岡より東京まで」）二十六日、久米正雄、九時まえ小高町を離れ、富岡町へ向かう。翌二七日は富岡町を発ち久之浜町まで。（『万朝報』同年九月四、五日「盛岡より東京まで」）

一九一三（大正二）年　一月一日、荒正人、鹿島町字町一三六番地（現、泉屋呉服店、母キクヨの実家）で出生。父善五郎。原籍地は相馬市中野字北反町七〇番地。実際の出生は前年十二月。千葉県小御門村（現、香取郡下総町）などに住む。二月、杉山元治郎〔28〕、小高町に私塾小高農民高等学校を開く。（『小高町史』など）

一九一四（大正三）年　三月下旬、田山花袋〔42〕、『一兵卒の銃殺』の取材調査のため岩沼方面に旅行。この時、原釜に宿泊か。（「山水小記」）六月、高浜虚子〔40〕、『浦』の創刊にあたり祝句「涼しさやこの浦人を見守りし」を寄せる。『浦』は半谷絹村（清造）〔27〕、豊田君仙子〔20〕らの俳誌で、雑詠の選に渡辺水巴〔22〕、課題句の選に村上鬼城〔49〕、原石鼎〔28〕。前田普羅〔26〕長谷川零余子〔28〕らがあたり、文章も書いた。半年後六号で廃刊。（豊田君仙子句集『柚の花』）七月二十八日、第一次世界大戦。八月二三日、日本参戦。

一九一六（大正五）年　二月五日、大須賀乙字〔34〕、『碧梧桐句集』を編纂、「序」を書く。六月、渡辺水巴〔34〕、小高町に半谷絹村〔29〕を訪ね、宿泊。（「絹村年譜」）この年（もしくは前年）、加藤楸邨（健雄）〔11〕静岡県御殿場小学校から原町小学校（現、原町第一小学校）四年に転校。父健吉は第六代原ノ町駅長。住居は原町大字南新田字南東原七番地（現、南相馬市原町区市大町三丁目一六五番地）。（もしくは翌年）大曲駒村〔34〕、小高町を離れる。

一九一七（大正六）年　四月十八日、島尾敏雄、横浜市戸部町

三丁目八一番地で出生。父四郎、母（井上）トシ。本籍地は小高町大井字松崎二〇三番地（現、島尾清人宅）。トシは小高町岡田の実家で二、三ヵ月間の産後の静養をする。六～八月、田山花袋〔45〕。「山水小記」を「東京日々新聞」に連載。二十年前の浜街道徒歩旅行の回想をまじえ、松川浦を紹介した文章を含む。十一月十一日、第一次世界大戦終結。この年、沖野岩三郎〔41〕、小高町に杉山元治郎〔32〕を訪ね、鹿島町八沢浦干拓地を見る。臼田亜浪〔38〕、小高町に来泊。半谷絹村〔30〕、豊田君仙子〔23〕と松川浦に遊ぶ。（「絹村年譜」など）

一九一八（大正七）年　三月二十五日、加藤楸邨〔13〕、原町小学校を卒業。父の転勤に伴い、一関中学に入学。（『原町小学校卒業生台帳』など）　四月十八日、志賀直哉〔35〕、『或る朝』を刊行、「濁った頭」のため発禁となる。七月二十九日、大須賀乙字〔37〕、中村町を訪れ、菅又天麓（元之介）〔32〕と松川浦に遊び、「松川浦舟行」十九句を作す。（河野南畦『大須賀乙字の俳句』など）　八月、田山花袋〔46〕、東北旅行の際、松川浦に立ち寄ったか。（「松川浦に遊ぶ」）

一九一九（大正八）年　七月、渡辺水巴〔37〕、野馬追を見物。半谷絹村〔32〕、豊田君仙子〔25〕が案内、松島へ同行。（「絹村年譜」など）　十一月三十日、鈴木安蔵〔15〕、福島県下中等学校総合第一回雄弁大会で優勝。翌年一〇月九日の東北弁論大会でも優勝。指導教諭は菅又天麓〔33〕。（相馬中学校『学友会雑誌』第十七・十八号）

一九二〇（大正九）年　一月二十日、大須賀乙字（俳人、東京音楽学校教授）、肺炎のため小石川区関口台町の自宅で死去。三十八歳。七月十五日、田山花袋〔48〕、「松川浦に遊ぶ」を「新家庭」臨時増刊号「山水巡礼」に発表。原釜に宿泊し松川浦遊覧の舟を雇ったなどの内容で、大正七年もしくは明治三十六年の紀行文。

一九二一（大正十）年　一月、志賀直哉〔38〕、「暗夜行路」前篇の発表開始。三月、原町に無線塔が建てられる。この年、『乙字句集』『乙字俳論集』刊行。（『乙字俳論集』を底本とした『大須賀乙字俳論集』は、のち講談社学術文庫）　この年、杉山元治郎が発企した小高文芸会が小高町に発会。（「絹村年譜」）

一九二三（大正十二）年　九月一日、関東大震災。九月以後、巌谷小波〔53〕、中村町を訪れ、舘岡春波〔57〕に会う。また小高町にも立ち寄る。十月、大曲駒村〔41〕、『東京灰燼記』を刊行。（のち、中公文庫）

一九二四（大正十三）年　三月、「松川浦十二景之歌碑」を夕顔観音堂（鵜ノ尾岬の水茎山）境内に建立。裏面に、河東碧梧桐、巖谷小波、舘岡春波の句を刻む。

一九二六（大正十五）年　一月十五日、鈴木安蔵〔22〕、学聯事件（京大学生事件）―最初の治安維持法適用事件―に関連し逮捕される。（金子勝『鈴木安蔵先生の略歴と著作目録』）二月、平田良衛〔25〕、半谷絹村〔39〕ら『地霊』を発刊。（「絹村年譜」）

一九二七（昭和二）年　二月二十七日、葉山嘉樹〔33〕、蔵原惟人〔25〕、山田清三郎〔31〕、金子洋文〔33〕、小堀甚二〔26〕、朝仙台を発ち、小高町で午前一一時三〇分からの無産者文芸講演会で講演。聴衆五〇〇人。終了後、平町へ向かう。この講演会は平田良衛〔26〕の奔走によって実現した。（『文芸戦線』第九号など）四月、葉山嘉樹、山田清三郎、「東北地方講演旅行記」を『文芸戦線』に発表。五月末以後、鈴木安蔵〔23〕、京都帝国大学を退学。一時帰郷し、平田良衛の結婚をまとめる。このころ、憲法学の研究に取り組むことを決意する。

一九二八（昭和三）年　三月十五日、日本共産党員大検挙。五月、大曲駒村〔46〕、『未摘花通解』を刊行し、発禁処分をうける。六月、志賀直哉〔45〕、「暗夜行路」続篇の十五を発表。以後昭和十二年四月まで中断。十二月、まつやま・ふみお〔26〕、小高町の半谷絹村宅に宿泊。（「絹村年譜」）この年、長谷川零余子〔42〕、小高町小高神社で句会。（「絹村年譜」）

一九二九（昭和四）年　十月十三日、鈴木安蔵〔25〕、平田良衛〔28〕、プロレタリア科学研究所の創設に参加。同所の書棚の図書の多くは鈴木安蔵蔵書であった。（埴谷雄高「平田さんの想い出」など）十二月十二日、鈴木安蔵、学聯事件第二審で禁固二年の有罪判決を受ける。

一九三〇（昭和五）年　春、埴谷雄高〔21〕、プロ科のドイツ語講習会講師をしていた平田良衛〔29〕を知り、その勧めで平田が副責任者であった農業問題研究会に入会。（埴谷雄高「『資本論』と私」など）七月十五日、平田良衛、岩波文庫にレーニン『何をなすべきか』を翻訳。

一九三一（昭和六）年　六月、長谷川かな女〔44〕、小高町泉沢の大悲山で句会。（「絹村年譜」）九月十八日、満州事変、十五年戦争始まる。この年、平田良衛〔30〕、『日本資本主義発達史講座』の企画・編集に参加。この年、荒正人〔18〕、山口高等学校の学内政治運動に参加、一カ月近く警察に留置され、のち無期停学となる。昭和八年四月復学。

一九三二（昭和七）年　三月二十六日、埴谷雄高〔23〕、逮捕され、五月、不敬罪および治安維持法違反によって起訴される。未決期間に『死霊』の原型を構想。（「或る時代の背景」など）四月、平田良衛〔31〕、治安維持法違反で入獄。六月十七日、鈴木安蔵〔28〕、出獄。翌年にかけて「小高良雄」の筆名を用いる。七月、長谷川かな女〔45〕、半谷絹村〔45〕らの案内で村上浜の地曳網を見る。（「絹村年譜」）

一九三三（昭和八）年　二月二十日、小林多喜二、検挙、虐殺される。三十一歳。五月、大曲駒村〔51〕、『末摘花通解』を再刊し、再度発禁処分をうける。十一月、埴谷雄高〔24〕、懲役二年執行猶予四年の判決を受け、出所。この年、鈴木安蔵〔29〕、『憲法の歴史的研究』を刊行、即日発禁処分を受ける。

一九三五（昭和十）年　一月、島尾敏雄〔18〕、前年十一月十一日死去の母トシ埋葬のため、父四郎とともに小高町へ。夏、島尾敏雄、小高町岡田の井上豊記宅（母の実家。祖母キクがいた）で高等学校受験のための勉強をする。この年にかぎらず、幼い頃から大学生の頃まで、夏休みを小高で過ごすことが多かった。また、この年以後昭和一六年までの間に、小高町金房小学校に豊田君仙子を訪ねる。

一九三六（昭和十一）年　二月二十六日、皇道派青年将校、クーデターを企てる。（二・二六事件）四月、平田良衛〔35〕、宮城刑務所より出所。以後、昭和一三年二月まで小高町の生家に居住。この年、鈴木安蔵〔32〕、祖母の病気見舞いのため帰郷し、平田良衛と会う。

一九三七（昭和十二）年　三月一日、志賀直哉〔53〕、「暗夜行路」最終部分を脱稿。十七年目に全篇完結。六月二十日、島崎藤村〔65〕、土井晩翠〔66〕らの招きにより、静子夫人を同伴し仙台訪問の後、松島、平泉を経て、この日一関を発ち原ノ町駅に下車、中野屋旅館に投宿。色紙を残す。（藤一也『島崎藤村の仙台時代』など）二十一日、藤村夫妻、人力車で星藤右ェ門宅（原町市二見町四丁目三番地）を訪ねる。藤右ェ門の姉マツイが、藤村夫人静子の兄加藤大一郎の妻であることによる。後日、藤村は『若菜集』所収「草枕」の一節を書した掛軸を送り届ける。（星清明談）七月七日、日中戦争。九月十八日、『志賀直哉全集』（全九巻）刊行開始。この年、鈴木安蔵〔33〕、『現代憲政の諸問題』を刊行、出版法第二十七条違反で百円の罰金刑を受ける。

一九三八（昭和十三）年　二月、島尾敏雄〔21〕、長崎高等商業学校の文芸雑誌に発表した作品によって、出版法に抵触し、発売禁止処分と取調べを受ける。七月、大曲駒村〔56〕、『川柳岡場所考』を刊行。十一月二十九日、徳富蘇峰〔75〕、蘇峰会相馬支部発会式（相馬中学校講堂）に夫妻で出席。蒲庭で記念植樹。

一九三九（昭和十四）年　三月、大曲駒村〔57〕、『川柳語彙』第一集を刊行。昭和一六年八月の第十六集を以て完結。九月一日、第二次世界大戦。十月、埴谷雄高〔30〕、『構想』同人となり、荒正人〔26〕、佐藤民宝〔27〕らを知る。

一九四一（昭和十六）年　七月、志賀直哉〔58〕、日本芸術院会員となる。十二月八日、太平洋戦争。九日、埴谷雄高〔32〕、予防拘禁法により拘引され、年末に釈放される。

一九四二（昭和十七）年　十二月、和田傳〔42〕、半谷清壽の伝記執筆のため小高町の半谷絹村〔55〕宅に来泊。（「絹村年譜」）

一九四三（昭和十八）年　三月二十四日、大曲駒村、俳人、古川柳・浮世絵研究家、脳溢血のため死去。六十一歳。十月三十日、沖野岩三郎〔68〕、『八沢浦物語』を刊行。

一九四四（昭和十九）年　四月二十七日、荒正人〔31〕、治安維持法違反で身柄拘束を受け、十二月二十七日、釈放される。六月、荒正人、「私小説作家としての志賀直哉」を大正文学研究会編『志賀直哉研究』に発表。この年、鶫ノ尾岬に陣地構築のため「松川浦十二景之歌碑」を夕顔観音堂とともに浦越に移す。

一九四五（昭和二十）年　八月十三日、島尾敏雄〔28〕、海軍第十八震洋隊（特攻隊）の指揮官として奄美群島加計呂麻島呑之浦の基地で出撃命令を受け、そのまま敗戦を迎える。十四日、平田良衛〔44〕、昭和十七年以来の上海生活を終え帰国、小高町の生家に帰る。十二月、日本共産党福島地方（県）委員会初代委員長となる。十五日、第二次世界大戦終結。十月三日、埴谷雄高〔36〕、荒正人〔32〕らと『近代文学』を創刊することに決定。埴谷雄高は翌年一月の創刊号から「死霊」を連載開始。七日、島尾敏雄、この日の前後、旅行の途中、小高町に滞在。大平ミホとの結婚の意志をうちあける。（「忘却の底から」、佐々木千代談）十二月二十六日、鈴木安蔵〔41〕ら、憲法研究会は改憲草案『憲法草案要綱』を発表。「日本国憲法」に少なからぬ影響を及ぼす。

一九四七（昭和二十二）年　十月、富安風生〔62〕、浪江町の鮭

川遊吟ののち、小高町の半谷絹村〔60〕宅を訪ね、宿泊。（「絹村年譜」）

一九四八（昭和二十三）年　三月、長谷川かな女〔61〕、小高町の小高農学校での俳句大会に出席、半谷絹村宅に宿泊。（「絹村年譜」）八月、志賀直哉〔65〕、「稲村雑談」のうち「祖父」などを『作品』に発表。秋、大野林火〔44〕、原町で行われた俳句大会に出席。（八牧美喜子談）この年、島尾敏雄〔31〕、『近代文学』第二次同人拡大に参加、埴谷雄高〔39〕、荒正人〔35〕を知る。

一九四九（昭和二十四）年　八月、島尾敏雄〔32〕、「砂嘴の丘にて」（原題「砂嘴のある景観」）を『文学季刊』に発表。作品の背景は松川浦と思われる海岸。十一月三日、志賀直哉〔66〕、文化勲章を受賞。

一九五〇（昭和二十五）年　二月、島尾敏雄〔33〕、「出孤島記」により第一回戦後文学賞を受賞。

一九五一（昭和二十六）年　一月十五日、島尾敏雄〔34〕、「湯槽のイドラ」を『小高町公民館館報』に発表。相馬の人々への親近感を描く。十一月、埴谷雄高〔42〕、「荒正人」を『近代文学』に発表。十二月、島尾敏雄、「いなかぶり」（原題「田舎振り」）を『近代文学』に発表。

一九五二（昭和二十七）年　三月、平田良衛〔51〕、小高町摩辰の開拓地に移る。

一九五三（昭和二十八）年　六月、長谷川かな女〔66〕、小高町を訪ねる。（「絹村年譜」）八月、鈴木安蔵〔49〕、平和憲法擁護の会発起人となる。九月二十九日、島尾敏雄〔36〕、「幼き日の思い出」をＡＢＣ放送で放送。十二月、埴谷雄高〔44〕、「農業綱領と『発達史講座』」を『文庫』に発表。平田良衛のことに触れる。

一九五四（昭和二十九）年　七月、富安風生〔69〕、半谷絹村〔67〕の案内で野馬追を見物。（「絹村年譜」）この年、荒正人〔41〕、「漱石研究年表」の作製に着手。

一九五五（昭和三十）年　一月、志賀直哉〔72〕、「祖父（談話）」を『新潮』に発表。（一月九日か）島尾敏雄〔38〕、夜、家族とともに小高町に到着。小高町には十日間近く滞在する。（『死の棘』『続・日の移ろい』などによる推定）十一月、高村光太郎〔72〕「開拓十周年」を碑文とした開拓碑を、金房開拓農業協同組合が小高町飯崎に建立。建立に平田良衛〔54〕が奔走。その後、同町摩辰の集乳所わきに移す。（鈴木学談）十二月、埴谷雄高〔46〕、「島尾敏雄を送る」を『知性』に発表。

一九五六（昭和三十一）年　一月、志賀直哉〔73〕、「祖父」を

『文芸春秋』に三月まで三回連載。四月、埴谷雄高〈47〉、「『われ深きふちより』」を『近代文学』に発表。五月、埴谷雄高。「異常児荒正人」を『新潮』に発表。十月、大野林火〈52〉、原町市を訪ね、鮭川吟行。このときの句に「まんじゅさげ暮れてそのさきもう見えぬ」（句集『白幡南町』）などがある。（八牧美喜子談）

一九五七（昭和三十二）年　十二月、埴谷雄高〈48〉、「荒正人『宇宙文明論』」を『東京新聞』に発表。

一九五九（昭和三十四）年　一月三日、埴谷雄高〈50〉、「ハイマートロス」を『河北新報』に発表。十月、荒正人〈46〉、「解説」を『志賀直哉集』に発表。十一月二十九日、山本周五郎〈56〉、『天地静大』を起稿。十二月から『北海道新聞』『中日新聞』『西日本新聞』に連載開始。安政年間の奥州小藩の若い武士たちを描く。その第一章は「松川湖にて」。

一九六〇（昭和三十五）年　四月、島尾敏雄〈43〉、「離脱」を『群像』に書き、長編『死の棘』の連載を開始。五月、荒正人〈47〉、座談会「戦後文学の批判と確認―埴谷雄高―その人間と仕事」に出席。（『近代文学』第十五巻五・六号）埴谷雄高〈51〉、「雑録ふうな附記」を発表。平田良衛、鈴木安蔵、荒正人などとの関わりに触れる。（『近代文学』第十五巻五・六号）十月、島尾敏雄、『死の棘』を刊行。翌年三月、第十一回芸術選奨を受賞。十二月、島尾敏雄、「不確かな記憶の中で」を『近代文学』に発表。埴谷雄高、荒正人との出会いを書く。この年以後、加藤楸邨〈55〉、昭和五十一年まで十七年間にわたり福島県文学賞審査委員。

一九六一（昭和三十六）年　五月、埴谷雄高〈52〉、荒正人〈48〉。鼎談「戦後派と現文壇」に武田泰淳と参加。（『群像』）七月、埴谷雄高、「はじめの頃の島尾敏雄」を『島尾敏雄作品集月報』に、「荒エレクトロニクス」を『新選現代日本文学全集月報』に発表。

一九六二（昭和三十七）年　一月九日、島尾敏雄〈45〉、「ふるさとを語る」を『南日本新聞』に発表。十一月四日、埴谷雄高〈53〉、「祖父の墓」を『福島民報』に発表。十二月二十日、加藤楸邨〈57〉、原町小学校の同窓会に出席。（「冬欅」など）二十一日、加藤楸邨、夫人の加藤知世子〈53〉とともに原町第一小学校、新田川、真野の萱原などを訪ね、「相馬郡原ノ町　十五句」（第十句集『まぼろしの鹿』所収）、「冬欅」を作す。

一九六三（昭和三十八）年　二月、島尾敏雄〈46〉、「思い出に

つながる幼少時代のたべもの」を『浪花のれん』に発表。六月、鈴木安蔵〔59〕、日本民主法律家協会憲法委員会委員長となる。八月十七日、佐藤民宝〔51〕、土曜会同人と原町市を訪ね、一泊し、海岸線同人と交歓会を行う。（『海岸線』第三号）十一月、埴谷雄高〔54〕、荒正人〔50〕、座談会「ドストエフスキイの面白さ・分りにくさ」に大江健三郎〔28〕と参加。（荒正人編著『ドストエフスキイの世界』）この年以後　荒正人、昭和四十四年まで七年間にわたり福島県文学賞審査委員。

一九六四（昭和三十九）年　一月十日、島尾敏雄〔47〕、「二つの根っこのあいだで」を『小高町公民館報』に発表。六月、埴谷雄高〔55〕、「あの頃の島尾敏雄」を集英社版『新日本文学全集月報』に発表。七月三十一日、島尾敏雄、「消された祖先」を『アサヒグラフ』に発表。八月二十一日、杉森久英〔52〕、「大風呂敷」を『毎日新聞』に連載開始。

一九六五（昭和四十）年　三月、鈴木安蔵〔61〕、憲法改悪阻止各界連絡会議代表委員となる。この年頃、今東光〔67〕、瀬戸内晴美〔43〕、原町市で行われた文春講演会で講演。

一九六六（昭和四十一）年　七月下旬、埴谷雄高〔57〕、島尾敏雄の長男伸三、長女マヤと小高町、原町市へ。七月二十五日、埴谷雄高、原町市松永ミルクパーラーで午後七時から行われた海岸線同人会員との座談会に出席、のちバー童夢で歓談。（『海岸線会報』第二十八号）十月、埴谷雄高、「無言旅行」を『風景』に発表。

一九六七（昭和四十二）年　一月一日、島尾敏雄〔50〕、「私の中の琉球弧」を「沖縄タイムス」に、「奄美を手がかりにした気ままな想念」を「南海日日新聞」に発表。琉球弧の島々と東北との類似をさぐる。十二日、島尾敏雄、「琉球弧の視点から」を「サンケイ新聞」に発表。五月頃（もしくは昭和三七年以降五月頃）、古山高麗雄〔47〕、「芸術生活」の編集者として取材のため、原町市に来泊。（「湯タンポにビールを入れて」などによる推定）八月、埴谷雄高〔58〕、「うちの先祖」を「東京新聞」に発表。九月、荒正人〔54〕、「解説」を『志賀直哉』に発表。十月、埴谷雄高、「『資本論』と私」を「図書」に発表。平田良衛との出会いを書く。同月、荒正人、「数多いふるさと」を「ポスト」に発表。十二月、加藤楸邨〔62〕、第十句集『まぼろしの鹿』を刊行。翌年、第二回蛇笏賞を受賞。この年以前、安岡章太郎〔47〕、

『志賀直哉私論』の取材および相馬女子高等学校での講演のため、相馬市を二回訪れる。

一九六八（昭和四十三）年　四月、荒正人〔55〕、「解説」を『暗夜行路』に発表。七月、島尾敏雄〔51〕、「君仙子先生の句集に寄せて」を豊田君仙子句集『柚の花』に発表。（この年か）島尾敏雄、北海道旅行の帰途、小高町へ。（『続・日の移ろい』による推定）

一九六九（昭和四十四）年　十一月二日、富沢有為男〔67〕、佐藤民宝〔57〕、原町第一中学校で行われた福島県文学祭創作評論部会講師として出席。また、詩部会講師は斎藤庸一、大友文樹。短歌部会講師は扇畑忠雄。俳句部会講師は遠藤悟逸ら。

一九七〇（昭和四十五）年　四月、島尾敏雄〔53〕、「奄美・沖縄の個性の発掘」を「別冊　潮」に発表。五月、島尾敏雄、「回帰の想念・ヤポネシア─沖縄・奄美・東北を結ぶ底流としての日本」を「中国」に発表。六月、埴谷雄高〔61〕、『闇のなかの黒い馬』を刊行、九月に第六回谷崎潤一郎賞を受賞。八月、古山高麗雄〔50〕、「湯タンポにビールを入れて」を「群像」に発表。（十一月中旬か）古山高麗雄。原町市で講演。

一九七一（昭和四十六）年　三月、『埴谷雄高作品集』（全十五巻、別巻一巻）刊行開始。七月二十四日、大野林火〔67〕、原町市を訪ね、野馬追を見物。（八牧美喜子談）八月二十四日、古山高麗雄〔51〕、原町市を訪ね、野馬追を取材。松永時雄の案内で藤田魁を、翌日は谷鮫の案内で五島彦七、深野正義などを訪ねる。（「馬と人と大地の祭り」による推定）九月二十日、大野林火、「序」を八牧美喜子句集『消えざる虹』に発表。十月二十一日、志賀直哉、作家、肺炎と全身衰弱のため関東中央病院で死去。八十八歳。二十四日、加藤楸邨〔66〕、原町市で講演。十一月、古山高麗雄、「馬と人と大地の祭り─相馬野馬追」を「太陽」に発表。十二月、島尾敏雄〔54〕、「般若の幻─埴谷雄高」を『埴谷雄高作品集』第四巻付録に発表。

一九七二（昭和四十七）年　二月、埴谷雄高〔63〕、「『硝子障子のシルエット』跋」を書く。十月、島尾敏雄〔55〕、『硝子障子のシルエット』で第二十六回毎日出版文化賞を受賞。『東北と奄美の昔ばなし』を刊行。「笛市」など祖母が話してくれた六篇を含む昔話集。六月一日、鈴木安蔵〔68〕、「つきぬなつかしさ」を「中学時代」（相馬中学校第二十回生卒業五十周年記念誌）に発表。

一九七三（昭和四十八）年　五月、『志賀直哉全集』（全十四巻・別巻一巻）刊行開始。五月十三日、鈴木安蔵〔69〕、「阿武隈山脈のふもと」を「赤旗」日曜版に発表。二十五日、島尾敏雄〔56〕、福島県相馬郡の『郷土読本』を読む。（『続・日の移ろい』）　六月二十八日、島尾敏雄、高橋富雄著『日本史の東と西』によって、明治三十九年に『将来之東北』を著した小高町の半谷清壽について読む。七月二十三日（もしくは昭和四十六、四十七年のこの日）、草野心平〔70〕、野馬追を見物。八月九日、島尾敏雄、盛岡を発ち、小高駅に午後三時まえ到着。町内の親戚を回り、島尾清人宅に泊まる。十日、島尾敏雄、墓地を見、親戚に会う。夜、原町市の佐々木千代宅へ。十一日、島尾敏雄、午後二時過ぎ原ノ町駅から上野に向かう。八月、島尾敏雄、「昔ばなしの世界」を『日本の民話』第二巻に発表。十月十四日、島尾敏雄、妻ミホと伸三を伴い午後一時上野を発ち、原ノ町駅に下車。佐々木千代宅に泊まる。十六日、島尾敏雄、小高町へ。親戚を回り、井戸川博宅に泊まる。十七日、島尾敏雄、墓地を見、原町市へ。夕方、市内を散歩する。十八日、島尾敏雄、『杉山元治郎伝』を読む。「弓立社版『幼年記』あとがき」、「文芸賞選評」を書く。十九日、島尾敏雄、原稿を投函し、理髪店に寄る。「東欧への旅」の冒頭五枚を書く。二十日、島尾敏雄、市内の病院に入院中の従兄井上英晴を見舞い、午後二時過ぎ原ノ町駅から上野に向かう。（なお、この年もう一度小高町を訪ねているか。―「田舎」による推定）　十月、埴谷雄高〔64〕、「感覚人（ホモ・センティエンス）、島尾敏雄」を「国文学」に発表。

一九七四（昭和四十九）年　二月、島尾敏雄〔57〕、「馬」を「群像」に発表。七、八歳のころ小高町で馬に乗った記憶を書く。四月、島尾敏雄、「田舎」を「地上」に発表。八月、島尾敏雄、「奥六郡の中の宮沢賢治」を『現代日本文学アルバム』第十巻に、「嗚呼！　東北」（葉書アンケート）を「ダイヤエース」に発表。二十日、島尾敏雄、「田舎の馬」を「東京新聞」に発表。〝いなか〟との精神的な出会いを書く。十月、荒正人〔61〕、『漱石研究年表』を集英社版『漱石文学全集』別巻一として刊行。翌年一月、第十六回毎日芸術賞を受賞。十二月一日、阿部みどり女〔88〕。相馬市鵜ノ尾崎に建立の句碑「菜の花や岩を曲がれば怒濤見ゆ」の除幕式に出席。

一九七五（昭和五十）年　五月三日、草野心平〔72〕、「相馬野馬追祭」を執筆。七月、角川源義〔58〕、原町市を

訪ね、野馬追を見物。八月五日、平田良衛〔74〕、静岡市の長男良宅へ移る。九月二十八日、加藤楸邨〔70〕、原町市文化センターで開催の第十四回福島県文学祭俳句大会に選者および講師として出席、「俳句雑感」と題し講演。十一月八日、佐藤民宝〔63〕、新川和江〔46〕、斎藤庸一〔51〕、原町市中野屋旅館で行われた福島県文学祭小説大会詩大会合同前夜祭に出席。九日、原町市文化センターで第十四回福島県文学祭詩大会を開催。新川和江「詩の日常性」、斎藤庸一「血縁の風土」、それぞれ講演。講演に先だち、新田川で鮭漁をみる。十二月二十一日、新川和江、「かわいそうにナ」を「毎日中学生新聞」に発表。

一九七六（昭和五十一）年　三月、島尾敏雄〔59〕、「志賀直哉と私」を『国文学・解釈と教材の研究』に発表。四月、埴谷雄高〔67〕、『死霊』（第五章まで）を刊行、この年第八回日本文学大賞を受賞。六月二十九日、平田良衛、脳出血のため静岡県立中央病院で死去。七十五歳。葬儀は七月四日小高町摩辰の自宅で執行。編纂した『小高町史』が供えられる。六月、富安風生句碑「野馬追の緋の母衣はらみおん大将」を原町市牛来字出口一三一箭原要宅に建立。同所には、清崎敏郎句碑「野馬追の母衣の緋色の褪せたれど」も。十二月、島尾敏雄、「私の埴谷体験」を『精神のリレー』に発表。

一九七七（昭和五十二）年　三月八日、平田良衛、妻マツ、節子とともに青山墓地内の解放運動無名戦士墓に刻名される。九月、島尾敏雄〔60〕、『死の棘』を刊行。翌年二月に読売文学賞、同六月に日本文学大賞を受賞。十月、島尾敏雄、『日の移ろい』で谷崎潤一郎賞を受賞。

一九七八（昭和五十三）年　二月十六日、草野心平〔75〕、「浜通りパアテイ」を執筆、「ユリイカ」二月号（特集・埴谷雄高）に発表。三月、島尾敏雄〔61〕。「埴谷さんとのつきあい」を「ユリイカ」（特集・埴谷雄高）に発表。五月三十日、鈴木安蔵〔74〕、「平田良衛君の私的な思い出」を、埴谷雄高〔69〕、「平田さんの想い出」を、ともに『追想　平田良衛』に発表。十二月、埴谷雄高、「不安の原質」を「カイエ」臨時増刊号（総特集・島尾敏雄）に発表。

一九七九（昭和五十四）年　一月二十五日、原町第一小学校校庭に「わらべ石」と呼ぶ加藤楸邨句碑を建立、除幕式を行う。句は「今も目を上へ上へと冬けやき」。建立に脇坂己鶴〔74〕ら奔走。六月九日、荒正人、評論家、日本文藝家協会理事、法政大学文学部英文科講師、脳血栓のため杉並区駒崎医院で死去。六十六歳。十一日、埴谷雄高（70）、「荒正人を悼む」を「毎日新聞」に発表。八月、埴谷雄高、「荒宇宙人の生誕」を「海」に、「終末の日」を「群像」に、「『近代文学』と『近代化』―荒正人の回想」を「文藝」に、「荒正人の糖尿病」を「すばる」に発表。十月、埴谷雄高、島尾敏雄（62）対談「原点としての『南』」を行う。（『国文学・解釈と鑑賞』）十一月十日、大野林火（75）、原町市を訪ね、岩屋寺でのはららご句会に出席し、句作。（石橋林石「はららご百回の思い出」など）十一日、大野林火、浪江町で鮭漁を見、浪江町公民館での俳句大会で講演。

一九八〇（昭和五十五）年　一月、大野林火（76）、「晩秋初冬」を「俳句」に発表。三月、『加藤楸邨全集』（全十三巻、別巻一巻）刊行開始。五月、『島尾敏雄全集』（全十七巻）刊行開始。月報に「忘却の底から」を十七回連載。血縁者について書く。

一九八一（昭和五十六）年　六月四日、島尾敏雄（64）、日本芸術院賞を受賞を祝ういとこ会に出席のため小高町へ。この夜は原町市南町、森の湯旅館に宿泊。五日、島尾敏雄、夜七時から小高町公民館で行われた「島尾敏雄氏を囲む懇談会」に出席。九月八日、埴谷雄高（72）、『死霊』（第六章）を刊行。十月三日、石垣りん（61）、原町市栄町、割烹国見で行われた福島県詩祭前夜祭に出席。旭町、ホテル伊勢屋に宿泊。四日、石垣りん、原町市文化センターで開催の第四回福島県詩祭に講師として出席、「詩を書いてきて」の題で講演。十一月十日、石垣りん、「原ノ町市にて」を『福島県現代詩人会会報』に発表。この年、原町市の無線塔が取り壊される。

一九八二（昭和五十七）年　六月五日、木下順二（68）、相馬市図書館で「戯曲のことば（せりふ）とは何だろうか」の題で講演。

一九八三（昭和五十八）年　この年、島尾敏雄（66）、「湾内の入江で」によって第十回川端康成文学賞を受賞。五月二十七日、大野林火句碑「合掌に僧搗きはじむ刈上餅」を原町市上太田字前田の岩屋寺境内に建立。（前年死去、七十八歳）七月、稲畑汀子（52）。原町市を訪ね、俳句大会に出席、野馬追を見物。八月七日、鈴木安蔵、法学博士、日本学術会議員、静岡大学名誉教授、憲法理論研究会会長、死去。七十九歳。十二月十五日、『荒正人著作集』（全五巻）刊行開始。

一九八四（昭和五十九）年　二月、埴谷雄高〔75〕、「ふたりの宇宙馬鹿」を『荒正人著作集』第四巻解説として発表。六月、荒正人『増補改訂漱石研究年表』を刊行。三月十八日、鈴木安蔵、青山墓地内の解放運動無名戦士墓に刻名される。この年、皆川博子〔54〕、『相馬野馬追い殺人事件』を刊行。十一月二十六日、埴谷雄高、『死霊』（第七章）を刊行。

一九八六（昭和六十一）年　三月十一日、加藤楸邨が小学生のとき住んだ、原町市大町三丁目一六五番地の国鉄官舎が取り壊される。七月、角川春樹〔44〕、原町市を訪ね、野馬追を見物。（八牧美喜子談）　八月二十五日、島尾敏雄、『続・日の移ろい』を刊行。昭和四八年の小高町・原町市滞在のようすが詳しい。十一月十二日、島尾敏雄、作家、芸術院会員、出血性脳梗塞のため鹿児島市立病院で死去。六十九歳。十五日、葬儀ミサならびに告別式が鹿児島純心女子学園短期大学体育館で、十二月十三日、追悼ミサ式が上智大学クルトゥルハイム聖堂で、同日、追悼の会が山の上ホテル（神田駿河台）で、それぞれ行われる。十四日、埴谷雄高〔77〕、談話「人間の極点にまで」を「毎日新聞」に発表。十五日、埴谷雄高、「島尾敏雄を悼む」を『読売新聞』に発表。二十日、埴谷雄高、『死霊』（第八章）を刊行。十二月十六日、島尾敏雄、小高町大井の墓所に納骨される。これに先立ち、小高町の金性寺で長男伸三夫妻および親族が参列し法要を行う。（佐々木千代「わたしの中の〝敏雄さん〟」など）

一九八七（昭和六十二）年　一月、埴谷雄高〔78〕、「島尾敏雄とマヤちゃん」を「群像」に発表。

〈付記〉この年表には不備が多く、今後の補遺と訂正が必要です。

第二章　極端粘り族の系譜

1　井土霊山

①　霊山・井土經重

⑴　はじめに

十年前に井土《いど》霊山《れいざん》という明治人の存在を知り、主としてその離郷までを調査し、『高校国語研究会紀要』第十五号（一九九三年・福島県相双地区高校国語教育研究会）に「井土霊山に関して」として発表した。しかし、このテキストは校正が不十分で多くの誤植がそのままにされ、筆者としては不本意であった。

ことし一月、霊山の遺族が、新資料の紹介をふくむ『時代を奔る人、祖父井土霊山を偲んで』を刊行した。このなかには、右の拙稿「井土霊山に関して」が複写によって収載されている。

この間の調査の進行によって、教育者、啓蒙家、新聞人、漢詩人、趣味人としての井土霊山がその姿を次第にあきらかにしてきている。そこでいま、旧稿の誤りを正しつつ、あたらしい発見を採り入れた新稿を著し、井土霊山の実像に接近したいというのが、この文章の目的である。

⑵　生い立ち・離郷まで

井土霊山は名を經重《つねしげ》、字を子常《しじょう》という。旧姓は和田である。安政六年（一八五九年）一月二十九日、相馬中村藩士、和田久太夫祥重《よししげ》の二男として生まれた。兄は章重《あきしげ》。

父、和田祥重は文化十三年（一八一六年）に生まれ、同藩北標葉《しねは》郷の浪江陣屋詰吟味役、のちに同代官などの役に就いた。その任にあったとき、藩主に願い出て、青根場隧道を開削し水路を荒蕪地に導く四年におよぶ工事を指揮し、飢饉によって疲弊していた農民のために苦心した。また、東西に街路を形成していた北標葉郷高野《こうや》宿（現在の双葉郡浪江町）が、經重が生まれた直後の二月九日、西からの強風下の大火で全焼したのちには、火災による被害を爾後は最小限にとどめようと、町並みを南北に付け替えるために奔走した。[*1] 祥重は明治三十六年（一九〇三年）に八十七歳で死去した。

和田家の屋敷は、中村城下の上川原町、[*2] 現在の相馬市中村字川原町、福島県立相馬女子高等学校の南側、宇多川に面した場所にあったので、經重はそこで出生したものと思われる。なお、經重の父祥重は、岡和田忠左衛門の二男から和田家へ養子となった人物である。両家のあいだは五軒ほどの距離である。そして、埴谷《はにや》雄高《ゆたか》の祖父、般若源右衛門佳景の屋敷はその中間にあった。

明治維新ののち、相馬中村藩は領内の耕地を買い取り、城下に在住していた旧家臣四四七戸をそこに土着帰農させることとなった。和田家も、經重が十二歳の明治四年（一八七一年）、中郷高平《たかひら》村下高平字谷中、現在の南相馬市原町区下高平字谷中に移住した。

明治五年八月の学制公布を承け、翌明治六年（一八七三年）十月一日、磐前県管下第八十三番南新田《みなみにいだ》小学（原町第一小学校の前身）が開設される。このときすでに十四歳になっていたが、和田經重も入学したものと推測される。

原町第一小学校に残されている記録[*3]によると、經重は、明治七年四月十日、学業優秀をもって磐前県庁から書籍料を受けている。十七歳になった明治九年一月に同校の雇教師となったものの、同八月には辞職したとの記録もある。これらのことから、和田經重が小学校の生徒であったのは、二年あまりの期間だったと判断できる。

原町第一小学校記念誌『けやき』[*4]の「年表」明治九年の欄には「第一回卒業生三名誕生（十月）」とあるが、この卒業生に和田經重がふくまれているのかは、明らかではない。

東北大学教育学部が所蔵する『卒業生台帳』のうち、表紙1に「明治十一年七月十五日ヨリ／第三十四号ヨリ」と書かれている『証書交與簿』[*5]と『東北大学五十年史　下』[*6]とによって、和田經重は、明治九年八月に南新田小学校の雇教師を辞職したあと、官立宮城師範学校に入学し、明治十一年七月十五日、十九歳のとき公立仙台師範学校（校名変更）の上等小学科（修業年限二年）を、おそらく主席で卒業したと読みとることができよう。

このあと二年半ほどの動静はまだ明らかにできない。他の学校に勤務していたのではないか、あるいは、上京して上級学校に入学し、たとえば法律を学んでいたのではないか、といった推測ができる。

つぎに和田經重の名が現れるのは、原町小学校『学校日誌』明治十四年（一八八一年）二月十五日の欄で、「和田經重主長申付らる」と記入されている[*4]。主長とはのちに言う校長のことで、校名を変更した母校に校長として戻ってきたのである。彼はこのとき満二十二歳であった。

和田經重は、この日から後任の佐藤精明《さとうせいめい》が就任する明治十五年七月十七日までの約一年半ほどの期間を、原町小学校主長として在職した。この間、甲第八級担任や原町青年学校勤務などを兼ねたこともあった。

折から民権運動はこの地にもおよんで、明治十年には岡田長康らによって、北辰社が結成されている。原町小学校教職員にも運動家がいた。和田が生徒だった明治八年二月から一年間、南新田小学校の授業生雇を勤めた脇本豹申がそうだし、和田が主長のときに訓導だった高田弘は民権運動に参加したゆえをもって罷免されている。和田經重自身も、その期間は不明だが、自由党行方郡原町通信委員だったことが、福島事件の裁判調書に記録されている。[*7] 原町小学校が民権運動の一拠点となっていたと想像することもできる。

明治十五年（一八八二年）十一月、民権運動への大弾圧の嚆矢となった福島事件が起こる。和田經重が原町小学校主長を辞職し、出郷するのは事件に先立ってのことである。まえに述べたように、和田のあと佐藤精明が就任するのは七月十七日であるから、和田の辞任はさらにそれより早かったはずだ。はたして、逮捕の危険を感じていちはやく逃亡した[*8]のだろうか。

この年二月十二日、夜八時ごろ、原町青年学校を火元とする火災が発生した。この日は日曜日のため休校日で、「当時該校空堂に付原因不詳」の火災だった。しかし、折からの西北風がはげしく、全町一二七戸のうち八十戸が延焼する大火となった。[*9] 小学校も焼失してしまったのである。

和田經重は前年九月二十九日付けの辞令で「原町青年学校へ在勤申付ら」れ、小学校主長との兼務になっている。この火災のときも兼務にあったとしたら、いかに休校日で「空堂に付原因不詳」とは言え、その管理責任をみすがら負った可能性はある。離郷した理由として、このような推測もありうるのではないかということである。あるいは、民権活動との複合した理由によったことかもしれない。小学校長だった久米正雄の父が、失火によって校舎とともにご真影を焼失した責任をとって割腹自殺を遂げたのは、このときよりはのちの明治三十一年の出来事である。

理由はともあれ、和田經重が故郷をあとにしたのは、明治十五年、彼が二十三歳のときである。

〈注〉

1 相良征一「和田久太夫祥重開鑿青根場隧道」（一九九五年）。

2 「中村藩政録　巻之四」（『相馬市史6資料編3』一一一ページ）、岡和田家蔵「城下屋敷部分図」（慶応三年・一八六七年）など。

3 『原町小學沿革誌』（自明治六年十月一日創業　至同十二年十二月）。

4 『けやき』（原町第一小学校創立百周年記念誌・一九七三年）。

5 『証書交與簿』の表紙2に「上等小学科卒業／證書交附覚書／第一号」、付箋に「十一年　是ヨリ二ヶ年卒業全科卒業証ト云フ／百三十六人」、名簿の筆頭に「三十四号／福島縣士族／和田經重／十九年七月」とある。「十九年七月」は年齢を示している。

6 『東北大学五十年史　下』（東北大学・一九六〇年）に「卒業者数」表がある。宮城師範学校（男子）上等小学科の欄に「明治九年二三人、明治一〇年一〇人」とあって、合計すると三十三人である。したがって、明治十一年同科筆頭の和田經重は「三十四号」ということになるのである。

7 「被告人平島松尾調書」(『福島県史H資料編6』九〇八ページ)。

8 高橋哲夫『福島民権家列伝』(福島民報社、一九六七年)

9 『明治15年の大火』(『原町市史』一四三六ページ)。

(3) 啓蒙家としての井土經重

離郷後の和田經重の経歴でまず確かなことは、二十六歳となった明治十八年(一八八五年)に東京府麻布区我善坊町五〇番地、井土シゲの娘すみと結婚し、姓を改めたことである。このことについては、のちに霊山の葬儀における南画鑑賞会の「弔辞」や雑誌『南畫鑑賞』の追悼文「本会顧問井土霊山先生逝く」には「相馬藩和田家に生れ、後同藩の井土家を嗣ぐ」とされている。しかし、「中村藩政録」[*2]などに井土姓の藩士がいたという記載は見当たらない。經重の子孫である井土一雄の調査結果[*10]が明らかにしているとおり、井土姓は福岡県に多いということなので、井土家は筑前出身の家筋なのだろうと考える。

明治十九年七月、井土經重が訳述した維廉斯因頓(ウィルリアム・スウィントン)著『斯氏万国史鑑』が出版された。著者ウィルリアム・スウィントンはアメリカ人で、原著は一八七九年刊行の『アウトラインス、オフ、ゼ、ウォールヅ、ヒストリー』、世界史概観といった内容である。目次には、

緒論/第一篇　東方古代ノ帝王國/第二篇　希臘史/第三篇　羅馬史/第四篇　中古史/第五篇　近世史

とあるが、実際の本文一〇二ページは、緒論と第一篇のみである。第一篇は、

第一章　地理ノ概略/第二章　埃及/第三章　アッシリア人及バビロン人/第四章　希伯來人/第五章　フェニシャ人/第六章　印度人/第七章　波斯帝国/第八章　古代ノ商業/槪要

という章立てになっている。

第二篇以下の続刊を予定したのだろう、表紙などに「第壹冊　東方帝王國之部」との文字がある。しかし、続篇が刊行された形跡はない。

発行者は、東京府京橋区桶町二番地の淡海書屋、岸田貢次郎である。文学士久米金彌が校訂したとある。[*11]

明治二十二年(一八八九年)三月には、井土經重注釈、磯部四郎校訂『大日本帝國憲法註釋　附議員法、衆議院議員選

學法、曾計法、貴族院令』を永昌堂から出版した。本文四一五ページ、付録部分九一ページ、図版四ページの大冊である。

井土が三十歳だったこの年は、二月十一日に大日本帝国憲法と衆議院議員選挙法が公布され、翌年七月一日の第一回総選挙をまえに、国民の政治的関心が高まっていた。そんな折の『大日本帝国憲法註釈』の出版はいかにもタイムリーである。

このほか、彼は、

高木豊三述『刑法講義録』（明治十九年四月・博聞社）
橋本胖三郎述『治罪法講義録』（明治十九年・博聞社）
磯部四郎『現行日本治罪法講義』（明治二十二年八月・博聞社）

の出版に関わっている。

『斯氏《すし》万国史鑑』は翻訳書、『大日本帝国憲法註釈』などは注釈書だから、井土經重の最初の著書は『相馬時事管見　一名、選挙人心得』と言ってもいい。第一回総選挙をひかえた明治二十二年四月二十四日発行の、わずか四十ページの小冊子である。井土が発行者を兼ねていて、自費出版らしい。

本文ではまず、衆議院議員たるべき人物の要件として、

1、立法に参与するため、法律に通暁していること
2、経済の原理を解し、国家財政に精通していること
3、政治学・社会学・国家学・行政学に造詣があること
4、これらの学識を現実に活かす能力に恵まれていること
5、欧米政治史を知悉し、誤りない情況判断ができること

以上の五項を挙げ、そのうえで、必要欠くべからざる要件として、「第六　議員たるべき人は特に徳義心を有せざるべからず」と言い、これらの要件を充たす人物が相馬には見当たらない、したがって、相馬には衆議院議員にふさわしい人物はいない。こうして、自分には見出せなかったが、相馬の数千の選挙人は名伯楽となって、千里の馬を発見できるだろうかどうか。
井土は、おおよそ、このように述べているのである。
さらに彼は「議員その人のごときにして徳義心を有せず私利私欲を主とし公利公益を顧みざるがごときあらば、その害、ややもすれば、全国民の頭上に堕落するの不幸なきにあらず」と断じたうえで、「もし、この徳義心を有せざるにおいては、右諸般の知識能力等（要件1～5）はその不正不義の企図を巧妙に遂げしむるの恐れあり」とも述べている。[*12]
一世紀余を経た昨今の政界の実状に照らしてみても、井土經重が主張する「徳義心を有せざるべからず」の言は正鵠を射たものであり、政界だけではなく、官・業界はもとより、

国民全般に対してもなお有効な指摘であることは、言うをまたない。

この『相馬時事管見』には、蠖屈《かっくつ》庵主人による「自序」が付されている。蠖屈とは、機会を得られぬままに隠退生活をすることを言う。井土經重には慨世の鬱屈した思いがあったもののようだ。

この時期における井土經重は、世界史概観の翻訳、憲法の注釈書と刑法、治罪法（明治十五年に施行された法律で、刑事訴訟法の前身）の講義録、そして選挙人心得を出版しているのだが、そこにはひとびとを啓発してゆこうとする啓蒙家としての姿が見える。

『斯氏万国史鑑』には三五〇字あまりの漢文による「自序」があって、おおよそ「欧米が壮年であるのに、アジアは年老いている。今日の急務はアジアを新生させることである。この大任に当たる者の出現を期待して、この書を世に送るのだ」と述べている。また、『相馬時事管見』の「自序」は対句を多用した文語文で書かれていて、ここでは、「帝国憲法が公布された今、故郷相馬の人々が政治に目醒めることを願う。そのために私は風を興そうとし、鐘を撞こうとするのだ」といった趣旨を述べている。

それにしても、外国語（英語）の書籍を翻訳するための語学力や、法律を注釈するための学力などを、和田經重はいつどこで身につけたのだろうか。それは、明治十五年に故郷を離れてからの三、四年間をどこでどう生きてきたのだろうかという疑問でもある。


〈注〉

10　井土一雄・板垣葉子『時代を奔る人、祖父井土霊山を偲んで』（二〇〇二年・井土一雄）。この書は10・11ページに「主要著作リスト」を掲げ、25ページから70ページには霊山が執筆した雑誌記事などをそのまま転載していて、貴重な資料である。

11　維廉斯因頓（ウィルリアム・スウィントン）著・井土經重訳『斯氏萬國史鑑』（明治十九年七月・淡海書屋）は福島県立図書館が所蔵している。

12　井土經重『相馬時事管見　一名、選挙人心得』（明治二十二年四月二十四日・井土經重）は　国立国会図書館が所蔵している。

(4)　ジャーナリスト井土經重

井土經重がいつのころから新聞人となったかについてはまだあきらかにはできていない。

『日本近代文学大事典』（一九七七年、講談社）の「井土霊山」の項には「上京して毎日新聞の記者となり、のち大阪毎日新聞そのほか五、六の新聞に関係した」とある。『山陽新聞百十年史』[*13]には「井土は漢学の造けいが深く、大阪毎日などにいた」「(井土は)のち大阪毎日通信部長となる」との記述も見える。また、『南画鑑賞』(昭和十年八月号)の追悼文「本会顧問井土霊山先生逝く」には「略歴」が掲げられていて、

一、東京に出で、島田《しまだ》三郎《さぶろう》氏の経営に係る東京横浜毎日新聞に編輯長として敏腕を揮ふ
一、京橋区南鞘町改新新聞社へ入社
一、小松原《こまつばら》英太郎《えいたろう》氏の経営されし当時の大阪毎日新聞に入社
一、岡山山陽新報に主筆として歴任
一、松下軍治氏経営当時のやまと新聞社に入社
一、毎夕新聞社へ入社

としている。この「略歴」の記述がもっとも実際に近いと仮定して、以下に推理を試みよう。

そこで最初に、明治十九年(一八八六年)七月刊『斯氏万国史鑑』に『東京横浜毎日新聞』主筆島田三郎による「叙」が掲げられていることに注目したい。この「叙」には「井土氏万国史鑑ヲ訳シテ序ヲ予ニ索ム。乃チ史学ノ人生ニ大関係アル所以ノ説ヲ述ヘテ之ニ応ス」とある。もうひとつ、『山陽新聞百十年史』に井土の略歴として「沼間《ぬま》守一《もりかず》の門下となり」とあるが、沼間守一とは『東京横浜毎日新聞』をみずからの言論発表機関として設立した嚶鳴社社主である。これらの事実は、このとき井土經重が同紙の記者であったことを暗示している。

『東京横浜毎日新聞』は『斯氏万国史鑑』が出る直前の五月から『毎日新聞』[*14]と改題したばかりである。したがって、井土が『東京横浜毎日新聞』記者だったのは明治十九年五月以前のことで、しかも、彼が「編輯長として敏腕を揮」ったのであれば、ここでの在職期間はけっして短期間ではなかったはずだ。こうしてみると、明治十五年、二十三歳で出郷した經重は、きわめて早い時期から記者生活に入っていたのではなかろうか。

改題後の『毎日新聞』で島田三郎が社主になるのは明治二十七年(一八九四年)だ。しかし、このときには井土は既に去ったあとだったはずである。なぜなら、つぎに籍を置いたと目される『改進新聞』は明治二十七年に廃刊されているからである。『東京横浜毎日新聞』『改進新聞』はともに民権派系の新聞である。ジャーナリズムの分野で經重が民権家としての初心を実現していることの証左と言えよう。

『山陽新聞百十年史』の記述、「井土は漢学の造けいが深く、大阪毎日などにいた」のとおりだとすれば、井土は岡山時代

の前と後に『大阪毎日新聞』[*15]にいたことになる。一回目は、『改進新聞』が廃刊した明治二十七年、井土が三十五歳のころに『大阪毎日新聞』に移ってきたとみておきたい。創刊当時は東海散士《とうかいさんし》が主筆だった『大阪毎日新聞』の社主に原敬《はらたかし》が就任するのは明治三十年なので、この原敬時代に井土が在籍したことは確かだと言っていい。理由はあとで述べる。

『山陽新聞百十年史』によれば、井土經重が岡山で新聞記者となるのは、明治三十一年（一八九八年）のことである。明治三十一年八月十四日から翌年三月後任者が就任するまでの期間、『山陽新報』主筆の任に就き、さらに、同年十月二十二日から翌明治三十三年九月までは、同じ岡山の『中國民報』の主筆をつとめた。

「（明治）三十二年三月、ドイツから帰った有森新吉《ありもりしんきち》が（『山陽新報』の）主筆に就任した。有森は当時の新知識で、議論に新鮮発らつとしたものがあった。しかし、文才では井土や編集長の難波作平（葦川）に及ばず、有森が口述して、両人が筆をとって社説とし、誌上に載せたということである」との『山陽新聞百十年史』の記述は、井土經重が『山陽新報』主筆を退いてから『中國民報』に移るまでのことである。

井土が岡山にいたのは、この三十九歳から四十一歳までの、二年間である。和田經重が明治十五年に離郷したあと、ただちに岡山に逃亡したとみるのは、妥当ではないと思われる。もし、明治十五年当時に岡山の同志をたよって逃れたことがあったとしても、それは一時的なものだったにちがいない。

なお、『中國民報』での前任者は志賀重昂《しがしげたか》であり、後任者は田岡嶺雲《たおかれいうん》であった。志賀は、このとき既に『日本風景論』を著しており、政府の政策を攻撃したため農商務省山林局長を免職された後に迎えられての『中國民報』主筆だった。また、田岡が主筆になったとき、彼は『嶺雲揺曳』『第二嶺雲揺曳』『雲のちぎれ』をたてつづけに出版したばかりの時期であった。当時の『中國民報』について「嶺雲の筆は当時の青年学生層に歓迎され、政治本位の紙面は一転して文学味豊かな紙面となった」と『山陽新聞百十年史』は伝えている。志賀重昂、井土經重ともに政治色の濃い紙面をつくったであろうことは、二人の経歴からして納得できることである。志賀重昂と田岡嶺雲という強い個性の間に登用された井土經重への評価もまた高いものであったと推測される。

『中國民報』を退いた井土は、『大阪毎日新聞』に二年ぶりに復帰し、『山陽新聞百十年史』によれば通信部長となったという。この明治三十三年から小松原英太郎が大阪毎日新聞社社長となっており、前出「本会顧問井土霊山先生逝く」の「小松原英太郎氏の経営されし当時の大阪毎日新聞に入社」と符合する。井土は『大阪毎日新聞』には、すくなくとも明治三十六年（一九〇三年）、四十四歳の春ごろまでの期間を勤務していた。[16]

このあと、井土經重はふたたび東京へ戻って『やまと新聞』に籍を移す。『やまと新聞』は明治三十三年から松下軍治《まつしたぐんじ》が経営していて、明治三十七年までは紙名を『日出國新聞』と表記して、「やまと新聞」と読ませていた。井土が入社したのは紙名を『やまと新聞』に復したころからではなかろうか。ここでも主筆をつとめたようだ。『大筥根山』の「例言」を読むと、すくなくとも明治四十二年（一九〇九年）、五十歳のはじめまでは在籍していた。この当時、五十歳定年というものがあったとすれば、井土經重はここで定年退職したのではないかと思いたい。

『毎夕新聞』にいたのは、明治四十三年ごろまでの短期間だろう。明治三十年代のはじめ、最晩年の中江兆民《なかえちょうみん》がこの新聞の主筆だったことがある。

関西から戻ってからの東京での新住所は、明治四十二年夏には、下谷区中根岸十二番地に住んでいた。その後、北豊島郡巣鴨四丁目二〇四〇番地に移り住んだ。旧中山道、とげ抜き地蔵の西よりの地である。

以上、明らかなことと想像とをまじえ、二十代半ばから五十歳ごろまでにわたる井土經重のジャーナリスト時代を組み立ててみた。彼は論説などに筆をふるって、当代各分野の第一線で活躍している人びとと広く面識があったようだ。

なお、これまで挙げた以外に、彼はこの期間につぎの書籍の出版にかかわっていた。

日清戦争後の明治二十九年一月刊『征清戦死者列傳』（国光社）の共編者の一人となった。当時は大阪毎日新聞社勤務のはず。岡山以後に、『児島湾開墾史』（明治三十五年、岡島書店・金尾文淵堂）の編纂者になっている。『満州富籤策』（明治三十八年五月、清水書房）と『大筥根山』[17]はやまと新聞記者時代の著書だろう。『満州富籤策』には角書きで「全世界の富／を利用する」とある。『大筥根山』はガイドブックとしての「箱根游記」と箱根をナショナルパークにすべしという「箱根國園論」とからなっている。この書の巻末に「井土霊山著　伊豆半嶋　近刊」の広告が載っている。しかし、予告どおりに出版されたかどうか確かめられないでいる。

『児島湾開墾史』は、父和田祥重が故郷の原野に水路を通す事業に携わったことを思い出し、編纂を承知したのかもしれない。

〈注〉

13 「山陽新聞」は「山陽新報」と「中國民報」とが合併した新剛である。

14 現在の「毎日新聞」とは無関係で、昭和十五年（一九四〇年）に廃刊した。

15　「大阪毎日新聞」はのちに「東京日日新聞」を買収する。現在の「毎日新聞」の前身。

16　半谷清壽「日記」（半谷家蔵）には、たとえば、明治三十六年三月二十四日の項に「大阪毎日新聞社の記者井土經重氏へ端書を差（出）せり」とある。以下の半谷清壽関連資料はすべて半谷家蔵。

17　『大笹根山』（明治四十二年八月、丸山舎書籍部）は福島県立図書館が所蔵している。

(5)　故郷との関係

明治十九年七月刊の『斯氏万国史鑑』には三篇の「序」が掲げられていて、そのひとつには「(磐城）雙峯佐藤精明（於東京僑居）」との署名がある。「序」の一部を訓読すると「吾が友井土子常、頃者《ちかごろ》、斯氏万国史鑑を訳し、序を余に属す。余受けて之を閲す。其の世に裨益すること豈に浅鮮ならんや。故に辞せずして之に叙す」とある。子常は經重の字《あざな》である。

佐藤精明は經重より十二歳年長で、經重が退職したあとの後任として、明治十五年に原町小学校校長となった人物であり、遡ると經重が南新田小学校生徒だったときの恩師でもある。序文に「東京の僑居にて」との文字が見えるのは、当時の佐藤精明は太政官修史館の史料編修官となって東京にいたためである。

明治二十二年刊の『相馬時事管見』に「此書の成る由縁」を書き、井土はそのなかに「余は去る三月二十日在京相馬人の親睦会に臨み、一の演説を為したり」と述べている。つまり、在京相馬人会といったものがあって、井土經重は、そこに出席しているのである。旧知の佐藤精明とはそんな席で再会し、著書に序文を依頼したということでもあろうか。『相馬時事管見』を著したのも、こうしたかたちで相馬人と交流があったことによるのだ。井土と故郷との関係が離郷後も断絶せずに続いていたことを明らかにしている。

『斯氏万国史鑑』と『相馬時事管見』とを出版したそのあいだに、半谷清壽の著書『養蠶原論』（明治二十一年四月十八日、福島・進振堂）に井土は跋文を寄せている。この跋文は一八〇字ほどの漢文で、題はない。その要旨は、「自分は古今内外の書籍を友としてその世界に没頭してきた。しかしそのほとんどは空疎で、貧者の嘆きを救うものではかならずしもなかった。だが、この書は蚕という小さな虫が巨きな富をもたらす方法を説いて、読む者を納得させる。その論は奇にして、欧米列強を凌駕する思いをいだかしめる。日頃の憾みがあとかたもなく消え去り、はなはだ快い気分である」といったところである。

半谷家に残されている資料によって、井土經重と半谷清壽の関係が見えてくる。

半谷清壽が明治三十六年に記した「日記」の巻末名簿に「大阪毎日新聞社　井土經重」との記載がある。「日記」第二号の明治三十六年三月二十四日の記事については（注16）に記した。

半谷清壽の主著『将來之東北』（明治三十九年九月、丸山舎書籍部[*18]）の出版に井土經重が深く関わっている。井土自身が「将來之東北跋五首」を寄せているほか、島田三郎口述の「東北に対する所見」を井土が筆録し、また、原敬の「東北談」も井土が筆録している。このとき、島田三郎（東京出身）は東京毎日新聞社長だが、前述したように東京横浜毎日新聞主筆であったときに井土が在籍していた。原敬（盛岡出身）は、このとき西園寺内閣の内相だが、大阪毎日新聞社長だったとき、井土もその記者だった。

ついでながら、『将來之東北』にはほかにも錚々たる顔ぶれによる題詞・序文が寄せられている。東京府知事の富田鐵《とみたてつ》之助《のすけ》（仙台出身）、初代満鉄総裁の後藤新平（水沢出身）が題詞を、第一高等学校長の新渡戸稲造《にとべいなぞう》（盛岡出身）、東京朝日新聞主筆の池邊三山《いけべさんざん》・吉太郎（熊本出身）、キリスト教思想家の内村鑑三《うちむらかんぞう》（東京出身）が序を寄稿している。さらに、新宿中村屋の創業者である相馬黒光《そうまこっこう》・りょう（仙台出身）の手簡を跋として載せている。東北出身者の寄稿が多いのはこの書の所論との関わりによるものであろう。これらは、半谷の依頼によって寄せられたのだろうが、なかには、島田三郎、原敬、池邊三山以外にも、新聞記者井土經重の人間関係が反映しているものもあったはずだと言っていい。

たとえば、後藤新平がそうだ。『大筥根山』の巻頭に後藤新平は「為霊山詞兄／題箱根游記／新平」と署名した漢詩を寄せ、これに対して井土は「例言」で「逓信大臣男爵後藤新平君は箱根游記に題するに詩を以てせられ」と応じている。また、明治四十三年出版の『選註李太白詩集』と『選註白樂天詩集』の題字は後藤新平が揮毫している。あるいは、『南画鑑賞』（昭和十年八月号）の追悼文中の「略歴」に「後藤新平伯東道九州各地に遊屐《ゆうげき》す」とある。同伴して九州各地を案内したというのだ。どうもこのふたり、意外にしたしい関係にあったのではなかろうか。

さて、半谷清壽は、井土經重より一年早い安政五年（一八五八年）に、經重の父が土着した原町のとなり、現在の小高町大井に生まれた。三春師範を卒業したあと、小高に戻り、実業に就いた。相馬織物会社、小高銀行などを設立するかたわら、農談会、蚕談会、小高実業会を組織して青年を結集させることにも努めた。また、農村開発の新しいモデルとして富岡町で半谷農場を経営した。

井土經重と半谷清壽との関係がどのようにして始まったのかは不明だが、ひとつの推測は可能だ。ここに「相双の民権家」表[19]があって、旧相馬藩領の民権家として挙げている二十五人ほどのなかに半谷清壽の名が記されている。ふたりが民権運動の同志なら、知らない仲ではなかったはずである。

明治四十五年（一九一二年）のものと推定される半谷の「雑録」に以下の記述がある。

「三月一日／金百円也／井土君へ／政見印刷／費として送る」

「三月七日／金五拾円／井土君宅にて／金渡し」

「(三月) 七日／(略)／／金五拾円也／井土君へ／渡し／／金拾五円／井土君へ／手当」

この年五月十五日に第十一回総選挙があったさい、半谷は国民党から立候補し当選したが、この「雑録」の覚え書きはその事前準備の様子をあきらかにしている。五十三歳の井土は記者生活を終えたあとであり、半谷の東京における選挙事務長のような役割をしていたようだ。

半谷家には「遷都論」と「帝都論」と題した半谷清壽のふたつの原稿が残されている。大正十二年（一九二三年）の関東大震災後に書かれた原稿である。ふたつの原稿の筆跡はあきらかに別人のものであり、「帝都論」は「遷都論」のリライト稿である。ふたつの原稿のタイトル部分だけを比較すると、

1、は「研究問題／としての　遷都論」

2、は「建国の要／義としての　帝都論」

と書かれているのだが、実は、1の「研究問題としての遷都論」という文字にはペンで線が引かれて消され、2と同じ筆跡で欄外に「建国の要義としての帝都論」と書き直されているのである。さらに、「遷都論」には表紙が付されていて、清壽の子息、半谷専松によって「井土經重／晩年の筆跡か」と書かれている。

推測すると、「遷都論」は、たとえば半谷の口述を井土が筆録したか、あるいは半谷の意を承けて井土が代筆したか、といったことが考えられる原稿なのである。

經重の実家である和田家とも、当然ながら交際がつづいていて、兄である和田章重宛書簡が残されている。たとえば、関東大震災直後の大正十二年九月二日付け書簡には「第三便」とあって、震災後の東京の様子を逐一報じている。經重の長男久は大正十五年（一九二六年）六月十一日に満十五歳で夭逝する。その前後の六月十日と七月八日の書簡も保存されている。このとき經重は六十七歳になっていた。

そのほか、この残された書簡には数人の相馬にかかわる人名が記されている。

〈注〉

18 半谷清壽『東北之将來』は東北の現状についての分析を五

十項、将来どうあるべきかの施策五十八項（増補再版で六十四項）を論じている。その評価については、高橋富雄校訂解説『将来の東北』（昭和四十四年・一九六九年五月、仙台・アイエ書店）に高橋富雄が書いた「『将来の東北』解説」が参考になる。井土霊山との関係も推測している。

19 太田勝弘「原町の民権家」（二〇〇二年）。

(6) 井土霊山という文人

明治四十三年（一九一〇年）七月、五十一歳のとき、はじめて井土霊山の号を用いた著述が『選註蒙求通解』（崇文館）である。こののち霊山の名で漢詩文に関する多数の著作を出版している。これらは、新聞社退社後のものと目すべきである。

霊山という雅号は、これまでのところ、半谷清壽の著書『将來之東北』（明治三十九年九月刊）に書いた「将来之東北跋五首」に「霊山井土經重」と署名しているのが、わたしが見たところではもっとも早い使用例である。明治四十二年八月刊『大筥根山』の著者名は井土經重だが、そこに収めた「箱根游記」には霊山仙史の名を、「箱根国園論」には井土霊山の名を用いている。また、明治四十四年一月刊『作詩大成』の序詩では霊山外史と署名している。

どうやら、漢詩人として霊山と称していたものを、新聞社を退社したのちは著書にも用いるようになったということだろう。

霊山をレイザンと読むのだが、井土自身はリョウゼンと読ませたかったのではないか。しかし、世人の多くはそうは読んでくれず、レイザンに落ち着いたという経緯がありそうだ。霊山《りょうぜん》とは、經重の生地相馬の西方に位置し、南朝ゆかりの史跡がのこる名勝地である。

明治四十三年には、李瀚『選註蒙求通解』の選注、青山延光『註解・六雄八将論』の訳注のほか、『選註李太白詩集』『選註白楽天詩集』をいずれも崇文館から出版している。『選註白楽天詩集』の続篇は明治四十五年刊。

明治四十四年にも選注を同じ崇文館から『選註蘇東坡詩集』と『杜少陵詩集』を刊行した。ほかに、この年には霊山校訂の『ポケット寒山詩』が二松堂からというように、たてつづけに漢詩の注釈書が世に送りだされた。

また、この明治四十四年にはじめての漢詩作法書『作詩大成』を崇文館から上梓した。その後、大正五年に『新作詩自在』（二松堂）と『新漢詩作法』（光文館）、昭和元年に『漢詩自在』（光文館）を出版、昭和二年には旧版の五言七絶部分のみの新版『新作詩自在』（二松堂書店）を著している。

一例として『作詩大成』の目次をみると、

序論／第一章　七言絶句／第二章　五言絶句／第三章

七言律／第四章　五言律／第五章　近体類語／第六章
五言古詩／第七章　七言古詩

といった構成になっている。

ほかに、結城琢編輯『情聲詩存』（大正四年・一九一五年二月、東京・結城琢）を補輯している。これは和装本である。

これまでに霊山の詩約三十篇を読むことができたが、彼の個人漢詩集は存在しないようだ。

改造社版の現代日本文学全集37『現代日本詩集　現代日本漢詩集』（昭和四年・一九二九年）は現代日本漢詩家として四十四人の作品をその書き下し文とともに収載、「現代日本漢詩家小伝」を付している。井土霊山はそのひとりに選ばれ、四篇の漢詩が採られているうえに、巻末には原稿用紙にして三十枚程度の解説「明治大正漢詩史概論」を執筆している。

霊山の詩は「寄呉昌碩翁三首」および「都下諸名流邀飲顔世清君於精養軒。予亦列。席上賦呈（都下の諸名流顔世清君を精養軒に邀飲す。予亦列す。席上賦呈す）」と題する古詩である。ここでは霊山の作品例として「寄呉昌碩翁三首」を掲げる。

寄呉昌碩翁三首　　呉昌碩翁に寄す三首

孔子終不知石鼓　　孔子終に石鼓を知らず
韓蘇両輩口猶乳　　韓蘇両輩口猶ほ乳
撫摩至君光陸離　　撫摩君に至りて光陸離
秦篆漢隷何足数　　秦篆漢隷何ぞ数ふるに足らん
自我作古空群雄　　我より古をなして群雄を令しうす
笑言八大我高足　　笑って言ふ八大は我が高足と
贈我一巻缶廬詩　　我に贈る一巻缶廬詩
郢中誰和陽春曲　　郢中誰か和せん陽春の曲
君家妙墨足千古　　君が家の妙墨は千古に足る
遐齢祇応学彭祖　　遐齢ただ応に彭祖を学ぶべし
海上仙山薬草肥　　海上の仙山薬草肥ゆ
為君我作東道主　　君が為に我東道の主とならん

森鷗外の訳詩集『於母影』（明治二十二年一八八九年）を読むと、十九篇のほぼ三分の一にあたる六篇「月光」「思郷」「喜界島」「戯曲『曼弗列度』一節」「別離」「盗侠行」は漢詩として訳されているのが目を惹く。七五調定型詩と肩を並べる数の多さである。ほかに、八七調や八六調の詩、短歌形式の訳詩にまじり、「ミニヨンの歌」「マンフレット一節」「青邱子」など定型を離れた訳も試みられている。

霊山は鷗外より三歳年長である。彼らと同時代者の著作物には、本文はともかく、序あるいは跋に漢詩文が寄せられているのが通例だった。漢詩文に堪能であることは知識人の教養として欠くべからざるものとされ、漢詩文は江戸期に劣らない隆盛を極めたのである。明治三十年代がその頂点で、太平洋戦争の敗戦に至るまでこの傾向は続いた。中野《なかの》逍遥《しょうよう》『逍遥遺稿』（明治二十八年・一八九五年）、夏目漱石『漱石詩集』（大正八年・一九一九年）などは、そのすぐれた成果の一端である。

　こうした時代背景を考えれば、明治二十二年の森鷗外『於母影』に漢詩訳が多く含まれているのも、時代の限界を負いつつ、当時は主流だった漢詩の表現の可能性を確かめる試みとしてのことだったと容易に納得できよう。しかし、文学の世界の傾向は、明治三十年に宮崎《みやざき》湖処子《こしょし》らが『抒情詩』を、島崎藤村が『若菜集』をあいついで刊行するなど、漢詩文の退潮の趨勢はあきらかだった。

　そうしたなかで、霊山は、新しい時代の漢詩文を模索するというよりは、漢詩文の古来の型を重視する旧守派的な存在として活躍したとみるべきである。霊山を受容したのは政治家、実業家などを中心とする人びとであったろう。

　大正期に入ると、漢詩文に関する著述に平行して、井土霊山は中村不折との共訳による康有為《こうゆうい》『六朝書道論』（大正三年、二松堂書店）など書に関する著書も執筆するようになる。ここでも、型を重んずる書法が著書の中心になっている。

『書道實習法　草書及假名』（昭和三年。書畫骨董叢書刊行会）、『草書實習法　附假名』（昭和三年十月二十八日、二松堂書店）、『草書要訣　附假名』（昭和八年、東京・不朽社）、井土霊山序言『法帳書論集』（昭和九年）、書道普及會編・井土霊山解説『和漢五名家千字文集成』（昭和九年、弘文社）、『三體千字文』（昭和十二年、洛東書院）などがそれである。

　『草書実習法』は次のような構成である。

　　第一編　草字概説／第二編　草字書法／第三編　支那書家略伝／第四編　仮名概説／第五編　仮名書法／第六編　仮名書家略伝

　こうした著作と平行して、井土は画のジャンルにもその関心を拡げ、雑誌『書道及畫道』を大正五年十月五日、次いで『詩書畫』を昭和二年三月十日にそれぞれ創刊し、その編集発行人になった。『詩書画』の発行元である談藝社は、霊山宅が住所である。また、南画鑑賞會を昭和八年に創立し、顧問に就任した。

　井土經重は、昭和十年（一九三五年）七月二十二日、府下北豊島郡巣鴨四丁目二〇四〇番地の自宅で逝去した。七十六歳。南画鑑賞会の弔辞に曰く「操觚の生活に布衣の宰相を以て自ら任じ半生を過ごしてつねに社会の木鐸たり」と。筆を執って無官位の宰相として生きた、というのである。小石川区関口台町（現、文京区関口二丁目）養国寺墓地に埋葬された。

⑺　おわりに

霊山・井土經重の生涯を四期に分けると、教育者の時代（明治九年・一八七六年から明治十五年・一八八二年まで）、啓蒙家の時代（明治二十二年・一八八九年頃まで）、ジャーナリストの時代（明治十九年・一八八六年頃から明治四十三年・一九一〇年頃まで）、文人の時代（明治四十年代以降）ということになる。

井土經重は、維新の激動期に精神を形成し、多様な要素を内蔵したモデルのような（典型的な）明治型文化人だったと言えるだろう。

彼より一歳年長の半谷清壽のことは、先に述べた。彼より一年のちの万延元年（一八六〇年）、半谷と同じく、現在の小高町に生まれた斎藤良規は、小高小学校に勤務していた明治十六年二月、突然、免職の辞令を受けたという。民権運動家の岡田健長、苅宿仲衛《かりやどなかえ》、目黒重真《めぐろじゅうしん》などと交際があったことが理由だった。のち、斎藤は復職し、明治三十年ごろからは俳号を草加と名乗って俳句を吟じた。その作品二四四句を、同郷の文人、大曲駒村が編集した『草加句集』（昭和二年）がある。

明治十二年、前年制定の郡区長村編制法により郡役所が開設され、宇多・行方二郡（現、相馬市・南相馬市・相馬郡）の郡長に大須賀履が赴任した。しかし、明治十五年、県令に三島通庸《みしまみちつね》が来任すると、その政策を批判し、五月十五日辞表を出して野に下ってしまった。和田經重が原町小学校を辞職したのは、この前後であったろう。大須賀履は天保十二年（一八四一年）生まれ。霊山の十八歳年長で、筠軒《いんけん》と号する漢詩人でもあった。漢詩集に『緑筠軒詩鈔』（大正元年）などがある。履は俳人大須賀乙字《おつじ》の父でもある。

井土經重翻訳『斯氏万国史鑑』に「序」を寄せた佐藤精明は、弘化四年（一八四七年）、現在の南相馬市で生まれた。霊山より十二歳年長の佐藤は戊辰戦争に参戦した。維新後は小学校校長、福島県師範学校教諭、県立中学校教諭などのほか、地誌や史料の編纂に携わった。詩文をよくし、雅号を雙峯《そうほう》と称し、『雙峯詩集』『雙峯文鈔《ぶんしょう》』などがある。

その青春を政治的動乱期にゆだね、いかに生きるか、なにのために生きるかを求めつづけた人びと、そのような人びとは、大須賀筠軒、佐藤精明、半谷清壽、斎藤草加に限らず、数多く存在した。井土霊山は、そうした人びとのひとりとして記憶されるだろう。

なお、のちになって遺族は本郷駒込富士前町六六番地に移っていたが、昭和二十年三月十日の東京大空襲で家を焼失、原町の和田家に疎開した。經重の妻すみは、そのまま夫の実家で昭和二十一年（一九四六年）、老衰によって死去した。

〈付記〉

1　人名、書名など固有名詞の表記は、初出のとき以外は、原則として常用漢字に改めた。

2　引用文中、一部の漢字をかなに改めたものがある。また、省かれている句読点、および濁点を補い、（　）を用いて注を補ったものもある。改行のマークとして／を使用した。

②　警官練習所時代の井土經重
――「霊山・井土經重」補考

さきの「①　霊山・井土經重」では、明治十八年から二十二年までの四年間の事績を「啓蒙家としての井土經重」の項のなかでとらえ、彼が関係する出版物として、

高木豊三《たかぎとよぞう》『刑法講義録』（明治十九年四月・博聞社）
維廉斯因頓（ウヰルリアム・スウィントン）著・井土經重訳述『斯氏万国史鑑』第壱冊（明治十九年七月・淡海書屋）
橋本胖三郎《はしもとはんざぶろう》『治罪法講義録』（明治十九年・博同社）
井土經重註釈『大日本帝国憲法註釈』（明治二十二年三月・永昌堂）
井土經重『相馬時事管見』（明治二十二年四月・井土經重）
磯部四郎《いそべしろう》『現行日本治罪法講義』（明治二十二年八月・博聞社）

の六冊を挙げた。だが、自費出版の『相馬時事管見』以外は、井土經重がどのような経緯でその刊行に関わったのかについての解明をできないでいた。

その後、井土霊山の孫である板垣葉子氏から新資料として高橋雄豺《たかはしゆうさい》『明治警察史研究』第一巻（昭和三十五年・令文社）の部分コピーを頂戴し、一方、明治警察史研究者吉原丈司氏にご示唆をいただいたことにより、『明治警察史研究』第一巻全体を読むことと、近代デジタルライブラリーを資料にこの時期の井土經重関連書を検討しなおすことから、新事実を見いだせないだろうかと作業をすすめた。

結論を最初に述べると、井土經重は明治十八年から二十二年まで警官練習所の下級官員だったことと、前記六冊のほかあらたに三冊の出版物に関係していることが判明した。

内務省が所轄する警官練習所は警察幹部を教育・養成する学校で、現在の警察大学校に相当する。各府県から優秀な人材を選り抜いて、明治十八年（一八八五年）四月に開校し、四月二十日から「受業」を開始した。四期生までを卒業させ、四年後の明治二十二年（一八八九年）三月三十一日に廃止となった。

井土經重は、この警官練習所で明治十八年四月二十一日からのキルヘルム・ヘーン講述・湯目補隆等口訳「警察講

義」、四月二十八日から翌年二月二十二日までの教官高木豊三による「刑法講義」（全四十四回）、また橋本胖三郎講述「治罪法講義」を毎時間筆録していて、警官練習所開設当初からの職員たったことがあきらかとなった。さらに、井上經重が筆記した磯部四郎『現行日本治罪法講義』の出版が警官練習所廃止後の明治二十二年八月であることから、おそらく彼は廃止までの警官練習所設置全期間を勤務したものと考えられる。

井土經重の身分については、明治十九年十二月発行の『官員録』警官練習所の項に「属　判任官九等　井上《ママ》經重」と、また、明治二十年十一月三十日発行『官員録』の警官練習所の項に「属　九等　井上《ママ》經重」とあるとのことである。

属官あるいは判任官は下級の官員で、九等はその最下級のようである。警官練習所では「生徒の筆記の外に、練習所の方でも特に筆録に長じたものを置いて毎時講師の講義を筆記せしめた。属官井上《ママ》經重氏が専らこれを担当したものと思われる。而して講義終るの後に、その筆記を取り纏めて印刷に付した」（『明治警察史研究』第一巻74ページ、以下同書からの引用は、そのページのみを註記する）という。ただ、開校当初から講義の筆記を担当していたのに、明治十九年六月発行『官員録』には井土經重の名が記載されていない。これは、あるいは、はじめは正職員ではなく、仮雇用のような身分だったことを暗示しているかもしれない。

「教授の方法は講師の口述を各自に筆記するのであった。第二期以後には教科書を用い、又は講義按を印刷して配布する講師もあったが、第一期生の頃は全部筆記であった。独逸人講師の場合は、講師の口述するのを、訳官が傍にあって翻訳した。」（71～72ページ）それを、生徒は「筆記のために鉛筆を数本携へ」て仮の筆記をし、「後に筆で半紙に清書した」と第一期生雪下陽の回想記（97ページ）にある。「毎日の講義を、筆で書くのであったから、なかなか大変であったろう」（94ページ）と高橋雄豺は感想を述べている。

生徒と同じように井土經重も講義を筆録したのだろう。同書には時間割も掲載されているので、警部第一期生の第一学期のもの（35ページ）を簡略化して掲げよう。

	月	火	水	木	金	土
1	英語学	刑法	英語学	刑法	英語学	刑法
2	治罪法	英語学	治罪法	英語学	治罪法	英語学
3	警察法	警察法	警察法	警察法	警察法	警察法

＊1＝8～9時、2＝9～10時、3＝10～12時
設問の起案＝毎日十二時三十分～二時
巡査訓練と操縦＝土曜以外の隔日二時～三時

講師は、警察法ヰルヘルム・ヘーン、刑法高木豊三、治罪法橋本胖三郎、英語学久米金弥《くめきんや》であった。ヘーンはプロイセンから招聘したドイツ人警察大尉、高木豊三は当時東京始審裁判所検事でのちに司法次官になった人物、橋本胖三郎は当時警保局権少書記官・控訴院検事、久米金弥は警保局警務課御用掛の文学士でのち農商務次官になった人物である。彼らの講義の井土經重による筆記録が、

1　**『警察講義録』**ヰ・ヘーン講述、訳官湯目補隆等口訳、井土經重筆記の講義録（第一回明治十八年四月二十一日〜）警官練習所版蔵、版権届　明治十九年二月二十八日、明治十九年六月二十八日再版・博聞社刊

2　**『治罪法講義録』**橋本胖三郎講述・井土經重筆記による講義録（第一回明治十八年四月二十二日〜）警官練習所版蔵、版権届　明治十九年二月二十八日上巻　明治十九年二月、下巻　明治十九年三月・博聞社刊

3　**『刑法講義録』**高木豊三講述・井土經重筆記による講義録（明治十八年四月二十八日〜第四十四回・明治十九年二月二十二日）警官練習所版蔵、版権届　明治十九年四月一日、明治十九年十月・博聞社刊

＊註　各項冒頭の洋数字は、この時期の井土經重関連出版物九冊の発行順に、筆者が便宜的に与えたものである。以下、順不同に記載する。

なお、治罪法は明治十三年（一八八〇年）から明治二十三年まで施行されていた法律で、現在の刑事訴訟法にあたる。

というかたちで出版されたのである。これらの巻頭に「警官練習所蔵版之章」の朱印が押され、巻末には、「警官練習所蔵版」「禁売買」と記載されていて、「警察官以外に発売せられたものではないことだけは確実だ」（74ページ）と高橋雄豺は言う。ヰ・ヘーン『警察講義録』は、筆者にとって新発見の井土經重関係書の第一である。

『治罪法講義録』下巻巻末六九一ページに井土經重の「追書」が付されている。句読点を加え、その全文を記録しておく。

○曩《サ》キニ『治罪法講義録』『警察講義録』等印刷成ルノ後チ、再ヒ之レヲ閲スルニ、行文冗長、敷詞蕪雑、殆ント讀ムヘカラサルモノ往々少カラス。仍テ、自餘ノ筆録ハ校訂数次、力ノ及フ所ヲ盡サント欲セシモ、警察法ニ、治罪法ニ、刑法ニ、其講義筆録ハ一ニ余カ擔任スル所ナリシヲ以テ、日々机上ニ堆ヲ爲シ、一讀セントスルモ尚ホ其暇ナキヲ憂フ。之ヲ奈何《イカ》ンソ、文字ヲ撰ヒ章句ヲ錬ルノ暇ヲ得ヘケンヤ。今ヤ學期終ヲ告

ケ、學生諸君各々任地ニ歸ラル、ノ日將サニ近キニアラントス。因テ、已ムヲ得ス、講堂ノ筆記ニ教官ノ一閲ヲ經、直チニ之ヲ印刷ニ附ス。故ニ此『治罪法講義録』ヲ始トシ、其他『刑法』及ヒ『警察法講義録』ノ如キ、其行文ノ贅長、敷詞ノ蕪雑ナル、之レヲ前印刷ノ筆録ニ比スルニ、更ラニ一層ノ甚シキモノアラン。読者幸ニ、筆録ノ拙陋ニ因テ、講師ヲ罪スル勿レ。

明治十九年三月　井土經重　識

＊註　○行文＝文章　○敷詞＝語彙　○自餘＝それ以外　○拙陋＝へたで見苦しい

この「追書」によって、これらの講義録は復習をたすけるものとして生徒たちに読まれたことが想像できる。

井土經重が筆記した講義録には、ほかに、

9 『現行日本治罪法講義』磯部四郎講述・井土經重筆記
上巻　明治二十二年七月九日、下巻　明治二十二年八月十三日・博聞社刊（蔵版）

がある。磯部四郎は当時大審院検事の法律学士で、第二期生以後の講師をつとめた。出版社は前記三書とおなじ博聞社だが、警官練習所蔵版ではなく、博聞社蔵版となっているのは、警官練習所廃止後に刊行されたからであろう。

以上、キ・ヘーン『警察講義録』、高木豊三『刑法講義録』、橋本胖三郎『治罪法講義録』、磯部四郎『現行日本治罪法講義』は、いわば警官練習所の公的出版物である。

さて、近代デジタルライブラリーで警官練習所関係者の著書を検索し、思いがけない新発見をした。『斯氏万国史鑑』の校訂者である久米金弥が警官練習所で英語学を講じているので、その氏名で検索したところ、

5 『高等警察論』久米金彌著
跋　井土經重、版権免許　明治十九年十二月四日
明治十九年十二月・井土經重刊

が出版されていて、そこに出版人として井土經重の名が出てきたのである。これが新発見の第二である。

久米金弥『高等警察論』については『明治警察史研究』の「本邦警察規則」のなかで言及があって、著者久米金弥の漢文による「例言」の一部を訓読して引用している。

予嚮きに内務省の命を奉じ、本邦警察諸則を警官練習所に講述す。当時手録して遺忘に備ふるもの、蔵して篋底にあり、其の高等警察に係るものを裒《あつ》め、名《ママ》けて

高等警察論と曰ふ。裒《ほう》輯の際、痛く修正を加ふ。故に嚮きに講述する所と大に其の体を異にするものあり。

（一二四ページ）

高橋雄豺はこの記述を根拠に、『高等警察論』は第二期の巡査受業生の講座としてあらたに加えられた「本邦警察規則」を久米金弥が担当し、その講義内容を増補改訂したものと推定している。では、なぜ博聞社から警官練習所蔵版として出版されずに、井土經重が出版人になっているのだろうか。

『高等警察論』巻末二二九～二三一ページに、井土經重による「高等警察論跋」が付されている。その原文は漢文なので、試みに訓読し、その大意も添える。

高等警察論跋

甚ダシキカナ、人世ノ険變窮マリ無キヤ。山嶽以テ其ノ険ヲ比スルニ足ラズ。浮雲以テ其ノ變ヲ比スルニ足ラズ。而シテ億兆庶民其ノ間ニ棲息ス。亦危ト謂フベシ。

蓋《ケダ》シ此ノ険ニ處シ、此ノ變ニ應ジ、庶民ヲシテ其ノ堵ニ安ンズルヲ得サシムル所以《ユエン》ノ者ハ、固《モト》ヨリ一ニシテ足ラズ、就中《ナカンヅク》警察ヲ以テ最要ト爲ス。

維新以来、凡《オホ》百ノ文物ハ概ムネ泰西ヲ模倣ス。警察ノ制モ亦以ッテ彼ヲ典型ト爲ス。然リト雖モ、其ノ旨義《シギ》蘊奥《ウンアウ》ノ如キハ、則チ尚ホ未ダ世ニ明ラカナラズ。豈《ア》ニ啓蒙ノ書無キノ故ヲ以テニ非ズヤ。世ニ之レ須ベカラク良著有ルベシ。蓋シ久シ。近来上梓サレタル著譯ヲ顧レバ、啻《タダ》ニ汗牛充棟スルノミナラズ、法典律書ノ如キハ、屋上ニ屋ヲ架シ、尚ホ且ツ已マズ。

獨リ警察ニ至レバ、則チ寥寥トシテ聞ク無シ。偶々《タマタマ》之レ有リト雖モ皆瓦釜《グワフ》ニシテ雷鳴スルノミニシテ、固《モト》ヨリ言足ラズ。嗚呼、相ヒ須《モト》ムコトノ殷《サカ》ンナルニ、其ノ出ヅルコトノ疎ナルハ何ゾヤ。

吾ガ友久米金彌君、學殖淵邃《エンスイ》ニシテ、博ク獨英ノ典籍ヲ渉獵シテ『高等警察論』ヲ著ス。其ノ書、警察全體ヲ論ズルニ非ズト雖モ、首《ハジメ》ニ国家ノ何爲《タ》ル物カヲ説キ、次イデ警察ノ由ッテ起コリタル所ヲ論ジ、終ニ高等警察ノ本旨運用等ヲ闡明ニス。議論精確ニシテ、博引旁捜、古今ニ證徴ス。所謂題小ニシテ論大ナル者トシテ、新著ノ黄鐘爲《タ》ルヲ稱シテ、亦何ゾ不可之レ有ラン。

斯ノ著一タビ出ヅレバ、世ノ相ヒ須ムル者、必ズヤ將ニ宿昔ノ望ミヲ慰ムル所有ラン。予乃《スナハ》チ其ノ稿ヲ乞ヒ、貲《シ》ヲ捐《エン》ジテ剞劂《キケツ》ニ附ス。庶幾《コイネガハ》クバ明治文運ノ萬一ニ裨《ヒ》補《ホ》センコト有ルヲ。是ニ跋ヲ爲ス。

明治十九年十二月上澣　　馬陵　井土經重　撰

＊註　〇蘊奥＝奥深いところ　〇黄鐘毀棄、瓦釜雷鳴＝出典

『楚辞』、君子が排斥され、小人が横行すること　○證徴＝正当性を証明する　○宿昔＝昔から、平生　○貲ヲ捐ンズ＝財を投じ　○剞劂ニ附ス＝版を起こす、出版する　○裨補＝助け補う

さまざまな危険のなかで暮らしている庶民が安堵できるためには、警察が最要である。維新以来、諸分野で欧米を模倣してきた。警察制度はその典型である。しかし、その本旨を明らかにした警察論は少なく、あっても満足できるものではない。そんななか、久米金弥君が、ドイツやイギリスの典籍を渉猟して『高等警察論』を著した。警察全体を論じてはいないが、最初に国家のなんたるかを説き、次いで警察の起源を論じ、最後に高等警察の本旨と運用について述べていて、模範とすべきものであって、渇望の書として迎えられよう。そこで、自分はその原稿を著者に求めて、財を投じて出版したのである。明治文運の一端の一助になることを願う。

おおよそ、このような意図をもって井土經重はこの書の出版人になったというのである。

ところで、この跋文で井土經重は「馬陵」という号を用いている。号「霊山」は、管見では、明治三十一年（一八九八年）八月十四日に『山陽新報』主筆となって、その「入社の詞」で使用したのが最初である。ここで「馬陵」を用いているということは、ほかにもその使用例があるのではないか。警官練習所勤務以前に、彼はおそらく東京横浜毎日新聞記者であったはずなので、旧姓で和田馬陵と署名した記事の存在が確認されることを期待したい。「霊山」は、和田經重出生地である相馬中村の西方に位置する名山の名である。そしてまた、「馬陵」とは相馬中村城の別称なのである。彼の故郷への想いが思われる。

さて次に、『明治警察史研究』中の「雪下陽氏の回想記」には英語に関して「教科書としてはスウィントンのリーダー巻の四までと同氏の文典とを使用したやうに記憶する。パーレーの万国史も読みたる記憶ある」（96ページ）と書かれていることに注目すると、ここから、英語学講師久米金弥が使用したテキストがウィルリアム・スウィントン著『アウトラインス、オフ、ゼ、ウォールヅ、ヒストリー』だったのではなかろうかという推測が可能となってくる。聴講した井土經重がこのテキストを日本語に訳し、久米金弥の校訂を受けて出版したものが『斯氏万国史鑑』ではないかという推測である。『斯氏万国史鑑』の目次には「第一篇　東方古代ノ帝王国」から「第五篇　近世史」までの構成になっているが、出版されたのは「第一篇」にあたる「第壱冊」だけだったらしい。それは、警官練習所第一年の英語テキストだったからなので

はないか。

4 『**斯氏万国史鑑**』第壱冊 ＊原著書『アウトラインス、オフ、ゼ、ウォールヅ、ヒストリー』（一八七九年刊）
維廉斯因頓（ウィルリアム・スウィントン）著
訳述・例言 井土經重、訂正（校訂）久米金彌
明治十九年七月・淡海書屋刊

この『斯氏万国史鑑』には、冷灰江《え》木《ぎ》衷《まこと》「斯氏万国史鑑序」、島田三郎「叙」、雙峯佐藤精明「序」が添えられている。江木衷は当時東京始審裁判所検事・司法省参事官で刑事局兼務の法律学士である。警官練習所で講義をしたかどうかは不明だが、その『現行刑法汎論』（明治二十年六月）と『現行刑法各論』（明治二十一年五月）は、いわば警官練習所御用達出版社であった博聞社からの刊行である。井土經重とはどんな経緯から知己となったのだろうか。江木衷は『帝国憲法要義』（明治二十二年四月・六法館）のほか、大逆事件での裁判のありようから陪審制度の導入を求めた『憲法と陪審法』（大正十年）を著している。彼は「冷灰」というシニカルな号を「斯氏万国史鑑序」に用いている。『冷灰漫筆』（明治四十二年六月・有斐閣）と題したエッセイ集を持つ。

彼の「序」の一節に句読点を補って示す。

頃日友人井土君此書ヲ譯シ、将ニ世ニ公ケニセントス。稿成リ來リ示ス。余取テ之ヲ閲ス。譯字充當、能ク原意ヲ寫出シテ洩ス所ナシ。今日東洋ノ文化ニ遭遇スル者、苟クモ此書ヲ一讀セハ、誰レカ東洋諸邦ヲシテ再ヒ其ノ榮名ヲ人類文化ノ記録（略）中ニ留メシメントスルノ勇気ヲ振起セサル者アランヤ。（略）余ヤ素ヨリ君ノ深ク公益ニ期スル所アルヲ知ル。

江木衷が言うように、井土經重が『高等警察論』の出版人になったことも『斯氏万国史鑑』を翻訳したことも、「深ク公益ニ期スル所アル」と考えてのことと理解したい。島田三郎と佐藤精明については「霊山・井土經重」で述べているので、ここでは省略する。

つづいて、江木衷『帝国憲法要義』に先だって、井土經重著述・註釈による『大日本帝国憲法註釈』が明治二十二年三月に出版されたことについて考える。

7 『**大日本帝國憲法註釋** 附議員法、衆議院議員選擧法、會計法、貴族院令』井土經重著述・註釋、
校訂 磯部四郎、明治二十二年三月八日・永昌堂刊

明治十年代半ばの自由民権運動の昂揚を承けて、明治十六年（一八八三年）憲法取調局が設置され、井上毅《いのうえこわし》らが中心となってドイツ人ロエスレル、モッセなどの助言を得ながら起草作業をすすめ、明治二十年五月に憲法草案ができた。その後の修正作業を経て、枢密院での審議が明治二十二年一月に終了、二月十一日大日本帝国憲法は発布されたのである。『大日本帝国憲法註釈』の奥付には、「明治二十二年三月六日印刷、同八日出版」と記されている。その間、一ヵ月足らず。緊急出版とでもいうべきであろうか。

　中江兆民や幸徳秋水《こうとくしゅうすい》は批判的に見ていたが、民権家の多くは大日本帝国憲法を高く評価したという。在郷時代に民権運動にかかわっていた井土經重は、憲法の制定にはつよい関心をいだいていたにちがいない。

　しかし、彼が学んだのは官立宮城師範学校（改称して公立仙台師範学校）であって、法律を専門に学んだ形跡はない。警官練習所で筆記を担当しているうちに法律の専門的知識を会得し、憲法の註釈を試みたということであろう。警官練習所第二期生から「行政大意」が新教科として加わり、各国憲法概論をふくむ「憲法大意」も講じられた。その講義録、大橋素六郎講述『行政大意講義』上巻が明治二十年四月に博聞社から発行されている。筆記者は板野常太郎であるが、憲法の制定につよい関心をもつ井土經重は講義を傍聴したにちがいない。

　まえに、第一回生の時間表を掲げたが、警察法、刑法、治罪法の講義を筆記したほか、英語学や行政大意なども聴講したと仮定すると、井土經重は連日午前中のほぼすべての講義に出席していたことになって、生徒とほとんど違いのない学習をしたと言える。時間表でみると、昼食時間が三十分あるだけで、ほかには休憩時間がないことになっている。雪下陽は「授業時間は前後甚しく切迫し、長時間殆んど無休息の状態で」「時間乏しきため、課業間の休憩時間にも教室に居残り、一所懸命に浄書した」、また「過度の勉強の為に卒倒したり、休学したり、甚しきは死亡するに至ったものもあり、頭を冷やすために水道の設備を特に設けた程であった」（97ページ）と回想している。井土經重の勉強ぶりが想像される。

　『大日本帝国憲法註釈』には著述・注釈者井土經重による序文・跋文のたぐいはなく、磯部四郎「序」とヘーン『警察講義録』の訳官のひとり久松定弘《ひさまつさだひろ》の「跋」とが収減されている。磯部四郎「序」の一節に句読点を補って引用する。

井土氏憲法註釋ヲ著ハシ、來テ余カ是正ヲ求ム。（略）受ケテ之レヲ読ムニ、釋義詳明行文快達観ルヘキノ論議亦少シトセス。通讀ノ際、間々余カ意見ヲ加ヘテ之レヲ還ス。苟モ法学ニ志アルモノハ、先ツ須ラク憲法ヲ讀セサルヘカラス。若シ憲法ヲ擱《オイ》テ他ノ法律ヨリ研究セントスルノアラン乎、是レ本ヲ忘レテ末ヲ逐フモノナリ。焉ンソ能ク法學ニ通スルヲ得ンヤ。井土氏ノ此著、實ニ法學ノ津筏《シンバツ》ト爲スニ足ル。

＊註　○津筏＝手引き、案内

法律学士に太鼓判をもらったのである。同様に、久松定弘による「跋」の一節も掲げる。

國家ニシテ若シ憲法ナクンハ、人ニシテ心靈ナキト何ソ擇ハン。嗚呼憲法ノ國家ニ必須ナルモ亦甚哉《ハナハダシイカナ》。予カ友井土君、大日本帝國憲法ニ註釋ヲ加エ、之ヲ世ニ公ニセントス。予之ヲ一覧スルニ、其解釋ヤ詳密、其例証ヤ正確、人ヲシテ一讀憲法ノ要義ニ通セシム。君ノ此著國家ノ心靈ヲ磨出シテ其光芒ヲ放タシムルモノト謂フ可シ。

久松定弘は最後の今治藩主で、当時は内務省御用掛、権少書記官だった。警官練習所幹事のかたわら訳官をした。国会が開設されると貴族院議員になっている。

『大日本帝国憲法註釈』巻頭には、加えて、農商務大臣井上馨による題辞「建極錫福」、元老院議員金井之恭《かないゆきやす》による題辞「法良意美綱擧目張」、漢詩人国分青厓《こくぶせいがい》による題詩（久永基穎書）が掲げられている。これらの人物とどう人脈を築いたのか、新聞記者時代に由来するものか、これも興味あることである。

のちに、国分青厓は井土霊山が『選註蒙求通解』『選註白楽天詩集』を出版した際には校閲をおこない、『新漢詩作法』を出版したときは「曾国藩の詩眼」を寄せている。また、後藤新平が『大筥根山』に題詞、『選註李太白詩集』『選註白楽天詩集』に題字を寄せているが、これは、警官練習所第四期生に対して当時内務二等技師だった後藤新平が「公衆衛生」を講じ、『衛生制度論』（明治二十三年九月）を刊行しているので、井土經重とはこのとき以来の知己となったと推定される。

なお、この四年のあいだに、

8　『相馬時事管見　一名、選挙人心得』井土經重著
「自序」・本文（此書の成る由縁）
明治二十二年四月二十四日・井土經重刊

を自費出版したことについては、すでに「①　霊山・井土經重」で述べたので、ここでは触れない。また、郷里の親友半谷清壽の左記の著書に「序」と跋文を書いている。

6　『養蠶原論』半谷清壽著
「序」・（無題の跋文）井土經重
明治二十一年四月十八日・（福島）進振堂刊

これが新発見の第三である。半谷清壽についても「霊山・井土經重」のなかで、著書『東北之将来』に関連してすでに説明した。

明治十八年（一八八五年）、和田經重は井土すみと結婚して姓を改めたことを契機にしたのか、新聞記者から転職して警官練習所に勤務した。住んでいたのは麻布区麻布我善坊町五十番地、現在の港区麻布台一丁目と虎ノ門五丁目の境界付近。警官練習所があったのは赤坂区葵町（葵坂下）、現在の虎ノ門一丁目付近。その間、一キロあまり、十五分もあれば歩いて到着する近距離である。明治十八年四月から二十二年三月まで、二十歳代最後の四年間は、その後の井土霊山を形成するための充実した期間だったと言える。

このあと、三十歳の井土經重は、おそらく改進新聞社に入社し、ふたたび記者としての生活に戻るのである。

〈付記〉

引用部分は原則として原文表記のままであるが、読みやすさを考慮して句読点を補い、一部にふりがなを付した。また、とくに書名に1から9の数字を与えた著作物の書誌的部分の書名と人名は旧漢字を用いた。

③　言論人　井土霊山

(1)　書の手本「千字文」著す—動乱期に精神を形成

書を学ぶ人の机の傍らには、手本の一冊として『和漢五名家千字文《せんじもん》集成』が置かれていることだろう。この著者が井土霊山である。

『和漢五名家千字文集成』は、昭和九（一九三四）年に出版された。のちに出版社を替えて、現在も販売されている。つまり、井土霊山は、八十年以上も売れ続けている超ロングセラーの著者なのである。

和田經重、のちの井土霊山は、安政六（一八五九）年一月二十九日、相馬中村藩士和田久太夫祥重の次男として、中村城下の上川原町、現在の相馬市川原町で生まれた。名を經重、字を子常と付けられた。

父祥重は、北標葉郡浪江陣屋詰吟味役だったときに、天明飢饉以後損壊するにまかせていた青根場用水路の隧道《すいどう》開削工事を指揮し、四年をかけて嘉永六（一八五三）年に落成させ、八か村（当時）の水田を潤した。また、經重が生まれた安政六年の大火でほぼ全焼した浪江の町並みを、東西から南北に付け替えて、強い西風による被害を最小限にとどめる市街の改造を実施した。

和田經重が九歳になった慶応四（一八六八）年、奥羽越列藩同盟が結成され、相馬中村藩も加盟し、戊辰戦争が始まった。七月になると、磐城平城や二本松城の落城、広野の戦いの敗戦などがあって、八月六日、相馬中村藩は賊軍の一員として降伏したのである。翌年、相馬中村藩は版籍を奉還した。十歳の少年の精神形成に、この敗戦、政変、価値観の変転はどんな影響を与えたのだろうか。私ごとであるが、昭和二十（一九四五）年に十歳だった私たちは戦後派と呼ばれたものである。和田經重は、戊辰戦争の戦後派少年だったのである。

中村県が置かれた明治四（一八七一）年、經重が十二歳のとき、和田家は中郷高平村（現在の南相馬市原町区）下高平字谷中二十八番地に土着した。

明治六年、学制が定められ、現在は南相馬市役所がある地、当時の南新田三十五番地に南新田小学（原町第一小学校の前身）が、十月一日創設された。このとき、男子三十三人が入学した。十四歳の和田經重はこの第一回入学生の一人と推測される。この根拠は、翌明治七年四月に、生徒十五人が成績優秀者として、磐前県庁から書籍料を賞与されていて、その筆頭者が十五歳の和田經重だからである。なお、このとき、のちに原町町長となり、ドキュメント映画監督亀井文夫の父でもある松本良七（十三歳）も賞与を受けている。

南新田小学校に入学する以前、和田經重は中村で、藩校の育英館、あるいは慈隆法師の私塾金蔵院《こんぞういん》で学んだであろうし、高平に土着したのちには、相馬中村管内の七郷に設けられた郷学のひとつ、南新田の経善館でも学んだのではなかろうか。

明治九年十月、第一回生として三人が卒業した。和田經重はその一人のようだ。ところが、明治十二年度末までの『原町小学沿革誌』には「（明治）九年一月和田經重及脇本敬明各雇教師拝命」「同九年八月（略）和田經重及脇本敬明各職ヲ辞ス」とある。これはどういうことだろう。この年の教員は五人だけなので、下級生を卒業目前の上級生に指導させたのだろうか。

明治九年、十七歳の和田經重は、創立して三年目の官立宮城師範学校に入学し、校名を変更した公立仙台師範学校の上等小学科（修業年限二年）を明治十一年七月十五日、十九歳で卒業した。上等小学科の既卒業者数は、明治九年の第一回生が二十三人、明治十年の第二回生が十人、合計三十三人である。仙台師範学校『証書交与簿』に「第三十四号和田經重」と記されている。この年度の筆頭者であることは、主席卒業者だったと判断してよさそうである。

仙台師範卒業後の明治十一年後半からの二年半はどこでなにをしていたか、明らかにできないでいる。どこかの小学校に勤務していたのだろうか。

明治十四（一八八一）年二月十五日、二十二歳の和田經重は、校名を南新田から変更して原町小学校となった母校の第四代主長（校長）に就任した。教員数が十人ほどだったので、学級担任もした。さらに、九月二十九日からは、隣接する原町青年学校勤務を兼務している。

第五代校長として、初代校長だった佐藤精明が再任したのが翌明治十五年七月十六日なので、和田經重は最大限でこの日までのわずか一年半ほどの期間を母校に勤務して、退職したのである。なお、佐藤精明は、雙峯という号をもつ漢詩人で、和田經重と長く交流をつづける。

(2)　歴史書訳し憲法を注釈―自分探しのため出郷

和田經重は、原町小学校校長としてわずか一年半ほど在任しただけで、明治十五（一八八二）年の夏までには退職している。これにはどんな事情があったのだろう。

自由民権運動との関係がその理由として挙げられている。だが、和田經重が自由党行方郡原町通信員だったとの記録はあるものの、そのほかには民権運動との関係を明らかにする記録はない。

明治十五年十一月二十八日、会津喜多方で福島事件が発生する。ちょうどそのころ東京横浜毎日新聞社主、沼間守一は、福島県内各地で演説会を開いていた。原町でも開催が予定されていたが、その日取りを決定できないでいた。そのため、「和田某」ほか二名が沼関守一についての情報を求めて訪ねてきたとの内容を含む書簡が『原町市史』第六巻に収載されている。

結局、原町での沼間守一の政談演説会は、十二月二十日に「某寺」で開催された。三百余人が集まったと東京横浜日新聞掲載の「磐城紀行」に書かれている。「磐城紀行」の筆者は沼間守一に同行した記者で、彼も演説しているので、主筆の島田三郎だった可能性もある。夜は七十人余りが集まった懇親会が開かれた。このときの「和田某」が和田經重であるとするなら、あくまでも想像だが、この出会いを契機として、彼は東京横浜毎日新聞に入社することになったのではなかろうかと考えてみたい。

「南画鑑賞」昭和十年八月号に掲載されている井土霊山「略歴」に「東京に出て島田三郎氏の経営に係る東京横浜毎

日新聞に編輯長として敏腕を揮ふ」と書かれていることや、『山陽新聞百十年史』の霊山略歴に「沼間守一の門下となり」とあること、さらに彼が訳述した『斯氏万国史鑑』(明治十九年刊)に島田三郎が「叙」を寄せていることもこの推測の根拠にしていいのではないか。

上京後、明治十八年三月以前のあいだ、和田經重は、島田三郎のもとで記者としての基礎を学び、やがて編輯長をつとめることとなったのだろう。

明治十四年、和田經重が原町小学校校長だったとき、「政変」が起きた。政権内で、国家体制を、英仏をモデルとする立憲君主国家とするか、プロイセン王国が成立させた統一ドイツ帝国型国家とするかをめぐって対立が生じ、クーデターがあって英仏派の中心人物だった大隈重信が追放された事件である。この明治十四年政変は、日本のその後の七十年間の国家体制を決定づけるものだった。民権運動にも大きな影響を与えた。

こうした新時代への変革期にあたって、さまざまな分野で学力(学歴)や能力をもつ者がその力を発揮できる場が多くなっているなか、和田經重のような当時は数少なかった高学歴の人材が求められていたはずである。

二十三歳の青年が小学校長の地位に満足できたであろうか。そこに安住できない、埋没できない思いを抱えての自分探し、自己表現のための出郷、上京だったのだろう。

井土經重は、明治十八(一八八五)年四月に開所した内務省警官練習所(現在で言えば警察大学校にあたる)に開所当初から、廃止される明治二十二年三月三十一日まで、四年間勤務する。

このとき以前に、筑前秋月藩(現在の福岡県朝倉市秋月)の江戸詰藩士だった井土家に入籍して、娘すみと結婚、井土姓となった。井土家は麻布区麻布我善坊町(現在の港区麻布台一丁目)にあって、赤坂区葵町(現在の港区虎ノ門二丁目)の警官練習所までは歩いて二十分足らずの近距離である。

明治十九、二十年の記録によると、井土經重は属判任官九等という役職で、教官の講義を一年間学生とともに傍聴し、筆記して講義録にすることが主な役割だった。

ヰ・ヘーンの講述を湯目補隆らが口訳した『警察講義録』(明治十九年刊)、高木豊三『刑法講義録』(同)、橋本胖三郎『治罪法講義録』(同)、磯部四郎『現行日本治罪法講義』(明治二十二年刊)が、井土經重が筆録したもので、『治罪法講義録』には筆録の至らなさを学生に詫びている四百字ほどの「追書」が付けられている。

井土經重は筆録することだけに満足できなかったのだろう。米国人ウィリアム・スウィントン(維廉斯因頓)の歴史書を翻訳した『斯氏万国史鑑』を、世界の歴史と地誌とを学ぶべきだとの思いをこめて出版した。さらに、明治二十二年二月十一日に憲法が公布されると、驚くことに、その翌月である三月に、井土經重が注釈し、法学者の磯部四郎が校訂を加えた『大日本帝国憲法註釈　付議員法、衆議院議員選挙法、会計法、貴族院令』を出版しているのも啓蒙的な思いがあってのことだろう。

⑶　同郷人に政治を説く――生涯続く故郷との関係

井土經重が霊山という雅号をもっとも早く用いたと確認できているのは、三十六歳のとき、明治二十九（一八九六）年に出版した『征清戦死者列伝』の「自序」に付けた署名である。それより十年前、井土經重は、明治十九年出版の久米金弥著『高等警察論』の発行人になっていて、「高等警察論跋」を書いたのだが、このときには雅号として「馬陵」を用いている。

相馬中村城を馬陵城とも言うこと、相馬市の西の伊達との境に霊山がそびえていることを思うと、井土經重は霊山を「りょうぜん」と読ませたかったに違いない。だが、だれもが「れいざん」と読んだため、この誤読がそのまま定着したのだろう。霊山は故郷との関係を生涯持ちつづけようとした人だった。

井土經重が『大日本帝国憲法註釈　付議員法、衆議院議員選挙法、会計法、貴族院令』を緊急出版した明治二十二年三月に、たまたま彼は「在京相馬人の親睦会に臨み、一の演説を為し」た。このとき、一年あまりのちに実施される第一回総選挙を前に、同郷人たちの話題に不満を感じて、執筆したのが『相馬時事管見　一名、選挙人心得』であると、同書の「此書の成る由縁」で述べている。井土經重は、韓退之の「雑説」を引用して、相馬の選挙人たちが伯楽《はくらく》となって、相馬の野から千里の馬に喩えられる衆議院議員を選び出してほしいと訴えているのである。

また、大正期の相馬郷友会会報『相馬郷』には、しばしば詩文を寄稿している。例えば、「支那の将来」では、膨大な埋蔵量の石炭や鉄鉱を持ち、人口が多い中国は、資本さえ投入されれば、世界の商工業の中心になるはずなので、もっと中国を知るべきだと説いている。

雙峯・佐藤精明は、石神村深野（現在の南相馬市原町区）に生まれ、藩校育英館で錦織晩香《にしこおりばんこう》に学んだ。經重の十二歳年上で、原町小学校での関係はすでに述べた。

井土經重が『斯氏万国史鑑』を出版したとき、佐藤は在京していて史料編修官だった。著者の依頼を受けた佐藤精明は、「わが友」井土經重の訳書を読んだところ「世に役立つことが深く多いと判ったので、依頼を断らないでこの一文を書いた」と、漢文の「序」で述べている。

半谷清壽と井土經重の関係は興味深い。

半谷清壽は、安政五年に小高郷大井に生まれ、幾世橋村(現在の浪江町)に希賢舎を開いた錦織晩香に学んだ。井土の一歳年上である。三春師範を卒業して、二年間安達郡の訓導をした。帰郷後は酒造業・販売業を始めた。

明治二十一年に半谷清壽が『養蚕原論』を出版したとき、井土經重は漢文の「序」と跋文《ばつぶん》とを寄稿している。輸出品の中で蚕糸がもっとも多く、国富の源である。蚕業を盛んにするため福島県人の高橋久右衛門《たかはしきゅうえもん》が究めた養蚕法を、世人に広めようとする「吾友半谷君」の意に賛同すると述べて、「微虫ニヨッテ巨富ヲ到スノ術、説キテ妙ヲ得、論ジテ奇ヲ得ル」とも書いている。小高で養蚕業と製糸業が盛んで、「相馬羽二重」が広く珍重された背景には、こうしたこともあったのである。

さらに、半谷が『将來之東北』を明治三十九年に出版したときには、井土が「将來之東北跋五首」を書いただけでなく、編集と出版を担当したことが明らかだ。

本書には、富田鐵之助、後藤新平、新渡戸稲造、三山・池辺吉太郎、島田三郎、原敬、内村鑑三、黒光・相馬りょう、八人の序詞・序文・論説・跋文が収載されている。その過半数が奥州出身者であり、しかも戊辰戦争敗戦の戦後派が六人もいることに注目したい。

半谷が「著者は友人井土經重氏を介して原内相に序文を乞ひたるに…」と書いている。それは原敬に対してだけでなかった。後藤新平記念館は、このとき井土が題詞の執筆を依頼した後藤新平宛書簡を収蔵している。井土經重は、新聞人として築いた人脈を生かして、これらの人びとに依頼したのだ。さらに、「原敬君の東北談」と島田三郎「東北に対する所見」とは、井土がお手のものの口述筆記によるものである。

明治四十五(一九一二)年五月、第十一回総選挙があった。半谷清壽は国民党から立候補し当選、三期九年間議員をする。半谷家に、半谷清壽が記したメモ「雑録」が残されている。その、三月一日、七日の記述の中に「井土君」という文字が読める。井土經重が選挙参謀あるいは事務長の役目を担当したことがわかる。

実家の和田家との関係も絶えることはなかった。実家が火事で全焼したときは、山陽新報社に勤務していたときだったので、和田家の人びとに岡山転住を誘ったという。関東大震災のときには、兄章重に東京の様子を連日書き送ったりもしている。没後の戦中戦後も両家の親交はつづき、井土家の人びとは和田家を頼って疎開した。

(4) 新聞界で論陣を張る

警官練習所が明治二十二（一八八九）年に廃止されたあと、井土經重は改進新聞社に入社し、新聞人として再スタートする。改進新聞は東京横浜毎日新聞とともに民権派系の新聞である。言論の分野での井土の立ち位置を語っている。だが、改進新聞は明治二十七年に廃刊となる。日清戦争開戦の年である。

そこで、井土經重は、原敬が社長だった大阪毎日新聞に移る。大阪毎日新聞は、現在の毎日新聞の前身である。

「公明正大」心掛け執筆

日清戦争後の明治二十九年一月、彼は霊山の号をはじめて用いた編著書『征清戦死者列伝』を出版した。日清戦争での日本軍兵士の総戦死者はほぼ一万二千人とされているが、そのうちの四百八十一人の経歴や人柄などを、従軍した記者たちとともに記述している。福島県人は十二人が収載されている。たとえば、原町村（当時）の広橋敬信については、慶応義塾や本願寺で学んで僧籍にある二十六歳で、現在の瀋陽付近に駐留していて、講和条約調印後の二十八年六月に肺炎で死亡したことなどが記述されている。

実は、戦病死者の九割はコレラや赤痢、マラリアなどによる病死者で、戦傷死者は一割だった。多くの人命が無為に失われたことを、著者は言いたかったのだろう。

のち、明治三十五年に、霊山は「全世界の富／を利用する」との角書《つのが》きをつけた『満州富籤策《とみくじ》』という奇妙なタイトルの著書を刊行した。そのなかで霊山は次のように言う。「千有余年来の友邦」である「支那を誤解して（日本は）日清の役を興し」た。その結果、敗れた清国に英国をはじめ欧州列強が群がって、その領土を租借地とし割譲することを求め、租界や海軍基地を設けて、清国を半植民地化した。霊山は、このことを理由に、日清戦争は「真に千古の愚挙」だったと批判した。少年のときから漢詩文に親しんできた霊山の「友邦」への思いが感じられる。そこで霊山が「満州の為めに」考えたことが、満州大学を設立して人材育成する資金などを得る方策として、世界中で「富籤」を販売しようという提案なのである。目的はいいが、手段には疑問符をつけたい。

藩閥政治の専制と、大地主・特権大資本家の横暴を不快として、社会政策などを毎月一回論じ合うことを目的とする社会問題研究会が、明治三十年四月に設立された。会員二百人。その評議員に、巌本善治《いわもとよしはる》、片山潜《かたやません》、陸羯南《くがかつなん》、三宅雪嶺《みやけせつれい》など幅ひろい著名人の名前があるなかに、井土經重の名も見える。福島県人では河野広中《こうのひろなか》、愛沢寧堅《あいざわやすかた》も会員だった。

明治三十一年八月に井土霊山は山陽新報に転社した。その「入社の詞」では「政論壇上最も必要なるものは、独立独行一党一派に偏せず（略）公明正大の論議を立つるもの是れなり」と述べている。また、「教育と工業」では、「日本の職工は文明諸国中最低の賃銭にて最長の労働」に従事していると指摘し、「幼年職工の年齢制限十歳を、さらに厳しくせよ」「一日の労働時間十時間以内を、さらに短縮せよ」と主張している。

山陽新報主筆を務めたあと、井土霊山は三十二年十月に、同じ岡山の中国民報の主筆に転じた。中国民報での前任者は『日本風景論』を著した志賀重昂であり、三十三年八月に就任する後任者はのちに『明治叛臣伝』を出版する田岡嶺雲だった。ふたりの間に登用された霊山への評価もまた、高かったことだろう。霊山が岡山にいたのは、四十一歳までの二年間である。

中国民報を退いた霊山は、社長が小松原英太郎に代わっていた大阪毎日新聞に復帰して、通信部長となり、三十六年、四十四歳の春ごろまで勤務した。この間、大阪毎日新聞は明治三十五年に常設コラム「硯滴《けんてき》」をスタートさせた。このことについて『毎日新聞七十年』は「三十五年十月七日から（略）創設した。文章は口語体、社説とは趣を異にした短評で、初期の執筆者は井土霊山氏であった。井土氏は通信部部員で漢詩人であった」と記述している。「硯滴」はその後「余録」と改められて、現在の毎日新聞に引き継がれている。

このあと、井土霊山は東京へ戻って、やまと新聞に籍を移す。ここでも主筆を務めた。彼の著書『大筥根山《おおはこねさん》』の「例言」を読むと、明治四十二年のはじめまでは在籍していたことがわかる。毎夕新聞にいたのは、四十三年ごろまでの短期間だろう。『大筥根山』は箱根の観光ガイドであり、国立公園に指定せよとの提言でもある。

新聞人としての井土霊山は論説などに筆をふるって、当代各分野の第一線で活躍している人びとと広く面識があり、交際を持っていた。大正三（一九一四）年七月二十三日の福島日日新聞は「井上經《ママ》重氏（略）前内務大臣原敬氏の推薦にて東京毎日新聞社に入社せり」との記事を載せた。経済的に困窮していた霊山を見かねた原敬が斡旋したようだ。この東京毎日は東京横浜毎日の後身であって、現在の毎日新聞とは無関係である。

(5) 漢詩文の存続に情熱──南画にも深い思い入れ

ことばはつねに変化し続けるものである。私たちの日常のことばの変化も激しいが、現代にもまして、明治期もことばが大きく変化した時代だった。

明治六（一八七三）年の小学校設立を前後にして、最初に読み書きを学習する文字は、漢字から仮名文字へと替わった。

井土霊山やその三歳年下の森鷗外を漢字世代、明治五年生まれの島崎藤村は仮名文字世代と言える。

霊山が警官練習所で筆記した講義録の文体は、口述と言うものの文語文だった。また、同時期に新声社同人による訳詩集『於母影《おもかげ》』が出版されたが、鷗外が翻訳したとされる八編のうち五編は漢詩のかたちで訳されている。変化する時代のなかでの漢詩による表現の可能性を確かめる試みだったと言える。漢字世代の人びとの著作物には、漢詩文の序や跋が付けられるのが通例だった。

しかし、文学の分野では、明治十年代に藤村の『若菜集』などが新体詩として歓迎された。鷗外は、散文による表現を創作活動の中心に据えた。霊山は、そうした趨勢《すうせい》を止めることがかなわないにしても、最後の漢字世代として、古来の様式を守ることによって漢詩文を存続させようとしたと、私は認識している。

新聞人として国とその政治について考えつづけた井土霊山だが、五十歳ごろに新聞界を退いたのちは、所を変えて漢詩文と書道、そして南画に関わる文人として生きることに自らを定めた。政治家になることを勧められても、霊山はそれを固辞したのだった。

井土霊山は、『毎日新聞七十年』に「井土氏は漢詩人であった」と書かれたように、漢詩人として著名だった。昭和四（一九二九）年刊行の『現代日本詩集　現代日本漢詩集』（改造社版現代日本文学全集の一冊）は、当時の漢詩家四十四人の作品を収載し、「現代日本漢詩家小伝」を付けている。霊山はそのひとりに選ばれ、「寄呉昌碩翁三首（呉昌碩翁に寄する三首）」ほかの漢詩が採られている。それだけでなく、霊山は巻末に解説「明治大正漢詩史概論」を執筆しているのである。

霊山の作品例として、『大筥根山』から七言絶句一首を選んで、書き下し文を添えて紹介する。

雨中所見

踏雲衝雨下山時　　雲を踏み雨を衝きて下山の時
雲動雨行山更奇　　雲動き雨行き山更に奇
山気化雲雲化雨　　山気は雲と化し雲は雨と化す
是雲是雨是皆詩　　これ雲これ雨これみな詩

ただ、この「雨中所見」は、霊山の詩についての持論からすれば、筆の遊びに等しい作品だろう。

霊山は、自署『新作詩自在』の「はし書」で詩について述べているので、抜き書きで紹介する。

絶対無限の自由を有するものがある。ソレは唯《ただ》詩である。詩の自由郷に逍遥《しょうよう》して、天帝が我等に賦与したる喜怒哀楽の賜《たまもの》を十二分に享有すべきである。李白でも杜甫でも、生き人間が生きた時事を詩で語ったのである。然るに近代の詩人と云はるゝ作家に李白の如く杜甫の如く眼前の時事を詩題にする生きた作家がない。

ここでの「詩」とは、漢詩を指していると理解しておくけれども、新体詩と呼ばれる叙情詩についても言い及んでいると読むことができる。

井土霊山は、明治四十三、四年に、李瀚《りかん》の『選註蒙求《もうぎゅう》通解』をはじめ、李白、白楽天、蘇東坡、杜甫、寒山の選詩集の注釈書を著し、さらに青山延光と共訳で『註解六雄八将論』を立てつづけに刊行した。

大正期になると、霊山は『作詩大成』など数冊の漢詩作法書を出版し、結城琢《ゆうきたく》が編さんした『情声詩存』の補輯をした。彼は、これと平行して康有為《こうゆうい》『六朝書道論』を中村不折と共訳したのをはじめとして書道関係書を出版した。『法帳書論集』に「序言」を寄せ、晩年には、『書道実習法』『草書実習法』ほかを著した。

この間、霊山は、文人画とも言われた南画にも深い思い入れを示した。書道及画道社を創設して、『書道及画道』を大正五（一九一六）年に創刊し、次いで、自宅を談芸社と名付けて昭和二年に『詩書画』を編集、創刊した。昭和七年には南画鑑賞会を組織し、顧問の立場で編集に参加、翌年に『南画鑑賞』を創刊した。

最後の編著書は『和漢五名家千字文集成』だった。

昭和十年七月二十二日、霊山井土經重は、巣鴨の自宅で、妻すみと家族たち、画家の小室翠雲《こむろすいうん》など親しい友にみとられながら永い眠りに就いた。七十六歳だった。

その十年後、すみが疎開先福島県原町の亡夫の実家和田家で息をひきとったのは、不思議な縁と言えよう。

【井土霊山の年譜】

一八五九（安政六）年　一月二十九日、相馬中村藩士、和田祥重の次男經重として、中村城下の上川原町（現相馬市）で生まれる。霊山の号は、三十歳代の終わりごろから用いた。

一八七一（明治四）年　十二歳　和田家は中郷高平村（現南相馬市）に土着する。

一八七八（明治十一）年　十九歳　公立仙台師範学校（現東北大学教育学部）卒業。

一八八一（明治十四）年　二十二歳　原町小学校主長となるも、翌年退職。この頃、民権運動に参加、自由党行方郡原町通信委員。

一八八五（明治十八）年　二十六歳　井土すみと結婚、井土姓となる。同年から明治二十二年まで警官練習所官員。教官の講義筆録、洋書の翻訳、憲法の註釈などを行う。

一八八九（明治二十二）年　三十歳　『相馬時事管見一名、選挙人心得』を著述。その後、明治末年ころまで「大阪毎日新聞」通信部長、「山陽新報」主筆、「中國民報」主筆などを歴任した。この記者時代の著書に『征清戦死者列伝』『大笞根山』などがある。

一九一〇（明治四十三）年　五十一歳　註釈書『選註李太白詩集』刊行以後、『作詩大成』をはじめとする多数の漢詩文入門書を著した。

一九一四（大正三）年　五十五歳　康有為『六朝書道論』を中村不折と共訳、以後「書道及画道」（大正五年）、「詩書画」（昭和二年）、「南画鑑賞」（昭和七年）を創刊、書画の普及に努める。

一九三四（昭和九）年　七十五歳　『和漢五名家千字文集成』を出版。

一九三五（昭和十）年　七月二十二日、府下北豊島郡（現、豊島区）巣鴨の自宅で死去。享年七十六。文京区内の養国寺墓地に埋葬されている。

2　大曲駒村

①　はじめに

大曲駒村《おおまがりくそん》とはどんな人物であったか、さまざまなことばで言われている。風流韻事（風流なおもむきある遊び）を好んだ人とも、尊い著述を遺した偉い文化人とも、多芸多才の器量人とも、最後の好事家とも、稀代の篤志家とも評され、はては前代の遺物だと断じた人もいた。

けれども、どれも大曲駒村の全体像を言い当ててはいないような気がしてならない。彼はひとつのことばだけでは包みきれない生き方をした人物なのである。

(1)　生い立ち

大曲駒村は本名を省三と言い、一八八二（明治十五）年十月八日、当時の小高村南小高字町百七十九番地、現在の南相馬市小高区上町一丁目三十九番地で、父竹八と母キイの長男として生まれた。竹八は一八九六（明治二十九）年に分家し、住所を字町二十番地、現在の上町一丁目五十番地に転居した。省三が小学校を卒業した年である。

近所には、五歳年長の鈴木良雄（のちの余生）、一歳年少の原隆明（のちの布鼓《ふこ》）がいた。省三は子ども時分から絵を描くことがうまく、ガキ大将でもあったようだ。四十歳代半ばに書いた回想の文章に、自分は毎年春になると子ども仲間でただ一人の凧絵師として腕を揮い、いつも凧合戦のガキ大将だったと述べている。在籍当時の小高小学校では、のちに俳句仲間になった斎藤良規（草加）が教師をしていた。

一八九六年、省三少年は小高小学校を卒業する。当時、福島県内には県立中等学校は二校と一分校しかなく、子どもの教育は小学校卒業で終了するのがほとんどだった。学業成績が優秀な省三は、郡山にあった県立桑野中学（安積高校の前身）に進学した。だが、一年修了を目前にして病気のために退学しなければならなかった。このとき、一年上級に大須賀績《いさお》（乙字）が在籍しており、校医をしていたのがのちに句友となる湯浅為之進《ゆあさためのしん》（十框《じっきょう》）である。

一八九八（明治三十一）年三月、隈水吟社《わいすい》を菅野其外《きがい》、天野蒼郊、平田青藍らが設立、『福島新聞』に俳句欄を設け県内の俳作家たちを結集した。小高に戻っていた十七歳の省三は、一八九九年の晩秋、幼なじみの鈴木良雄と善友会をつくり、隈水吟社俳句欄に投句しその常連となった。省三は駒村を、鈴木良雄ははじめ愚堂を、のちに余生を俳号とした。与謝蕪村に私淑していた省三は「村」の一字を借り、俳号に野馬追の里の俳人という意味をこめたのである。

小高銀行に職を得た大曲駒村は、満十八歳で高橋ツルと結婚した。

(2) 多様な才能の開花

駒村は余生と相談し、斎藤草加を誘い、蒼郊の助言を得て、二十世紀第一年である一九〇一（明治三十四）年九月、小高に俳句グループ渋茶会《しぶさかい》を結成した。さらに、余生歿後の一九〇六年には浮舟会《うきふねかい》をつくり、『浮舟十句集』を発刊した。後年、駒村が作成したと推定される「県下俳人表」（一九一一年刊『雙巌集』付表）には渋茶会会員二十名、浮舟会会員三十一名の氏名が記録されている。浮舟会には、草加、駒村のほか、のちの小高俳壇の隆盛を支えた原布鼓、山尾蓼川《りょうせん》、半谷絹村などが参加していることがわかる。原布鼓はこどものときの遊び友だち原隆明である。このように、二十歳代半ばまえの駒村は近代小高俳壇草創期のコーディネーターとして重要な役割を果たした人物なのである。

駒村の活躍は、小高町内だけにとどまらなかった。

一九〇二年四月刊行の『岩磐十句集』第一集に余生とともに出句した駒村は、その第三集の幹事を務めた。一九〇三年二月、福島民友新聞社記者だった矢田挿雲が『ハマユミ』を創刊、年内に八号まで刊行、さらに『破魔弓十句集』も第十集まで出版すると、駒村はこれらに参加して、「魂祭」を課題とした『破魔弓十句集』第五集では幹事になっている。

一九〇三年には富士崎放江《ふじさきほうこう》との出合いもあった。五月、福島でおこなわれた葱《ねぶか》会主催の県下俳人大会で初対面の放江と意気投合し、生涯の友誼を結ぶこととなった。翌年三月、放江主幹で発行した『真葛《まくず》』の標題デザインと表紙画は駒村が担当した。この俳誌は創刊号のみで廃刊した。

一九〇七（明治四十）年二月、放江・駒村共編による月刊雑誌『鐘聲』を発刊、駒村は「発行の辭」と新体詩「ふるさとを望むの歌」を書いたほか、表紙画も描いた。作久間法師《さくまほうし》、永井破笛《はてき》らが寄稿していて、十一月に第十号まで発行して、廃刊となった。駒村は、感想文「餘生の墓」「餘生の句」三篇、俳劇「午寝」を発表したとされる。

ここで時間をすこしまえに戻す。一九〇四年二月十二日、駒村にとっての莫逆の友、鈴木余生がわずか満二十六歳の生涯を閉じた。駒村はただちにその悲痛を河東碧梧桐《かわひがしへきごとう》に伝えたのであろう。碧梧桐は二月十六日付の書簡四枚と「餘生子を悼む」五枚（のち『餘生遺稿』に収載）とを駒村に送り届けた。これらは駒村の手によって貼り交ぜ屏風に仕立てられ、原布鼓が住職であった小高区の金性寺《きんしょうじ》に遺されている。二年後の一九〇六年十一月八日、三千里の旅の途次にあった碧梧桐は、仙台から小高に引き返し、枯檜庵（駒村宅）で句会を催し、翌九日に余生の墓を詣でている。

(3) 最初の全県的句集をまとめる

一九〇六（明治三十九）年十月、駒村は放江・湯浅十框と「雙巌集発行の主趣」を書き、ひろく福島県内の俳人たちに全県的な句集作成を呼びかけた。「雙巌」とは旧国名の岩代と磐城をあわせて称することばで、「岩磐」とも言い、福島の別称として用いられていた。こうした県内俳人の選句集編集の企ては、一九〇二年の破笛と蒼郊とによる提唱、一九〇四年秋に駒村が発議して挿雲・放江らで結成した雙岩互選会があったものの、いずれも句集として結実するには至らなかった。

『雙巌集』の編集方針は、青藍・余生など故人、破笛・挿雲など県外に去った作者、碧梧桐・虚子など来県時の作を有する県外作者も含め、各人の代表的作品一人五十句以内とした。集められた一万五千句から駒村・放江・十框が選句し、三百人、二千二百句収蔵の画期的なアンソロジーにまとめあげたのである。巻末には駒村が作成した「雙巌集俳諧年表（自明治二十二年至四十年）」と「県下俳人表」が付されている。

経費の問題がネックになって印刷できずにいたところ、福島新聞社にいた蒼郊の肝いりで、一九一一（明治四十四）年五月になって上梓のはこびとなった。

駒村はさらに、一九三〇年代に執筆したと推定される四百五十枚におよぶ「県下日本派俳壇史」の原稿を遺しており、これは四十年を経た一九七二（昭和四十七）年、いわき地方史研究会と雫石《しずくいし》太郎《たろう》とによって『福島県日本派俳壇史』と改称され、ようやく刊行された。記述は一九二〇（大正九）年の大須賀乙字の死を最後に終わっている。

ある人物は駒村を「金をためるより本をためるのを好んだ」と言ったが、乏しい財布を傾け、あらゆる俳句雑誌を初号からそろえたり、有名俳人の短冊を四季四枚ずつそろえたり、古書を収集する熱意と努力とはひとかたではなく、自宅を紙魚書楼とか曲肱書屋《きょくこうしょおく》などと名づけたりもした。このようにして収集した資料を駆使して執筆し、あわせて駒村が直接かかわった福島県俳壇の生きのいい記録でもある『福島県日本派俳壇史』は『雙巌集』とともに、明治期福島県の日本派（子規派）俳人の動向と業績とをいまに伝える貴重な資料である。彼の収集癖に加え、整頓好きでもあったことは書誌的研究のためにうってつけで、後年の編著書にも生かされるのである。

(4) 句友たちの遺稿集を編集

抜群と評された駒村の編集才能は句友たちの句集のためにも発揮された。福島県内在住の間に『其外遺稿』（十框、放江と共編）をはじめ『青藍遺稿』『餘生遺稿』『雪人《せつじん》句集』（放江と共編）を編集、上京後も「春波遺稿　全」（放江と共編）、『草加句集』『放江句集』『十框句集』（破笛と共編）、『口寸句集』などを編集した。手がけたその造本・装幀はセンスのよさにあふれた逸品ぞろいである。

たとえば『餘生遺稿』の場合は、遺された十四冊の句帖一万二千句からまず千二百句を選び、最終的に四百二十九句で句集「花《はな》馬酔木《あしび》」としたほか、小品や書簡も選び、さらに諸氏による追悼句、追悼文を加えて一冊を構成するという苦心作である。しかも、のちに駒村が「この費用を産み出すために自分は下劣をも顧みず駒村画会と云ふを開いて半折一枚を一円づつで自分の絵を売った。小川芋銭《うせん》子は君の絵なら僕も一口はいらうと云ふて入会されたのは光栄であった」と言っているように、遺稿句集出版経費の工面までして、負担したケースが多い。なお、芋銭が四年まえの一九一一（明治四十四）年に小高を訪れて以来、駒村との交際がつづいていた。『餘生遺稿』上梓後、駒村は小高で余生追悼句会を開催し、浮舟会同人と墓参を行った。

また『青藍遺稿』の場合は、「自分は青藍に一面識もなく、一度の文通もしなかった。然し自ら死後の友を以て任じて居るのである」と述べ、その句が人びとに忘れられるのを惜しんで、『日本』『ホトトギス』『むし籠』『俳星』などの句誌から句を拾って編集し、青藍の十三回忌にあわせて自費を投じて出版した。さらに、平中学や福島中学の校長をした西村岸太郎（雪人）が病気と貧窮とに苦しんでいると知ると、十框や放江と相談し雪人句集刊行会をつくって、『雪人句集』の発行による利潤を思ひ立ち、（略）これを敢行して多少の薬餌を枕頭に呈する事を得た」ということもした。そのほか、浮舟会員のひとりで死後は小高に葬られた武田守翠の遺稿集も編集を終えていたが、おそらく出版費用の捻出ができなかったのだろう、のちに「今にこの所志が果されないで居る。故人に対しては本当に済まぬと思って居る」と、駒村はその思いを書き残している。（以上、この項の引用はいずれも『福島県日本派俳壇史』による）

このような行為によって駒村は「稀代の篤志家」だと言われたのだろうか、それとも、このような厚い友情の発露は当然のこととして当時にはひろく行われていたものなのであろうか。

(5) 苛酷な人生の荒波

一九一〇年代、明治末年から大正期にかけて、大曲駒村の身辺に不幸な出来事がつづいた。一九一〇（明治四十三）年には、父竹八が満六十一歳で逝去したのにつづいて、生まれてまもない二男の浦夫が天逝した。一九一三（大正二）年三月の小高町大火では類焼によって自宅（枯檜庵）を失った。さらに、一九一七（大正六）年には勤務していた小高銀行が倒産し小高町を離れねばならなくなった。山八銀行の仙台支店や福島支店に職を得たものの、一九二〇（大正九）年には長男新太郎が満十四歳の若さで他界するという重ねがさねの不幸に見舞われた。これらの出来事が駒村に上京を決意させた一因なのではなかろうか。

この時期の駒村にとってただひとつ心なごむ出来事は、長女浦子の誕生とそのすこやかな成長ぶりを目にすることだったと思われる。

このころの駒村を子どもの眼で見ていた人がいる。余生の遺子、のちの憲法学者鈴木安蔵《やすぞう》である。駒村が『餘生遺稿』を出版したとき、安蔵は十歳である。『書物展望』駒村追悼号に書いた「駒村さんのことども」から引用しよう。

私にとっての駒村さんの一番古い記憶は、髪の黒々とした瀟洒な―と言っても気障なところの微塵もない、凛としたしかも優しい、なつかし味の溢れるやうな面影である。（略）良い意味のハイカラであり、地方の最高のインテリであり、文化人・良識者であった。私の亡父の最も親しかった友人であり、亡父の遺稿集を自費で出版して下さった方であり、私たち一家にとっては忘るべからざる人であった。それよりもさらに私にとっては、亡父について語っていたゞける唯一の人として、絶対にかけ替へのない人だったのである。（略）駒村さんは、当時における地方文化開拓・指導の最も新しい、最も進歩的な一つの形態であったクリスト教の挺身者でもあった。

友人たちの句集出版に奔走した一方で、駒村自身の句集はまだなかった。しかし、小高を離れた翌年、一九一八（大正七）年四月、二万余句から百七十句を自選し、それを新年春夏秋冬に部立てして、和装本『枯檜庵《こびあん》句集』限定百部をようやく上梓した。和紙を袋綴じにし、本文ページは赤罫に黒文字の二色刷りの控えめながら趣味のいい造本である。

俳人としてのひとつの区切りをつけ、新しい人生を始めようとしたのであろう。そしてまた、失ったかずかずをしのぶよすがとしての句集だったのであろう。その思いは、付せられた「自序」にあきらかである。

余は斗食を辭して、遂に放浪の身となれり。余はこれを一期として、余の吟稿をも亦一炬に附せんとす。（略）或は余に新生の日あらん。されど余の吟情は頓に再燃を期し難し。蓋し本集は、余か生前の遺稿とも謂つ可き乎。

このあと、駒村は自分の句集を出版することはなかったが、句作はつづけていて、歿後に『曲肱書屋俳句帖抄』の草稿が遺されていた。松本翠影《まつもとすいえい》「駒村翁の筆業」によれば、余生とともに俳句に志した当時から五十歳ごろまでの作品を年代順に自選し、各年の冒頭にその年の出来事を記しているものだという。今日、その所在はどこなのか、未刊のままにされている。

『放江句集』の序文「本集上梓に就て」で、駒村は「変調の句は悉く嫌ひである—正しくは、これ等を俳句に遠いものと信じて居る」と言っていて、五十歳ごろの彼の俳句観を窺い知ることができる。

『枯檜庵句集』を世に送った当時は、永年の句友放江宅（朝霞晩煙楼）に寄寓するなどして、福島市に在住していた。そんななか江戸川柳への関心をふかめ、一九一九年七月に放江と朔日会を結成して、本格的な『末摘花《すえつむはな》』研究を開始するまでになった。しかし、福島にいたのでは資料探索には不都合が多かったはずで、これも上京をうながしたもうひとつの理由になったのだろうと推測できる。

⑹　地獄めぐりの日々

一九二二（大正十一）年十二月、満四十歳の駒村は、母キイ、妻ツル、長女浦子を伴って東京に移り、巣鴨の親戚の家で仮住まい生活を始めた。安田貯蓄銀行に職を得、新居も落成し、東京での新生活も十ヵ月を経てなじんできたころ、一九二三（大正十二）年九月一日の関東大震災に遭遇したのである。巣鴨久松町（現、豊島区南大塚一丁目）の自宅、紙魚書楼は、壁の一部が落ちるなどの被害はあったものの、火災をまぬがれたのはさいわいだった。

地震発生時、新宿一丁目の友人宅にいた駒村は、四谷見附、飯田橋、伝通院前を経由して帰宅した。この出来事に際し、彼は驚くべき行為にでた。翌二日から八日まで、五日をのぞいて連日、東京市内の罹災地を実際に歩いて見聞したことがら、人びとが話す風聞、あるいは新聞が報じたことがらを記録し、四百字詰め原稿用紙にして約三百枚のルポルタージュを書いたのである。十二日までの「震火災日録」がふくまれているものの、九月八日夜半の日付のある「自序」に「放火する不逞の徒ありとて、各戸出動警備の令あり。即ち徹宵七夜、紙魚書楼の門前に屯して玄米の握飯を囓りながら」と書いていることから、そのほとんどはわずか一週間ほどのうちに、しかも昼は東京市内を歩き回っていたので、文字どおり「徹宵七夜」で書きあげたものと推定できる。

被災した親類縁者がぞくぞく頼って来た。小学校五年生だった娘の浦子は、母が米を遠くの配給所から受け取ってくるときの様子を見ていて、「細い母の体はしなるようで、今になって当時の母がみじめに感じられます」と回想し、その一方で「この非常時にまで原稿を手放せない父を私は呆れて見て居りました」とも書いている。

東京市内のどこを駒村が歩いたか。

二日、駒込蓬莱町の友人宅、中央停車場（東京駅）。姪のT子母子を捜す。

三日、蛎殻町一丁目の今村病院、新富町の二、三の知人宅。帰宅後T子らの無事を知る。

四日［午後］、牛込駅で省線に乗り、千駄ヶ谷駅へ、興銀松本副総裁宅、新宿一丁目の友人宅。

六日［午後］、根津藍染町、上野の山、上野で市電に乗り、駒込動坂へ。

七日、池袋駅で省線に乗り、新宿駅へ、追分停留所、逆コースで帰宅。

八日、池袋駅で省線に乗り、品川駅へ。ここで、W兄の安否を確かめるための横浜行きを断念。春日町で市電に乗り、大塚へ。

駒村はなにを見たのか。壊滅した都市、焼尽した文化、多くの死者。「魚の死骸は、人間に比べてこんなに美しいものかということを、今日つくづくと人間の死体と並べておいて見比べた」と書いている。また「三百年来の文化の中枢、開市五十年来の首府東京が、厳然として吾人の眼前に八大地獄の相悪を現じ終った事は事実である」とも書き、駒村はこのときこの世にあって地獄めぐりを体験したのである。

『放江句集』には駒村が作成した詳細な「放江年譜」がある。その大正十二年九月の項を、「東京大震。駒村来庵（当時東京住）して共に仙台行」と記している。『東京灰燼記』が仙台市教楽院丁の東北印刷出版部から十月三日付けで出版されていることから考えると、東京の印刷所が壊滅状態だったので、三百枚の原稿を懐にして仙台の印刷所に出版を直接に交渉するための仙台行だったにちがいない。こうして世上もっとも早い大震災ルポルタージュが大曲駒村によって公刊されたのである。この『東京灰燼記』は、戦後一九八一（昭和五十六）年になって中公文庫で復刊された。

震災後も地獄めぐりの日々はつづく。一九二六（大正十五）年三月に母キイが満七十八歳で死去し、同十一月には妻ツルとの協議離婚が成立した。これらに先立って、前年に大崎支店長になったばかりの安田貯蓄銀行を二月に辞職して収入の途を断ったのは、地獄を見た満四十三歳の駒村が自らの人生を賭しての背水の行為であったにちがいないと推測する。大正デモクラシーとも言われた一時代が終焉した年のことである。

(7)『誹風末摘花通解』の出版

銀行退職後の駒村は、これまで以上に江戸文芸、なかでも川柳と浮世絵の研究に打ち込んだ。そのうちの主として浮世絵の研究に関しては、成果を『愛書趣味』『東京新誌』『彗星』『古本屋』『書物展望』『書物』など趣味雑誌と呼ばれる諸誌に、つぎつぎ筆を執った。

病膏肓に入るというのであろうか、ついには、一九二八（昭和三）年一月、紀行文作家小島烏水《こじまうすい》らとともに自ら浮世絵同好会をつくって雑誌『浮世繪』を創刊した。だが、これは四号で廃刊となった。駒村はあきらめることなく、翌年一月にはあらためて浮世絵志会をほぼ同じメンバーで興し、事務所を自宅に置いて、新雑誌『浮世繪志』を発刊した。この雑誌は一九三一（昭和六）年六月の第三十二号までつづいた。

一方で、駒村が富士崎放江とすすめていた末摘花研究を本格化し、一九二八（昭和三）年二月から執筆に入り、同年五月以降、駒村の自宅を曲肱書屋と称する出版元として『誹風末摘花通解』の刊行を開始した。

編著者は方壺散史《ほうこさんし》、また壺翁の名を用いた富士崎放江と、九樽《くそん》道人、また樽翁の名を用いた大曲駒村のふたり。「九樽」の雅号は「駒村」と同音で、酒好きの通人ということであろう。「方壺」も「放江」の遊び。また、「曲肱」は姓「大曲」からきているのだろう。

初篇、弐篇、参篇、四篇をそれぞれ上下に分け、別巻を付した九分冊とし、百部限定出版であった。

初版の『誹風末摘花通解』については未見であるため、資料および復刻出版である大曲駒村遺著顕彰会版を手がかりに、その大略を描き出してみる。

造本は、四六判よりやや小ぶりの袋綴じ和装和本仕立てで、本文ページは子持ち赤罫囲みの二色刷、装幀、題扉も駒村が手がけた。

印刷は、従兄弟の子である大曲武助が大塚駅に近い天祖神社裏手で営んでいた印刷所（かしわや、柏栄社、あるいは大曲印刷）でおこなった。従兄弟の子といっても武助と駒村とは同年生まれである。武助が駒村の文筆活動を陰で支えて、多大の貢献をしていることを特記しておきたい。

『誹風末摘花通解』は一九三二（昭和七）年十二月に完結するまで五年の歳月を要し、駒村は満五十歳になっていた。

その間、第参篇まで編集した一九三〇（昭和五）年九月、永年の親友であり共同の編著者でもある富士崎放江が病歿した。このとき駒村もまた「生死の間に彷徨」する大患の床に臥していて「野辺の送りにも列なる事が出来ず、林中に悶泣した」とのちに「『末摘花通解』の清算」（『書物展望』第三巻第八号・昭和八年八月号）に書き添えたような状況だった。それだけいのちがけの仕事であった。時間と体力と根気と、さらには多額の経費とを必要としたのである。そんな事業が駒村ひとりの肩にかかることとなった。

放江の歿後二年に、駒村は『放江句集』を編集出版した。亡友の友誼に応え、五十歳の駒村がこころを込めた編集に加え、出版費用としてなけなしの金をはたいて、武助が経営する柏栄社に印刷させた遺稿句集である。

また、「句碑は信夫山中に建てる事、その文字は駒村に書かせる事、句碑は越後の方へ向ける事」との放江の遺書にしたがい、福島市大明神、信夫山中の大円寺裏にある墓地公園内に駒村筆の放江句碑が置かれ、碑面は西に向けられている。

前後するが、放江死歿の前年五月、『誹風末摘花通解』は「お上のお手入れを受け、お眼玉を頂戴」すなわち、「自分が罰金を徴せられたのと、二三の人々が単に始末書を徴せられた」と、これも「『末摘花通解』の清算」のなかに記している。その後も内務省から再三にわたって発行を中止せよとの内命があったが、「駒村は営利でなく研究だと敢然として完成さしたのである」（斎藤昌三『三十六人の好色家』「大曲駒村」）と言われているとおり、その研究心は官憲の圧力に屈するものではなかった。

一九三二年に刊行が完結したのち、翌一九三三（昭和八）

年四月に全冊を一括して再刊した。すると、駒村に対して、四月二十五日書斎の臨検、五月三、四日警視庁への出頭、さらに六月二日東京区裁判所検事局への出頭が命ぜられたほか、東京市内在住の十人ほどの人びとにも警視庁への出頭、書斎の臨検、『誹風末摘花通解』の任意提出（事実上の没収）などの処分があった。この件で最終的にどのような刑罰が駒村に対して科せられたかについては、いまだ確認できないでいる。

駒村は研究心が旺盛だっただけでなく、江戸っ子ふうの情致に恵まれていて、一種の卓見をもって難解な句の解釈に快刀乱麻の手腕を揮ったと、小島烏水は評した。また、斎藤《さいとう》昌三《しょうぞう》は、ふたりの通解は原句そのものの延長らしく見せ、しゃれ気分と余韻を持たせて、読者の推察にまかせるという江戸気質を発散させたところに特徴があると述べている。のちの『川柳辞彙《せんりゅうじい》』もそうだが、歿後に復刻や再刊が多いということは、後学者にとって示唆に富み、啓発されるところが少なくないということの証左である。

『誹風末摘花通解』は戦後一九五二（昭和二十七）年に大曲駒村遺著顕彰会によって三百部限定で復刻されたが、第五冊までで刊行は中断された。

その六年後、一九五八（昭和三十三）年、岡田《おかだ》甫《はじめ》増補、斎藤昌三と峯村幸造《みねむらこうぞう》との校訂によって、書名も『定本誹風末摘花通解』とあらため、五百部限定で出版された。増補は、脱落句の補充、新注釈の追補、初句索引を全句索引にあらためるなどであった。

(8)「随筆無間、趣味亡国」

『誹風末摘花通解』完結の前年、一九三一（昭和六）年四月、かねてから内縁関係にあった小川喜代子（本名、登め）を入籍、三四年二月には二女良子が生まれた。斎藤昌三は「駒村がほんとうに好きな研究に没頭したのはこの新夫人が来てからで、駒村の趣味や研究をよく理解して生活苦を共にしたからであった。浦子もこの母の手から縁付いた」とその著『三十六人の好色家』に書いている。

『末摘花』の通解と並行して駒村がすすめてきたもうひとつの作業、川柳に用いられた語句の辞書化にはこれまで以上に精力をそそぐようになった。

前後するが、駒村は一九三〇年一月に趣味雑誌『あかほんや』を創刊した。編輯兼発行者大曲省三（別に、赤本屋小僧とも番頭とも称した）、発行所阿枷梵書屋（駒村宅）、印刷者大曲武助。A5判で和紙袋綴じ、創刊号のみ三〇ページ、他は二〇ページの小冊子である。限定三百部の非売品で、翌年五月に第四号まで発行して廃刊した。

とるに足りない小雑誌と言えばそのとおりだが、「赤本屋連中」というサポーターがいて、そのなかには石井研堂《いしいけんどう》、尾《お》崎久彌《ざききゅうや》、永井荷風《ながいかふう》、小島烏水、笹川臨風《ささかわりんぷう》、宮川曼魚《みやがわまんぎょ》などの名があり、執筆もしている。そのほかの寄稿者に南方熊楠《みなかたくまぐす》、潁《え》原退蔵《ばらたいぞう》らがいた。再生（宮武）外骨も「赤本屋連中」に名を連ねているが執筆はしていない。永井荷風は創刊号に「題詞」を寄せている。

　この「題詞」の原稿は、河東碧梧桐「餘生子を悼む」などとともに、おそらく、表具師顔負けの腕前だった駒村の手によって、貼り交ぜ屏風に仕立てられたものが、現在は小高区金性寺に所蔵されていることは、まえにも述べた。荷風の『断腸亭日乗』を読むと、できあがったばかりの『誹風末摘花通解』（壱之上）を一九二八年六月に駒村が荷風に献本して以来、ふたりの交際がはじまったことがわかる。

　駒村は、「悪摺考」（上下）と「鼻紙考」（上下）を署名つきで書いているほか、「紙魚の糞」という編集後記、また、埋め草の一篇を「紙魚書楼漫稿」として書いている。他の埋め草のいくつかも駒村筆かと思われる。

　赤本というのは、江戸時代の草双紙《くさぞうし》の一種で、低俗雑誌というぐらいの意味ももっている。駒村は、ことさら低俗をうたったこの雑誌の裏表紙に「随筆無間、趣味亡国」と記している。烏水が「日蓮上人の『念仏無間禅天魔』をもぢったのであらう」と「好事家大曲駒村」という文章で判じている。意味は「筆にまかせて書きつづれば無間地獄に堕ち、趣味にうつつを抜かすと国を亡ぼす」ということだろう。自分の物好きのせいで地獄に堕ちようが、他人になにかと言われる筋合いはない。自分の物好きのせいで国が亡びようが、知ったことではないとの反骨の思いを込めた覚悟なのである。時代が戦争に向かいつつあるとき、ばれ句を集めた『誹風末摘花』や浮世絵の研究に血道を上げ、あえて亡国を公言して、亡国の徒、非国民たらんとの覚悟を、駒村は「随筆無間、趣味亡国」ということばに潜ませた「諷世の寓意」なのだ。

『あかほんや』廃刊の一九三一（昭和六）年九月、関東軍が柳条湖事件を起こし、日本は十五年戦争へと踏み込んでゆくのである。

(9)　肉筆浮世絵贋作事件

一九三四（昭和九）年五月、駒村は思いもかけぬ事件に巻きこまれてしまった。

　事件の概略はこうである。春峰庵という号を持つ旧大名華族の収蔵品から、写楽をはじめ、歌麿、北斎など著名な画家の肉筆浮世絵が多数発見され、鑑定した斯界の権威笹川臨風が大絶賛したと報じられ、おおきな話題となった。

　新発見と称される肉筆浮世絵六十七点が、五月十二、三日に芝東京美術クラブで展観され、十四日に入札に付されることとなった。ところが、その下見会のときに贋作の噂がでて問題化した。関係者七名が警視庁に留置され、取り調べの結果、首謀者が二年まえに思い立ち、贋絵師二名、表装師、書画骨董商など三名と共謀し、『東京朝日新聞』(同年五月二十三日)の記事によれば「一流の学者、浮世絵研究家を巧に欺いて推薦までさせた計画的犯行」だったことが明らかとなり、当局も唖然としたという。このときまんまと騙された「一流の学者、浮世絵研究家」というのが、入札会のために用意されたグラビア図版『春峰庵華寶集』に序文推薦のことばを書いた笹川臨風と作品解説を書いた駒村なのである。

小島烏水が「好事家大曲駒村」に事件後の駒村の様子を書いている。それによると「或場所で会食し、君の悲痛なる述懐を聴聞したことがあるが、その帰り路、君は情激して足が蹙まり、市街電車の線路を跨ぐにさへ、歩行に堪へないやうであったので、私は君の右手を抱へるやうに扶けて、数歩の間を徐行したが、その時の君の惨たる俤は、未だに私の眼底に印象してゐる」ということだ。

贋作と気付かないで作品解説を書いたことによって、駒村の浮世絵研究者としての自負心はずたずたにされてしまった。そのうえ健康までも害してしまった彼は、事件以後、浮世絵研究に関する執筆を断って、川柳語彙の辞書化に全精力を傾け、研究三昧の日々に入るのである。

この事件の後日談ということになろうか。駒村編著『川柳辞彙』の刊本化が難航すると、彼を贋作事件に巻き込んだ責任を感じていたのだろう、笹川臨風は一九三八(昭和十三)年に川柳辞彙刊行後援会をつくり会員を募って支援した。会員は二百名ほどだったという。

また、事件直後の六月に小川芋銭著『俳画の描き方』が出版された。『書物展望』駒村追悼号所収のコラム「年表に洩れた駒村の遺作」によれば、この著書は「駒村君の編輯したものである」とのことで、無署名だが駒村をよく知る斎藤昌三が書いたものと断定できるので、確かなことであろう。実際にこの書を手にしたわたしにも直感的に駒村の装幀・造本にちがいないと感じられた。おそらく、事件が明らかになった直後、急遽、この本から駒村の名を削除したのであろう。一方の芋銭は、「本書の編纂に没頭して居る間—昭和十年の頃を最とする—の私の生活は実に惨憺たるもので、時に米塩の資にも窮する場合が一再ではなかった。これを見兼ねた画伯は、私の為めに約三十点の小品を售られ、その純益の総てを私に付与せられた。即ち昭和十二年二月の高島屋に於ける小川芋銭子小品展覧会がそれ」(『川柳辞彙』のあとがき「書後に」)であると駒村が謝意を述べているように、小品展の益金をそっくり彼に提供したのだという。かつて余生ほかの句友たちに向けた友情が、苦境に陥った駒村にこのようなかたちで返ってきたのであろう。

なお、小川芋銭筆「塩焼浜」が小高区の金性寺に所蔵されているが、原布鼓も駒村をさまざまなかたちで援助しているので、このとき芋銭が筆を揮ったうちの一点なのかもしれない。

⑽　画期的な川柳辞典の完成

駒村は『川柳辞彙』の刊行に先立ち、一九三八（昭和十三）年七月、『川柳岡場所考』を書物展望社を版元とし限定五百部で出版した。この書は江戸川柳に登場する岡場所（遊郭）について考究したものであるが、『川柳辞彙』別巻の地名辞典であると言ってもさしつかえない。附録として「川柳卑娼考」を収め、索引一〇ページも付されている。

「凡例」に「装釘は、（略）全部の表紙に江戸随一の岡場所たる深川の切絵図の本物を用ゐる事が出来ればこの上なかったのであるが、（略）自分細工のもので間に合はせた」と駒村が書いている。扉の文字は駒村の筆であり、巻頭口絵（限定番号記載ページ）にも自画像らしき絵の傍らに駒村得意の句「瓜喰ふやほれたといふは嘘の皮」を書き添え、駒村は自著自装を楽しんでいる。

翌一九三九（昭和十四）年三月、『川柳辞彙』が川柳辞彙刊行会からその第一輯の配本がはじまった。会員は百名程度といわれている。

三篇の序文が寄せられているが、その日付がこの書の難産ぶりを如実に示している。岡田三面子《おかださんめんし》（朝太郎）「序」は昭和十一年八月十三日、笹川臨風「序」は昭和十二年初秋、川柳久良伎《くらき》「序」は昭和十三年十二月十三日に、それぞれが書かれている。駒村が出版の決意を固めたのが三面子に序文を依頼したときであれば四年がかりの実現、その「序」に「大曲君が、こん度川柳辞典を出版したいと云ふて其厖大な原稿の一部を私に示された。聞けば、其浮世絵研究の傍に得た前後十余年来の書き溜めであると云ふ」とあることからすれば、十五年も以前から準備してようやく完成にこぎ着けた辞典ということになる。関東大震災のあと、安田貯蓄銀行を辞職し、母と死別、妻と離婚した一九二六年ごろがその時にあたる。

三面子は「序」のなかで、西原柳雨がしばしば「川柳辞典の編纂などゝ云ふものは、兎も角も大事業で、力と時と金との三要素を悉く持ち合せて居らねばならぬものだ」と言って川柳辞典編集をあきらめた例を述べていて、三面子自身が川柳辞典をつくろうと準備していた資料のすべてである「川柳話類集の写本二十冊を惜し気もなく私（引用者注、駒村）の前に置かれ、『私もはじめたのだが、もう止めた。若し増補し得べくんば増補し給へ』」と駒村に貸与したのである。駒村は「これを天の賜物として、自分の集句を訂正増補し、その上約四千余語の増補を行っ」て作業をすすめることができたのである。

しかし、出版社も後込みする大がかりな事業のため、自費を投じて出版しなければならなかった。資金の調達をはじめ、編纂作業、校正などいっさいを無一文の駒村がただ一人でやり遂げたのである。

一九三九（昭和十四）年三月刊の第一輯は一二六ページだった。以降、ほぼ同量のページ数で一冊とし、断続的に一九四一（昭和十六）年八月に第十六輯まで二年五カ月の時間を要し、多くの先人たちが挫折した困難な作業を完結した。駒村、この年五十八歳である。

総ページ数約一八〇〇ページ、集録語数約一万五千語、川柳の領域のみにとどまらず、江戸語辞典としてひろく江戸文芸の研究者にとっても裨益するところの大きな画期的な辞典が完成したのである。先行する類書としては、草薙金四郎『川柳辞典』、宮武外骨『川柳語彙』があったが、その項目語数はいずれも数百語にすぎなかったから、駒村の功績は十分な評価を受けてしかるべきものである。

完結直後の八月、合巻し『川柳辞彙』上・下として西巣鴨二丁目二千百二十四番地の駒村宅に置かれた川柳辞彙刊行会から三百部限定で再刊した。下巻の巻末に一二ページの「補正」が加えられている。

なお、駒村歿後、戦後になって、『川柳辞彙』の復刻が再三おこなわれた。まず、一九四八（昭和二十三）年四月、白桃書房版『川柳辞彙』が本文四五二ページまでを「壱」として出版された。四分冊としての刊行予定であったが、この「壱」のみで中断した。つぎに、一九五五（昭和三十）年八月、『川柳大辞典』と改題した上下二巻本を日文社が出版した。その下巻巻末に四一ページの「川柳大辞典正誤表」が付けられ、さらに別刷「正誤表補遺」「古川柳研究書目録」が挟み込まれている。岡田甫が「跋」を昭和三十年初夏に書いているところから、「正誤表」は岡田によるものと考えられる。白桃書房版『川柳辞彙』と日文社版『川柳大辞典』ともに、奥付には「大曲」印が捺印されているので、喜代子未亡人が出版を認めたのだろう。

このあと、一九六二（昭和三十七）年五月初版の高橋書店版『川柳大辞典』が刊行された。日文社版の「正誤表」に示された誤り個所はすべて本文内で訂正された決定版というべきもので、高い評価を得て五年間で十五版と版を重ねた。

⑾　「新体制」下の出版

大著『川柳辞彙』を一九四一（昭和十六）年九月に完結させると、間もおかずに同年九月、『浮世絵類考』を三百部限定のこれも自費出版で発行した。

『浮世絵類考』とは、大田南畝が編纂し、十九世紀はじめに成立した浮世絵師の伝記・経歴の考証書であるが、十九世紀半ばまでのあいだに、笹屋邦教、山東京伝、式亭三馬、渓斎英泉、斎藤月岑などの書き入れ、補訂が加えられ、多くの諸本が流布していた。

駒村はその定本を作ることをこころざし、津山藩主松平確堂が旧蔵した古体の『浮世絵類考』を得て、それを底本とする校訂版を曲肱書屋を版元として自費で刊行したのである。和紙和装、五十七ページの凝った装幀で、この書に序文を寄せた小島烏水は、「好事家大曲駒村」のなかで「これは駒村としても、恐らく会心の本であったらうと思はれる」と評している。

一九三四（昭和九）年五月の浮世絵贋作事件のあと、浮世絵に関する筆を折っていた駒村ではあるが、浮世絵についての深い造詣、秀でた見識を持っていたことで一目を置かれていたのであるから、失った面目を回復しようという思いをずっといだきつづけていたにちがいない。そういう意味では、駒村の浮世絵論集が現在まで刊行されていないことは、駒村を評価するうえでの手がかりのひとつが断たれていることでもあって、惜しまれてならない。

校訂本『浮世絵類考』出版と時を同じくして駒村は古川柳研究会を興した。岡田朝太郎（三面子）の『日本史伝川柳狂句』を刊行するためである。

駒村が『川柳辞彙』出版をまえに三面子を訪ね、その序文を乞うたとき、「若し増補し得べくんば増補し給へ」と駒村に貸与した資料「川柳語類集の写本二十冊」が『日本史伝川柳狂句』の原本である。

その刊本にいたる経緯は、本書の駒村による「凡例」にあきらかである。それによると、駒村が貸与を受けその原稿の整理を依頼された年の秋、三面子が死去したため資料のすべてが駒村の手許に残った。駒村は原稿を上古、中古、近古、近世の四巻に大別した。印刷できるまでに準備がすすんでいたが、「新体制（戦時体制）」の時代のなかでの公刊には多くの困難が予想されたので「この様な二十部足らずの全く筆写代用の謄写印刷となり、僅か十四五人の三面子先生崇敬の同好者のみで分け合ふ事となった」「出来る限り先生の遺志を尊び、文字、文体に至るまで総て原稿その儘を踏襲した」「年代は、原稿は皆西暦で記されてある。（略）感ずる処あり、これも矢張り原稿通り西暦の儘にした」という。

岡田三面子著『日本史伝川柳狂句』全二十六冊（大曲駒村編・古川柳研究会刊）は、孔版印刷による限定二十一部、実際は四十部が印刷された。第一巻から十六巻まで、一九四一（昭和十六）年九月から一九四三年二月までの発行人は大曲駒村。駒村が死没すると、その遺志を承けて、第十七巻から二十六巻まで、一九四五年二月完結までの発行人は夫人の大曲喜代子である。

造本は、半紙二ツ折り、孔版印刷で、一面上下二段組形式、一面一六行、一句一行書きで、ところどころに駒村による注記が別行に記してある。各冊百頁、第十六巻のみ百二十八頁、合計二千六百二十八頁、収載句数は約七万数千句。

『川柳辞彙』編纂のさいに三面子から寄せられた厚意を「天の賜物」と感じた駒村の感謝の思いが籠められた出版である。

『日本史伝川柳狂句』は「詠史句をこれほど集録分類した仕事は、正に前人未踏の境地を開いたものというべく、日本文学のあらゆる分野と関係がある」（吉田幸一「刊行にあたって」）として、一九七二（昭和四十七）年、古典文庫から復刻出版が開始された。校訂は中西賢治。完結は一九八〇（昭和五十五）年九月である。

復刻でさえも九年がかりの出版物を、駒村とその喜代子夫人は五年をかけて、それはちょうど太平洋戦争の期間と一致するのであるが、ある意味では地下出版物として、ひっそりと刊行したのだ。

大曲駒村が最後に編集した『口寸句集』の発行日は、一九四一（昭和十六）年十二月三十日とされている。口寸・加藤哲寿は駒村とほぼ同年齢の古くからの俳友である。口寸が自撰した約二千三百句から駒村が五百三十八句を選びあげて句集とした。本文には和紙を用い、質素ながら品のいい造本である。

『口寸句集』を編して」という跋文で、駒村は「人の句集を編むと云ふしごとは、これが私の最後であらう」と言っていて、そのとおりになってしまった。この跋文は「昭和十六年十月十七日、九段靖国神社臨時祭礼の花火の遠音を聞きつゝ」と結ばれている。

日本の十五年戦争は最後の段階に突入しようとしていた。

⑿　人がらなど

東京に来てからの駒村の住居はなんどか替わっている。単身で牛込区赤城下町（現、新宿区）に仮住まいしたあと、家族を呼び寄せてからはほとんどを巣鴨で暮らした。巣鴨といっても大塚駅に近いあたりである。はじめ住職と俗縁があるという東福寺周辺の巣鴨六丁目（現、豊島区南大塚一丁目）に住んでから、五年ほど淀橋区戸塚町（現、新宿区高田馬場二丁目）に移り、最後の住所は西巣鴨二丁目二千百二十四番地（現、南大塚三丁目）である。駒村に力を貸した大曲武助の印刷所が近い。

大曲駒村の人がらを人びとはどんなふうに見ていたのだろうか。『書物展望』の「駒村追悼号」に寄せられた追悼文などから拾い採ってみた。

蒐集した資料であふれている居間を兼ねた書斎の欄間に「艸彩庵」の額を掲げ、普段着であるもんぺ姿で机に向かっている。外出のときには、着流しに角帯をきちんと締め、ニコニコしながらふらりふらりと歩いている。粋も辛も甘も舐めつくした人で、円満で紳士的な態度に好感をおぼえる。人づきあいが好きで、催し事の世話人や句会の幹事をひきうけ、酒席では献酬しあって歓談する。諧謔に富んで、ずうずう弁まるだしで話し、歌い、爪弾きで唸る。尺八でも明笛でも、謡曲、茶道、碁でも、できないものはない多芸多才の人。能筆で、絵筆を執れば席画を描く。手先が器用で、しかも手まめで凝り性なので、襖張りは表具師顔負けのできばえで、俳人文士の断簡を貼り交ぜて屏風や額なども自製した。装幀の吟味は心憎いほどに行き届き、本職はだしの雅帖、和装本をつくる。手筐や炭柄杓などのたぐいまで手作りしたという。

図書資料の蒐集家としての駒村についても触れずにはいられない。浮世絵研究や川柳研究のために蒐集した資料はもちろん、あらゆる俳句雑誌を初号からそろえ、有名俳人の短冊を四季四枚ずつそろえたことは、すでに触れた。そのほか、明治文学の初版本なども精力的に集めていた。

⒀　むすびに

なかでも、最晩年には『永井荷風氏著作書誌』を編むことを目標に、乏しい財布の底をはたき、また荷風本人から、あるいは小島烏水の収集書の提供も受けるなどして準備した。資料を年代順に編集し、解説を付け、書誌は八分どおりできあがりかけていたと、事情をよく知る松本翠影は「駒村翁の筆業」に書いている。しかし、その完成に至るためには、駒村の健康は堪えきれない状態になっていたようだ。

一九四三（昭和十八）年三月二十四日、脳溢血によって満六十歳の生涯を閉じた。関東大震災の地獄を見た同じ眼で、東京大空襲の地獄を見ずに済んだことは、幸いというべきなのだろうか。永井荷風はその日記の三月二十六日の欄外に「大曲駒村歿」と朱書した。

斎藤昌三は『書物展望』五月号（第十三巻第五号）を急遽「特輯　大曲駒村老追悼号」として発行し、十四人の追悼文を掲載した。

第十六巻までの刊行を終えていた岡田三面子『日本史伝川柳狂句』の続刊を、夫人の喜代子が発行人になって、第十七巻から一九四五年二月第二十六巻の完結まで発行をつづけた。

戦時下のしかも困窮のなかでの出版はよほど困難だったにちがいない。駒村が収蔵していた荷風の著書を持参した喜代子が荷風を訪ねたことが日記に記されている。「駒村未亡人来り余が旧著数冊に署名捺印を請ふ。煩累厭ふべし」とあるのだが、古書店に持ち込むためには署名本に高値がつくことからの行為だろう。荷風にとってはわずらわしいことだったろうが、収入のない喜代子にとってはやむにやまれぬことだったのである。

駒村・大曲省三は、故郷南相馬市小高区小高字堂前の墓地に眠っている。墓は、幼いときからの親友布鼓・原隆明が駒村の多年にわたる友情に応えて、原家墓所の一角に置かれている。駒村が自選した法名「艸彩庵駒村居士」と妻喜代子の「芳彩庵喜代大姉」とが並べて刻まれている。

未刊著書のなかに、克明な記述による小高町の郷土史『小高みやげ』もしくは『小高小誌』が完成したかたちで遺されていたということだが、その行方は杳として知れない。

② 江戸川柳研究者　大曲駒村

(1)　多彩な顔持つ文化人──小高に生まれ句作志す

大曲駒村の肩書を選ぼうとすると迷ってしまう。「江戸川柳研究者」とはしたものの、彼にはさまざまな顔があって、その全体像を一言では表現しきれないのである。

駒村は、本名を省三と言い、明治十五（一八八二）年十月八日、当時の小高村南小高字町百七十九番地、現在の小高郵便局があるあたりに、父竹八と母キイの長男として生まれた。竹八は、省三が小学校を卒業した年に分家し、道を挟んでほぼ真向かいの字町二十番地に転居した。

近所には、五歳年長の鈴木良雄、一歳年少の原隆明がいた。省三は子ども時分から絵を描くことがうまかった。四十歳代に書いた回想の文章で、自分は毎年春になると子ども仲間でただ一人の凧絵師として腕を揮い、いつも凧合戦のガキ大将だったと述べている。在籍当時の小高小学校には、のちに俳句仲間になった斎藤良規（草加）が教師をしていた。

明治二十九（一八九六）年、学業成績が優秀な省三は、郡山の福島県尋常中学校（安積高校の前身）に進学した。だが、一年修了を目前にして病気退学しなければならなかった。このとき、一年上級に大須賀績（乙字）が在籍しており、校医をしていたのがのちに句友となる湯浅為之進（十框）である。

明治三十一（一八九八）年三月、菅野其外、天野蒼郊、平田青藍らが福島市に隈水吟社を設立、『福島新聞』に俳句欄を設けて県内の俳人たちを結集した。小高に戻っていた省三は、明治三十二年の晩秋、幼なじみの鈴木良雄と隈水吟社俳句欄に投句して、その常連となった。鈴木良雄ははじめ愚堂を、のちに余生を俳号とした。与謝蕪村に私淑していた省三は「村」の一字を借り、俳号に野馬追の里の俳人という意味をこめて駒村を号としたのである。

小高銀行に職を得た駒村は、満十八歳で高橋ツルと結婚した。

駒村は余生と相談して、草加を誘い、二十世紀第一年である明治三十四（一九〇一）年九月、小高に二十人ほどの俳句グループ渋茶会を結成した。

明治三十七（一九〇四）年二月、駒村にとっての莫逆《ばくぎゃく》の友、鈴木余生がわずか二十六歳の生涯を閉じた。駒村がただちにその悲痛を俳人・河東碧梧桐に伝えたところ、碧梧桐は書簡四枚と「余生子を悼む」五枚（のち『余生遺稿』収載）とを駒村に送り届けた。これらは表装に玄人はだしだった駒村によって貼り交ぜ屏風に仕立てられ、原隆明の金性寺に遺されている。

二年後の明治三十九年、三千里の旅の途次にあった碧梧桐は、仙台から戻って、枯檜庵と称した駒村宅で句会を催し、翌日は駒村の案内で余生の墓を詣でた。『三千里』に「余生の寡婦その遺子にも会う。我を見て泣く人よ寒し我も泣く」と記されている。余生の遺子、憲法学者鈴木安蔵が書いた文章「駒村さんのことども」の一部を引用する。

「駒村さんの一番古い記憶は、髪の黒々とした瀟洒な—と言っても気障なところの微塵もない、凛としたしかも優しい、なつかし味の溢れるやうな面影である。（略）良い意味のハイカラであり、地方の最高のインテリであり、文化人・良識者であった。（略）当時における地方文化開拓・指導の最も新しい、最も進歩的な一つの形態であったクリスト教の挺身者でもあった」

明治三十九年には、小高に浮舟会をつくって「浮舟十句集」を発刊した。草加、駒村、原布鼓、山尾蔘川、半谷絹村ほかの人びとが参加した。布鼓は幼なじみの原隆明である。このように、二十代半ばまえの駒村は、俳人としてだけでなく、近代小高俳壇草創期のまとめ役としての役割を果たしたのである。

明治末年から大正期にかけて、大曲駒村の身辺に不幸がつづいた。明治四十三（一九一〇）年に、父竹八が満六十一歳で逝去したのにつづいて、生まれてまもない二男の浦夫が夭逝した。大正二（一九一三）年三月の小高町大火では、類焼によって自宅枯檜庵も庭のひのきも焼失した。これに加えて大正六年に勤務していた小高銀行が倒産し、大正九年には長男新太郎が満十四歳で他界するという重ねがさねの不幸に見舞われたのである。これらの出来事が駒村に大きな決断をさせた。

大正七（一九一八）年四月、三十五歳の駒村は二万余句から百七十句を自選し、それを新年春夏秋冬に部立てして、和装本『枯檜庵句集』を限定百部として上梓した。和紙を袋綴じにし、本文ページは赤罫に黒文字の二色刷りの控えめながら趣味のいい造本である。

俳人としてのひとつの区切りをつけ、新しい人生を始めようとしたのである。そしてまた、失ったかずかずをしのぶよすがとしての句集だったのであろう。その思いは、付せられた「自序」にあきらかである。

「余は斗食を辞して、遂に放浪の身となれり。余はこれを一期として、余の吟稿をも亦一炬《いっきょ》に附せんとす。（略）蓋《けだ》し本集は、余が生前の遺稿とも謂《いひ》つ可《べ》き乎《か》」

⑵　雑誌発刊　俳壇に活気―句友をしのび遺稿集

時間を戻して、明治期福島県俳壇における大曲駒村の業績を語っておこう。

明治三十五（一九〇二）年、郡峰吟社（郡山）常松碧子《へきし》が幹事をした『岩盤《がんばん》十句集』第一集に鈴木余生と出句した駒村は、その第三集の幹事を務めた。翌年二月、福島市の矢田挿雲が『ハマユミ』を創刊し、『破魔弓十句集』を発行すると、これにも駒村が参加して、その第五集では幹事をしている。

「岩盤」とは旧国名の岩代と盤城を併称することばで「雙巌《そうがん》」とも言い、福島の別称とされていた。

明治三十六年に、越後出身で当時若松市在住の富士崎放江との出会いがあった。五月、葱会主催の県下俳人大会で初対面の放江と意気投合し、生涯の友誼を結んだ翌年三月、放江主幹で発行した『真葛』の標題デザインと表紙画を駒村が担当した。

明治四十（一九〇七）年二月、放江と駒村は共編して月刊雑誌『鐘声』を発刊する。駒村は「発行の辞」と新体詩「ふるさとを望むの歌」を書いたほか、表紙面も描いた。福島在住の作久間法師、郡山の永井破笛らが寄稿し、第十号まで発行した。

明治三十九（一九〇六）年十月、福島市に移った放江、郡山の湯浅十框、駒村の三人は「雙巌集発行の主趣」を書き、県内の俳人たちに全県的な句集作成を呼びかけた。

『雙巌集』の編集方針は、平田青藍・余生など故人、破笛・矢田挿雲など県外に去った作者、碧梧桐・高浜虚子など来県時の作を有する県外作者も含め、各人の代表的作品一人五十句以内とした。一万五千句から三人が選句して、三百人の二千二百句を収載した画期的なアンソロジーである。巻末には駒村が作成した「雙巌集俳諧年表（自明治二十二年至四十年）」と「県下俳人表」が付されている。福島新聞社にいた天野蒼郊の斡旋によって、明治四十四（一九一一）年五月に出版された。五年がかりの刊行だ。

駒村は、昭和初期の執筆と推定される「県下日本派俳壇史」の原稿を遺している。これは四十年を経た昭和四十七（一九七二）年に、いわき地方史研究会と雫石太郎とによって『福島県日本派俳壇史』と改題され、刊行された。記述は大正九（一九二〇）年の大須賀乙字の死を最後に終わっている。

ある人物は駒村を「金をためるより本をためるのを好んだ」と言ったが、収集家としての駒村は、乏しい財布を傾け、あらゆる俳句雑誌を初号からそろえたり、有名俳人の短冊を四季四枚ずつそろえたり、浮世絵研究や川柳研究の資料、明治文学の初版本なども収集した。その熱意と努力とはひとかたではなかった。収集癖に加え、整頓好きでもあったことは書誌的研究のためにうってつけで、後年の編著書に生かされるのである。

これらの資料を駆使して執筆し、同時に駒村が直接かかわった福島県俳壇の生きのいい記録でもある『福島県日本派俳壇史』は『雙巌集』とともに、明治期福島県の日本派（子規派）俳人の動向と業績とを今に伝える貴重な資料なのである。その原稿を所蔵していた豊田君仙子旧宅が3・11津波の被害を受けている。どうなっているか気がかりである。

駒村は、自分の句集を編むより先に、菅野其外『其外遺稿』*はじめ、平田青藍、鈴木余生の遺稿集を編集した。その後も西村雪人*、舘岡春波*、斎藤草加、富士崎放江、湯浅十框*、大谷《おおたに》句仏《くぶつ》、加藤口寸ら句友たちの句集や遺稿集（以上、＊印は共編）を、抜群と評された造本や装幀のセンスを揮って編集した。才能あふれる逸品ぞろいである。

たとえば『余生遺稿』の場合、遺された十四冊の句帖一万二千句から最終的に四百二十九句を選んで句集「花馬酔木」としたほか、小品や書簡も選び、さらに諸氏による追悼句、追悼文を加えて一冊を構成するという苦心作である。しかも、のちに駒村が「この費用を産み出すために自分は下劣をも顧みず駒村画会と云ふを開いて半折《はんせつ》一枚を一円づつで自分の絵を売った。小川芋銭子は君の絵なら僕も一口はいらうと云ふて入会されたのは光栄であった」と言っているように、出版経費の工面までして、負担したケースが多い。

『余生遺稿』が出来上がると、駒村は小高で余生追悼句会も開催した。

また『青藍遺稿』の場合は、「自分は青藍に一面識もなく、一度の文通もしなかった。然し自ら死後の友を以て任じて居るのである」と述べ、その句が人びとに忘れられるのを惜しんで、多くの句誌から句を拾って編集し、青藍の十三回忌にあわせて自費を投じて出版した。さらに、平中学や福島中学の校長をし西村岸太郎（雪人）が病気と貧窮とに苦しんでいると知ると十框や放江と相談して、『雪人句集』を発行することで利潤を出すことを思ひ立って、句集刊行会をつくり、

「これを敢行して多少の薬餌を枕頭に呈する事を得た」ということもした。

こうした厚い友情の発露によって、駒村は「稀代の篤志家」とも言われたのである。

(3) 関東大震災　ルポする—地獄を見て人生に決断

明治末年から大正初年にかけて身辺で続いた不幸によって、大曲駒村は小高町を離れることになった。大正七（一九一八）年春、三十五歳のとき、駒村は山八銀行仙台支店に職を得た。翌年には福島支店長代理となって福島市に転住し、句友の放江宅（朝霞晩煙楼）に寄寓もした。そんななか江戸川柳への関心をふかめ、大正八年七月に放江と本格的な『末摘花』研究をはじめるまでになった。しかし、福島にいたのでは資料探索には不都合が多かったはずで、これも上京をうながした理由のひとつだったと推測できる。

加えて、大正九年に長男新太郎が満十四歳の若さで他界したことも上京を決意させたのであろう。この時期の駒村の心をなごませたのは、長女浦子の誕生とそのすこやかな成長ぶりを目にすることだったと思われる。

大正十一（一九二二）年十二月、満四十歳の駒村は、母キイ、妻ツル、長女浦子を伴って東京に移り、巣鴨の親戚の家で仮住まい生活を始めた。安田貯蓄銀行に職を得て、新居も落成した。自らを「紙魚《しみ》の糞《くそ》」と称した駒村は新居に紙魚書楼と名付けた。こうして新生活にもなじんできたころ、大正十二年九月一日の関東大震災に遭遇したのである。

巣鴨久松町（現、豊島区南大塚一丁目）の自宅の壁の一部が落ちるなどの被害はあったものの、火災をまぬがれたのは幸いだった。

地震発生時、新宿一丁目の友人宅にいた駒村は、四谷見附、飯田橋、伝通院前を経由して帰宅した。この出来事に際して、彼は驚くべき行為にでた。翌二日から八日まで、五日をのぞいて連日、東京市内の罹災地《りさいち》を実際に歩いて、見聞したことがら、人びとが話す風聞、さらには新聞が報じたことがらを記録、原稿用紙にして約三百枚のルポルタージュを書いたのである。十二日までの「震火災日録」がふくまれているものの、九月八日夜半の日付のある「自序」に「放火する不逞《ふてい》の徒ありとて、各戸出動警備の令あり。即ち徹宵《てっしょう》七夜、紙魚書楼の門前に屯《たむろ》して玄米の握飯を囓りながら」と書いていることから、そのほとんどはわずか一週間ほどのうちに、しかも昼は東京市内を歩き回っていたので、文字どおり「徹宵七夜」で書きあげたものと推測できる。

被災した親類縁者がぞくぞく頼って来た。小学校五年生だった娘の浦子は、母が米を遠くの配給所から受け取ってくるときの様子を見ていて、「細い母の体はしなるようで、今になって当時の母がみじめに感じられます」と回想し、その一方で「この非常時にまで原稿を手放せない父を私は呆れて見て居りました」とも書いている。

東京市内のどこを駒村が歩いたか。

〈二日、駒込蓬莱町、中央停車場（東京駅）。姪母子を捜す。三日、（日本橋）蛎殻町一丁目、新富町。帰宅後姪母子の無事を知る。四日、牛込駅で省線に乗り、千駄ヶ谷駅へ。新宿二丁目。六日、根津藍染町、上野の山。市電に乗り、駒込動坂へ。七日、池袋駅で省線に乗り、新宿駅へ。追分停留所。逆コースで帰宅。八日、池袋駅で省線に乗り、品川駅へ。春日町で市電に乗り、大塚へ〉

駒村はなにを見たのか。壊滅した都市、焼尽くした文化、多くの死者。「魚の死骸は、人間に比べてこんなに美しいものかということを、今日つくづくと人間の死体と並べておいて見比べた」と書いている。また「三百年来の文化の中枢、開市五十年来の首府東京が、厳然として吾人の眼前に八大地獄の相悪を現じ終ったことは事実である」とも書き、駒村はこのときこの世にあって地獄めぐりを体験したのである。

『放江句集』には駒村が作成した「放江年譜」が収載されている。その大正十二年九月の項に「東京大震。駒村来庵（当時東京住）して共に仙台行」とある。大震災のルポルタージュ『東京灰燼記』を仙台市の東北印刷出版部から十月三日付けで出版したのは、東京の印刷所が壊滅状態だったからで、その直後交渉のために三百枚の原稿を懐に、途中の福島市で放江を誘って仙台の印刷所に出向いたのだったにちがいない。こうして世上もっとも早い関東大震災のルポが大曲駒村によって公刊されたのである。

『東京灰燼記』刊行の二カ月のち、駒村は『謡曲家の為に説く』をわんや書店から出版した。この書は、「謡曲概説」とも「謡曲入門書」とでも言えそうである。

『東京灰燼記』は、昭和五十六（一九八一）年に中公文庫で復刊された。

震災後も地獄めぐりの日々はつづく。大正十五年三月に母キイが死去し、十一月には妻ツルと協議離婚した。これらに先立って、大崎支店長になったばかりの安田貯蓄銀行を二月に辞職して収入の途を断った。辞職と離婚とは、満四十三歳の駒村が自らの人生を賭けての背水の行為だったにちがいない。

大正デモクラシーと言われた一時代が終焉した年のことである。

(4) 辞書化作業に十余年――「極端粘り族」の系譜か

銀行退職後の駒村は、富士崎放江とすすめていた末摘花研究を本格化し、昭和三（一九二八）年二月から執筆をはじめた。駒村宅を曲肱書屋と称する出版元、方壺散史と九樽道人を編著者とする『誹風末摘花通解』の刊行を五月に開始した。

「方壺」は「放江」の遊び、「九樽」は「駒村」と同音で、酒好きの通人ということか。「曲肱」は「大曲」にちなんでいる。

初篇から四篇までをそれぞれ上下に分け、別巻を付した九分冊、百部限定出版である。

造本は、四六判よりやや小ぶりの袋とじ和装和本仕立てで、本文ページは子持ち赤罫囲みの二色刷り、装丁、題扉も駒村が手がけた。

『誹風末摘花通解』は昭和七年十二月に完結するまで五年の歳月を要し、駒村は満五十歳になっていた。

その間、昭和五年九月、永年の親友であり編著者でもある富士崎放江が病没した。このとき駒村もまた「生死の間に彷徨」する大患の床に伏していて「野辺の送りにも列なる事が出来ず、牀中に悶泣した」とのちに書いている。それだけ命がけの仕事であった。時間と体力と根気と、さらには多額の経費とを必要としたのである。そんな事業が駒村ひとりの肩にかかることとなった。

放江の没後二年に、駒村は『放江句集』を編集出版した。亡友の友誼《ゆうぎ》に応えて、五十歳の駒村がこころを込めて編集し、加えて、出版費用としてなけなしの金をはたいた。さらに、放江の遺書にしたがって、福島市、信夫山中の大円寺裏にある墓地公園内に、駒村筆の放江句碑を置いて、碑面を彼の故郷越後がある西に向けたのである。

前後するが、昭和四年五月、『誹風末摘花通解』に罰金を科せられ、内務省から再三の発行中止の内命があったが、駒村は官憲の圧力に屈せず、「営利でなく研究だと敢然として完成さしたのである」（斎藤昌三「大曲駒村」）という。刊行完結の翌昭和八年四月に全冊を一括再刊したところ、駒村に対して、四月から六月にかけて書斎の臨検、警視庁と東京区裁判所検事局への出頭が命ぜられて、『誹風末摘花通解』の任意提出（事実上の没収）の処分を受けるということがあった。

駒村は研究心が旺盛だっただけでなく、江戸っ子ふうの情致に恵まれていて、一種の卓見をもって難解な句の解釈に快刀乱麻の手腕を振るったと、小島烏水は評した。また、斎藤昌三は、ふたりの通解は原句そのものの延長らしく見せ、しゃれ気分と余韻を持たせて、読者の推察にまかせるという江戸気質を発散させたところに特徴があると述べている。

昭和六年四月、小川喜代子（本名、登め）を入籍、昭和八年には次女良子が生まれた。斎藤昌三は「駒村がほんとうに好きな研究に没頭したのはこの新夫人が来てからで、駒村の趣味や研究をよく理解して生活苦を共にしたからであった」と著書に書いている。

昭和十四（一九三九）年三月、『川柳辞彙《じい》』第一輯が川柳辞彙刊行会から配本された。

昭和初年から、『末摘花』の通解と並行して、川柳に用いられた語句の辞書化に着手して十数年、岡田三面子が所蔵資料「川柳語類集」の写本二十冊を貸与してくれたことに駒村が「これを天の賜物として、自分の集句を訂正増補し、その上約四千余語の増補を行」う作業をすすめることができるようになってからでも数年を経ての刊行開始である。

出版社も尻込みする大がかりな事業のため、資金の調達をはじめとして、編纂作業、校正などいっさいを無一文の駒村がただ一人で成し遂げた。第一輯百十六ページ。以降、ほぼ同量のページ数で一冊とし、断続的に昭和十六（一九四一）年八月の第十六輯まで、二年五カ月の時間を要して、先人たちが挫折した困難な作業を完結した。集録語数約一万五千語、川柳の領域だけでなく、江戸語辞典としてひろく江戸文芸の研究者にとっても裨益《ひえき》するところの大きな画期的な辞典である。

駒村、このとき五十八歳である。

完結直後、合巻し『川柳辞彙』上・下として三百部限定で再刊した。このあと『川柳大辞典』と改題され、昭和三十七年初版の高橋書店版は誤り箇所のすべてを本文内で訂正した決定版として版を重ねた。

なお、駒村は昭和十三年七月に、『川柳辞彙』の地名辞典と言える『川柳岡場所考』を書物展望社から五百部限定で出版している。

作家の埴谷雄高は評論家の荒正人《あらまさひと》を追悼した文章で、「荒正人も私も（略）島尾敏雄も（略）福島県の片田舎の互いに僅か数里しか離れていない箇所を父祖の地としているのは「どうやら、中村、小高、鹿島という砂鉄に富んだ地域一帯に嘗て遠い有史以前に驚くほど巨大で、また、奇妙な内的燃焼を持続する隕石が落下して（略）その放射性断片がここかしこに散らばり、『極端粘り族』宇宙人のつむじ曲がり子孫を地球に伝えた、とでもいっておくより仕方がない」と言っている。

思うに、大曲という姓を持つ駒村もまた、埴谷雄高が言う「『極端粘り族』宇宙人のつむじ曲がり子孫」のひとりに違いない。

『枯檜庵句集』から駒村の二十句

春

春の雪かゝる蒔絵の文箱《ふばこ》かな
残る雪踏んで来にけり草の友
獺《かはおそ》の祭も過ぎぬ鳴く田螺《たにし》
野の寺の涅槃《ねはん》巻きゐる夕哉《ゆうべかな》
絵草紙に遅日《ちじつ》の市《いち》の埃かな

夏

明けやすき軒の吊草匂ひけり
雷の下に菅笠小さき夏野哉
夕立晴れて虹の根を漕ぐ舟一つ
形代《かたしろ》や夕立のあとの濁り川
蛍蒔いて寝て静なり野の小家

秋

朝顔や起きて忘れし夢二つ
蘭踏めば一山の霧動きけり
寺の柿呉れねば盗むばかり哉
かな／＼悲し一ト日の酒の尽きければ
待てといへば待つ碁に長き夜なりけり

冬

鯨見る磯の小春に日傘哉
山茶花や枯木の中に墓一つ
壁の絵を剥いで売る日や菊枯るゝ
五重塔に月落ちかゝる十夜《じふや》哉
河豚の鍋覘《のぞ》けば暗き地獄哉

(5) 雑誌に込めた反骨―好事家として人生全う

昭和五（一九三〇）年一月に趣味雑誌『あかほんや』が創刊された。編集兼発行者は大曲省三、発行所は阿伽梵書屋《あかほんしょおく》（駒村宅）。創刊号が三十ページ、他は二十ページで限定三百部。非売品の和紙袋綴じの小冊子である。第四号で終刊した。

赤本とは、江戸時代の草双紙の一種で、低俗雑誌というぐらいの意味ももっている。駒村はこの雑誌の裏表紙に「随筆無間《むげん》、趣味亡国」と記している。意味は「筆にまかせて書きつづれば無間地獄に堕ち、趣味にうつつを抜かすと国を亡ぼす」ということだろう。時代が戦争に向かっているときに、川柳や浮世絵の研究に血道を上げ、物好きのせいで地獄に堕ちようが他人になにかと言われる筋合いはないし、自分の物好きのせいで国が亡びようが、知ったことではないとの反骨の思いを込め、あえて亡国の徒、非国民たらんとの覚悟を潜ませた駒村の「諷世の寓意」なのだ。

『あかほんや』廃刊直後の昭和六年九月、関東軍が柳条湖事件を起こし、日本は十五年戦争へと踏み込んでゆくのである。

「赤本屋連中」というサポーターに永井荷風、小島烏水、笹川臨風など、寄稿者に南方熊楠、頴原退蔵らがいた。

昭和九年五月、旧大名華族の収蔵品から写楽、歌麿、北斎など著名画家の肉筆浮世絵が発見され、斯界の権威笹川臨風が大絶賛したが、実は贋絵師、表装師、書画骨董商などが共謀した贋作だったという春峯庵《しゅんぽうあん》贋作事件が起きた。このとき騙されて作品解説を書いた駒村の自負心はずだずだにされ、健康も害してしまった。以後、彼は浮世絵研究に関する執筆を一切断ったのである。

後日談だが、『川柳辞彙』の刊本化が難航すると、駒村を事件に巻き込んだ責任を感じていた臨風は後援会をつくって支援した。

駒村は浮世絵贋作事件で失った面目を回復しようという思いを持ちつづけていたにちがいない。大著『川柳辞彙』を完結させると、間もおかずに昭和十六年九月、『浮世絵類考』を三百部限定の、これも自費出版で曲肱書屋から発行した。和紙和装、五十七ページの凝った装幀で、序文で小島烏水は「これは駒村としても、恐らく会心の本であったらうと思はれる」と評している。

『川柳辞彙』編纂に没頭していた駒村の生活は、日々の米塩をあがなうのも困難なほどだった。見兼ねた画家の小川芋銭は小品展を開いて、益金全額を駒村に提供した。かつて句友たちに向けた友情が、苦境に陥った駒村にこのようなかたちで返ってきたのである。

同じ昭和十六年九月、駒村は、三面子が貸与した資料「川柳語類集の写本二十冊」の原本を、岡田三面子著・大曲駒村編『日本史伝川柳狂句』全二十六冊として古川柳研究会から限定四十部で発行した。第十六巻（昭和十八年二月）までの発行人は大曲駒村である。

半紙二ツ折り、孔版印刷で、ところどころに駒村による注記が別行に記してある。合計二千六百二十八ページ、収載句数七万数千句。戦時体制時代のなかでの公刊には多くの困難が予想されたので、謄写印刷で「三面子先生崇敬の同好者のみで分け合った」という三面子から受けた厚意への感謝の思いを籠めた出版である。

駒村没後は、その遺志を承けて、夫人の大曲喜代子が昭和二十年二月に完結させた。この五年間は、太平洋戦争の期間と一致するのであるが、駒村と喜代子は、困窮のなかでいわば地下出版物として刊行し続けたのだ。

古くからの俳友加藤口寸の『口寸句集』は昭和十六年十二月十日発行である。その跋文で、駒村は「人の句集を編むと云ふしごとは、これが私の最後であらう」と言っていて、そのとおりになった。

六十年の生涯を終えたのは、昭和十八（一九四三）年三月二十四日、今から七十二年前である。太平洋戦争開戦から一年三カ月、アメリカ軍の反撃にあって日本軍はガダルカナル島からの撤退を余儀なくされ、五月にはアッツ島で「玉砕」、つまりは全滅するなど、戦局の劣勢が始まっていた。関東大震災を見た同じ眼で、東京大空襲の地獄を見ずに済んだことは、幸いというべきであろう。

永井荷風はその日記『断腸亭日乗』の三月二十六日の欄外に「大曲駒村歿」と朱書した。二十四日の日記本文は「微雨」の二文字だけだ。哀悼の雨が降ったのだったろうか。

日本文学報国会、大日本言論報国会が結成され、言論統制が厳しくなり、三月には谷崎潤一郎『細雪』の雑誌連載が禁止された。そんな時代のなか、月刊雑誌『書物展望』五月号は三十ページほどの「特輯　大曲駒村老追悼」を組み、十四人の追悼文を掲載し、表紙と裏表紙に駒村筆の自画像入りの蔵書票と雑誌挿絵を掲げて、その業績を讃えた。

駒村・大曲省三は、故郷小高字堂前の墓地に眠っている。幼なじみの原隆明は昭和十三年に死没していて、その墓所の一隅に、両親の墓の横に、駒村自選の法名「艸彩庵駒村居士」と妻喜代子の「芳彩庵喜代大姉」とが並べて刻まれた墓標が建てられている。

〈主な参考文献〉

・「特輯　大曲駒村老追悼」（『書物展望』第十三巻五号、昭和十八年五月）
・雫石太郎編『福島県日本派俳壇史』（昭和四十七年八月）
・斎藤昌三編『三十六人の好色家』（昭和四十八年四月）
・駒村の主著は、国立国会図書館「近代デジタルライブラリー」で読むことができる。

【大曲駒村の年譜】

一八八二（明治十五）年　十月八日、父大曲竹八、母キイの長男として行方郡小高村に生まれる。本名、省三。
一八九七（明治三十）年　十四歳　福島県尋常中学校を病気退学。
一八九九（明治三十二）年　十七歳　句作を始める。翌年、小高銀行に就職。
一九〇一（明治三十四）年　十八歳　高橋ツルと結婚。
一九一一（明治四十四）年　二十八歳　福島県俳人の選句集『雙巌集』を共編。

一九一三（大正二）年　三十歳　小高町大火で自宅枯檜庵を類焼。

一九一七（大正六）年　三十五歳　小高銀行倒産。以後、山八銀行仙台支店、福島支店に勤務。

一九一八（大正七）年　三十六歳　自選句集『枯檜庵句集』刊。

一九二二（大正十一）年　四十歳　上京、安田銀行勤務。大正十五年辞職。

一九二三（大正十二）年　四十一歳　『東京灰燼記』刊。

一九二六（大正十五）年　四十三歳　母キイ死去。ツルと協議離婚。

一九二八（昭和三）年　四十五歳　編著『誹風末摘花通解』刊行開始。

一九三一（昭和六）年　四十八歳　小川登め（通称、喜代子）を入籍。

一九三八（昭和十三）年　五十五歳　『川柳岡場所考』刊。

一九三九（昭和十四）年　五十六歳　編著『川柳辞彙』刊行開始。

一九四一（昭和十六）年　五十八歳　『浮世絵類考』刊。岡田朝太郎編著『日本史伝川柳狂句』古川柳研究会員に限定配布。駒村歿後、発行人喜代子で昭和二十年完結。

一九四三（昭和十八）年　三月二十四、脳溢血で逝去、六十歳。

一九七二（昭和四十七）年　駒村著『福島県日本派俳壇史』をいわき地方史研究会刊。

3　埴谷雄高

①　彗星とともに宇宙空間に還る
――作家埴谷雄高氏を悼む

埴谷雄高氏の訃報をいい表せぬ悲しみをもって聞き、埴谷・島尾記念文学資料館（仮称）の開設準備をすすめている小高町の荒川登教育長、佐藤政宜教育次長とともに武蔵野市に向かった。三人は一月二十三目に埴谷さんにお会いしたばかりである。

埴谷さん――「先生」と呼ばれることを拒絶する方だった――には、この数年で五度ほどお目にかかっていて、じつのところ、お会いするたびごとに、頭脳の明晰さは変わりないのだが、体力が次第に弱っていらっしゃるのを感じていた。一月二十三日にはベッドに横になったままで応対された。寒さに弱い埴谷さんの、例年どおりの冬ごもりであることを祈って、「カゼをひいたりなさらないよう、ご用心ください」と、お見舞いのことばを述べて辞去したのだった。それから一カ月たらずのうちにこの日を迎えようとは予想さえもしなかった。

ご遺体はおなじ部屋、おなじベッドのうえに横たえられていた。なにより表情がおだやかである。「悲しむべきことではないのだよ」と語っているかのようである。「妄想」にふけっているかのようでもある。立派な眉毛が顔立ちをいっそう端正にしていた。

代表作の「死霊」や「不合理ゆえに吾信ず」などの難解さから、近寄りがたい方のように思われかねなかったが、実際の埴谷さんは、北杜夫氏が「もっとも偉大で優しい人」と言っているとおりで、私たちにまでこころくばりをなさった。「本籍の縁」という文章で島尾ミホさんも埴谷さんの「無言旅行」について、「十歳の頃から原因不明のまま言葉を全く失ったマヤへの、埴谷さんの深い思いやりと慈しみに溢れたこの文章に、父親の島尾は涙を浮かべ、母の私は声をあげて泣きました」と書いている。

この「無言旅行」は昭和四十一年（一九六六年）に野馬追の見物をしたときの文章である。埴谷さんは本籍のある小高町に、このときをふくめ、三度来ている。大正末から昭和のはじめの頃、台湾から戻って小高で一人暮らししていた父般若三郎を訪ねて、中学の夏休みに来たのが最初である。二度目は、昭和三十七年（一九六二年）に「福島民報」に「祖父の墓」を書いたときである。

このほか、「ハイマートロス」「うちの先祖」「没落の家系」などで、本籍地とそこに残る墓のこと、先祖のことなどに対する思いを述べ、さらに「平田さんの想い出」「荒宇宙人の生誕」「島尾敏雄を悼む」「感覚の全的昇華」「島尾敏雄とマヤちゃん」などで同郷の平田良衛《ひらたよしえ》、鈴木安蔵、荒正人、島尾敏雄の思い出を語りながら、故郷のことにも触れている。

自らを〝故郷喪失者〟と言いながら、相馬郡や小高町にかかわることに関心を寄せ、本籍を小高町から移そうとはしなかった。昨夏、小高町の木幡喜久治前教育長が訪ねたとき、筆を執った埴谷さんは

「雄高は小高より発せり」

「相馬はわが天馬」

としたためた。

埴谷さんは、文学を「虚空の一点を実在の永遠にする」営為だと考え、実践した。北氏はまた、埴谷さんを「日本最高の知識人」「宇宙最大の人物」とも評している。著書「光速者」の装幀《てい》には埴谷さんの頭部のCT写真が使われている。それは、私には星雲の写真でもあるかのように見える。全宇宙から見ればアワ粒よりも小さな頭脳（ミクロコスモス）が、宇宙の時間と空間のすべて（コスモス）に渡り合い、埴谷さんの頭脳はそのまま全宇宙と一体化しようとしているのではないかと妄想してしまうのである。

一月二十三日、ベッドの上の埴谷さんがまず話題にされたのが宇宙のことであった。おりから、今世紀最後の大彗星といわれるヘール・ボップ彗星が明け方の空に出現している。

三月二十二日には地球へ一億九千万キロまでに接近するという。この世紀を脱出して宇宙と一体化するにはこのチャンスをおいてない。埴谷さんはこのことに気づいたに違いない。

ヘール・ボップ彗星の軌道は、楕円なのであろうか、放物線なのであろうか。私たちはふたたび埴谷雄高に遭えるのであろうか。

埴谷氏の相馬ゆかりの作品

埴谷氏は次のような相馬ゆかりの作品を残した。かっこ内は収録本と出版社、あるいは掲載紙・誌。

ハイマートロス（『墓銘と影繪』未来社）、祖父の墓（「福島民報」）、無言旅行（『福島の文学』福島民報社）、うちの先祖（『渦動と天秤』未来社）、島尾敏雄「硝子障子のシルエット」（『橄欖と塋窟』未来社）、没落の家系（『蓮と海嘯』同）、平田さんの想い出（『追想平田良衛』）、不安の原質―島尾敏雄（「カイエ」）、荒宇宙人の生誕（『天頂と潮汐』未来社）、島尾敏雄を悼む（「読売新聞」）、感覚の全的昇華―島尾敏雄の想い出（「新潮」）、島尾敏雄とマヤちゃん（「群像」）写し手と写され手（「鳩よ！」）

② 高雄・台南遊記

――般若豊（埴谷雄高）少年の故地を訪ねて

(1)　はじめに　…〈ぶらり旅〉へ

埴谷さんが少年時代を過ごしたのはどんなところだったのだろうか、当時のおもかげをいまも残しているのだろうか、いちど訪ねてみたいものだ。このようにかねてから心にかけていたわたしは、気ままに歩いて埴谷さんゆかりの場所にたどり着けたらよしとしようと、二〇〇一年二月、高雄と台南への旅に出た。

高雄で宿泊したホテルは、苓雅区自強三路一号に建つ85大楼と呼ばれる七十九階の高層ビルに入っている高雄晶華酒店で、偶然なことに、付近一帯は埴谷雄高の父、般若三郎が勤務した台湾製糖の工場跡地だとわかる。

(2)　高雄小学校

台湾北部の新竹でうまれたあと、般若少年は五歳までを台湾南部の屏東で過ごす。その後は、白川正芳編「埴谷雄高年譜」（『埴谷雄高作品集別巻』所載）によると、

一九一六（大正五）年　六歳　橋仔頭尋常小学校入学。
一九一八（大正七）年　八歳　高雄小学校へ移る。港のある町。
一九一九（大正八）年　九歳　三块店小学校へ移る。全学級の

生徒をあわせて十数名という工場の子弟だけをいれる分校。

一九二二（大正十一）年　十二歳　三崁店小学校を卒業。卒業生僅か一名。台南第一中学校入学。父が台湾製糖をやめ東京に移り住む。

一九二三（大正十二）年　十三歳　四月、目白中学校二年へ編入。

ということで台湾を離れるのである。

旧高雄尋常小学校は、高雄市中央部で高雄港の港口がある鼓山区にあって、現在は高雄市立鼓山国民小学と称している。ホテルからは直線距離でほぼ三キロ、旧市街らしい雰囲気がのこる地域だった。

以下は、学校前の由来標示の文面の日本語訳である。

打狗尋常高等小学校は一九〇七年に創設し、暫くは塩埕の庄民宅を借りて校舎とし、もっぱら日本人子弟の就学に供した。一九〇八年、打狗山のふもとに移した。当時日本人はすでに九三五戸、三三九四人がいた。

一九二一年、海を埋め立て造成した第一新市街一哈瑪星が完工したのち、打狗尋常高等小学校は一九一三年に入湊町四丁目五番地、現在の臨海二路五〇号の新校舎にふたたび移した。

一九二〇年、打狗を高雄と改称したことによって、当該校も改名して高雄尋常高等小学校とした。一九二一年、塩埕埔高雄第二尋常小学校（今の塩埕国小）を増設したことによって、当該校も改名して高雄第一尋常高等小学校とした。（以下略）

この案内表示によると、この地区に居住する日本人が多く、学校も日本人子弟だけのものだったことがわかる。ただ、埴谷雄高が在籍したとされる一九一九年には打狗尋常高等小学校と称していて、高雄尋常高等小学校と改称されるのは一九二〇年だというのである。

白川正芳編「埴谷雄高年譜」（『埴谷雄高全集別巻』所載、以下「年譜B」とする）には、〈橋仔頭尋常高等小学校の修業証書によれば、高雄小学校へは転校せずに、小学校三年まで橋仔頭尋常高等小学校に通学している。高雄からは通学できる距離である〉とある。「年譜B」はさらに、〈高雄小学校は高雄市小港区平和四路七十五号にあったが、現在は高雄市小港国民小学と校名が変更になっている〉とつづけている。しかし、地図で見ると、小港区は高雄市の最南端で、旧市街からだいぶ離れていて、小港国民小学があるあたりは埋立て造成した臨海工業地帯である。現在も住宅地がほとんど形成されていないようだ。鉄道路線もあるが貨車専用の引き込み線で、駅はない。鼓山国民小学所在地の旧住所が入湊町四丁目五番地なので、もしかしたら、白川正芳は〈入湊〉と〈小港〉を混同して〈小港〉に高雄小学校があったと誤認しているのではなかろうかとの推測をしてみたい。

鼓山国小の守衛と出てきた女教師に話を聞く。いまは春休みだそうで、校内はひっそりしている。七年後に創立百年を祝うので、そのときまたいらっしゃいなどと言う。

埴谷雄高のエッセイ「神の白い顔」に、〈或る港町で少年時代を過ごしていたとき〉のこととして、〈港のこちら側からすぐ向うに見渡せる対岸までかよっている小さな連絡船の艫の手すりに腰かけていた私〉が年長の友人に胸許をつかれて海中に転落した経験が書かれている。この〈或る港町〉とは高雄と台南のどちらだろうか。中学一年のときの台南での出来事とも考えられるので、地図で確かめると塩水渓河口、安平新港港口が候補として挙げられるものの、連絡船を運航するほどの人の行き来があったとは思えない場所である。一方、鼓山国小から南へ向かうとすぐ輪渡站（フェリー乗り場）があって、高雄港港口の対岸、旗津区へ運航されている。当時は連絡船と言っていたのだろう。

〈高雄にも工場があって、僕は一年ほどいたことがある。高雄は港町で、僕はその街中で台風に辿ったことがある〉と対談「〈少年〉と〈夢魔〉」で埴谷雄高が話しているので、父が台湾製糖高雄工場に勤務していたころ一家が住んでいたのは旧市街のこのあたりではないのか。そして、高雄小学校に在籍していた期間は、一九一九年五月以降から十月の三崁店小学校転校までのわずか半年足らずだったのではないか、そんな気がしてならない。鼓山国小や塩埕国小があるこのあたりからは高雄車站（駅）が近い。

鼓山国小のうしろが鼓山で、そのふもとの登山街にある煉瓦造りの古い建物のまえに案内標示が置かれていて、〈日治時期的武徳殿〉との説明があった。これもこのあたりに日本人居住者が多かったことの証左である。

筆名埴谷雄高が、本名般若《はんにゃ》豊《ゆたか》にちなんでいることは言うまでもないが、雄高とは彼が子どものときに住んだ高雄にちなむものだろうと、わたしは推測している。

鼓山国小そばの寿山隧道を抜けると中山大学のキャンパスである。キャンパスの西側は海岸で、台湾海峡が一望できた。

(3) 台湾時代を語った作品群

埴谷雄高が台湾の少年時代について触れているおもなエッセイと対談は、あわせて二十篇ほどである。『世界』の一九六二年十月号に書いた「死の上の生」（のち『闇のなかの思想』収載）で、松井須磨子が出演した〈復活〉の舞台を見た記憶を書いているのがもっとも早い作品である。この記憶は、『影絵の世界』によれば、屏東での五歳ぐらいのときのものだという。

小学生になってからのことを書いているエッセイとしては、立川文庫《たつかわぶんこ》からはじまって黒岩涙香《くろいわるいこう》、モーリス・ルブラン『虎の牙』など探偵小説を読んだことを書いた「少年時代の漱石」、小学校五年のころ父に写真機を買い与えられて熱中したことを書いた「巨大な無関係」、就学したあとも一年中素っ裸で川遊びをしたことを書いた「熱帯性ものぐさ症」など、亜熱帯なので滅菌するため一度沸かした湯ざましを飲む習慣がついたことを書いた「水」がある。

埴谷雄高が〈ぼくの精神のすべてを台湾に還元できませんけど、しかし、かなり多くの部面は、台湾で成長したことに根拠があるかも知れませんね〉と言っているのは、島尾敏雄との対談の席上である。六十歳代後半になった一九七〇年代後半の埴谷雄高の発言を中心にいくつかの作品に注目してみたい。

「顔の印象」によれば、少年時代の私は蠟燭の焰と鏡を《魔の道具》として用いて、〈深夜、電灯を消した闇のなかで小さな蠟燭をつけ、そのゆらめく黄色い焰を顔の下からあてながら鏡を覗く〉ことによって、《《自分の顔》のなかから思いもよらぬ種類の《他のかたちの自分》の邪悪な顔がいわば見知らぬ遠い宇宙人のごとくに現れてくる奇怪な啓示〉に耽ったのだという。

「テツガク的一塁手の回想」には、就学前に硬球でキャッチボールをしようとして相手が投げたボールを〈顔の真正面、つまり、鼻の中心で受け〉、〈生まれてはじめての経験である痛烈な衝撃を鼻梁に感〉じ、〈鼻血が自分でも驚くほど多量に激しくふきでてきた。〉その後、仰向きの姿勢でいるとき、〈寝つづけている自分の顔面全体が〉〈魔法の鏡のなかでも覗きこむように自分自身でよく見てとれたのである〉という体験をしたことが書かれている。

「最低選手権者」には、台南中学一年のとき、〈二百人ほどのなかに十人くらいいる最低の不器用者の一人〉だった般若少年は、剣道で小手をとられると決まって生身の肘を打たれ、柔道で背負い投げを練習していると真逆様に棒のように滑りおちて畳に頭の脳天を垂直に打ちつけるのが常だったことが書かれている。そして〈私の構造は生来真逆様型〉らしいと言っている。

まえに挙げた「神の白い顔」では、連絡船から突き落とされた私は〈仰向けになった真っさかさまの棒状の姿勢のままでさらに重い錘りのように水中へ沈んでいった〉のだが、そのとき私の視界いっぱいに〈それまでまったく覚え知らなかった種類の光の均質〉が映った。〈すべての場所に光が遍在している《充実した不思議な空虚》の世界〉を感じ、〈水中の私に名状しがたい恍惚感をもたらした〉と述べている。

一九七五年十月号の『文芸展望』に大岡昇平との対談「〈少年〉と〈夢魔〉」を、同年十一月号の『海』に吉本隆明・秋山駿との対談「思索的渇望の世界」を発表し、その後、さまざまな人を相手に台湾時代を語っている。ちくま・ぶっくすの第一冊として出版した『薄明のなかの思想─宇宙論的人間論』（一九七八年）は松田哲夫を聞き手として口述したもので、そのなかの「芸術について」では台湾での記憶をまとめて述べている。島尾敏雄との「原点としての〈南〉」（一九七九年）も代表的な対談のひとつである。

これらのなかで、とりわけくりかえし言及しているのが台湾人に対する日本人の処しかたである。父は、農場部門の責任者という立場もあったことだろうが、直接台湾人と接触しなければならず、彼らと親密な交際をしていたし、豊少年も子どもどうし台湾人といっしょに遊んでいた。しかし一般の日本人はそうではなかった。たとえば「原点としての〈南〉」で次のように語っている。〈日本人が、台湾人のひいている人力車に乗ると、左へ行け、というとき「左」といって、足でポーンと頭をけったりする。馬をけるようにね〉〈車夫が「五銭」といっても、日本人が勝手に「三銭」といって、それっきりやらない〉〈女も、台湾人が野菜や魚を売りにきて「十銭」といわれても、勝手に「八銭」とかいってそれしかやらない〉。こうしたことを目撃することによって、豊少年は日本人を嫌悪し、自分が日本人であることに耐えがたいと思うようになり、自殺への願望を抱くようになったという。「思索的渇望の世界」では〈ぼくのニヒリズムの根拠も、ぼくの文学の現実離脱の根拠もそこからでていますす〉と言っている。このことは後年の「この世のほかなら何処でも」「昭和の言葉」でもくりかえし書いている。

だがしかし、小学校四、五年のときというから三崁店時代のことであろう。釘をやすりでといで〈竹の先端につけ、投げ槍として豚を刺すのが、子どもの間に流行ったことがあ〉った。豊少年が投げた矢が刺さった豚が逃げていった家の庭先に〈お婆さんが坐っていて、矢の刺さった豚とぼくを見ているのに黙っている。怒れないんです〉〈被支配者のなかにあると、子どもに対してでも何もいえないんです。そういうことが、その瞬間に子どもながらもわかって、ぼくは投げ槍をやめちゃいました〉〈してはならないことをしている位置に自分がいるんだっていう感じが、そのときよくわかりましたね〉（「原点としての〈南〉」から）

おとなの日本人を嫌悪しながら、自分も同じことをしていることに気づく。自分の内側に存在する〈二重性〉を認め、〈自同律の不快〉へと思索を深める胚珠がうまれたのである。

なお、豚については別の文章で、豚の肉片をただ焼くという単純料理ばかり食べていた少年時代に〈豚男〉と呼ばれていたが、〈屠殺場へ運ばれる檻のなかの眼を細めた豚、たるんだ白い皮膚の上に青い証明印を押された豚の一群〉をしばしば見ていたので、〈ものを食べて生きていることに一種の生き恥に似た後ろめたさを覚え〉たとも書いている。

　三崁店時代、五年生のとき、父に空気銃を買ってもらったことが語られている。高い竹の頂点の雀を狙ったところ、〈ほんの一瞬宙へ飛び上がっただけで〉雀は〈もはや生物ではなく、ひとつの物体として、垂直に落下してくるのが見えた〉そして、

> それがそれまで経験しなかった何かまったく違った種類の、異様な、してはいけないことをしたような印象として私のなかへはいりこんでしまった。私はそれっきり空気銃を撃つのをやめてしまったのです。
>
> 　私は、後年、人間を、あらゆる生物をとって食べ、ただ娯楽のためにだけでも他の生物を殺すところの生物のなかで最も凶悪な存在として弾劾していますが、その弾劾の暗い奥底には、その当時には自分でもよく説明もできず、はっきりせず、漠としていたものの、しかも拭いきれぬ自己呵責が潜んでいるのですね。
>
> （「芸術について」部分）

これも三崁店時代、洪水があったとき、濁流に流されている蛇を見た。

> 見た目では泳いでいるのですけれども、実際は、流されているのですから、こちらも気が気ではない。（略）見る見る裡に遠くの一点となって消えてゆくのを眺めると、それまで覚え知ったこともない悲哀の気持になるのですね。蛇の不安が自分の不安になり、また、その絶望がこちらの絶望になるといった或る種の共感がそこに起るなど、まったくこれまで思いも及ばなかったことですね。
>
> （「芸術について」部分）

もともと〈田舎の風景を眺めていたので、動物が人間と共存しているふうな風景が、ぼくのなかの原像としてできあが〉（「思索的渇望の世界」）っていたこともあって、動物に対してこんな感情をいだいたのであろう。

　このほか、「〈少年〉と〈夢魔〉」では、四年生ごろ、これは高雄時代であろうか、サーカスのブランコ乗りの少女に夢中になったことが告白され、「芸術について」では、映画や音楽に魅せられたことが語られている。

(4)　三崁店小学校、台南中学校そして橋仔頭小学校

高雄交流道（インターチェンジ）から高速公路一号に入り、北に向かう。台南のもうひとつ先の永康交流道まで行く。一般道に出たところで、標識に〈三崁店〉の文字があるのを偶然目に留めた。一瞬のことなので、写真には撮れなかった。このあと〈三崁店〉という文字はいちども目にすることはなかったので、残念である。土地の人に聞くと現在は〈三民街〉と言っているとわかり、まず、訪ねる。小さな集落があって古い人家もまじっている。むかしを知る老人たちが集まっているというので、〈三民社区発展協会〉という看板と〈三民街一三六巷〉という住所表示がある建物に入ると、大きな牌の麻雀に熱中している。彼らに教えられて台湾製糖三崁店工場跡地へ行く。

門柱のそばに〈永康郷・愛仁街四〇二〉と住所表示がある煉瓦塀のなかは荒涼としていた。五年まえに訪ねた白川正芳の「台湾紀行」（『始まりにして終り　埴谷雄高との対話』所収）に、取り壊しが始まっていたと書かれている工場跡地の、奥のほうでは大きな建造物の建築がすすめられている。守衛所、日本風の廃屋がわずかに見える。逆路の反対側にあって〈台糖公司善化糖廠・永大原料区〉という看板が掛けられている建物の場所は、直感で般若少年が一九一九年に転校してきた三崁店小学校跡地の気がした。永康市内へ向かおうとしたら小さな橋が架かった川があった。地図を見ると北館橋といい、川は塩水渓の支流で、工場の裏を流れている。

三崁店というところはそれほど低い土地にも思えず、社宅の裏に幅僅か五、六間から十間くらいの小川があるだけですが、台湾南部は。（略）夏が雨期で、屢々台風もくるので、二日くらい豪雨がつづくとその小川は忽ち氾濫して社宅まで水がくるのですね。床上まで水があがってくるかどうかは、どの家でも大問題ですね。

（「芸術について」部分）

床上浸水はしょっちゅうあって、そのときの対処がたいへんだったらしい。川の流れは複雑に分岐したり合流したりしていて、いかにも増水すればたちまち氾濫しそうな地形である。川向こうが台南市で、広大な台湾製糖和順農場が拡がっている。

三村（旧三振店）から四、五キロも行くと台南の中心部である。台南車站すぐ北が中山公園で、道を挟んだその北に台南第二高級中学がある。そこから駅東に行き、成功大学キャンパス南の国立台南第一高級中学を訪ねた。

帰国してのち、白川正芳「台湾紀行」を読んで、彼も最初は台南第一高級中学を旧台南一中だと思っていたことを知

る。ただ、彼は台南第二高級中学が旧台南一中だと気づき、事なきを得ている。とつぜん思いたってのぶらり旅をしているわたしは、学校敷地内に入ったものの、春休み中のためひっそりとしているので、数枚の写真を撮るなどして、あっさりと退出してしまったのである。じつは、第二高級中学が旧市内にあるのに、第一高級中学が駅東の新市街にあるのはなぜだろうという疑問をうすうす感じてはいたのだが……。白川の「台湾紀行」を読んでいなかったわたしの失策である。ほとんどが日本人生徒だったという台南一中とは逆に、二中の生徒は台湾の人が多かったという。とすれば、植民地時代を終えた戦後の台湾を動かした人びとに台南二中出身者が多いだろうことは推測できる。戦後に旧二中を第一高級中学にし、旧一中を第二に改称したのは当然のことであろう。

「台湾紀行」に、台南第二高級中学を訪ねた著者が〈当時の校長の名前を聞かれ、「広江万次郎先生」と答えた〉とあるので、驚いてしまう。広江万次郎は、旧制相馬中学校に第四代校長として一九〇五年に赴任し、一九〇七年に離任しているのである。般若家の先祖が長らく生きてきた相馬で校長をした経歴をもつ人物が、般若少年が入学した中学の一九二二年当時の校長だったということは、単なる偶然にはちがいないが、ふしぎなことだと思えてならない。

般若豊は寄宿舎に入り、軍国教育・軍人教育を受けた。当時は〈台湾人も日本人と同じ中学に入れるという方式〉ができていて、二番の成績で入学した台湾人が二カ月ぐらいで退学したことを、埴谷は、〈学校へくると授業の内容はすべてわかるけれども、友人から話しかけられるすべてが、彼にとっては耐えられないのですね〉〈悲しんでも怒っても、それらすべてが、自分から退くという方向へだけむいてゆくのですね〉〈あとになればなるほど想いだす〉と、「原点としての〈南〉」で語っている。ここにも差別があったのである。

台南市内では、大天后宮（寧靖王御所、媽祖廟）、赤嵌楼《チーカンロウ》（紅毛城、承天府）を見る。

「芸術について」で埴谷雄高は赤嵌城《しやかむしや》（ゼーランジャ城）を訪ねたときのことを書いている。赤嵌城は市の中心部にある赤嵌楼とは別で、現在は安平古堡と呼ばれていて、台南のもっとも西、台湾海峡に面している安平区の、三崁店方面から流れてきた塩水渓の河口近い河岸にある。赤嵌城で般若少年は〈壁に架かった赤嵌城の絵と、遙か向うに見える海岸の砂浜を遠眺しながら、つい見較べてみると、一種茫洋とした虚無感にうたれる〉。〈僅か三百年ほどのあいだに海は遠くまで埋まって荒涼たる土地になってしまった〉ことが、〈まだ幼い私に、悠久たる自然というより、荒涼たる虚無感を与えてしまった〉という。このときの荒涼たる虚無感が、〈私の内部でひとつの胚珠になって、〉〈私独特の茫洋感〉に成長したのだと述べている。

台南市を離れ、一般国道一号（縦貫公路）で高雄県橋頭郷に向かう。橋頭車站は高雄車站からは、左栄、楠梓、橋頭と三駅目で、距離にして一八キロほどである。

父が勤務した台湾製糖橋仔頭工場は橋頭郷にあり、現在は台糖公司高雄廠となっている。工場は国道からわずかに入った場所にあった。入口の門前に縦貫鉄道の踏切がある。工場の敷地内には入れなかったが、〈一〇〇週年慶〉という文字のある飾りが残っていて、一九〇二年に創業した台糖橋仔頭工場がことしその百年目を迎え、記念の催しがあったことをうかがわせる。門の左手に廃線になった引き込み線が多数あって、サトウキビを積む貨車が何台も放置されたままで、盛時の活況が想像される。守衛所の建物は、日本式の屋根瓦に板塀である。門右手の奥へと道が付いていて、塀ぞいにすすむと日本人社員の住宅地や小学校などがあった。住宅は三軒長屋ふうの木造日本家屋で、ほとんどは廃屋になっているが、いまも使われている家もあった。廃屋の一軒の玄関が開いていたので入ってみると、畳はあげられていたが、欄間や襖が残っていた。

住宅地突き当たりの小学校は、興糖国民小学である。この校名には製糖会社にゆかりがふかい学校であることがこめられているだろう。校門を入ってすぐの左手に〈校史館〉という別棟の建物があって、資料が保存されている様子だった。やはり、春休みのため無人で、職員の話を聞くことはできなかった。

「年表B」に、〈橋仔頭尋常高等小学校は、高雄市楠梓区楠梓路二六二号に所在。昭和五年四月一日に楠梓小学校に合併され、楠梓高等小学校と改称、その後廃校になった〉とある。しかし、この記述には疑問がある。

般若家が現在の高雄市楠梓区楠梓路のあたりに住んだのであれば、楠梓路二六二号に所在した小学校に般若少年が入学したことに理解できるが、その校名が橋仔頭尋常小学校であるというのは納得しにくい。なぜなら、高雄県橋頭郷（橋仔頭）と高雄市楠梓区楠梓路とは鉄道で一駅、約四キロ離れていて、それぞれが別の市街を形成している。地図で確認すると、現在、楠梓車站周辺には楠陽国小と楠梓国小の二校があり、橋頭車站周辺には興糖国小のほか橋頭国小・仕隆国小・五林国小がある。楠梓に所在する学校に〈橋仔頭〉とは命名しないのが一般だろうと思う。疑問として、提示しておく。

台糖公司の売店があって、乳製品、冷菓などが並べられていた。マンゴーアイスを食べる。そのすぐそばに〈橋仔頭文史協会〉という看板があって、この興糖国民小学のあるところに豊少年が一九一六年に入学した橋仔頭小学校があったことが確認できた。
社員住宅の裏は台糖菁莆農場で、その先は低地になっていて五里林渓という小さな川が流れていた。豊少年が水遊びに熱中した川だ。また、縦貫鉄道と縦貫公路の西側にも台糖菁莆農場が拡がっていて、つまりは、鉄道と国道が製糖会社の農場のまん中を抜けているのである。

(5) おわりに…台湾ではぐくんだ存在の革命の〈胚珠〉

少年の埴谷雄高は、自分という存在のなかに相反する二重性が隠されていることを知り、そののち、その二重性による荒涼とした虚無感と嫌悪、あるいは、自同律の不快に抵抗し克服するためには、人間自体の変容―「存在の革命」を果たさなければならないと考えるようになる。その手段としての文学を「不可能性の文学」と名づけて生涯にわたって格闘した。彼はその非定着者《ハイマートロス》の思想の〈胚珠〉を、植民地台湾の非日本的感性のなかではぐくんだのである。

＊

〈ぶらり旅〉を終えてみて、般若豊少年が過ごした台湾に関する調査研究はいまだ十分におこなわれていないとの思いを感じているところである。

4 島尾敏雄

① 四十一年目の帰還 ――島尾敏雄氏の死を悼んで

永遠の青年のような印象

島尾敏雄氏の思いがけぬ訃報に接し、言葉がなかった。それは、島尾氏がかけがえのない作家であるためではあるが、私などよりふた回りも年輩でありながら、永遠の青年であるかのような印象を与える作家で、ありえないことを耳にしたという意識が働いたためでもあったろう。

福島県相馬地方は、戦後文学の中核的存在である三人の文学者ゆかりの土地である。その三人について埴谷雄高は、「荒正人も私も、そしてさらにまたつけ加えると、島尾敏雄も日本文明の遠い僻地《へき》である福島県の片田舎の互いに僅か数里しか離れていない箇所を父祖の地としてい」て、東北人の鈍重性を「或る種の哲人ふう徹底性をもった永劫へ挑戦する根気強さ」、もしくは「馬鹿の一つ覚えを、よそもまわりもまったく見えぬ一種狂気ふうな病理学的執着ぶりのなかに培養結晶化して、長いあいだまったく同じことを、熱心に、また、はしにもぼうにもかからず愚かしく、ただやりつづけている」こと、さらに「揃って故郷で育たず、各地を〝流浪〟

する故郷喪失者になったこと」に共通項があるとしている。

たとえば、島尾敏雄は、昭和二十九年秋から約半年間のことがらを、三十五年に起筆し十七年後の五十一年にようやく一編の作品として完結させた。代表作「死の棘《とげ》」である。こうした作品は、確かに「哲人ふう徹底性をもった永劫へ挑戦する根気強さ」の所産に違いない。

もともと東北の体質持つ

ところで、各地を流浪した故郷喪失者といっても、荒と埴谷の流浪は若年のころのことであって、やがて〈中央〉に定住する。しかし、島尾敏雄は晩年まで転居を続け、特に〈中央〉で生きることには失敗したと言えよう。彼には〈日本文明の遠い僻地〉こそが似つかわしかったのである。父祖の地である相馬郡小高町に、子供のころから毎年のように帰り、愛着を持ち、何度かは生活の場にしようとさえした。

「相馬に行こう！　と私はふと思った。どうしてもっと早く気がつかなかったろう。…妻のきもちがおさまるまでそこでくらそう」と思い立ち、実際に家族四人で小高にやって来て就職活動さえする様子を「死の棘」に書いているし、生前最後の出版となった「続　日の移ろい」では、「もともと私は東北の体質を持っているのだから、…回帰の現象にみまわれることともなってすべては円環を結びきもちの平衡をもたらせてくれる筈ではないか」と思い、生前の父と約束していてようやく墓地の造成にとりかかった島尾家の墓の進捗《しんちょく》状況を見ることも兼ねて、昭和四十八年秋の一週間を妻や長男とともに小高や原町で過ごしながら適当な土地を探す様子も書いている。

相馬にかかわる記述を含む島尾敏雄の作品の総数は約四十編に及んでいて、相馬への思いがひとかたのものではなかったことがうかがえる。彼がもっともながく生活した南島、琉球弧の視点からヤポネシア論を展開し、非倭的なものとして〈道の島〉と〈道の奥〉とを重ね合わせることができたのも、父祖の地に対するこだわりによるものに違いない。しかし、故郷喪失者である彼はついに相馬を生活の場所とすることはなかった。

生きる勇気を与える

昭和二十年八月、「信管ヲ装備シタ即時待機ノママ第一警戒配置トナセ」（「出孤島記」末尾）との命令ののち「発信の合図がいっこうにかからぬまま…、近づいて来た死は、はたとその歩みを止めた」（「出発は遂に訪れず」冒頭）そのときから、島尾敏雄は、裏あわせの生と死、薄膜で隔てられている正気と狂気、混じりあっている現実と夢、交錯している現在と過去、識別できない確かさと不確かさ、それらのただなかに投げ出され、時間を失い、還《かえ》るべき場所を失い、幽明の境を流浪することとなった。彼の文章はそこからの報告書である。彼は秀抜な感覚と認識力と表現力とを駆使し、人間という宇宙の本質を解明しようと格闘した。彼は「宮沢賢治の世界は、東北的気質を超え、日本国も越え、…宇宙の銀河系のあたりにまで届いているふうだ」と「奥六郡の中の宮沢賢治」に書いているが、島尾敏雄の文学は、〈日本文明の遠い僻地〉を流浪しながら、人間という小宇宙の中に深く分け入ることによって、「東北的気質を超え、日本国も越え」ることができたのではないか。

　島尾氏を永遠の青年であるかのような印象を与える作家と、最初に書いた。それは、昭和二十年夏、二十八歳の氏が、白い布に包まれた箱の姿で父祖の地に帰還すべき人であったのが、時間を失い、還るべき場所を失ったためであるような気がしてならない。四十一年後の今、いっさいの呪縛《じゅばく》から解き放たれ、ついに帰還しようとしている。その間の、島尾敏雄氏の軌跡は、人間の尊厳と文学の偉大さを示して、私たちに生きる勇気を与えてくれるものであった。

② 加計呂麻島へ

　埴谷島尾記念文学資料館の設立準備にかかわって七年、そのあいだに多くの印象深い出来事を体験した。加計呂麻《かけろま》島の呑之浦《のみのうら》を訪ねたこともその一つである。

＊

　海峡は内海のおだやかな表情をみせている。島尾ミホ氏と当時の瀬戸内町図書館澤佳男事務長に案内を受け、奄美大島と加計呂麻島のあいだの大島海峡をちいさな船で渡っているのである。

　前日、那覇空港からの便は条件就航だった。奄美大島が梅雨末期の豪雨に降り込められているため、着陸できないときは那覇に戻るか鹿児島まで飛んでしまうというのである。だが、奄美上空に到ると、不意に雲が切れ、切れた雲のあいまから、雨後の緑みずみずしい大島が幻境であるかのような姿をみせた。そしてきょうも、朝からはげしく降りつづいていたのに、わたしたちの船が古仁屋《こにや》港を離れると、にわかに雨脚が去って霧がしりぞいてゆくのである。覆っていたものがとり除かれ、閉ざされていたものが開かれ、あたらしい世界に入ってゆく。呑之浦へ向かう船のうえで、わたしはなにかふしぎな体験のなかにいることを意識していた。そして、北村透谷『蓬莱曲』の慈航《じこう》の湖《うみ》の場景をおもいうかべ、その一節「波おだやかに、水なめらかに、……このやわらぎの湖は、これぞ神の境《にわ》に入るべき水ならん」を口ずさんでいた。船がすすむにつれて、雨があがっただけでなく、南島の初夏の陽ざしさえ射してきた。すると、加計呂麻島の折りたたまれていた海岸線はリボンがほどけるように拡がって、「ただ意識してこの入江にはいる目的で接岸して来た舟にだけ、忽然と秘境への扉が開かれる仕組で呑ノ浦の入江が奥深く淀んでいた」と島尾敏雄が「徳之島航海記」に記したままに、わたしたちの船を入江の奥に迎え入れてくれた。まさしくそこは神の領域であると、わたしには思われた。

　このあと、入り江に面した島尾敏雄文学碑のまえに三人でまるく座って、ミホ夫人が用意した弁当をいただいていると、これが神遊びと言われる行為なのだと得心がいった。

＊

　曲折があったが、小高町の文学資料館はこの五月に開館する。

③　島尾敏雄における〈いなか〉——その意識の変遷

(1)　はじめに

　前年に亡くなった島尾ミホの一周忌ミサが奄美の教会で二〇〇八年三月二十五日におこなわれ、翌二十六日には加計呂麻島の島尾敏雄文学碑のかたわらに、夫・敏雄と娘・マヤとともに納骨されたと聞いた。すでに昨年のうちに小高の島尾家の墓所に三人の遺骨が埋葬されているので、夫妻はともにそれぞれのゆかりの地に還ったことになる。

　一九九五年六月に名瀬市の島尾家を訪ねたことがある。しばらくの時間を待たされたあと、ミホ夫人は玄関に喪服姿で現れたのだった。翌日は瀬戸内町と加計呂麻島の案内をうけた。ミホ夫人はこの日も黒い服を着していて、第十八震洋隊基地跡の文学碑を夫の墓碑と見なして、墓参のつもりで来ているのだなと感じたことを思い出す。

　島尾ミホの一周忌がすぎてほどなく、四月八日に小川国夫《おがわくにお》が亡くなった。小高の埴谷・島尾記念文学資料館では、埴谷雄高と島尾敏雄にゆかりのふかい小川国夫を招いて三月に講演会を開くことを企画していた。交渉の段階では、小川国夫は小高を訪ねることを楽しみにしているとのことだったが、二月中旬に肺気腫を患い、つづいて骨折という事故もあって断念したという経過があったのである。そんなおりの訃報である。惜しまれてならない。かねがね小川国夫には埴谷雄高と島尾敏雄の〈いなか〉の景観をぜひ見に来てほしいものだと考えていたので、もっと早くに企画しなかったことがいまとなってこころ残りである。

　島尾ミホの一周忌が過ぎ、小川国夫も亡き人となり、この世代の人びとが足早に去ってゆく思いを禁じ得ない。

(2)　島尾敏雄と小川国夫のであい

この小文は、島尾敏雄がその作品のなかで、東北、あるいは相馬とも小高とも言い、あるいはまた田舎・いなか・郷土・故郷などさまざまな言いかたで折にふれては書いている〈いなか〉についての、彼の意識が子どものころから晩年に至るまでどんなふうに変遷しているかを確かめてみようというものである。

本題に入るまえに、ひとつのエピソードを、小説であれば伏線のように提示しておくことにする。

島尾敏雄がはじめて小川国夫を訪ねていったときのことを、小川国夫は「島尾敏雄さんの思いで」や「来訪」に書いている。「島尾敏雄さんの思いで」によれば、それは一九六五年六月一日のことで、

「前触れもなく、私の住む静岡県の藤枝へやってきた」

というのである。

ふたりは藤枝から四キロほどの山間の温泉に宿泊する。その翌朝のこととして、「来訪」には

「蟬の声を聞きながら、谷の奥へ入ったらしい」

と書かれている。つまり、小川国夫によると「(島尾さんはひとりだけで) 蟬の声を聞きながら、谷の奥へ入ったらし」く、小川国夫は同行していない。

そのとき、小川国夫の耳に蟬の声は聞こえていたのだろうか。蟬の声に誘われるように谷の奥に入ってゆく島尾敏雄の姿を小川国夫は幻視したのだろうか。

印象ぶかい情景である。

この直後、当時はまだほとんど無名だった小川国夫の小説『アポロンの島』を、島尾敏雄は『朝日新聞』紙上の「一冊の本」で紹介し、激賞した。島尾敏雄は小川国夫の発見者なのである。以後のふたりの交際については島尾敏雄が「交遊の端緒」ほかに書いているとおりである。

(3)　『幼年記』の時代

島尾敏雄は一九一七年横浜生まれだが、数え歳で四歳ぐらいから夏休みには毎年のように、両親の実家があって彼の本籍地でもある福島県相馬郡小高町へ来ていたという。関東大震災後は神戸に転住したが、その習慣はつづけられた。

そのころの小高に対する島尾敏雄の意識は、〈ぼくのいなか〉であった。〈ぼくのいなか〉というのは、A君のいなか、B君のいなかというふうに、都会の子どもたちはたぶん誰でも〈いなか〉を持っていて、自分のは東北の小高がそれだというそんな意識だったのだろう。〈いなか〉は「冒険を成就させることができた」ところだと後年の「田舎」で言っている。どんな遊びをしたのかというと、川、海、池での水遊び、砂遊び、鬼ごっこ、跳びっこ、ケイサツ、自転車乗り、など。

あるいは、馬車や馬などにも乗ったこともある。これらは「馬」や「田舎の馬」という作品などに書いている。マンガを読んだり、銀行ごっこをしたり、蜂の巣を取ったりもした。

六十歳ごろの作品に「つるべ」という文章がある。これは、杉の木の根に「巣の袋を地中深くおろしてその中に住んでいる蜘蛛のような虫」というが、その〈つるべ〉を袋の巣ごと曳き出して、虫が動けないように押さえて、

「つーるべ、つるべ、わーはら、ぶっつぁけ」

と、みんなではやしたてながら遊んだというのである。すると〈つるべ〉は自分の鋭い足で腹を掻き切るようにして死んだと、島尾敏雄は回想して書いている。「わーはら、ぶっつぁけ」とは方言で「おまえの腹を、(自分で)ぶっ割け」という意味である。これも冒険のひとつだったのだろう。

跳びっこは、母の実家の井上家の道に面した塀の上から塀と道のあいだを流れている小川を跳び越えるという遊びだ。そんなさまざまな冒険をして思うぞんぶん遊んだということのようだ。そうしたなかで、ばっぱさんの語る昔話も聞いた。これはのちに『東北と奄美の昔ばなし』としてまとめられる。

遊びだけでなく、言葉も食べ物もすっかり田舎ふうのものになってしまうのだった。食べ物では、じゃがいもの味噌汁、茄子炒り、納豆、焼き餅、ずんだ餅、梅干し、ふかしパン、とうみぎが好きだった。〈とうみぎ〉とはとうもろこしのことで、ほんとうは〈とうきび〉のはずだが小高あたりの方言では〈とうみぎ〉と言われている。

小学生のころの夏休みには、そんなふうにして〈ぼくのいなか〉である小高でさまざまな冒険をして過ごすのが島尾敏雄の通例だった。

二十代になると、「暖かい冬の夜に」のなかで「郷里の東北に帰る」という言い方をしている。さらに「僕には、東北の血がどくどくと流れてゐる」とも言っている。また戦後まもなく、宮城県蔵王山麓の峨々温泉に逗留したことがあって、そこで相馬の人に逢い「一種の気易い放心の状態に身をまかせることができた」と述べている。「湯槽のイドラ」という作品である。こうした東北を郷里とする人間としての意識のなかで、「いなかぶり」という有名な作品が書かれたのである。

(4)『死の棘』の出来事のころ

このような〈いなか〉に対する島尾敏雄の意識が変わっていくのが、『死の棘』の出来事があった一九五五年、三十八歳のころのことである。

彼は、妻ミホの鬱状態の病気をまえに、相馬で暮らそうという思いを持つようになる。

「相馬に行こう! どこか農家のはなれの静かな部屋を借

りて妻のきもちがおさまるまで、そこで暮らそう」と考える。

『死の棘』の第四章末尾には、家族四人が相馬（小高）へ帰ってくるときのことが書かれている。上野駅を出て数時間して久之浜、富岡のあたりに来ると海が見えてきて、東北の海だという意識をもって見る。さらに小高に近づいて「下車しなければならぬ駅のひとつ手前の駅」を過ぎるときの思いを、

「昔からいつもその駅を過ぎるとそうなるように、下腹のへんが軽い疼痛に襲われ、落ち着きのないきもちになった」と述べる。トンネルをふたつほど過ぎると、夜目にも白い街道、旧陸前浜街道が車窓の左に見え、それが近づいてきて列車に平行して、やがて鎮守の森が見え、母の実家や親戚の家の灯りが見え、踏切がカンカンカンカン鳴りだすというのである。こどものときから記憶にかさねてきた〈いなか〉に帰るという意識がみごとに表現されている。

この『死の棘』の出来事のときには二度〈いなか〉へ来て、十月十七日には原町に泊まるのだが、

「住みつくことになるのかも知れぬ町の様子を下調べしたかった」

と、夕方ひとりで町を散歩したりしたものの、結局は〈相馬〉で暮らすことは断念して、奄美へ渡ることになったのである。

一九五五年からの奄美大島での暮らしのなかで、島尾敏雄は、奄美に同化しそこに土着しようとしている節がある。しかし一方では、奄美を故郷として意識できない人間だとの思い、東北地方のエミシの血が自分のなかに流れているとの意識、自分を故郷喪失者とみなす思いがしだいに強まって、彼の内心ではそれらがせめぎ合うことになった。たとえば、「自分の郷土を東北の一地方に限定してしまうことにこだわりを感ずる」（「ふるさとを語る」）と言ったり、「故郷喪失者」と言ったり、「しかし自分の故郷だと呼べるところは一つもない」と言う一方、こころの奥底の暗いところで「東北の重厚な低いつぶやきをきく」（「二つの根っこのあいだで」）とも言っているのである。

(5) ヤポネシア論のころ

その内心のディレンマを解消する方策として奄美と〈故郷〉に、つまりは、南西日本と北東日本に架ける橋としてヤポネシアという概念を構築したのだろう。管見では、ヤポネシアという言葉が最初に出てくる島尾敏雄の作品は一九六〇年十月に発表した「宮本常一《みやもとつねいち》著『日本の離島』」である。この文章は民俗学者宮本常一の『日本の離島』の書評である。宮本常一自身はこの著書のなかでヤポネシアということばは用いていないし、奄美大島をふくむ奄美諸島については三五

〇ページほどの本のなかのわずか一ページしかあてていない。つまり、宮本常一の『日本の離島』のなかでは西南諸島の島々は日本の島としてはほとんど意識されていなかったということである。そのあたりに、そこに住んでいる島尾敏雄は不満を持ったのではないかと、推測できる。

六二年ごろ、四十五歳のころ、島尾敏雄は岩手県の僻村で地域活動をしている大牟羅良が編集した『北上山系に生存す』を読んだ。この本は二十代初めぐらいの人たち十一人の生活ルポルタージュといった文章を集めたもので、島尾敏雄はそこに生活の確かさというものを読みとって共感し、創作活動のうえでの一つの手がかりを得ているように思われる。このことは、読後ただちに「大牟羅良編『北上山系に生存す』」を書いただけでなく、四年後に発表した「文芸時評」でふたたびこの『北上山系に生存す』に触れていることから推測される。そうした読書などもあって、北東日本の〈エミシ〉の血を自分のなかにいっそうつよく意識するようになったのである。

一九六七年は明治百年ということで中央ではその記念祝賀行事がおこなわれた年である。これに対して、島尾敏雄は南西の沖縄のことばでは〈ウチナンチュー〉と、北東の〈エミシ〉と、つまりは南西と北東のふたつの〈非ヤマト〉からの意義申し立てをつよく意識したヤポネシア論と琉球弧の構想を深めていったのである。そして、「奄美を手がかりにした気ままな想念」「琉球弧の視点から」「偏倚」、あるいは「奄美・沖縄の個性の発掘」「回帰の想念・ヤポネシア」など、立て続けにヤポネシアと琉球弧に関する著作を精力的に発表した。

ただ、このとき、北東の人びとが彼が意図したものに共感したのかというと、ほとんど関心を示さず、したがって共感をよせることがすくなかったのが実情だった。その理由は、島尾敏雄が発言している位置が日本列島の対極のところにあったこと、彼の出自が自分たちと同じであることに気づく者がすくなかったことなどがあって、北東の側からはそれが自分たちにかかわる問題であるとうけとめて島尾敏雄が意図するものを理解することはむずかしかったためであろう。

(6) 故郷喪失者としての思い

一九七〇年、島尾敏雄は沖縄の那覇で「ヤポネシアと琉球弧」という講演をおこなう。ところが、その直後に書いた「那覇に感ず」で、講演しながら自分の言葉が「なぜこんなに手ごたえなく空転してしまう」のかと感じたと述べた。言葉が空転している、手ごたえがない、自分の言葉が空っぽだと、ヤポネシア論を語りながらそのむなしさに落胆の思いを感じたというのである。

ここで島尾敏雄が晩年に書いた「南島世界を見た私」という短い文章を思い出す。このなかに、中上健次《なかがみけんじ》が酔っぱらって絡んできたことを書いている。『死の棘』を「倭」的な発想だと言う中上健次に対して、島尾敏雄は憮然としてしまって返す言葉もない。自分としては〈エミシ〉の発想で書いてきたつもりなのに、どうして〈ワ〉のそれとまちがえられてしまったのか、と。中上健次は日本列島の中心部でも非ヤマト的な環境で育っている。彼の目には島尾敏雄はヤマトの内側にいる存在として見えていたのだろう。

沖縄の人びとの目にも同様に見えていたかもしれない。那覇で講演しながら島尾敏雄は、ウチナンチューはヤマトンチューごときがなにを言ってるんだと思いながら聞いているにちがいないと感じたのだろう。自分を故郷喪失者、土着できない余所者と認めざるをえないと感じていたとき、これを契機にして自分の在るべき位置について問い直して、奄美を離れたい、東北の〈いなか〉で生活したいとの考えに傾いていったとしても不思議ではない。

「那覇に感ず」を書いた同じ一九七〇年のインタビュー「回帰の想念・ヤポネシア」で島尾敏雄は、自分が東北出身者だと「そう考え始めたのは最近なんです」と語っている。だが、これまで読んできたように「東北出身の自分」という自己規定はすでにくりかえし出てきていて、ここではじめて自分が東北出身者だと考え始めたわけではないのである。奄美時代を通して、東北に居住したことがない、生活の根拠地にしたことがないという意味で、自分を東北出身者だと言うことはできないと考えてきたのが、島尾敏雄の基本的な意識であった。

この意識が変わって、奄美を離れたい、〈いなか〉で生活したいと考えるようになる。それがいつからのことなのかは特定できないが、父、四郎が逝去しその納骨のために小高へ来たころとすれば、一九六九年のことになって「那覇に感ず」を書いた七〇年とかさなる。『東北と奄美の昔ばなし』の出版はもうすこしあとのことだが、準備をはじめたのはおそらくこの七〇年前後のことであろう。父の死をまえにし、また母方祖母である井上のばっぱさんが語ってくれた昔ばなしの再話作業をすすめているなかで、自分のなかの思わぬ深いところにまで根を下ろしていて、それは抜き取ることができないものであるという東北への想いを確認するわけである。

(7) 自己証明の確認として

そうしたときに、学習研究社が『現代日本文学アルバム10 宮澤賢治』の解説文の執筆を島尾敏雄に依頼する。このとき、彼は「私の東北の感受は、浅い東北つまり石城《いわき》の相馬のものだから、もっと奥の深い東北を感じたい願望があった」ということでこの依頼に応じ、一九七三年の夏、八月、小高町で両親の墓参をしたあと岩手への取材旅行に出発する。一九七三年は島尾敏雄にとってひとつの転機となった年であり、この旅行はそのためにたいへん重要な役割を果たすものだったと私には思われてならない。

旅行のあとに島尾敏雄が書いた文章には「奥六郡の中の宮澤賢治」という題がつけられた。奥六郡とは岩手県の北上川中流域と言っていいのだが、そこの胆沢《いさわ》・江刺《えさし》・和賀・稗貫《ひえぬき》・志波《しわ》・岩手の六郡を指していて、宮澤賢治の花巻は稗貫である。彼の作品の舞台である種山高原や五輪峠などは江刺なので、島尾敏雄はそうした地を訪ねたのだ。そこで「久しぶりに身内にみなぎる快さに自分を忘れることができた」と感想を記している。

江刺の梁川《やながわ》には鹿《しし》踊りという踊りがあって、その「頭《かしら》渡しの儀式」を見ている。これは、訪ねていったときが八月七日で、まもなく月遅れの盆になる時期である。盆には鹿踊りが町へ出て街頭で踊る。一軒一軒訪ねていって、新盆の家のまえなどで鹿踊りを踊るのである。「頭渡しの儀式」はいわばその出発式にあたるもので、たまたま都合よく見ることができて、(おそらくは、鹿踊りの太鼓のリズムと響きから)島尾敏雄は「えたいの知れぬ奇怪なエネルギーを持ったものの精」、それに「奥六郡の意思を感じ」たと述べている。

取材旅行で花巻温泉に宿をとった夜のことも「奥六郡の中の宮澤賢治」に書いている。そこには、

「うしろの山のせみしぐれと低いところから伝わってくる蛙の鳴き声をきいていると、幼いころのはるかな記憶がよみがえってきて、…」

故郷を思い出したとある。すぐれた聴覚をそなえた彼にとって、奄美の蛙や蟬の鳴き声と東北の(相馬の)蟬や蛙の鳴き声とはまったく違うものらしく、そんな理由で懐かしくなったというのである。

また、『続　日の移ろい』のなかの、小高町に来ていたこの年十月十七日の記述

「昔聞こえていた一面の田んぼで鳴く群蛙の合唱が…」

も、「奥六郡の中の宮澤賢治」と執筆時期がかさなっているはずである。

たいがいの雑誌は、十月号であればその前月の九月のうちに発売されるのが通例なので、この小文の伏線として最初に掲げておいた小川国夫の「来訪」を『国文学』の同年十月号で島尾敏雄が読んだのはおそらく、『続　日の移ろい』の十月十七日の項を書くまえだったのではなかろうかとの推測ができるのである。この推測が的を射ているならば、小川国夫の「翌朝、蟬の声を聞きながら、谷の奥へ入ったらしい」という一行の表現が、島尾敏雄の聴覚が記憶にとどめていた

子どものころから親しんでいた〈いなか〉の蛙や蟬の鳴き声という〈回想の装置〉を甦らせたのではあるまいかと思えるのだ。

島尾敏雄は、さらに七四年四月に「田舎」を発表する。そこでは少年の日を回想して、

「夕暮れになると、あたり一面の田んぼのあちこちで蛙が一斉に鳴きはじめ、それはまるで怒濤のよう、五右衛門風呂につかった私は、時の流れをさかのぼるふしぎに静かな安堵の中で、永劫回帰にふれたかのように、じっとそれにききいっていたものだ」

といっている。

小高川を中心にその河口と太平洋に向けて平地がある。もともとは浦だったのだが、いまは水田である。その水田を低丘陵が馬蹄形型に囲んでいる。小高城の別名を浮舟城というが、浦の反対側から見るとさながら水上に浮かぶ軍船と見えたことからの命名とされている。島尾敏雄の本籍地も母の実家である井上家もこの低丘陵にある。水田をコンサートホールのステージにたとえるなら、低丘陵はその客席にあたる。夏休みのたびの小高で、五右衛門風呂に入りながら、あるいは蚊帳を張って戸を開け放して寝る寝室で、つまりはコンサートホールの指定席で、耳のいい敏雄少年はステージから聞こえてくる蛙の鳴き声に聞きいったのだった。

蛙の鳴き声は、単なる記憶をとりもどす装置としてではなく、〈安堵〉をもたらし〈永劫回帰〉の想いをもたらしてくれるものとして意識されていることを語っている。それは、あるいは母の胎内に回帰してそこで聞く始原の音楽とでもたとえることができるものと言えようか。

このように半年もしないあいだに島尾敏雄は三度も、つまり「奥六郡の中の宮澤賢治」『続　日の移ろい』「田舎」の三作で蛙と蟬の鳴き声について書いて、「幼いころのはるかな記憶（を）よみがえ」らせるもの、「昔聞こえていた」もの、「時の流れをさかのぼるふしぎに静かな安堵の中で、永劫回帰にふれたか」と思わせてくれるものと言っている。こうした意識は自己証明の確認へとつながってゆくのである。彼は自分の姿をとらえた小川国夫の「来訪」を読み、こころの奥底に眠っていた意識を「蟬の声を聞きながら、谷の奥へ入ったらしい」という一行によって甦らせて、自己を証明するよりどころを確認することになったのである。

一方で、小川国夫は島尾敏雄が蟬や蛙の鳴き声を〈回想の装置〉としていることに気づいていたのだろうか。そしてその鳴き声を幻聴したのだろうか。ふたりのすぐれた作家が互いを理解し合う、かよいあうもの（コレスポンダンス）を内側にいだいていて、小川国夫は谷の奥へ入ってゆく島尾敏雄の姿に〈回想の装置〉に惹かれて歩をすすめている姿を幻視

したのだろうか。
いずれにしても、印象ぶかい交感の情景である。

(8) 帰るところにあるまじや

このように、東北への理解を『現代日本文学アルバム10宮澤賢治』解説のための取材旅行で深め、エミシの血を自分の内側に感じ、確かな自己証明を得て、そしておそらく東北の〈いなか〉への移住を島尾敏雄自身は決意したのではなかったか。旅行の帰途にふたたび小高にたち寄り、〈いなか〉を〈終の住処〉とすることの意思を確かなものとする。つづいてこの年二回目の小高への旅には妻ミホを同伴し、長男の伸三も呼びよせて合流する。

ところが、十月下旬の小高の気候は、南国育ちのミホ夫人にはよりきびしい冬のそれを想像させたにちがいない。

この年の暮れに島尾敏雄は「移住の気持ちを失ってしまった」と『続　日の移ろい』に書く。決定権はおそらくミホ夫人にあったものと思う。こうして、再度〈いなか〉への移住、帰郷を諦めるしかなかったのである。

一九五五年の『死の棘』のときも寒い季節だった。今回も十月である。島尾敏雄はどうしていつも寒い時期に妻を小高に連れてきたのだろうかと、その不器用さを思うのである。ただ、佐倉でのミホの発病のことを考えれば、移住断念は結果的に危機の再現をふせぐことができたのだったかもしれない。

小高に移住することを諦めたあとに書いた「田舎」という文章では「もう今は仮にも帰るところはない」とまで言う。帰るところがなくなった自分はほんものの故郷喪失者になってしまったという、そういう意識である。そう意識してからは、堰を切ったようにたくさんの回想の文章を書きだすのである。子どものころの〈いなか〉のことをつぎつぎに書く。夢のなかでも〈いなか〉を見る。『夢日記』のなかには、井上家のそばにある岡田のバス停でバスを待っている夢を見たことが克明に書かれていてリアリティがある。

結局は、一九七五年四月、島尾一家は奄美を離れおなじ鹿児島県内の指宿に移る。推測するに、そこは島尾敏雄にとっては次善の移住先だったにちがいあるまい。

指宿からさらに茅ヶ崎に転居したあとに「湯船の歌」を書いている。歌手千昌夫が歌う「北国の春」が流行っていたころで、島尾敏雄が風呂に入っていて思わず口をついて出たのがこの「北国の春」だったと書き、「するとつーんと鼻筋を走るようにして北の方が恋しくなった」とつづけている。

晩年に一族のことを書いた『忘却の底から』について、「補遺一つ」という文章ではこれは「一種の先祖捜しであった」としたうえで、「蝦夷《えみし》人に傾いた先祖を持っていることを確かめ得た」と、島尾敏雄は書きとどめている。
望んでも帰れない暮らせない場所として〈いなか〉を認識せざるをえないと確信したとき、そこでの思い出を回想したり。夢に見たり、あるいは先祖捜しをする。自分でも思いがけないことに演歌に感情移入して望郷の念をまぎらわそうとしている、そんな島尾敏雄の姿が見える。

(9) おわりに

一九七〇年、島尾敏雄が那覇で「ヤポネシアと琉球弧」と題する講演のなかでヤポネシア論を語りながら、自分の言葉が空っぽで「なぜこんなに手ごたえなく空転してしまう」のだろうと、むなしさと落胆の思いをいだいたことについて。このことは、中上健次が島尾敏雄を〈倭〉と誤解したように、島尾敏雄の思いこみだったろうと思う。もちろん彼を受容しなかった〈ウチナンチュー〉もいたはずだが、それに倍して島尾敏雄の構想に共感し支持した人びとがいたことはあきらかである。

網野善彦『「日本」とは何か』（『日本の歴史』第00巻）はその巻頭に、一九九五年に富山県が作成した「環日本海諸国図」を掲載している。この地図は、日本列島、ヤポネシアを上に、中国大陸を下に位置させた東アジアの地図である。この地図で見ると、〈ヤマト〉も琉球弧もふくめてヤポネシアは大陸の外縁に位置していて、日本海が〈地中海〉または〈内海〉あるいは〈東アジア海〉として認識できることが、一目で納得できるのである。島尾敏雄は九州帝大で東洋史を専攻して「元代回鶻《ウイグル》人の研究一節」を卒業論文とし、神戸市外大では「中国文化史」などを講じた経歴を持っている。そんな彼がこの地図の存在を知っていたなら、わが意を得たりと、ヤポネシア構想にとどまらない〈東アジア地中海〉構想を語ったのではなかったろうか。そんな空想をするのである。

5　荒正人

①　文学研究者・評論家　荒正人

⑴　故郷への複雑な思い—戦後文学の評論家誕生

一九一三（大正二）年一月一日、実際は前年十二月、のちの文学研究者・評論家荒正人は、善五郎とキクヨの長男として相馬郡鹿島町（現・南相馬市鹿島区）鹿島字町一三六番地で誕生した。本籍地は相馬郡中村町（現・相馬市）中野字北反町七〇番地。宇田川の右岸で、向陽中学校があるあたりに近い土地である。

正人が出生したとき、父は千葉県香取郡小御門《こみかど》（現・成田市）の農学校長をしていて、母は出産のために実家である鹿島町の高橋家に里帰りしていたのである。

父の善五郎は、福島師範学校本科を一九〇七（明治四十年に卒業、相馬郡新地高等小学校訓導をしたのち、東京帝大農科大学農業教員養成所を一九一一年に卒業した。正人は、父の転勤に応じて中学時代までに七回も転校を繰り返した。

荒が相馬について語った文章は、「郷土に憶《おも》う」（一九五九年）、「数多いふるさと」（一九六七年）、「福島と私」（一九七一年）。「外に質素、内に裕福　朝鮮につながる姓」（一九七三年）の四篇である。

「郷土に憶う」では「わたしは、福島県の鹿島町で生まれた。生まれただけで育ったのはべつの場所である。それも、各地を転々とした。生まれた場所で幼少年時代を過さなかったので、私にとって鹿島町は故郷とはいいがたい。だが、今日まで何回か訪ねて、その度に懐しい気持を深めている」と書きだして、真野川の鮭漁のこととか生鮭やカレイのおいしかったこと、「大きなどんぶりに一杯酢《す》ガキを入れたのを、初めてだったが、たくさん平らげて、大人《おとな》たちを驚かした」ことなど、母といっしょに来た大正時代の記憶を語り、「この町に暮していたならば、もっとべつの感情を抱いたかもしれぬ。私は遠くはなれていただけに、世の常の故郷以上に懐かしい」と言っている。

「数多いふるさと」では次のように言う。

私の故郷は、福島県相馬郡中村町である。だが、小さいころから、全国を転々と移ったので、普通の日本人のような故郷へのなつかしい気分を抱いたことはない。これは、父の勤めの関係で、そうなったのだ。（略）故郷のない人たちのことを、ドイツ語で、ハイマートロスというが、私はその逆で、故郷があまりに多すぎる。

これは、私の精神形成に大きい影響をもたらしたように思う。

また、「福島と私」では「私は、相馬郡の出身である。母方の生家は鹿島だが、父は中村であった。相馬は野馬追（のまおえと発音していた）で全国的に名高い」と書きだし、主として「荒」姓について述べ、祖先はもとは釜山西方の安羅《あら》から帰化した「騎馬民族」で、出雲を経由して現在の北陸地方からやって来たように思われると想像している。さらに、話題を転じて「大熊町に建設中の原子力発電所を見学する機会があった。これができれば、太平洋岸はいうまでもなく、福島県全体が変貌するであろうと感じた。／念のため書き添えれば、私は郷里で暮らしたことがないが、福島県のことはやはり最も気にかけている」と文章を結んでいる。

これらをまとめ書きしたと言えるのが「外に質素、内に裕福　朝鮮につながる姓」である。

荒正人の妹、片桐玲子の教示によると、荒は戦後は二度相馬を訪ねている。一回目は、戦後間もないころで静枝夫人が同行したという。二度目は、高橋家から聞いたこととあわせて整理すると、一九七六（昭和五十一）年三月十五日朝に相馬市に着いて、母キクヨの妹たちが嫁いだ泉屋衣料店と丸井毛糸店（ともに相馬市宇多川町）に立ち寄ったあと、生家である鹿島町の泉屋呉服店に向かった。正人の従弟の妻の葬儀に東京の親戚を代表して弔意を表すためであった。法政大学の講義があるため翌朝早く帰京したが、お煮しめとごぼうの煮物をことのほか喜んでどんぶりひとつを平らげたのが印象的だったと語っていた。

荒正人は、一九六三年から六九年までの七年間、福島県文学賞審査委員であった。前もって応募作を読んだ審査委員が合議して最終決定をするのだが、荒は自分の判断を書面にして届け、審査委員会はほとんど欠席したようである。

(2)　埴谷と荒と島尾と――三人に不思議な共通性

今夏は火星が大接近する。荒正人が小学校六年生の一九二四（大正十三）年にも火星が大接近した。その頃の彼は火星人についてSF的な想像にふける天文少年だったと回想している。一方、小学校二年のころに日曜学校に誘われて教会に通いはじめ、中学四年のときに受洗し、高等学校でマルクス主義の図書に読みふけりながらも『聖書』は放さなかったという。

荒正人は、山口高校で佐々木基一と、東京帝大で小田切秀雄と知り合った。東京帝大を卒業して中学教師になった翌年、一九三九（昭和十四）年に小野原静枝と結婚した荒は、同じ年に埴谷雄高と「構想」の同人として出会った。荒は赤木俊を筆名として執筆を開始した。なお、のちに福島民報主筆となった佐藤民宝も「構想」同人だった。

埴谷雄高と荒正人は、戦後ただちに『近代文学』の創刊に参画し、島尾敏雄は一九四八年の同人拡大の誘いに応じた。

本籍地は、埴谷雄高（本名、般若豊）が相馬郡小高町岡田字山田三一五番地、島尾敏雄が相馬郡小高町大井字松崎二〇三番地だが、荒正人が生まれる三年まえに埴谷が台湾の新竹で出生し、荒が生まれた四年後に島尾が横浜で誕生した。そして、荒が中学時代までに七回も転校したように、埴谷も父の転職や転勤にしたがって、中学までに五度転校し、島尾も四回の転居で三校の小学校に通学した。

それだけではない。一九三二年、十八歳の荒正人は山口高校の学内政治運動に参加し、一カ月ちかく警察に留置され、無期停学となった。ついで、二十二歳で地下生活中の埴谷雄高が三二年に逮捕された。不敬罪および治安維持法違反で起訴され、翌年に懲役三年執行猶予四年の判決を受け出獄した。さらに、三八年、長崎高商生だった島尾敏雄は、文芸誌発表の作品が出版法に抵触したとして取り調べを受けた。二十一歳だった。

そして、日米開戦の翌日、埴谷は予防拘禁法で拘引され、年末に釈放された。荒も四四年、治安維持法違反で身柄拘束を受け、年末に釈放された。

彼らは時局に迎合する姿勢を嫌い、文学の純粋性を護《まも》ろうとしたのであるが、そうした良心と思想に忠実であることが危険視され罪に問われた時代のことであった。

三人の主著は、埴谷雄高『死霊』、荒正人『漱石研究年表』、島尾敏雄『死の棘』である。

のちに荒正人が亡くなったとき、埴谷雄高は追悼して「荒宇宙人の生誕」を書いた。長くなるが引用する。

荒正人も私も、そしてさらにまたつけ加えると、島尾敏雄も日本文明の遠い僻地である福島県の片田舎の互いに僅か数里しか離れていない箇所を父祖の地としているのは、大げさにいえば、「精神の異常性」についての或る種の発生学的見地からいって、いささか気にかかることである。（略）互いの共通項は、「彼らはどうやらひどく変っていて、本来彼の地にある東北人の鈍重性を、よくいえば、或る種の哲人ふう徹底性をもった永劫へ挑戦する根気強さ、悪くいえば、馬鹿の一つ覚えを、よそもまわりもまったく見えぬ一種狂気ふうな病理学的執着ぶりのなかに培養結晶化して、長いあいだまったく同じことを、熱心に、また、はしにもぼうにもかからず愚かしく、ただやりつづけている」ということになるだろう。

と述べ、その実例として、『漱石研究年表』『死の棘』『死霊』を挙げて、三人がこうした「極端」な無限格闘へ向けてひたすら突っ走り続けた理由を次のように想像している。

どうやら、中村、小高、鹿島という砂鉄に富んだ地域一帯に嘗て遠い有史以前に驚くほど巨大で、また、奇妙な内的燃焼を持続する隕石が落下して、ただひたすら無限のみを唯一の標的としつづけてきたその異常な粘着性を核心にまだとりのこしているその放射性断片がここかしこに散らばり、「極端粘り族」宇宙人のつむじ曲がり子孫を地球に伝えた、とでもいっておくより仕方がないのである。

と語って、

後天的に私達三人とも揃って故郷で育たず、各地を「流浪」する故郷喪失者になったことが、私達の異常性の内部に一種説明しがたい相矛盾しあう「各地の味つけ」のまじりあった渾然たる複雑怪奇性を加味した

と言い加えている。

(3) 評論に新分野を開く──人間への関心表現して

荒正人は、一九四八(昭和二十三)年のエッセイ「批評の変貌」で「昭和十九年わたくしは自由を奪われたが、この一年はわたくしにとって人生開眼の年であった。(略)最後に頼りになるのは自分だけだという牢固とした信念再生をえたのであった。エゴイズムからヒューマニズムへといった文学的仮説はすべてこのときの体験が基礎になっている」と回想している。

第二次世界大戦が終息すると、三十歳前後だった戦争中を「暗い谷間」として生きた旧『構想』同人を中心に、山室静、平野謙、本多秋五、佐々木基一、小田切秀雄、それに埴谷雄高と荒正人の七人が『近代文学』の創刊同人として結集した。

一九四六年、『近代文学』第二号に発表した「第二の青春」で、荒正人は、ヒューマニズムを否定され、惨苦と汚辱に耐えて反動の時代を生きなければならなかった第一の青春から解き放たれて、自分たちは、いま第二の青春を生きようとするのだと宣言する。

そのために「一切の政治上のイズム、文学上の流派から解き放たれて、（略）文学の高貴性を信じ、今後の活動を行はんとする」

文学領域での民主主義を確立するため「文学の冒瀆者たる戦争責任者を最後の一人にいたるまで、追求し、弾劾し、読者とともにその文学上の生命を葬らん」

「文学を（略）人民の手に解放すること――これこそ、文学領域における民主主義革命の最終の目標である」

「否定を通じての肯定、虚無の極北に立つ万有、エゴイズムを拡充した高次のヒューマニズムこそ、わたくしたちが、第一の青春といふ浪費のなかから購ふことのできた唯一の財貨ではないのか」と主張した。

埴谷雄高は、荒を『『第二の青春』のみずみずしさと、『負け犬』における深層心理ふうな分析は、文芸評論に新しい分野を開いた」とも、「脳裏深く思念し、ひたすら最高度の理想のみを求めた」とも評価する。

「第二の青春」をはじめとして、荒は「民衆とはたれか」「終末の日」「個人主義の表情」「なかの・しげはる論」「民衆はどこにゐる」「三十代の眼」「負け犬」ほかをたて続けに発表した。その後の「戦争責任論」「主体性論」「エゴイズム論」「政治と文学論争」「世代論」など多くの論争で中心的な存在として発言して、戦後文学にとどまらず、広い分野での主導的評論家として活躍したのである。

『近代文学』は、一九六四年に通算一八五号をもって終刊した。その長い存続のためには、荒正人の「驚くべきアラ式無限動力」によるジェット・エンジンのやみくもの突進力なしにはとうてい不可能であったとは、埴谷雄高の実感である。彼はさらに、「戦後の青春は、画然と、荒正人とともに終った」とも語っている。

後年、荒はそのころの自分を「現実のすべて」つまり「原子核エネルギー、世代、インフェリオリティ・コムプレックス、政治的風土、インテリゲンチャ、ニヒリズムそのほか無数」に興味を覚えて、「自分の問題として取組みたかった」（「批評の変貌」）と言っている。つまるところそれはすべて人間への関心だったというのだ。

一九五六年、荒正人は「戦後」について次のような発言をしている。

「平和の幻想の破れたのは、昭和二五年の夏、朝鮮戦争の勃発したときであった」「『戦後』とは質の異なる別の時代であった」「ユダヤ人の虐殺も、粛清と強制労働も、ヒロシマに落ちた原子爆弾も、まだほんとうに片付いてはいない」『戦後』は未来に属する言葉だ、ともいいたい。戦争のない時代になって、初めて『戦後』だといえるのではないか」（「覚えておきたいこと」）

「現在の日本が独立国であるとは何人も強弁することができぬ」「沖縄は、日本の現状の象徴と受け取っていい。日本全体がその実質において沖縄と変りない」「日本には軍隊はないが、自衛隊は存する。これは、いつ軍隊に姿を変えるかもしれぬ」「その結果は悲惨なものになることは免れがたい」（「『戦後』と別れるために」）

核を手にする米朝の不穏な対立があり、アメリカべったりのわが国では改憲の動きが強まっている、こうした六十二年後の現在にも重なる発言である。

⑷　宇宙文明を構想する――「人類の意志表明を」と

広島と長崎への原爆投下があった翌一九四六（昭和二十一）年に、荒正人は「終末の日」と「原子核エネルギイ（火）」と題した二篇の文章を書いた。

その要点を挙げよう。

人類は、プロメテウスの火、第二の火である電気、そして第三の、おそらく最後の火となる原子核エネルギイを入手した。この無限大のエネルギイはいつかは工業化されるだろう。

この地球をアクロポリス（世界市）にするか、ネグロポリス（大墓地）にするか、楽園創造か、地球壊滅か、この課題を解決できるのは人民の手による政治だけである。

こうした荒の考えについて、昨年末に亡くなった文芸評論家の伊藤成彦《いとうなりひこ》は、『日本の原爆文学　⑮評論／エッセイ』の「解説」で、「文学者として核エネルギー開発の現代文明にとっての意味と問題を追及した先駆的な考察」だとし、「核エネルギーの管理こそはまさに現代政治の中心課題で（略）民衆による政治の課題であることを明らかにした点でも先駆的」だと評価している。

原爆に関して荒正人は次のように発言している。

「一切の原子爆弾の実験と製造に反対」「日本人の原子爆弾はごめんだという思いはヒューマニズムと結びつく。自分を守りたいという願望が人類全体の願望、人類の意志にまで拡がる」

このように原爆を否定する荒が、一九五四年六月に、エッセイ「宇宙工学」を発表した。

この五四年には米ソ両国が競って水素爆弾の実験をし、米国によるビキニ環礁での実験で飛散した「ビキニの灰」で、周辺住民や日本の漁船第五福竜丸ほかの乗員が被曝した。

「世界終末時計」というものがある。核戦争などによって人類が絶滅するときを午前零時と仮定したとき、現在からその午前零時までの残り時間を「あと何分」と示す時計である。この時計は一九四七年から始められ、ソ連が崩壊して冷戦が終結した九一年にはもっとも長い時間の十七分前に設定された。逆に、水爆実験競争時代の五三年からは二分前まで針が進んだ。

ちなみに、昨年二〇一七年は二分三十秒前だったが、このとしの「世界終末時計」は五〇年代後半のワーストワンに並んだ。

荒正人が「宇宙工学」を執筆した直接的な契機は、この『第五福竜丸事件』によって人類の危機が顕在化したと認識し、水素爆弾を啓示として受けとめることでこの危機を克服して、未来に生き残ろうとする人類の意志を表明しようとしたのだろうと、わたしは想像している。

「宇宙工学」とはなんだろうか。荒正人の言を要約すると、次のようになろうか。

たとえば、「生命を保つ技術を発達させて、生命の限界を突き破って人類を超人間のような新しい生物に進化させる」「全物質をエネルギー源とする新方式の原子力発電を発達させる」「重力の利用や、イオンや光子の力によって光速に近い速度のロケットを開発する」「全人類を収容する人工遊星で太陽系から脱出する」といった技術であって、人類が百億年を単位とする未来を獲得して人工の恒星や銀河系を創造し、宇宙の支配者になるための技術を超えた技術だと言う。

原発を売り込む米国の政財界とその要請を受けたわが国の政財界とが用いた「平和利用」という巧妙な惹句《じゃっく》に惑わされて、一九五〇年代の文学者たちのほとんどが核発電を容認した。

荒正人は「核」の二面的な属性を認識していながら、一方で技術を信頼するあまり、「宇宙工学」では「核発電」を推進する方針を主張したのである。

かつての天文少年荒正人は、「宇宙工学」以後、宇宙や人工衛星などの語を用いたタイトルの文章を十指にあまるほど発表し、五七年に『宇宙文明論』として出版した。

その後、有人宇宙飛行、人類の月面到着などが実現した。医学や生命科学の分野、またＡＩ（人工知能）の進歩は著しく、囲碁や将棋では人間はもはやＡＩには勝てないようだ。一方、核エネルギーの利用や「光速エンジン」搭載の宇宙船による太陽系脱出などは、オプティミスティックな幻想としか思えない現況である。

七九年三月二十八日、米国スリーマイル島原発で核災が発生した。それから七十日ほどのちの六月九日、荒正人は逝去した。

彼は、チェルノブイリや福島の核災を知らない。

(5)漱石研究年表を作成—晩年の四半世紀を傾注

法政大学文学部英文学科講師に就任し、『宇宙文明論』と『夏目漱石』を出版した一九五七(昭和三十二)年前後が、荒正人が評論家から漱石研究者に転じた時期と見ていいだろう。漱石論やその作品論を多数著しているなか、五四年に荒としては最初の「漱石年譜」を『夏目漱石全集 ⑪漱石伝記篇』(創芸社)のために作成した。

その後、二度の入院生活をするなど病に悩まされながらも、荒は「漱石年譜」に数次の増補を加え、七四年に『漱石研究年表』(以下、『年表』と記す)を集英社版『漱石文学全集』別巻として出版する。翌年、この業績によって第十六回毎日芸術賞を受賞した。

このときすでに『年表』は五百六十ページを超える大冊となっていたのだが、荒正人は「不明だったり、曖昧だったりする事項も労力を傾倒すれば必ず解決できるというのは、わたしの信念である」(『年表』あとがき)と言い切って、文献資料等の徹底した探索調査と問い合わせをさらに情熱的に続け、夏目漱石五十年の生涯をその日々までを明らかにしようとした。

没後に、次女の荒このみがエッセイ「ディクソンの辞書」を書いている。それによると、ある日のこと、

「すばらしいものが見つかったんだよ。ほら」

と言いながら愛用の茶の皮かばんから分厚いゼロックスの写しを取り出した父は、にこにこと実に嬉しそうな顔をしていた。東北大学の図書館で、夏目漱石の蔵書を調べていて発見したディクソンの辞書(共益商社・一八八七年刊)には、ほとんど全般にわたって余白にびっしりと漱石の手になる書き込みがされていたのだという。

そんな荒のエピソードを、没後刊行の『増補改訂漱石研究年表』(以下、『増補年表』と記す)の「後記」で小田切秀雄が紹介している。たとえば、

かれは漱石について分・秒まで明らかにしたい、といっていた。(略)

かれはわたしと同じ勤め先の大学(法政大学)の教授室でいつも電話の前に長時間座りこんで、かれ独特の厚い名簿を前にして北海道から鹿児島にまで電話をかけ続けている——それがみな漱石に関する問い合わせであった(学校でのかれの長距離通話料が月四十万円ほどになって問題になりかけたことがある)。

小田切秀雄「後記」からもう一カ所を引用する。

読んでいると作家漱石の日々のたたずまいがうかび上がってくるばかりでなく、作品製作とその時その時の作家の生活との関係もかいま見られる。豊富な関連事項の記述とあわせて読んでゆくと、年表形式による一種の漱石伝というようなものになっていると同時に、漱石中心の日本近代文学史でもある。

一九七九（昭和五十四）年六月九日、入院していた病院で六十六歳の生涯を閉じたとき、荒正人の枕辺には前夜まで書き込みを続けていた『年表』が開かれたまま置かれていたという。

作家研究に関しての画期的な方法の実施と、その成果とを示すライフワークに、彼の最後の二十五年間の日々が傾注されたのである。しかし、完璧主義者の荒正人は自分で納得できる「年表」が未完成状態であることを悔しがりながら死んだに違いないと、わたしは推察する。

十万坪の分譲地を予約した火星に別荘を建て、そこから地球を眺めることを実現できなかったことも心残りだったろう。

荒正人には二人の娘がいる。長女の植松みどりは、E・ブロンテとその『嵐が丘』などイギリス文学の研究者で、和洋女子大学名誉教授である。次女の荒このみは、女性とアフリカン・アメリカンを中心とするアメリカ文学の研究者で、東京外国語大学名誉教授である。

P・アンドラ著『異質の世界　有島武郎論』を姉妹で訳し、また、J・バロウ編『キャプテン・クック　科学的太平洋探検　大航海者の世界』は植松みどりと父との共訳である。英文学を専攻した正人にとって、こんな嬉しいことはなかろう。

書斎に残されていた『年表』の書き込み本十二冊と書庫から発見された書き込み本四冊を基本に、『増補年表』が没後五年の八四年に刊行された。

荒正人の全貌を知るためにも、時宜を得て『荒正人全集』が刊行されることを期待する。

〈主な参考文献〉
『荒正人著作集』全五巻（三一書房）
荒正人編集・本文校訂・解説『漱石文学全集』全十巻、別巻『漱石研究年表』（集英社）

【荒正人の年譜】

一九一三（大正二）年　一月一日、相馬郡鹿島町鹿島字町一三六番地で出生。本籍地は相馬郡中村町中野字北反町七〇番地。

一九三八（昭和十三）年　二十五歳　東京帝大文学部英吉利《イギリス》文学科卒業。中学校教師となる。

一九三九（昭和十四）年　二十六歳　小野原静枝と結婚。筆名、赤木俊を使用。

一九四四（昭和十九）年　三十一歳　四月二十七日、治安維持法違反により身柄を拘束され、未決のまま十二月二十七日釈放される。

一九四六（昭和二十一）年　三十三歳　「近代文学」同人となり、評論家として出発。

一九四七（昭和二十二）年　三十四歳『負け犬』『第二の青春』ほか刊、以後、多くの著述を出版。

一九五五（昭和三十）年　四十二歳　江戸川乱歩賞選考委員（第一〜十三回）。『市民文学論』

一九五七（昭和三十二）年　四十四歳　四月、法政大文学部英文科講師。『夏目漱石』『宇宙文明論』

一九六三（昭和三十八）年　五十歳　一九六九年まで福島県文学賞審査委員。

一九七四（昭和四十九）年　六十一歳　『漱石研究年表』刊、翌一九七五年第十六回毎日芸術賞受賞。

一九七九（昭和五十四）年　六月九日、永眠、六十六歳。法政大教授、日本ペンクラブ理事、日本文藝家協会理事。

6　鈴木安蔵《すずきやすぞう》

①　憲法学者　鈴木安蔵

(1)　“憲法”は小高生まれ―正義感強く弁論で活躍

正岡子規の門弟河東碧梧桐、国内を旅し『三千里』を著している。そのなかに次のよう記述がある。


十一月九日。曇。

朝、余生の墓に参る。（略）寒い風につれて時雨が衣《い》袂《べい》にこぼれる。

哀れなる人に時雨の句を申す余生の寡婦其遺子にも会ふ。

我を見て泣く人よ寒し　　我も泣く

一九〇四（明治三十七）年二十二日、余生・鈴木良雄は二十七歳の短い生涯を閉じた。俳句仲間の駒村《くそん》・大曲省三がただちにその悲痛を碧梧桐に伝えたところ、碧梧桐は二月十六日付けの書簡と「余生子を悼む」とを駒村に送り届けている。

こんな経緯があって、碧梧桐は二年後の秋、三千里の旅の途次に仙台から引き返して、小高を訪れ、枯檜庵（駒村宅）で句会を催し、余生の墓を詣でたのである。

「余生の寡婦其遺子」とは、妻ルイ、娘テル、息子安蔵の三人である。そして、「我を見て泣く人」とは、父の逝去二十日のちの三月三日に生まれて、まだ二歳の鈴木安蔵、のちの憲法学者であり、「日本国憲法」の原案となった「憲法草案要綱」起草の中心人物である。


一九一五（大正四）年、駒村が編集・装幀し経費も負担した『余生遺稿』が出版された。このことは、父を知らない十一歳の安蔵にとって誇らしい出来事だったにちがいない。

鈴木安蔵は、七十歳のころに書いたエッセイ「阿武隈山脈のふもと」のなかで、彼が小学校時代に詠んだ俳句として「見返れば墳墓は見えず蟬しぐれ」を挙げている。父の墓地での感懐を詠んだ句かもしれない。父に倣って句作を試みたのだろうか。それにしても、大人顔負けの句である。


憲法学者、鈴木安蔵は相馬郡小高町で生まれ育った。

一九〇二年に父良雄といっしょに入信したプロテスタントの家族とともに、毎週、彼は小高日本基督教会にかよい、八歳から十五歳のあいだ、のちに日本農民組合の創設者、衆議院副議長となる杉山元治郎牧師の教えを受けた。

かつての鈴木家は相馬藩の御用商人として、江戸をはじめ各地と交易をしていた。しかし、祖父武雄の代に持ち船が難破して財産を失い、また安蔵が生まれる直前に父が他界するなど不幸が重なった。そのため、相馬中学校（相馬高等学校の前身）の生徒だったときの作文「我が家」に書いているように、彼が子どものころの一家は「ささやかなる雑貨を商」って暮らしていた。こうした事情があって、安蔵少年の将来の目標は、「再び盛んなりし昔の我が家に返さん」とすることであった。

相馬中学には、のちにいとこの間柄になって互いに敬意を抱き励ましあった二歳年長の平田良衛が在学していた。安蔵は猛勉強をする一方で、野球部・剣道部・弁論部でも活躍した。とくに、弁論部では顧問の俳人菅又元之介の指導を受けて、東北と福島県の弁論大会で優勝を重ねた。

三年生のときには級友たちのリーダーとなって、上級生による下級生に対する暴力的制裁を追放しようと「抗議書」を校長に手渡して、三日間の同盟休校（ストライキ）を決行した。それを受けて学校側はリンチを禁止し、校内での暴力は一掃されたという。安蔵は信仰とヒューマニズムに根ざした正義感のつよい少年だった。

相馬中学校第二十回生として、一九二一（大正十）年に優秀な成績で卒業した鈴木安蔵は、仙台の旧制第二高等学校に進学する。

のちのことになるが、江戸文学研究者だった大曲駒村が一九四三(昭和十八)年に他界すると、その年の『書物展望』五月号は、「特輯　大曲駒村老追悼」を組んだ。その追悼号に、鈴木安蔵は七ページに及ぶ「駒村さんのことども」を寄稿して、父のいない自分の成長を見守ってくれた駒村への感謝の思いを語っている。

駒村だけではなく、まわりの人びとに恵まれたことは、青少年期の彼にとって幸いなことであった。

(2)　社会矛盾の解消志す──学連事件で起訴される

鈴木安蔵は、一九二一(大正十)年に、仙台の旧制第二高等学校文科甲類(ドイツ語専攻)に進学した。

姉テルもまた、亡父の遺志に従って、小高基督教会杉山元治郎牧師の援助を得て、一九一六年から宮城女学校で学んでいたが、同じ四月に、専門部聖書科に進学した。ところが、ほどなくして病を得たテルは、かねてからの希望だった米国への留学を断念して、闘病のかたわら、小高町での伝道活動を始めた。

安蔵は、二高では土井晩翠にも学んで、その最後の授業を受けたという。彼は読書に没頭した。なかでも、身につけたドイツ語の語学力を生かして、新カント主義哲学に熱中した。

当時は、マルクス主義を研究するための社会科学研究会(略称、社研)が多くの大学や高校などで組織されていた。こうした状況のなかで、安蔵もまた社会問題への関心を深め、貧困など社会的矛盾をなくすために生きるにはどうすべきかをより深く考えようとして、関東大震災の年、一九二三年結成の「第二高等学校社会思想研究会」に参加した。

大学への進学をまえにして、文学者、哲学者のいずれをこころざすべきか悩んだすえ、京都大学文学部哲学科を選んだ。

一九二四年四月、京大に入学した安蔵は、二高でそうしたように、「京都帝国大学社会科学研究会」に参加する。この社研での学習をとおして、社会の矛盾をとり除くためにはマルクス主義の研究が欠かせないと考えた彼は、経済学部へ転部した。

この前後に、故郷の家族にかかわる大事がつづいた。一九二五年二月十八日、母ルイが四十代の若さで死去して、四月には姉テルが広瀬武之介と結婚、母が経営していた小高町の林商店を引き継いだ。

鈴木安蔵の家は、母ルイと姉テルとの母子家庭であった。

そのこともあって、母ルイの妹なつが嫁いだ平町の弁護士、新田目善次郎の家族たちとの交歓も、安蔵の大きな支えだった。

新田目家の人びとが一九二〇年以降に書き送った鈴木安蔵宛書簡集と言うべき資料、平田良編『書簡集 人間にほふ新田目家の一九二〇〜三〇年代』（一九八四年・書簡集人間にほふ刊行会）を読むと、両家の人びとの親密さがよく理解できる。編者の平田良は、安蔵の長女鹿島理智子から父の遺志として、これらの書簡を托されたのだそうだ。平田良の父は農民運動家の平田良衛である。

二〇〇四年開催「鈴木安蔵先生生誕百年記念シンポジウム」で、安蔵の次女、川井耿子《けいこ》は父を次のように語っている。

父のお父さん、つまり俳人でもあった余生さんは、父が生まれるまえに亡くなりましたし、母親も早くに亡くなって、寂しい気持ち、孤独な気持ち、そういうものを人一倍感じていたんだと思います。でも、いろいろ援助してくれる温かい親戚がいて、それから姉のテルさんとはとても仲が良くて、そういう温かい愛情には守られていたと思うんです。

そんななか、一九二六年一月十八日に、鈴木安蔵は逮捕された。いわゆる「学連事件」に連座したのである。長い苦難の日々のはじまりだった。

ここで、治安維持法と学連事件の概略を述べておこう。

一九二五年、治安維持法が施行された。その条文には「国体ヲ変革シ又ハ私有財産制度ヲ否認スルコトヲ目的トシテ結社ヲ組織シ（略）之ニ加入シタル者」を対象に「十年以下ノ懲役又ハ禁錮ニ処ス」とあって、共産党対策を目的として、ほぼ同時に成立した普通選挙法を国家の側からサポートする法律だった。ところが、共産党は、一九二四年三月に解散声明をし、一九二六年の暮れに再建するまで、壊滅状態だったのである。

矛先を失った官憲が、一九二四年九月に結成したばかりの日本学生社会科学連合会（略称、学連）に加盟する大学などの社研を標的にした事件が、学連事件だったと言えよう。言論・思想・結社を弾圧する治安維持法適用の最初の事件である。

一九二六年一月十四日、新聞記事掲載差し止め措置をおこなったうえで、翌十五日、東京検事局は、学連加盟の学生などを治安維持法違反で逮捕を開始した。鈴木安蔵の逮捕は十八日だった。以後四月まで全国的に社研会員を検挙した。

予審の決定に伴って、八カ月後の九月十五日、ようやく新聞記事掲載差し止め措置が解除されて、十六日の各紙が事件を報道した。十八日、鈴木安蔵をふくむ京大、同志社大、東大生など三十八名が治安維持法・出版法違反、不敬罪で起訴された。

一九二七（昭和二）年五月三十日、第一審の京都地裁は、三十七名を治安維持法違反で有罪とし、鈴木安蔵には禁錮十カ月の判決だった。人びとの幸せのためにと行動したことが国法上の犯罪とされたことに、二十三歳の安蔵はショックを受けた。彼は、控訴するとともに、京都大学を自主退学した。

(3)　獄中で憲法書を読破—戦後に成果が実を結ぶ

一九二七（昭和二）年五月三十日、一審の京都地裁は、鈴木安蔵に、治安維持法違反で有罪、禁錮十カ月と判決した。鈴木安蔵はただちに控訴した。その後の経過を記しておく。

一九二九年十月二十日に『第二無産者新聞』での活動が治安維持法違反とされ、再逮捕される。同年十二月十二日、大阪控訴審は鈴木安蔵を有罪、禁錮二年と判決。大審院に上告。翌一九三〇年五月二十七日に大審院が上告を棄却し、有罪が確定する。市ケ谷刑務所、豊多摩刑務所に収監され、一九三二年六月十七日出所する。一九三四年三月十六日に、小菅刑務所に再入所し、一九三五年一月二十日に出所した。

マルクス主義を研究しようとしたことによって、マルキシストでない者が、都合八年間も苦難の日を生きることになった。

京都地裁の判決があった半月後の一九二七年六月十六日、二十三歳の鈴木安蔵は、栗原俊子と結婚した。俊子の兄である佑は、旧制二高、京都大学で安蔵と学友だった。俊子の父栗原基は仙台市出身で、土井晩翠とは二高で、吉野作造とは二高と東大で学友だった。内村鑑三の影響を受け、吉野作造を受洗させたという。京都三高と同志社女専の教授をした。家族がキリスト者だったこともあって、佑の家をしばしば訪ねているうちに。俊子と知りあったのだろう。

安蔵は、河上肇に『社会問題研究』の編集を委されたり、産業労働調査所に勤務して収入を得、憲法学、政治学の研究を始めた。しかし、それだけでは不足して、姉テルや栗原家の援助を得て暮らしが成り立っていたようだ。

つねづねテルは安蔵に「あなたは。好きなことをしなさい。私はいくらでも援助してあげるから。好きなことをやるということが、自分のために本当にいいのだから」と言っていたという。また、「岳父栗原基をしのぶ」を書いて、安蔵は「（学連）事件でとらわれるや、岳父の寝食を忘れての救援活動は、ただただ頭の下るのみである。（略）岳父の心のはげましに、どんなに力づけられたかは、ここにしるすこともできない。わたくしの今日までの学問的業績の基礎は岳父の物心両面にわたる支援なくしては不可能であった」と感謝の思いを語っている。

妻俊子は、獄中の夫が要請した書籍を求めて子供をおぶって古書店を捜しまわり、独学でロシア語を学んで社会科学の文献を翻訳し、夫の研究を助けた。

こうして資料の提供を得て、安蔵は国内外の憲法学者による憲法に関する著書のほとんどすべてを獄中で読破したという。ここで得たものをもとに、憲法学を確立するための研究をすすめたのである。そのかたわら、彼は当時の思いを五百首を超える短歌に托した。

一方、俊子は、当時は女性が働くことがたいへんな時代だったが、習得したロシア語で原典から学んで、労働者階級の子供たちを預かり、お母さんたちに働きやすい環境を提供する運動を始め、一九三二年に「無産者託児所」を設立した。

俊子は、「女も手に職を持たなければいけない。夫だけに頼っていては駄目だ」「英語をやりたいなら、それを武器にしなさい。武器として使えば、女も自立できるんだから」と三人の娘たちに言っていたという。

長女の理智子は、「母の頭のなかには、女性の自立ということがいつもあったのだと、思います」と言い、晩年の安蔵の口癖は「お母さんにはずいぶん苦労させ、迷惑をかけた」だったと語っている。

出獄後の鈴木安蔵は、上野図書館に通うことを日課とし、独学で憲法の研究を続けた。こうして、一九三三年、最初の著書『憲法の歴史的研究』を出版した。社会科学としての憲法学を新たに樹立するという、日本憲法学上の記念碑的意味を持つ著書だ。しかし、それは民衆・国民の側に立つ憲法学だったため、即日発売禁止処分を受けた。さらに安蔵は、一九三七年、立憲主義を空洞化する天皇制ファシズムを批判した時評論文を集めた『現代憲政の諸問題』を出版したが、これも出版法違反で罰金刑の有罪となった。

一九三一年に満州事変があり、十五年戦争の時代のなかで、論文の多くは実名で発表できなくなり、安蔵は名前を隠すために「小高良雄」の変名を用いた。言うまでもなく、「小高」は生まれ育った故郷の名であり、「良雄」は彼の父の名である。彼の思いがうかがえよう。

一九三五年に日本芸術振興会第九小委員会の助手に、一九三七年に衆議院憲政史編纂会委員に就任して、憲法の歴史を調査・研究する過程で、鈴木安蔵は、明治期の自由民権運動のなか各地でさまざまな私擬憲法が作成されたことに気づいた。たとえば、高知の植木枝盛《うえきえもり》が、「大日本帝国憲法」公布に先だつ一八八一(明治十四)年に、二百二十条からなる私擬憲法「東洋大日本国国憲按」を起草していたことを知る。このことは、戦後の「憲法草案要綱」作成の基礎になった。

鈴木安蔵は、苦難の日々を逆手にとって、学問的成果を蓄積して、それを戦後に確かなものとして結実させたのである。

⑷　憲法草案要綱を起草—民主主義革命実現願い

一九四五（昭和二十）年八月三十日、連合国最高司令部（GHQ）ダグラス・マッカーサー元帥が、コーンパイプを口にして、厚木飛行場に降り立った。

日本は被占領国になった。

十月十一日、マッカーサー元帥は、幣原《しではら》喜重郎《きじゅうろう》首相に、憲法の自由主義化改革を要求した。これをうけて、政府の憲法問題調査委員会（松本烝治委員長）が発足する。

これに先立つ九月二十二日、都留重人《つるしげと》（経済学者）とハーバート・ノーマンが鈴木安蔵宅に来訪して、憲法改正案を作成するよう求めた。『日本における近代国家の成立』の著者、ノーマンは日本生まれのカナダの外交官だが、当時はGHQに出向していた。さらに、十月二十九日、高野岩三郎《たかのいわさぶろう》（東大教授、統計学）が鈴木安蔵に「民間で憲法制定の準備をする必要がある。あなたは専門なので、ぜひやるように」と誘った。同席していた室伏高信《むろふせこうしん》（ジャーナリスト、評論家）の斡旋《あっせん》で「憲法研究会」が組織された。

鈴木安蔵は「ポツダム宣言」に基づいて「大日本帝国憲法」を廃止して、新しい憲法を制定・施行することによって、この国に民主主義革命を実現しようと考え、憲法研究会に参加したのである。

十一月五日、憲法研究会が発足。メンバーは、高野岩三郎を会長に、室伏高信、杉森孝次郎《すぎもりこうじろう》（早大教授、文芸評論家）、森戸辰男（東大助教授、社会学）、岩淵辰雄《いわぶちたつお》（ジャーナリスト、政治評論家）、鈴木安蔵の六人。のちに、馬場恒吾《ばばつねご》（ジャーナリスト）ほかが参加した。憲法学者は鈴木安蔵ひとりだけだった。

十二月二十六日、第六回憲法研究会で、鈴木安蔵がまとめた「憲法草案要綱」を検討、決定して、首相官邸、官邸記者室、GHQに届けて、発表した。

「憲法草案要綱」を起草するにあたって、鈴木安蔵が参考にしたものはなにか。鈴木安蔵研究の第一人者である金子《かねこ》勝《まさる》（立正大学名誉教授・憲法学）によれば、一七八九年の「フランス人権宣言」、一七九三年フランスの「ジャコバン憲法」、一九一九年ドイツの「ワイマール憲法」、植木枝盛の「東洋大日本国国憲按」などだという。

鈴木安蔵が起草した「憲法草案要綱」は八項目・五十八

条からなっていて、そのおもな内容は次のようなものだった。「根本原則（統治権）」では、天皇の統治権を否定して、「国民」と「国民主権」を創設した。

「国民権利義務」では、一切の差別を廃止し、国民は法の前に平等で、言論・学術・芸術・宗教の自由、請願・発案・評決の権利、労働報酬を得て生活を保証される権利（基本的人権）を持ち、労働し、民主主義・平和思想に基づく人格形成をし、諸民族との協同に努める義務を持つなどとしている。

「議会」では、満二十歳以上のすべての国民は選挙権・被選挙権を持ち、直接民主選挙を行う。過半数の国民投票によって議会を解散、議会決議を無効にできるなどとしている。

このほか、内閣、司法、会計及財政、経済、補則の各項も定めている。

一九四六年、GHQは、憲法研究会の「憲法草案要綱」を英訳し、ラウエル中佐らが詳細に検討し、これを基にして二月三日に「日本国憲法草案」を起草し、日本語訳を開始した。この過程で、日本を〝故郷〟と意識するベアテ・シロタ・ゴードンが、GHQ民政局人権小委員会のスタッフとして関与し、「女性の権利」など画期的な人権条項を提案していることを記憶にとどめておきたい。

他方、政府は二月八日、「大日本帝国憲法」〝焼き直し版〟と言うべき「憲法改正要綱」（松本試案）を提出したが、GHQはこの前近代的な改憲案を拒否し、政府に「日本国憲法草案」を参考にした改憲草案を作成することを要求した。これに従って、政府は四月十七日「憲法改正草案正文」を発表した。

七月二日に極東委員会（連合国対日最高政策決定機関）が新日本国憲法の基本原則を採択し、九月二十四日の衆議院は、憲法改正案を修正可決した。

こうして、鈴木安蔵が起草した「憲法草案要綱」を原案とした「日本国憲法」が十月七日の衆議院で成立し、十一月三日に公布、一九四七年五月三日に施行の運びとなったのである。

日本国憲法は、占領軍による押し付け憲法だと言う人びとがいるが、当時の日本政府に近代憲法を制定する能力と態勢がなかったためのことであって、もしも憲法学者鈴木安蔵がいなかったと仮定すると、それこそ、GHQによる押し付け憲法になっていたにちがいない。

大澤豊監督が、鈴木安蔵を主人公にして二〇〇七年に制作した映画「日本の青空」は、日本国憲法制定の過程をわかりやすく描きだしている。

(5) 民主憲法のため尽力—過去省みて学生を指導

憲法学の研究に取り組むかたわら、一九三〇年代から鈴木安蔵は短歌に親しむようになって、その後も歌作を続けた。延べ数で六百首を超える短歌に加えて、少数の俳句と詩をふくむ「歌稿」が残されていて、鈴木安蔵が、何度か歌集の出版を試みたことがうかがえる。戦前最後の「歌稿」である「歌集　愚咏抄（試稿本）」には「昭和十五年（一九四〇年）十一月二十五日」と日付があって、その巻末に次の記述がある。

一定の歌は除外せり。これ歌の拙なるためよりもかくタイプに打ち人に示す場合止むを得ざる事情にせまられてのことなり。

出版物への検閲が歌集などにまで厳しくなっていたことが察せられる。

収載されている一九三八年作の二首。

・たゞ一つそのためにこそ生きて来し道も暗しと誰にか告げむ

・これやこの我が来し道よ行く道よ何を荊棘と嘆かふべしや

一九三九年元旦の詠歌。

・新しき年は来れど風寒き夜毎々々を悲しみて寝る

このあとの五年間の鈴木安蔵の「歌稿」は残されていない。それは、歌作をやめたためではなく、詠んだ歌を公表できなかったということだったのか、あるいは、戦後に自己検閲して削除したのかもしれない。

戦後の鈴木安蔵は、旺盛に著述活動を展開し、数多くの著書を上梓した。

学会でも、一九四六年に憲法普及会理事、一九四八年に日本政治学会理事、一九五二年に日本公法学会理事に任命されるなど、幅広く活動した。いくつかの大学からも誘いがあったものの、戦後五年間ほどは辞退し続けたという。理由は、戦中の立ち位置に関する自己批判に基づく対処のようである。

欧米諸国によるアジアの植民地化に抗して、日本は一九四〇年に「基本国策要綱」を定め、東南アジアの広域ブロックを「大東亜共栄圏」と称し、日本を盟主として諸国が共存共栄するための「新秩序」建設をすすめようとした。しかし、この方針は名目的なもので、実質は武力統治圏を拡張しようとするものであった。そして一年後に太平洋戦争を開戦したのである。

鈴木安蔵は、貧困や差別などの社会的矛盾を解消するにはどうすべきかという思いを早くから抱いてきた。アジアの人びとを苦しみから救いたいという希望が、大東亜共栄圏建設という国策にからめとられてしまったのだろう。彼の戦中の著書『政治文化の新理念』（一九四二年）には「日本が大東亜共栄圏建設の指導、中核国家たるべきことは、あらゆる点よりみて絶対的客観性を有している」などの主張が述べられている。

こうした自らの過去に対する反省に立って、鈴木安蔵は、大学で学生たちを指導した。そして、社会的に恵まれていない人びとの幸せを考え、すべての戦争を否定し、国民の基本的人権を保障した民主的な日本国憲法の普及と、それを護ることに尽力した。

一九五一年十二月に静岡大学文理学部の講師、翌月に教授、五四年に五十歳で文理学部長となった。その間、五二年に愛知大学法経学部兼任教授、翌年に同大学大学院法学研究科兼任教授となった。

また、六二年に日本民主法律家協会・憲法委員会委員長、六四年に憲法理論研究会の初代代表、六五年に憲法改悪阻止各界連絡会議の初代代表になった。

六七年に静岡大学を退職して、同大学名誉教授となり、七〇年から七六年まで立正大学教養学部の教授だった。そして、八三年に愛知大学大学院教授を辞職、一切の職を退いた。一九八三年八月七日、満七十九歳の生涯を閉じた。

翌八四年、青山霊園内の解放運動無名戦士墓に合葬された。

一九〇六（明治三十九）年の旅の途次に河東碧梧桐が詣でた鈴木家の墓所は、小高い丘の中腹にある。そのため、百五年後の二〇一一年三月十一日に発生した東日本大震災では、墓石が倒れるなどの被害をうけた。町なかの鈴木安蔵生家の土蔵も破損した。いまは無住になっている生家をどのようなかたちで保存できるのか、その目途がまだ立っていない。

大震災は、地震と津波による大被害をもたらしたうえに、東電福島第一の核災という深刻な人的災害をも惹起させた。高線量の放射性物質が飛散し、帰還困難区域、居住制限区域等が設定され、鈴木家の人びとをはじめ、多くの住民は、核災発生から満八年になろうとしているいまも、避難を強いられている。

「憲法草案要綱」に「国民ハ健康ニシテ文化的水準ノ生活ヲ営ム権利ヲ有ス」という条文を書き込んだ鈴木安蔵が、この現況を目のあたりにしたなら、どんなことばを言うだろう。

二〇〇四年に「鈴木安蔵生誕百年シンポジウム」を南相馬市小高区で開催した。

私たちが私たちの権利を主張しつつ生きることが、護憲につながるのである。

◇　◇

本稿について、読者からいくつかのご指摘を頂いた。まだ確認できないでいることもあるので後日、報告したい。

【鈴木安蔵の年譜】

一九〇四（明治三十七）年　三月三日、小高町生まれ。父良雄の死去二十日後の出生
一九二四（大正十三）年　二十歳　京都帝国大学文学部入学。「社会科学研究会」入会
一九二五（大正十四）年　二十一歳　経済学部に転部。母ルイ死去。姉テル結婚
一九二六（大正十五）年　二十二歳　最初の治安維持法違反事件「学連事件」で逮捕
一九二七（昭和二）年　二十三歳　京都大を自主退学。栗原俊子と結婚
一九二九（昭和四）年　二十五歳　河上肇に師事、憲法学、政治学の研究を始める
一九三〇（昭和五）年　二十六歳　学連事件の上告棄却、服役二年。獄中で憲法学を研究
一九三三（昭和八）年　二十九歳　『憲法の歴史的研究』を出版するも即日発売禁止
一九三四（昭和九）年　三十歳　『日本憲法学の生誕と発展』刊。以後、著書多数
一九三七（昭和十二）年　三十三歳　衆議院憲政史編纂会委員
一九四五（昭和二十）年　四十一歳　憲法研究会幹事役。「憲法草案要綱」公表
一九四六（昭和二十一）年　四十二歳　憲法普及会理事。以後、諸会の委員長等を歴任
一九五二（昭和二十七）年　四十八歳　静岡大学教授。以後、愛知大学、立正大学教授を歴任
一九六七（昭和四十二）年　六十三歳　静岡大名誉教授
一九八三（昭和五十八）年　愛知大大学院教授辞職。八月七日、逝去。七十九歳

②　鈴木安蔵「歌稿」について

福島県南相馬市小高区生まれの憲法学者、鈴木安蔵（一九〇四年三月三日～一九八三年八月七日）は研究のかたわら、短歌を吟じた。その「歌稿」は、遺族からの寄贈を受けて、生地の南相馬市小高区にある埴谷島尾記念文学資料館が収蔵している。

「歌稿」は、十の部分から成り立っていて、タイプ印刷されている「愚詠抄」以外は、すべて自筆稿である。その紙数

と、それぞれの編集年月日は、次のとおりである。

1. 歌集「初夏」稿本　三四枚　一九三三年五月二十一日
2. 色紙（俳句寄せ書き）　一枚　一九三三年八月十六日
3. 歌信二つ—ふるさとの友へ—
　五枚　一九三七年五月十五日
4. 歌稿一（五分冊）　一五四枚　一九三七年五月二十一日
5. 歌稿二　一八枚　一九三九年四月二十七日
6. 現身抄　一六枚　一九三九年春
7. 愚咏抄（試稿本）（タイプ印刷）三三ページ
　一九四〇年十一月二十五日
8. 秋雨　七枚　一九四五年以後
9. 君が眉　五枚　一九五六年か
10. 九月二十五日出発（日本社会科学者訪朝団に参加）
　三五枚　一九七一年十月か

これらの「歌稿」は、「初夏」から「愚咏抄」までの一九三〇年代に制作された作品（Aブロック）と、「秋雨」以下の戦後作品（Bブロック）とに大別できる。

Aブロックの中核になるものは「初夏」「歌信二つ」「歌稿一」「歌稿二」である。そして、これらのなかには重出しているる作品があって、延べ数では短歌六六二首、俳句五八句、詩二篇、それに、削除されている短歌二四首、俳句一三句が記されている。これらの作品を改作、あるいは削除、あるいは追加して編集し、短歌七九首（削除一九首）で構成したものが「現身抄」であり、さらに編集しなおして短歌一二九首と詩三篇（削除二首）をもって一冊にしようとしたものが「愚咏抄（試稿本）」である。

＊以下、この小文では引用歌の表記は「稿本」にしたがったが、新漢字に改めた語もある。ルビも「稿本」のままである。

鈴木安蔵は、一九二四年に京都帝国大学文学部に入学すると「社会科学研究会」に入会し、治安維持法が制定された翌一九二五年には経済学部に転部した。

この一九二五年は、鈴木安蔵の生涯のおおきな転機となった年である。安蔵の父良雄は、安蔵が生まれるわずか二十日まえに二十七歳で死去したため、安蔵は父を知らない子で、家族は母ルイと三歳年上の姉テルとの三人だけだった。その母が二月十八日に死去し、さらに、姉テルが広瀬武之介と結婚して、生家の林商店を継いだのである。

つづく一九二六年一月十八日、二十二歳の鈴木安蔵は、制定後最初の治安維持法違反事件「日本学生社会科学連合会事件（京都学連事件）」で逮捕される。一九二七年五月三十日、京都地裁は有罪、禁錮十カ月と判決する。鈴木安蔵は京大を自主退学。同年六月十六日、栗原俊子と結婚する。俊子は、吉野作造と学友だった栗原基の娘であり、その兄の佑と安蔵とは京大での学友だった。

一九二九年、二十五歳の鈴木安蔵は、河上肇に『社会問題研究』の編集を委され、憲法学、政治学の研究を始めたものの、同年十月二十日、『第二無産者新聞』における活動を「治安維持法」違反であるとして中野署に再逮捕された。十二月十二日、大阪控訴院は禁錮二年の有罪と判決する。一九三〇年五月二十七日、上告が棄却されて、鈴木安蔵は市ヶ谷刑務所、豊多摩刑務所で二年間服役した。

歌稿「初夏」の冒頭に「余が歌に没入しそめしは一九三二年初夏のことなりき。歌集を編まんと志せしは一九三三年初夏なり」とある。また、「歌稿一」の「詞書き」のひとつには「一九三〇年秋以後豊多摩の獄にて過ごす。始めて歌作に親しむ」とある。獄中で憲法学を研究するかたわら、歌作に親しむこととなったのである。

この期間の作品から五首を挙げよう。

冬の陽の斜に射したる獄壁に我が影長し我は凭りをり
霧晴れて青く澄みたる初冬の大朝空を鳩一羽ゆく
しんしんと更けゆく夜半の牢獄にべうべうと吠ゆ悲し犬の声
鎧戸をとざせる後の静けさに野末の風の吹きわたるかも
ぬばたまの暗みのひとやの独り居を憤りつゝ過ぐし来にけり

刑期の終わりが近づいて詠んだ「出獄近し」の二首。

三年を主なき部屋の文机に帰るべき日となりにけるかも
はらからら夕餉の卓に集ひ寄り朗ら笑はん宵は近しも

一九三二年六月十七日に出獄した鈴木安蔵は、獄中での研究成果を一年後の一九三三年六月二十日に『憲法の歴史的研究』として大畑書店から出版したが、即日発売禁止処分を受けた。

平行して、獄中で詠んだ歌を中心に「初夏」の稿本を作成して、その作者名を「小高良雄」とした。小高とは故郷の町名であり、良雄とは亡き父の名である。鈴木安蔵は、この時期にしばしば筆名「小高良雄」を用いている。

出所してわずか一年九カ月後の一九三四年三月十六日、小菅刑務所に再入所し、翌一九三五年一月二十日、刑期を終えて、三十一歳で出所した。このような理由から、一九三〇年代前半の鈴木安蔵の短歌の過半数は獄中吟なのである。

獄中ではどんな生活をしたのか。紙風船つくりや麻縄ないなどの作業を課せられ、厳しい監視があった。

夜をこめし災は雪となりにけり風船を貼る指の冷たさ

今日の日も麻縄綯ひに暮れにけり監房の壁に暗き我が影

懲役の独居坐業も早や六月麻縄綯ひも上手になりぬ

堪へかぬる暑さの宵は歌もなし汗拭ひつゝ黙然とをり

疲れ果て本さえ読まず監房の壁に呻いて就寝を待つ

陽の射さぬ監房にも慣れて常のごと起き臥ししつゝ思ふこともなし

「典獄の許可がなければ駄目だ」と六度の近視眼鏡も取り去られたり

医者とさ《ママ》話合ってもジロ〳〵と見廻りに来る看守の性《さが》よ

「転向せねば厳重に刑を執行する」と戒護主任は答へたりにき

その一方で、つぎのようなこともあった。

囚人の心になって世話をする看守に会へば心和む

「主義に生きるも尊いが牢屋などには来なさるな」と言ひたる人は懇ろなれど

懇ろの医者のみとりに此の日ごろ我がいたつきも静もりぬらし

獄舎にいてまず思うのは家族のことだったろう。亡母ルイを詠んだ三首。

たらちねも死に逝きにけりふるさとを恋ふる心も消えはてにけり　（一九二五年作か）

その子ゆゑ二十一年堪へ来しに子が業見ずにみまかりし母よ　（一九三五年）

嘆けども逝きにし人は帰り来ずひとり寂しき我れとなりぬる　（一九三九年）

一九三二年の出獄をまえにしての歌と、帰宅した日の日記に記された歌。

青々と芭蕉の若葉眼に映ゆる家に子らありて我を待つとふ

疲れたる妻の手を借り整へし破れ寝台にしみじみと寝し

鈴木安蔵には、理智子、耿子、露子という三人の娘がいる。それぞれを詠んだ歌を一首ずつ。併せて、姉のテルを詠んだ歌から一首。なお、テルは瑛女《てるじょ》と号して多くの俳句を遺している。

この暁《あさ》を病みし子ゆゑに醒めをれば我が愛憎は澄み透りけり　（一九三三年）

沁々と子をいつくしむこゝろなり子が爪剪りて顔洗ひやる　（一九三九年）

幼な子を抱きて余念なかりけり枯草のほとり薔薇咲き残る　（一九三九年）

弟を恋ふる一人の姉あれどわれらが家に招く日もなし　（一九三〇年ごろの作）

平田良衛（一九〇一年～一九七六年）は、当時の金房村小谷生まれで、相馬中学と第二高等学校の先輩であるだけでなく、良衛の妻マツの母であるなつは安蔵の母ルイの妹なので、安蔵と良衛とは従兄弟という同柄になった。二人は互いに認め合い、励まし合った。

一九三二年、平田の逮捕を聞いて

帰りゆく争ひしげき人の世に友なき今は心寂しき

一九三四年、平田の保釈を聞きて

久にして帰へりし家に妻病むと言ひ来し君に何を告げやらむ

出獄後二年ほどを平田が生家で暮らしたことを、のちに

国見山向ひてあれば幾年を此処に耐へ果し友ぞ恋ひしき

と吟じている。国見山は小高の西方に望める阿武隈山地の一峰である。

獄中では、恩師や同志を思って詠んだ。

よき人のよきを思へば現世の寂しさすらも忘れしものを　（哀悼吉野作造先生、一九三三年・改稿）

ゆくりなく恩師を見つは見つれども語るすべなし、ひとやの中は　（仝じ獄に河上博士もあり、一九三四年）

病む床に今なほ臥すかひとやにて風寒き夜は君を思ふなり　（大塚金之助氏に寄す、一九三四年）

皎々と月澄み照れる野の涯に君行きしまゝ帰らずなりぬか　（亡友野呂栄太郎君を悼む、一九三四年）

牢獄に囚はれの身は死に際に見舞ひまつらむすべも無かりし　（櫛川民蔵氏の訃に接して、一九三五年）

一九三四年に詠んだ「九月二日　前夜来防空演習なり」との詞書きがある五首から、三首を選んでみた。

　戦争の危機北満に迫りたり獄も燈火管制に入る
　嵐の夜敵機来ると告ぐるらしサイレンの音鋭く聞ゆ
　ワシントン条約廃棄の通告に決すとふ太平洋の波高からんとす

この国の一九三〇年代は、その後の十五年におよぶアジア太平洋での戦争という破滅に向かって踏み込んだ時期である。

一九三一年九月十八日、関東軍は中国北東部で中国軍との戦闘を開始した。満州事変である。三二年五月十五日、海軍将校らが犬養毅首相を射殺。五・一五事件である。そして、三三年三月二十七日にこの国は国際連盟を脱退、三四年十二月三日にアメリカに対してワシントン海軍軍縮条約の廃棄通告をおこない、三六年一月十五日にはロンドン軍縮会議から脱退して、軍備の拡張と国際的な孤立とをすすめた。この間、三五年八月三日、岡田内閣は「国体明徴」を表明した。

こうした時代の動向は獄中にも伝えられていた。鈴木安蔵のような人びとにとっては、出獄後には獄中とはまったく異なった生きにくさが予想される事態が次第に深刻になってきていたため、そうした思いを反映した短歌がこれ以後に多くなった。

一九三四年には、「歴史の必然に沿ふて」「人類の未来のために闘ふわれら」との思いを確認しようとするかのように、類歌がくりかえし詠まれている。

　幾度びか躓きもした僕たちだけれどもそれに挫けるものか
　人間の一身捨てゝする仕事達成出来ぬ筈があらうか
　懲役で鍛へられたる我れらには孤独も蹉跌も打撃にならぬ
　秋の夜の獄燈の下思ひは尽きず堪へしのび待つ実行の日を
　あゝ未来！　思ふだに我が胸躍る獄の夜の秋の大気のこの爽やかさ

そして、出獄まえの思いを次のように詠んだ。

　来む春は我が家の庭に萩植えむ秋風吹かば咲かむ白萩
　秋すでに終りとなりて殊更らに我が行く道を思ひめぐらすも
　待ち望み望み待ちける出獄の朝来りぬと躍りて起きぬ

豊多摩刑務所を出所した翌三三年八月、月遅れの盂蘭盆会に帰省した。そのときの「郷里の海岸にて」から四首。

黄昏の海原暗し砂山につくねんとして潮騒を聴く
森閑と独り醒めたる夜の底に轟く海の音の悲しさ
どんよりと垂れたる雲の下にして黒潮ぬるくうねりやまぬも
秋の夜の深夜の街に鳴る自動車《くるま》音冴え冴えと響く哀しさ

このとき、帰京を前にした八月十六日、半谷絹村や姉の瑛女らと、魚人という俳号で、色紙に俳句の寄せ書きをしている。

一九三八年「三月十六日帰省」のときの歌。

人ごみの三等列車の片隅に愛憎の念もしまし忘れつ
昨日まで喚き叫びし事柄の大方消えて汽車ひた走る
山峡の彼方に海は澄みて見ゆ春の光はみなぎらひつゝ
久方の空には陽光《ひかり》輝やきて大海原は遠く澄みをり
家を出で独り歩めば眉近き国見の山よ空のかなたよ

一九三九年「三月三十一日帰省」のときの歌。

吾が母が吾れを生ませしふるさとに帰り来れば幼児のごと
ふるさとのなまり次第になつかしく耳に入り来る夜の三等車
帰り来し町に父なく母もなき身と老ひづきぬ何時ともなく
煩いの都離れて心やゝ和ぎぬうし静かに眠る
いさかひし夜の思ひ出もなつかしや遠く離れて出でし旅路に

一九三六年二月八日、「亡母と特に親しかりし叔母の葬式」があった。この叔母とは、母ルイのすぐ下の妹なつであろう。したがって、いわきでの葬式と思われる。

その直後の二月二十六日、皇道派将校一派がクーデターによって政府要人を殺害する事件があった。二・二六事件である。

また、一九三七年五月には岳温泉で静養している。岳温泉から戻った六月に、鈴木安蔵は衆議院憲政史編纂会委員に就任した。法制史が専門の法学者尾佐竹猛（一八八〇年～一九四六年）の推薦によるもので、これによって生活の保障を得ただけでなく、憲政史編纂の過程で明治期の民権運動家による私擬憲法を発掘することもできたのである。

「歌稿二」に「恩師　一首」という詞書のある一九三八年夏ごろの短歌がある。この詞書ははじめ「尾佐竹先生　一首」としたものを書き直しているのである。その歌。

我が業の総べてをゆるし我が魂をはごこみたまふ人の
尊とさ

京都学連事件に参加した同志であり、二八年の三・一五事件でも逮捕された石田《いしだ》英一郎《えいいちろう》が三四年に出獄したとき、鈴木安蔵は、

六年の獄今終へてたらちねの母に見ゆる君が幸はも

と詠んで祝った。

だが、同じ三四年に獄中で詠んだ「あゝ未来！　思ふだに我が胸躍る獄の夜の秋の大気のこの爽やかさ」は、三七年のこの国からは失われてしまっていた。

石田が運動から離れて、歴史民俗学を学ぶために三七年にウィーン大学への留学を決めた。そのときの、鈴木安蔵の複雑な心境が、つぎの四首に語られている。

雨しきる夜半の巷に泣き濡れて君行く車見送りにけり

かにかくに思ひ出は深し君が道我がゆく道は遠くへだ
つれど

海越えて逃れゆくてふ今をすら咎めんとせず深き思ひ
出に

その性の悲しきゆゑに逃れゆきし友を罵りぬ然れども
なほ

（二月十二日　石田君と別る）

三七年七月七日、日中戦争開戦。同年八月二十四日、近衛《このえ》文麿《ふみまろ》内閣は「国民精神総動員」実施要綱を決定。三八年四月一日、「国家総動員法」を公布。

鈴木安蔵の三八年作の短歌十首を読んでいただこう。

うら哀し涯さへ見えぬ暗の野にひとりさ迷ふ獣のごと
く

生活が日々に苦しといふことも今は黙してあるべき世
なり

今にしてなほも迷ふか人の世の路半ばさへ過ぎ来しも
のを

たゞ一つそのためにこそ生きて来し道も暗しと誰にか
告げむ

道暗し噫されどなほ思ふべし何れの道か歩み易からし

我が言葉我が思想すべて今の世の流れに耐ふと微笑みてをり

嘆きつゝ迷ひの旅を行く我れか今日もすべなく暮れゆきにけり

大陸に戦い今ぞ酣はと伝ふる文字は日々に見つれど

人間の世をいとへども人の世にあらねばならぬ身ゆゑ詮なし

これやこの我が来し道よ行く道よ何を荊棘と嘆かふべしや

「哀し」「苦し」「暗し」「すべなし」「嘆く」と言い、「いとふ」「迷ふ」「すべなし」「詮なし」と思う現実として、「黙してあるべき世」「暗の野」「荊棘の道」がある。

あるいは、死も覚悟したのであろうか。次の歌がある。

そのまゝに死にて天地に愧づるなき人とならむ日いざ近かれや

最後に、一九三九年元旦の詠歌を掲げる。

新しき年は来れど風寒き夜毎々々を悲しみて寝る

一九三九年九月一日、第二次世界大戦開戦。四〇年七月二十六日、米内内閣、閣議で「基本国策要綱」を決定。同年九月二十七日、日独伊三国同盟調印。同年十月十二日、「大政翼賛会」発会。そして、四一年十二月八日、この国は無謀にも広大な太平洋地区全域を戦場にするのである。

「歌稿一」「歌稿二」には延べ数で、短歌六六二首、俳句五八句、詩二篇、それに、削除されている短歌二四首、俳句一三句が記されている。

その「歌稿一」「歌稿二」のなかから遺子である鹿島理智子、川井耿子、高木露子の三人が一三八首を撰歌して、歿後十年にあたる一九九三年八月七日に、歌集『棣花《ていか》』として一冊にした。棣花とは鈴木安蔵の雅号である。

「棣」とは、にわうめの一種にわざくらのことで、鄂《がく》が集まって美しい花をつけることから、兄弟の美しい愛情を「棣鄂之情」というそうだ。また、挙動がゆったりとし威厳の整っている様子を「棣棣」と形容するという。

歌集『棣花』「あとがき」には、

「棣花」という雅号は、いつ頃から使っていたのかは定かではありませんが、「棣花落尽緑陰深」という吉田松陰の獄中での詩の中から取ったということです。

と、記されている。

また、この「あとがき」では、一九三九年編集の「現身抄」に付された「はしがき」の最終段落を、一部（括弧内の二個所）を省略して次のように引用して、亡き父安蔵の一九三〇年代の思いを代弁している。

「もともと私の歌は他に示すべく作ったものでないから、いざ発表するとなると様々な意味で憚られるものが多いのである。（それらは）私の生きてゐる限りは発表し得ないであらう。但し此処に録載した歌はその稚拙さはともかく、何れも真実の我が姿（の半面である。浅はかにして愚かしい姿であるが、如何ともし難い我が真実の姿）である」

父のこの言葉がすべてを物語っています。歌の上手下手はともかく、弾圧下の父の叫びを読み取っていただければ幸いでございます。

7 亀井文夫

① 映画監督 亀井文夫

(1) 反骨のメガフォン貫く――「昭和」を考え続けて

ある日のこと、ドキュメントを主とする数々の映画を制作して七十八歳で亡くなった亀井文夫の著書『たたかう映画』を読んでいた。そのなかの「丸通《まるつう》の大将」のくだり（別欄A）まで読みすすめた私は、就学まえの亀井少年の感受性を育んだこの町で、彼の映画を上映しなければならないとの思いをつよく意識した。

作家古山高麗雄のいとこ古山哲朗、映画館主布川雄幸などの知人たちと相談し、亀井文夫の親戚である伏見茂吉をとおして遺族と接触できた。一方で「亀井文夫の映画を見る会」を結成して、私たちは原町市（現、南相馬市）での上映会実現を具体化していった。多くの人びとの協力を得た。たとえば、ポスター制作を志賀達次、毎回発行の会報を山崎健一が担当した。田中俊博は貴重な年休を上映日に充てて映写を受け持った。

亀井芳子未亡人からメッセージが届いた。

『たたかう映画』を読んで上映会の開催を思い立った翌年の平成五（一九九三）年、亀井の長女の夫で日本ドキュメントフィルム社長阿部隆の全面的な協賛を得て、三月から十月までの各月一回計八回の「ドキュメンタリー映画監督　亀井文夫の世界」を原町市内で開催することができた。

初回に手塚陽監督による伝記映画「人間よ傲るなかれ　亀井文夫の世界」をした。以後、第二回「支那事変後方記録　上海」「信濃風土記より　小林一茶」、第三回「戦ふ兵隊」「日本の悲劇」、第四回「女ひとり大地を行く」、第五回「生きていてよかった」「流血の記録砂川」、第六回「世界は恐怖する」「荒海に生きる　マクロ漁民の生態」、第七回「人間みな兄弟　部落差別の記録」「みんな生きなければならない―ヒト・ムシ・トリ〝農事民俗館〟」、最終の第八回「生物みなトモダチ〈教育編〉―トリ・ムシ・サカナの子守歌」の代表作品十二篇をそれぞれ三回上映した。

最終回には子どもたちに無料公開した。さらに、第一回手塚陽、第二回阿部隆、第六回菊地周カメラマン、最終回に都築政昭九州芸術工科大教授を招いて講演をお願いした。

「福島民報」がその三月一日の論説欄に「亀井文夫監督とふるさと」を掲載したほか「NHKニュース」などで広く報道された反響は大きく、東京・土浦・仙台・会津など遠隔地から上映会に参加した人たちも多かった。

ぼくが今度の映画（「生物みなトモダチ」）で主張したいのは、（略）生まれてくる人間がみんなそれぞれに生きられるような社会をつくるにはどうしたらよいかを考えようということである。ぼくが生まれ育った福島県の原ノ町には、いまだによく覚えている「丸通の大将」という男がいた。いつも軍服を着て、胸には勲章を下げている。少し知恵遅れだった。しかし荷物をどこへ配達すればいいかということは判るので、荷車で配って歩く仕事をもらっていた。配達した証明にハンコをもらうのに、「アンコ」としかいえなかったくらいだったが、町の人たちはその「大将」の存在を認めていたわけだ。そういう人が自分たちと一緒に生きてゆくのはごくあたりまえなことだと思っていたのであろう。

（亀井文夫「たたかう映画」部分）

（別欄A）

上映期間中に、NHK福島放送局が『反骨のメガフォン』映画監督亀井文夫―現代社会へのメッセージ」を四月二十四日に放映した。さらにNHK教育テレビが「ドキュメンタリーを読む―亀井文夫の映画から―」を制作し、七月十四、十五日に『戦ふ兵隊』―事実と真実のあいだ」と『生きていてよかった』―問われる制作主体」を放映した。

ちなみに、亀井文夫の映画は以下のような評価を得ている。「上海」キネマ旬報ベストテン（以下、キネ旬）四位、「戦争と平和」キネ旬二位、「女の一生」キネ旬七位、「生きていてよかった」平和文化賞・ブルーリボン賞企画賞、「世界は恐怖する」世界平和委員会賞・優秀映画鑑賞会推薦、「人間みな兄弟」ブルーリボン賞教育文化映画賞・毎日映画コンクール賞、「みんな生きなければならない」日本ペンクラブ優秀映画ノン・シアトリカル部門一位、「トリ・ムシ・サカナの子守歌」優秀映画鑑賞会・日本映画ペンクラブ推薦。また、「キネ旬・日本映画ベスト二〇〇」（平成二十一年）には彼の「上海」「戦ふ兵隊」「小林一茶」がランクインしている。

ところで、私たちの企画にはどんな意味があっただろうか。第一に、ドキュメント映画作家亀井文夫の存在を生まれ故郷の人びとに知らせることができたこと、第二に、亀井作品をとおして昭和という時代を考え、どう捉えたらいいのかを問うためのきっかけをつくったのではなかったろうか。そして、なによりも私たちが映画を堪能し、上映会を楽しむことができたことを評価したい。

この上映会の開催は山形国際ドキュメンタリー映画祭が「亀井文夫特集」を組んだ平成十三（二〇〇一）年の八年まえのことである。（敬称略）

(2) 波乱に満ちた前半生―画家志望から映画人に

亀井文夫は、明治四十一（一九〇八）年四月一日、相馬郡原町大字南新田字町、現在の南相馬市原町区本町で生まれた。父は松本良七、母はくまと言い、その次男である。したがって、もともとの姓名は松本文夫である。兄と姉がひとりずついて、兄は武夫、姉はハマと言う。

明治十（一八七七）年から明治十二年にかけて創立まもない南新田小学校（のち原町小学校）の教員をした父良七は、政界に身を転じて、明治二十一年一月から明治四十年九月までのあいだ立憲政友会の党員として福島県会議員、原町村村会議員、原町町会議員の任にあった。四十七歳のときに文夫が生まれたあとは、明治四十四年十一月から原町町長に就任した。彼は、たとえば諸工場を誘致し、水田開墾を計画し、あるいは町なかの堀を埋めたり、駅通りの新街路を整備し市街を一新するなど、町政に尽力して、大正六（一九一七）年十一月までの任期を全うした。駅前には「良七通り」と通称された通りがあったと記録されている。

母くまは質店と雑貨商とを営んでいたが、長男武夫が大正二年に仙台陸軍幼年学校に合格すると、町長である夫良七ひとりを原町に残して、教育環境のまさっている仙台で子どもたち三人を育てるため、現在の太白区門前町に移住した。教育ママのはしりと言うべきだろうか。このため、家族五人がそろって暮らしたのは文夫が五歳のときまでの短期間だけだった。この時期を文夫は晩年にも懐がしかっていたという。(別欄B)

仙台でも母は質店と米店を営んだ。大正七年、各地で米騒動が起きたとき、文夫少年は母の店も襲われるのではないかと心配した。しかし、いつも貧しい人たちが米を買いに来ると、母は升に米を山盛りにして渡していたので、心配は杞憂だった。

文夫は大正四（一九一五）年に仙台市南材木町尋常小学校に入学する。その翌年、八歳のときに母方の祖母が亡くなり相続人がいなかったため、文夫が入籍して家督を相続し、姓を亀井とし、本籍地を相馬郡真野村小島田、現在の南相馬市鹿島区小島田に移した。晩年の彼は余生をここで過ごすつもりだった。

大正五年に兄が陸軍士官学校に入学、翌年には姉が東京女子高等師範に入学し、父が原町町長を退任した。そこで、一家五人が六年ぶりにいっしょに暮らすことになり、文夫が十一歳になった大正八年夏に新宿区に転居し、彼は小学校五年生の二学期から淀橋第一小学校に転校した。ところが、それから一年もしない翌大正九年四月、父良七は床屋のカミソリ傷が原因の感染症のため六十歳で急逝してしまったのである。

亀井文夫は大正十年に早稲田中学校に入学し、昭和二（一

亀井がこの世に生を受け、短くはありましたが、父、母、兄。姉、と家族うちそろって一家団らんの日を送ることのできたのは、生涯を通じてこの原ノ町だけでしたので、晩年に至るまで遙かなる原ノ町の空の下、家族達へのいとおしい、さんざめきを幻影、幻想として懐かしがっていたことを、折に触れ私は感じとることができました。

亀井の納骨のため、はじめて当地を訪れました。それは、昔よりはずっと変わってしまったでしょうが、青い山々、昔懐かしいまでに緑なす田園に囲まれた、人々の暖かさを感じるこぢんまりとしたたたずまいに、亀井の抱いていたものと同じものに出会えたようで、ホッと安堵いたしました。

（亀井芳子夫人からの平成五年の上映会へのメッセージ・部分）

（別欄Ｂ）

九二七）年には文化学院に進学した。ところが、この間にも不幸が家族に襲いかかってきた。大正十三年に兄武夫が、昭和三年に姉ハマが、ともに二十五歳の若さで結核のためにあいついで死去した。文夫は十年足らずのあいだに三人の肉親と死別し、母ひとり子ひとりの境遇になったのである。

昭和四年、二十一歳の文夫はソヴィエトで絵画を学ぼうと志して、文化学院を三年で中退。舞鶴からウラジオストクに渡航した。ところが、ふらりと入った映画館で映画の魅力にとり憑《つ》かれ、レニングラード映画技術専門学校（キノ・テクニクム）の聴講生になった。

だが、彼も兄姉と同じ結核に感染して、二年後の昭和六年にやむなく帰国した。

一方、結核で二人の子を失った母くまは、文夫がソ連に渡った年の秋、現在の日立市大甕駅に近い場所にサナトリウム「大甕ホーム」を独力で開設し、入所者たちを献身的に介護する生活に没頭していた。帰国した文夫は母のもとで療養生活に専念して、幸いにも病気から回復することができたのである。

昭和八（一九三三）年、亀井文夫は東宝の前身であるＰＣＬ（写真化学研究所）に入社して、映画人としての人生を歩み出した。二十五歳のことであった。

(3) 戦中、戦後も上映禁止に――「文化は破壊されない！」

亀井文夫の監督第一作は、昭和十（一九三五）年に製作した東京電燈のＰＲ映画「姿なき姿」である。このほか、彼は鉄道省や日本放送協会などの広報映画、そして昭和十二年には海軍省の「怒濤を蹴って」を手がけた。英国ジョージ六世の戴冠式とドイツを訪問した巡洋艦「足柄」の記録映画である。

この昭和十二年に日本は盧溝橋事件、さらに上海事件を起こして、昭和六年にはじまった十五年戦争を全面戦争化してしまった。このとき東宝は、長編記録映画「上海」「北京」「南京」の三部作の企画を立て、その監督に亀井文夫を任じたのである。

「上海」の場合は、亀井は現地に行かなかったが、彼は撮るべきものを箇条書きにして三木茂カメラマンに託し、三木はその意向に添った映像を持ち帰った。これが昭和十三年公開の「支那事変後方記録　上海」となる。同じ昭和十三年には「北京」も完成させ、さらに陸軍省の後援を得て企画した作品のために、撮影の三木茂・瀬川順一、録音の藤井慎一とともに亀井文夫は、揚子江中流域で展開されていた武漢作戦を八月から十二月にかけて従軍取材をしたのである。東宝の企画では「南京」のはずだったが、前年十二月十三日の南京占領と南京事件があったためだろうか、当初の企画が変更されたもようである。

こんな経過があって亀井文夫が監督・演出・編集して戦争の本質を淡々と描いた「戦ふ兵隊」は昭和十四年三月に完成した（別欄C）。ところが陸軍省後援映画でありながら、公開まえに上映禁止処分となったのである。

このあと、亀井は文化映画「信濃三部作」の製作をはじめた。そのうち「伊那節」と「小林一茶」は公開できたが、撮影を終えていながら「町と農村」は、昭和十五年、東宝首脳部の判断によって製作が中止された。

昭和十六（一九四一）年十月九日、亀井文夫は治安維持法による赤化思想容疑で検挙された。この年三月十日、治安維持法が改正されて「予備拘束」できることになったばかりであった。そして、二カ月後の十二月八日、日本は無謀にも世界を敵にまわすことになるのである。

母のくまがキリスト教聖公会や親戚のつてを頼りに署名活動をして、釈放嘆願書を提出した効果があったのか、亀井は十カ月後に起訴猶予で釈放され、保護観察処分となった。

戦後第一作は、幻の名作とされる「日本の悲劇」である。この映画は戦争中のニュースフィルムを使い、戦争を積極的に指導した者とそれに協力したリーダーたちの映像を中心に編集し、亀井によれば「なぜ日本が戦争を起したのか。今後どうしなければいけないかを、日本国民にアピールする映画」として、昭和二十一（一九四六）年五月に完成した。

その直後のことである、高知県の妻の実家に疎開したままの長男学が、漂着した機雷が爆発したさいに百メートルも離れたところにいながら破片をからだに受けて死亡するとい

日本軍の戦車が轟音をたてて進んでくる。戦車が掲げた日章旗のバックには破壊された民家が延々とつづく。そして日本軍が前線に出発すると、すぐに中国農民は戻ってきて、相変わらず畑を耕し、麦を蒔く。だから勝った勝ったと、内地に報道されている新聞記事とちがって、大陸の中に吸い込まれて疲れきった兵隊、これが実際の姿だ。廬山の美しい風景の中で戦争という人間の営みがいかに小さいことか。兵隊は死を賭して戦っているが、歴史の一頁を刻んでいるだけで、二頁につながらないということがいいたかった。

結局、今やっていることは、誰の利益にもならない無駄なことなのだ。そのためこの点だけは、映画の中から、観客が、くみとることが出来るようにしたいと考えた。

（亀井文夫「たたかう映画」から。一部を略した）

（別欄C）

ういたましい事故に遭遇した。このときの思いを、亀井は「戦争中、終始傍観者的態度しかとれなかったぼくに、戦争が実感として襲いかかってきた」と語っている。

「日本の悲劇」のフィルムはＧＨＱが押収し、上映禁止処分となった（別欄Ｄ）。

昭和二十二年から翌年の東宝争議で中心的存在として活躍した亀井は、「暴力では文化は破壊されない」と大書したプラカードを掲げて抗議した。しかし亀井ほか二十人が解雇されて、「来なかったのは軍艦だけ」という争議はようやく決着したのであった。


万世橋の鉄道博物館のホールを借りて自主興行をやった。これは大成功で八月の炎天というのに切符売場に長蛇の列ができた。

しかし、一週間で上映禁止となり、ＧＨＱにフィルムは没収されてしまった。ぼくは、戦前につくったものもひっかかり、戦後もひっかかるというのは、こっちが変わらないだけではなくて、社会情勢も実はあまり変わっていない、本質的には同じなのではないかと考えた。

（亀井文夫「たたかう映画」から。一部を略した）


（別欄Ｄ）

⑷　時代の「真実」を記録―五十年後へのメッセージ

東宝争議をはさんだその前後、昭和二十年代に亀井文夫は劇映画「戦争と平和」「女の一生」「無頼漢長兵衛」「母なれば女なれば」「女ひとり大地を行く」の五本を監督した。その多くは新しい時代を働いて生きる女性を主人公とするものであった。彼は劇映画でもその才能を発揮し、映画は年間ベストテン上位にランクされた。しかし、配給ネットをもたない独立プロの映画は製作費を回収できなかったため、昭和二十八年の山田五十鈴《いすず》主演「女ひとり大地を行く」を最後に、亀井はふたたびドキュメント映画に戻った。


昭和二十五（一九五〇）年六月に朝鮮戦争が始まると、ＧＨＱの指令により警察予備隊が設置され、旧軍人の追放措置を解除する一方、レッドパージを開始した。昭和二十七年に日米安保条約が発効し、二十九年に自衛隊が発足した。戦後十年たらずで「日本国憲法」は空洞化され、「戦後レジーム」は実質的に崩壊したのである。また、米ソの核開発競争のなか、二十九年のビキニ水爆実験によって第五福竜丸乗員が、広島・長崎につづく日本人第三の被ばくをした。

ドキュメント映画に復帰した亀井文夫が、昭和二十八年から三十六年にかけてそのテーマにしたものは、こうした時代のなかでつつましくあたりまえに生きている人びとが「生きていてよかった」と思える世界をどうしたら実現できるのか、その手だてをさぐりだそうとすることだった。そのため、子ども、女性、農民、漁民、労働者、被爆者、差別されている人びとがかかわっている問題を映像化して知らせる映画を撮りつづけたのである。

昭和二十八年の「基地の子たち」では、安保条約下の基地問題をとおして子どもとふるさとの山河が直面している現実を提示した。

昭和三十年、米軍立川基地の拡張問題が農民の反対闘争をよびおこすと、亀井はこの反対闘争を映像で記録した。三十年の九月闘争を「砂川の人々　基地反対斗争の記録」に、同年十一月闘争を農婦を中心に「砂川の人々　麦死なず」に、三十一年十月闘争を「流血の記録　砂川」として砂川三部作を完成させた。彼は、「流血の記録　砂川」を「良心に従って真実だけを記録することに心がけた。歴史に残す正確な記録映画にしたかった。もう一つ。私たちの世代が日本人の幸福を守るために、かくもたくさんの血を流したという貴重な証しとして、子孫に贈る記録映画をつくりたかった」との思いで製作したと、作品プレスシートに書いている。

基地問題と並行して、亀井文夫は昭和三十年から広島と長崎をロケハンしていた。このとき、被爆者たちが心を開くようにと撮影機なしで何時間も話を聞くことからはじめたという。こうして被爆者の実態を映像として記録した代表作「生きていてよかった」（昭和三十一年）が公開されて、被爆後十一年を経ていっそう深刻化している現状を、人びとが知ることとなったのである。亀井は、作品プレスシートで次のように述べている。

「私が、この映画で皆さんに伝えたかったことは〝生命というものの尊さ〟とか〝懸命に生きようとする人間の美しさ〟ということです。世界で一番不幸な目に会った人たちの強く生きようとする姿から、どうか感じとっていただきたいと思います」

翌三十二年には、核実験によって発生する「死の灰」の危険性を科学的に追及した「世界は恐怖する」を発表した。この映画の最後の字幕で亀井文夫は私たちに向けたメッセージ（別欄E）を語っている。

> 死の灰の恐怖は、人間が作り出したものであって、地震や台風のような天災とは、根本的に違います。だから人間がその気にさえなれば、必ず解決できるはずの問題であることを、ここに附記します。

（別欄E）

さらに、原水爆禁止世界大会を「鳩ははばたく」「ヒロシマの声」「軍備なき世界を」として記録した。昭和三十三年の「荒海に生きる　マグロ漁民の生態」には、第五福竜丸の被ばく問題が反映されていたにちがいない。

亀井文夫の現実への対処の方法は。小川紳介《しんすけ》「三里塚」シリーズ、土本典昭《つちもとのりあき》「水俣病」三部作などへと継承されてゆくのである。

「人間みな兄弟　部落差別の記録」（昭和三十五年）の作品プレスシートで亀井文夫が述べていることば（別欄F）は、東京電力福島第一原発による核災発生から三年が過ぎたいま、顕在化されてきた中央と地方との問題、あるいは東北差別の問題を考えるとき、現実味を深めて五十年後の私たちに問いかけているのではないかと言いたい。

> 次のことに気付いてほしいと思う。部落差別を許していることが、民衆の力を恐ろしく弱めている。あいつらは部落の者だと言っている本人が、実は他から差別されている身なのだ。こうして幾重にも噛み合わされ、争わされている。部落の悲劇は河向うにあるのではない。自分自身の対決すべき問題なのである。

（別欄Ｆ）

(5) 生き物たちと共存を──人類への警鐘を鳴らす

亀井文夫を遠くから見守ってきた母、松本くまは、サナトリウム「大みかホーム」を聖路加病院へ寄付したあと、ちいさな家で質素な暮らしをしていた。昭和三十三（一九五八）年三月のある日、畑で動けなくなっているのを見つけられ、家に運ばれた。八十六歳の天寿で神に召されたのである。

昭和三十年に亀井は、思いどおりの作品をつくるため独立プロ（現在の「日本ドキュメントフィルム」）を設立し、砂川三部作以後の作品を世に問い、六〇年安保闘争があった昭和三十五年の「人間みな兄弟」でブルーリボン賞を受賞し、社会性の高い長編記録映画の開拓者、短篇記録映画の名手としての名を不動のものとした。だが、原水禁大会の記録「軍備なき世界を」を昭和三十六年に発表以後の四半世紀を、彼は沈黙しつづけた。

たしかにこの間も、「日本万国博」三部作をはじめ、外務省の日本紹介映画、企業のPR映画、教材映画など約三十本を製作したものの、昭和三十年代前半のような、弱者の立場からいのちを疎外するものを糾弾する、いわばドキュメント映画の本道を行くというべき作品は一本も作っていない。亀井のこの期間を、映画史研究者・牧野《まきの》守《まもる》は「時代状況への抗議ともとられる25年の空白」と言う。

なにがあったのか？　昭和三十年代初頭に始まる中ソ論争は、わが国の革新運動にも大きな影響を及ぼした。社共の路線対立によって、原水禁運動も部落解放同盟も分裂した。本来の目的を達成しようにもその力を結集できず弱まるばかりだった。「敵はバラバラになって味方は団結すると考えていたのが、反対になってしまった」ことに亀井は絶望し、「人間そのものが欠陥動物なのではないか」との思いに至ったのである。（別欄G）

だが、亀井は映画をまったく捨てたわけではなかった。昭和四十七年、「東京空襲を記録する会」は映画製作の計画をたてて、亀井に打診した。彼は即諾し、「炎の記録・東京大空襲」のシナリオ作りに着手した。「人間の愚かさ」という視点に立ち「戦争を行なう人類自身の〝自画像〟ともいえるもの」にしようという壮大な構想の映画になるはずだった。ところが、不幸にも「東京空襲を記録する会」有馬頼義理事長の自殺未遂事件が起きた。その影響で映画製作は中断され、シナリオだけが残された幻の大作となった。

亀井文夫にはながい時間をかけて練りあげてきた映画のプランがあった。ぶ厚い黒革の手帳に書きこんだ「太陽と大地—生物みなトモダチ」と題されたシナリオである。あるとき亀井は、「基地の子たち」以後の昭和三十年代の主要な亀井作品のカメラマンだった菊地周《きくちしゅう》が撮影した無農薬有機農業の映画の試写を見た。昭和五十八年のことである。彼は、菊地の同意を得て自分があたためていたテーマに沿った再編集をおこなって「みんな生きなければならない—ヒト・ムシ・トリ〝農事民俗館〟」という映画にまとめあげた。

この作品を四部構成の映画「生物みなトモダチ」の「パート1〝農事篇〟」として、ひき続き「パート2〝教育篇〟」のシナリオを書きすすめた。昭和六十年秋から撮影が開始された。編集は翌春からはじまった。

しかし夏ごろから亀井は激しい腰痛に苦しむようになり、最後は自宅の寝室を編集室にした。映画「トリ・ムシ・サカ

> 人間は、いつしか自分の知恵に溺れ、自分以外の生物を蔑視し、自らを霊長類などと僭称し、地球を弄び、とどまることを知らない。ブレーキのない知恵の暴走によって、人間自身が破滅するか、あるいは、知恵を制御する知恵を身につけて、地球上のすべての生物とバランスを保ちながら共存する道を選ぶか、今われわれは、その岐路に立たされている。
>
> （『生物は、みなともだち仲間だ』から）

（別欄G）

ナの子守歌―生物みなトモダチ〝教育篇〟」の編集終了に亀井がOKを出したのは、昭和六十一年十一月九日だった。それから百十日後の昭和六十二（一九八七）年二月二十七日、亀井文夫は敗血症のため東大医学部付属病院で死去した。享年七十八である。

人にその「愚かさ」の克服を期待して、すべての生きものが共存する地球の実現を提起する遺作「トリ・ムシ・サカナの子守歌」を亀井が編集しているさなか、チェルノブイリ原発で大災害が発生した。その二十五年後、彼のふるさと福島も核災を被った。そして戦争は各地で止まることがない。それでも、亀井文夫が望む生命のリレーのバトンは、あとの世代にたしかに手渡されてゆくだろう。

日立市大甕にある亀井家の墓所には、正面に「松本くま姉之墓」、左に「亀井家之墓」の二基の墓石がある。「松本くま姉之墓」の裏面には、亀井文夫の姓名と「鳥になりました」との文字が刻まれている。南向きのその丘からは正面眼下に日本原子力発電東海第二発電所が見える。亀井文夫は死んだのちも人類のゆくえを鳥瞰しつづけているらしい。

〈主な参考文献〉

亀井文夫著・谷川義雄編『たたかう映画―ドキュメンタリストの昭和史―』（岩波新書）、都築政昭『鳥になった人間―反骨の映画監督・亀井文夫の生涯』（講談社）、山形国際ドキュメンタリー映画祭２００１『亀井文夫特集』（同映画祭東京事務局）

【亀井文夫の年譜】

一九〇八（明治四十一）年　四月一日、父・松本良七、母・くまの次男として、相馬郡原町大字南新田に生まれる。良七は県議、原町町長を務めた。

一九一六（大正五）年　母方の亀井家に入籍、家督相続して、本籍地が相馬郡真野村小島田になる。

一九二〇（大正九）年　父・良七死去、享年六十。

一九二九（昭和四）年　文化学院を中退、レニングラード映画技術専門学校（キノ・テクニクム）聴講生となる。

一九三四（昭和九）年　寺岡芳子と結婚、世田谷区に住む。

一九三九（昭和十四）年　「戦ふ兵隊」が上映禁止処分となる。

一九四一（昭和十六）年　十月九日、治安維持法違反容疑で検挙され、翌年八月起訴猶予・保護観察処分となる。

一九四六（昭和二十一）十一歳の長男学が疎開先の海岸に漂着した機雷に接触し爆死する。「日本の悲劇」が上映禁止・フィルム没収処分される。

一九四八（昭和二十三）年　四月～十月、第三次東宝争議の中心になり、山本薩夫らとパージ退社する。

一九五五（昭和三十）年　日本ドキュメント・フィルム設立。

一九五八（昭和三十三）年　母・くま死去、享年八十六。

一九七二（昭和四十七）年　古美術店「ギャラリー東洋人」を開店。

一九八六（昭和六十一）年　遺作「生物みなトモダチ〈教育編〉―トリ・ムシ・サカナの子守歌」を制作。

一九八七（昭和六十二）　二月二十七日　敗血症のため死去、享年七十八。

②　鳥になりました

鳥になりました

若松丈太郎

日中戦争を厭戦的に描いた「戦ふ兵隊」（一九三九年）
戦争指導者の責任を問う「日本の悲劇」（一九四六年）
米軍基地反対住民の記録「砂川の人々」（一九五五年）
広島・長崎の被爆者の実態「生きていてよかった」（一九五六年）
死の灰の危険性を追究した「世界は恐怖する」（一九五七年）
高度経済成長期と称された時代があって
自衛隊が暗黙のうちに発足し
核の平和利用が唱えられ
反戦・反核運動が分裂する
ヒトとは学習できない生きものか

さまざまな生きものが共存する地球
地球を壊しかねないヒトに亀井文夫は失望する
「トリ・ムシ・サカナの子守歌」制作中のこと
チェルノブイリ核災に世界は恐怖した
一九八七年にヒトをやめ亀井文夫*は鳥になった

四半世紀のちの故郷に「死の灰」が降りそそぐ
トリもムシもサカナも被曝した
むろんヒトも例外ではなかった
二〇一四年の空を一羽の鳥が飛んでいる
鳥の眼からはなにが見えるのだろう

*亀井文夫（一九〇八〜一九八七年）南相馬市生まれ。ドキュメント映画監督。墓碑の裏面に、姓名と「鳥になりました」の文字が刻まれている。丘の墓所からは正面眼下に日本原電東海第二発電所を望める。

第三章　インタビュー・対談

1 「南相馬伝説の詩人」若松丈太郎インタビュー

聞き手　すぎた和人（「J-one」編集発行）
阿部康弘（フォーラム福島支配人）
渡部義弘（相馬高校教諭）
鈴木ひかる（相馬高校放送局二年生）
取材日　二〇一二年五月七日

一九七〇年代より核災（原発事故）だけでなく、「原発も怪物だが、巨大なエネルギーを食う人間はそれに輪をかけた怪物」と警鐘を鳴らし続けて来た南相馬の詩人に訊く。

地元の人ほど風当たりが強かった

すぎた　若松さんは一九七〇年代から原発へ警鐘を鳴らして来られましたが、原発稼働当時の様子はどのようでしたか？

若松　福島第一原発の建設が発表になった頃、ちょうど南相馬に住むようになりました。原町（現南相馬市）は原発立地でなかったので補助金も入って来る訳でもないから、気にする人はあまりいなかったと思います。ただ、生徒たちの中には「怖い」と言っている者もおりましたけどね。

すぎた　震災後に出された『福島原発難民』（コールサック社）に当時書かれた原稿「大熊—風土記'71」が再録されていますね。

若松　あれは河北新報（宮城県の日刊紙）から依頼されて書いた文章です。（福島第一原発1号機稼働の）七一年に話題となった東北各地の町について地元の作家が書くシリーズでした。本当は私に依頼があったのではなく、白河の詩人斎藤庸一さんが頼まれたけれど、彼から若松の方が近いからと推薦してくれたのです。私は原発に関心を持っていたので、いい機会だからと引き受けました。原発の中にも入れましたからね。小高町（現南相馬市。二十㎞圏内）の高校に勤めていた時に下北半島を同僚とふたりでまわった事があります。大湊港に原子力船〝むつ〟が動けなくなって停泊していました。日本の原子力行政は〝もんじゅ〟だって何だって作っても失敗してばかりですよ。その時見た下北半島の風土が双葉郡とよく似ていました。何もないところに核を持って行って…。そういうところの怪しさは最初からありました。最初から建設方針の中に人口過密の所には作らないとありますから解っていたんですよ、危険だという事は。沖縄に原発がないのも米軍基地があるからでしょう。戦争が起きた時に真っ先に狙われるから作らないのだと私は思っています。

すぎた　福島県在住の詩人や歌人の間でも原発に関する創作が盛んだったのですね。

若松　『福島原発難民』にある通り、そういう作品を書いている人は何人もいます。いわきの人が結構多かったですね。小説『原発銀座に日は落ちて』を書いた人が浪江町にいました。けれど、地元の人ほど風当たりが強かったようです。やはり原発関連の仕事をしている人が多い訳ですから。震災後に知りましたが、チェルノブイリ以降ずっと短歌を書いている大熊町の人もいました。

すぎた　震災後に注目を浴びた「神隠しされた街」にはチェルノブイリの三十km圏を福島第一原発に当てはめた描写があります。二〇〇〇年に書かれていながら、我々はせっかくの警鐘を受け止める事なく来ました。

若松　（福島県在住作家の）文学は、ほとんど流通しない狭い世界ですからね。それでも原発批判を書いてる人はいました。みなさん、癌で亡くなっていますがね。私も初期はそれほどでもなくて、やはりチェルノブイリ以前と以降で意識が変わって、原町火発（火力発電所）についての思いも書いています。原発がないと日本経済が立ちゆかないと言っている人たちがいるけれど、江戸時代には電気は使わなくても凄い文化が花開いていた訳でしょう。ゴミのリサイクルなんかもね。江戸時代に戻そうと言っているのではなく、学ぶべき事はあると言っているのです。

目に見えないからこそ身体に感じたものを観る

阿部　詩を拝読すると、高野長英《たかのちょうえい》、菅江真澄《すがえますみ》、アテルイ、安《あん》藤昌益《どうしょうえき》等の名が挙がっていて、若松さんの精神史を辿っているような気持ちになります。

若松　東北の人で反権力というか、独自の思想を作って行った人たちですね。私の生まれた所が岩手県の今の奥州市です。高校が水沢で、高野長英が生まれ育った町で建物も残っています。あとは齊藤實《さいとうまこと》。あの人の生家の一部が図書館になっていて、学校が終わるとほとんどそこで過ごしました。高野長英は医学を学んで、しかし逃げ回らなければならなかったあたり。それでも自分の意志を貫いて行こうとした。そこに共感を持ちました。「北狄」というシリーズを書いていますが、狄とは野蛮人の意味です。そういうタイトルであるけれど、尊敬する人たちを取り上げて書いた。これも河北新報で写真に詩を添える形で連載しました。水沢は他にも優れた仕事をした人達がいましたから、埴谷雄高（『死霊』）や島尾敏雄（『死の棘』）と縁が深い小高町（合併で南相馬市に）も同じようなところじゃなかったかと思います。

すぎた　昨年秋にエジプトの盲目楽師、ムスタファ・サイードさんが私費来日し南相馬市で演奏した時もおいでになられていましたね（「J-one」2号掲載）。ムスタファさんは演奏前に津波の被災地を訪ね、深いヴァイヴレーションを感じて異様なまでに迫真に満ちた演奏をしましたが、いかがでしたか？

若松　演奏について本格的には言えませんが、体感というものは大事ですね。目に見えないからこそ身体に感じたものを観る。私も詩を書く時は頭の中で考える事よりも身体で感じる事を、それが見えないものであっても観る、聞こえない音であっても聴く、そしてそれを表現するのです。

すぎた　詩の力についてお聞かせください。

若松　基本的にはありませんね。狭い世界でしか流通して来なかったから。現代詩が他に通じない言葉で書かれるようになった事が問題だと思います。そんな中でアーサー・ビナードさんのように外に向けて発信している人がいるのはよい事です。書いている以上、読んでもらえる方が嬉しい。読んでもらう事で原発問題に関心を持ってもらえれば、ありがたい事として受け止めています。

阿部　原発事故以降、若松さんの存在を知って、詩行をすべて押さえておきたいと思うようになりました。若松さんの言葉はこれからずっと残って行くでしょう。原発事故が起きてから言葉を探していた私にとって、自分の傷に染み込み、救いになってくれたのが、若松さんの詩、石牟礼道子さん（『苦海浄土　わが水俣病』）の本、V・フランクルの『夜と霧』でした。原発は社会問題のひとつであって、若松さんの詩から学ぶのは原発的な物が世の中にはいくらでもあるという事です。それにコトが起きてから気付いているのでは遅い。まわりが共鳴してくれなくても、自分ひとりでも感性を研ぎ澄ませておく事がいかに大事か。若い人にぜひ勧めたいと思います。

鈴木（母も祖母も若松さんの教え子）　母が『ひとのあかし』を買ってくれました。授業で読んだ「みなみ風吹く日」は最初解りませんでした。でも、原発事故が起きる前に書かれていた事に驚きました。原発が危ないという意識は全くなくて、学校でも「安全」と教わっていました。唯一、祖母が「何かあっても（三十㎞圏境の）この辺は何も補償されねえんべな」と言っていました。問題と向き合っていた人がいた、と気付いた時に初めて凄い詩だと思いました。

すぎた　今の話からですが、若松さんは終戦後に教科書を黒塗りにした時の話をあえて「■」の伏せ字で書いていますね。

若松　あれは私にとっての原体験なのです。十歳で敗戦を迎え、玉音放送を聴いた記憶があります。母親とふたりでお昼の時間、天皇の大事な放送があるという事で聴きました。母親はすぐに「戦争に負けた」と言いました。不思議と、その時に開戦の大本営発表をどこで聴いたか思い出したのです。一九四一年十二月八日の朝、雪が積もっていました。祖父母の家で、天気がよくて雪の上に光が当たって…。二学期になって学校へ行ったら、今まで教えてくれていた人が「教科書の何ページの何行目から何行目までは墨で塗って消しなさい」と。「このページは全部切り取りなさい」と指示する訳です。大変なショックでした。なぜ昨日までこれを使って教えていて、今日からダメだ、と消すのか。石牟礼道子さんは戦時中、代用教員で、墨を塗らせた側だったそうです。それもショックでした。私に墨を塗らせた先生も女の人でした。もう男の教師は（出兵して）ほとんどいなかったのです。もし、別の人が指示していたなら納得したかもしれないけれど、同じ人が墨を塗らせていたのですよ。特に感情を見せずに指示していましたが、どう思っていたのか。結局、教師としてその後、どう生きたかでしょうね。一種の「転向」ですから。一回の転向は仕方ないとしても、再転向は許されるものではないと思います。

そして、詩に書いている

すぎた　詩の中にヴィム・ヴェンダース（『ベルリン・天使の詩』）やテオ・アンゲロプロス（『旅芸人の記録』）の名前が出て来ます。映画も相当お好きなのですか？

若松　学生の頃から福島でたくさん映画を観ました。早稲町に名画座があったり、当時は映画の全盛時代でした。映画に育ててもらった一面もあります。

阿部　ローレンス・オリビエの『ハムレット』についても書かれていますね。これだけの詩作をする方が言葉を紡ぎ出すにあたって映画を栄養にしていた事に、自分の仕事に誇りを感じました。

若松　『旅芸人の記録』は、（原町に遺る大正時代からの劇場）朝日座で観ました。一度観て、とんでもないショックを受け、翌日もう一度観に行きました。こういう表現の仕方があるのか、と。ずっと同じシーンを流すでしょう？　旅芸人が右の方からやって来て左へ去ってゆく、今度は左からそれより前の時代の人達が行く。そこに時間の差があるのに建物が変わっていない。ヨーロッパを旅すると、それこそローマ時代の建物に人が暮らしている。何千年も変わらない物が基本的にあって、人は移り変わってゆく。そういう歴史の長さ、厚みを感じます。カルチャー・ショックですね。『ハムレット』もそうですが、ヨーロッパ映画が好きだったのはカルチャー・ショックを感じられるから。アンゲロプロスは私と同じ年、一九三五年生まれなのです。だから彼が亡くなったと聞いた時は同級生を失ったように感じました。同じ時代を生きてきた意識を感じるのですよ、第二次世界大戦に子供時代を過ごしたという。私が生まれたのが一九三五年で、三十七年にドイツ軍がスペインのゲルニカを爆撃、同じ年に日本軍が南京で虐殺、言わば二十世紀の大量殺戮の時代が始まったのが三十七年です。第二次世界大戦では互いにやり合い、アメリカなどもドイツのドレスデンを無差別爆撃しています。そういう中で日本も原爆だとか東京大空襲、福島県でも郡山とかたくさんの都市が爆撃されました。戦闘員ではない人々を殺すのが普通になってしまった時代なのです。チェルノブイリやアウシュヴィッツ、ドレスデン、南京にも行きました。私の生きた時代の人間の悪行の現場を見ておきたいという思いがあって、そして詩に書いているのです。

「J-one」3号（二〇一二年六月一日、スタジオ・サードアイ）

2　〈南相馬から〉原発をなくし私たちが変わる機会に

聞き手　佐川亜紀（詩人）
取材日　二〇一二年四月四日
場　所　南相馬市立中央図書館

分断される町

佐川　東電福島第一原発事故発生から一年以上が経ちましたが、南相馬市の現在の様子をお話しください。

若松　原発事故の最初の段階では、屋内退避、家の中に引き籠もっていろということですが、の指示が出ました。南相馬市は、南部—旧・小高町、中部—旧・原町市、北部—旧・鹿島町が合併した町です。原発二〇キロ圏内に小高と原町の一部が含まれます。鹿島は指定なしです。原町は屋内退避指示でしたが、市は独自に避難できる人には自主避難を勧めました。物流がストップしてしまったからです。病院に入院患者を置いておけなくなったのです。その後、屋内退避が、緊急時避難準備区域に変更されました。避難するか残るかは個人の判断に任されました。一万人くらいは残りましたが、多くの人は出て行きました。

佐川　脱原発集会での発言を伺うと、避難すべきか、しないかで、相当みなさん悩み親族でもめ事にまでなったようですね。特にお母さん達はたいへんでしょう。

若松　一番たいへんだったのは、子どもがいる家庭です。たとえば市の職員は脱出できない、避難できない。夫は残り、妻は外へ出たという家族もいます。病人を抱えて動かせない人は残りました。いろいろな事情があり、個人の判断で対応せざるをえなかったのです。

佐川　原発作業員の方はいらっしゃったのでしょうか？

若松　詩人のこんおさむさんは作業員でした。原発事故当時はこんさんはもう作業員ではなかったですが。そういう人がこの近辺にもいたでしょう。詳しくは分かりません。直接は原発に入らないけれど、消防士の経験をかわれて原発の消防隊に行っていた人は聞いたことがあります。その人の話で原発が深刻な事態になっていることを人づてに聞きました。

佐川　大熊町は町民が平等に補償を受けるよう全町を帰還困難区域に指定してくれと要望したそうで、補償の格差や住民の分断も問題になってきましたね。

若松　原発立地の大熊町は小さい町なので全域が帰れない指定になりました。南相馬市は広いので、同心円の分け方に加えて、放射線量の高い飯舘に近いところは特定避難勧奨地点として追加され、市内は五つの区域に分かれました。一つの町なのに、地区によって補償が違い、町のなかでもトラブルが底にありました。南相馬市でも帰還困難区域内が一軒だけあります。多くは帰還解除区域になりましたが、分断は続きます。

政府が南相馬の避難指示を解除したことは実はつじつま合わせです。福島県の中通りの方が線量が高いので、そこも避難させると物流がストップするなどの社会的影響が大きく、緊急時避難準備地域に指定できないのです。住民が百万人避難するのは無理でしょう。なぜ二五キロなのか、というとチェルノブイリと同様に三〇キロにすると、十万人をさらに避難させなければなりません。これは大変なことです。郡山市や福島市など、福島中通りを含めて百万人が動くのは無理です。三〇〇キロまで避難指示が拡大し、東京圏まで入ったら、行くところがない。

また、東電福島第一原発事故の早い段階で南に風が吹いていて、南のいわき市の線量が初期に高かったのですが、すぐ下がりました。これは半減期が短いヨウ素が多量に放出されたためでしょう。いわき市、茨城県北に甲状腺癌が多発する可能性があると思います。すぐ情報を出さないとヨウ素の被害は防げない。チェルノブイリでは子どもの甲状腺癌が発症しました。日本の対応は過去の例を学んでいないのです。場当たり的な対応しかしていないのです。

交通の不通で、人的往来も困難

佐川　私は南相馬に来る時、福島駅から高速バスを利用しましたが本数が少なく、交通機関の不便さも大きな問題ですね。

若松　交通機関の分断も非常に困ることです。常磐線は三・一一以来運行されていません。原発付近は交通が遮断されたままです。南のいわき市へ行くのが困難です。西の福島へも二時間かかります。北の仙台へはJRで一時間半だったのに、途中は代行バスのため二時間半くらいかかるようになりました。相馬駅と亘理駅間は津波で流され、山側に線路を移すのだそうですが、再開は何年後のことになるのか分かりません。人的な行き来が難しくなっています。観光も立ち行かなくなっています。観光も産業で、有名な野馬追いの行事は去年は簡略化して神事だけをおこなったのですが、今年はすべての行事を実施するそうです。

佐川　高速バスの途中で飯舘村を通ったのですが、無人の集落の恐ろしさを感じました。まさに若松さんの詩「神隠しされた街」ですね。立派なお家なのに人の気配がなく、「火の用心」など立て札が立っていました。不審火が出たそうで、どろぼう被害も多いと聞きます。若松さんの詩「荒廃の気配」の様子を感じます。

若松　人が入れないと荒廃していきます。地震で雨漏りの箇所があるのに、原発事故のためそのままにして出なきゃいけなかった。湿気がこもったり、家の中に家畜が入ったりします。泥棒が入り、トラックで乗り付けて家財を持っていくこともあるそうです。人間関係が荒廃しました。バラバラに逃げ出し、帰ってこない人もいるし、帰った人もいます。近所の家がどうなっているか分かりません。連絡してきません。人と人とのつながりが断ち切られました。うちから二百メートルくらいのところで営業していた商店の家族二人が避難先から帰っていたのに、シャッターを閉めていたらしく、近所の人も気がつかなかったそうです。そのために孤立死してしまいました。

佐川　帰っても生活の基盤がなくなっているのではないでしょうか？

若松　そうですね。帰っても農家の人は作業できません。小高地区は立ち入り禁止のために、津波の被害を受けた田畑をほったらかしにせざるをえず、悩んでいます。静岡県に避難していた人が仮設住宅に帰ったものの、農家だから何にもできません。農業の再開がいつになったらできるのか分からない。

佐川　帰ってきたいが、まったく生活の目途が立たない状態ですね。

若松　私が詩「ひとのあかし」で書いた「ひとがひとである

とはいえない」とは農業や漁業だけではなく、商業や工業に携わっている人もおなじことです。ひとがひとであるあかしができません。今、パチンコ屋が流行っているそうです。やることがなくて時間をもてあましているんですね。

原爆と原発には破裂音が入っている

佐川　早い段階から原発に疑問をもたれていたのはどうしてでしょうか？

若松　私が十歳の時に日本は敗戦しました。国民学校初等科四年のときですね。東京大空襲などの無差別爆撃もそうですが、原爆を落とされひどい被害を受けたということは分かりました。長崎原爆投下後に、というアメリカの写真家が撮った、死んだ弟をおぶった少年の写真がありますね。あれが自分の姿にダブったのですね。見た時に、この少年は死んでしまったかどうか分かりませんが、私だと思いました。この写真のことを書いた詩が『越境する霧』に入れた「死んでしまった俺に」ですが、自分が死んでもおかしくなかった。生き残った者という意識が早いうちからあったようです。

それと、原爆と原発、どちらにも「バク」と「パツ」という破裂音が入っているんですね。「バク」が爆発するものなら「パツ」だって危険じゃないか、同類のものじゃないのかと半分ちゃかして見ているという意識が早いうちからありました。自分が住んでいるところの近くに原発の建設がすすめられていることに危機感をつのらせました。本当に大丈夫なのかという疑念がありました。核に対する違和感、自分にはなじまないものという意識が強かったようです。教員時代、聞いてみると生徒たちも怖がっていました。それで「ここを離れて、帰ってこなくていいんだよ」と言っていました。

反原発の詩歌への反応

佐川　反原発詩を書き続けて反応はどうだったのでしょう。

若松　立地している町で反対すると中傷や誹謗や圧力は相当あったようです。

『原発稼動の陰に』は十キロ圏内の浪江町に住んでいた東海正史さんの歌集です。読んでみて、相当いろいろ誹謗や中傷を受けたことが分かります。十キロ圏内だと避難訓練もあるし、直接原発に働きに行っている人もいるから周りでかなり摩擦が起きるでしょう。南相馬のように離れていると原発で働いている人もはっきり分からないところでは、圧力はなく、わたしがあちこちに書いても無視されている状況です。誹謗中傷は感じずにやってきました。影響力のある福島県知事だった佐藤栄佐久さんなどには圧力がかかり、プルサーマルに反対すると、でっち上げか分かりませんが、起訴されました。わたしは特にありませんでした。

吉田真琴さんや箱崎満寿雄さんはいわき市です。いわき市や南相馬市は離れていたから発言できたのです。東海さんはたぐい稀なケースです。第三歌集の『原発稼動の陰に』は題名ももろ原発です。東海さんは「朝日歌壇」で馬場あき子さんや佐佐木幸綱さんに選ばれて掲載された。反原発詩歌を書いたこの三人は癌で亡くなっています。反原発の詩歌を作ると癌で亡くなるぞと、わたしはふざけて言っていました。

地元の大熊町で歌作をしていた佐藤祐禎さんの『歌集　青白き光』を最近知りました。

佐川　短歌で反原発を書いたのは不思議です。逆説的で興味深いです。

若松　俳句では書けないようです。俳句と短歌は違う。短歌は一行詩のような感じですね。佐藤さんはチェルノブイリの後から書き始めたようです。詩で書いていた人も少数でした。

チェルノブイリに行ってからの詩作

佐川　チェルノブイリまで行って、連作で書かれたのは若松さんだけでしょう。チェルノブイリのようなことが福島でも起きるんじゃないかと想像されて書かれたわけですか？

若松　起きるとまでは考えないまでも、福島にあてはめてみるとどうだろうと書いたんです。チェルノブイリで、発症して、入院したり、手術した子どもたちにも会いました。八年くらいたってからでしたが、ショックでした。それまでは、原発のことを詩集『海のほうへ　海のほうから』でも書いていたのですが、すこしちゃかしたりして書いていました。たとえば、原発を誘致して老人施設を作るなどの見返りを用意し、施設の恩恵を受けた老人たちは事故が起きた時にモップとちりとりを持って掃除に行くことになっていると風刺するなど、突き放して遠くから見ている意識でしたが、チェルノブイリに行ってからは意識が変わりました。事故後の現在は、結果としてチェルノブイリそっくりそのままです。いや、それ以上です。双葉町はいろいろな公共施設を作りすぎ、維持できなくなって財政破綻していたところに、追い撃ちです。

佐川　ソ連は集団移動したそうですが。

若松　聞いた話では、ごちゃごちゃに入れられたそうです。大酒呑みの人と一緒に入れられ、嫌で帰ってきたおばあさんの話を聞きました。こんどの事故後の対応を検証すると、日本はチェルノブイリからなにも学んでいない。ソ連だったから起きたので、日本ではあんなことは起きないなどと安全神話をでっちあげて対応を怠っていたのです。しかし、原発事故は前からたびたび起こしていました。

詩表現の道のり

佐川　天城南海子《あまぎなみこ》という詩も短歌も書いた女性文学者は若松さんの詩表現の道で重要な人だそうですね。若松さんの詩的人生についてお話し下さい。

若松　私は一九三五年に岩手県奥州市に生まれました。叔父はシベリアに抑留された人ですが、昭和十年ごろの金子光晴、中野重治、小熊秀雄、宮沢賢治の詩集を持ち、短歌をやっていました。ナウカ社版『中野重治詩集』は検閲で数篇が削除された詩集です。中学生のとき、それらの詩集を読み、なかでも金子光晴『鮫』にショックを受けました。映画「きけ、わだつみの声」の字幕に入れた渡辺一夫が訳したジャン・タルディユの詩にも感銘を受けました。

学生時代に同人誌をやり、宮城県の菊地勝彦と一緒でしたが、彼のほかには書いている人はもういません。学生時代は勤評闘争のときで、安保反対運動は大学を出た後です。

反原発の詩歌を書いた天城南海子は、「構想」同人だった佐藤民宝が福島県文学界の番長だったとすれば、彼女は女番長のような存在で、ふたりに引き立てていただきました。「北方詩人」「少数派」などの同人で、「北方詩人」には私も書かせてもらいました。そのほか、さまざまな人に励ましを受けました。「現代詩」にも投稿して「現代詩新人賞佳作」を二回受けたことがあります。

第二原発差し止め訴訟の原告に

佐川　福島に来られたのは教師になってからで、福島第二原発に対しては原告団に参加されたそうですね。

若松　福島県の高校教員として採用されたあと、一九六二年に原町に移って住み始め、結婚しました。当時の福島県教育界には自由な雰囲気があって、職員会議でも自由に発言できました。校外での言論活動に対しても何も言いません。ストライキに参加しても口頭戒告や文書戒告程度の処分でした。六三年に第一原発建設が発表され、六七年に着工しました。第二原発差し止め訴訟の原告になりました。四百人の原告団だったのですが、すべてで敗訴になりました。最高裁での棄却はチェルノブイリ事故後のことです。裁判所が「設置してよろしい」と判決したのです。政・官・財・司法・メディアが一緒になって原発推進をしました。文学者でも吉本隆明だけでなく原発賛成の人が結構多かったんですよ。反原発の人たちは日本では少数派です。緑の党など新しい政治勢力が生まれないか、と思います。今回の福島の事故にドイツはすぐ反応しました。メディアも遠くからは取材に来るけれど、福島のメディアは来ないのです。福島では無視です。

言葉に込められた意図を検証すること

佐川　福島原発事故がまだ収束していないと書かれると困るからですか？

若松　そうですね。あまり危険だと言われたくないのでしょう。帰ってきても大丈夫とアピールしています。市内には小高の山際など放射線量が結構高いところがあります。福島ではまだ「終熄」していません。

私は言葉の問題を気にしています。原子炉のなかがどうなっているのか誰もみていないのに、冷温停止「状態」を達したと言って、「状態」という言葉を紛れこませてごまかしています。言葉の巧妙なつかいかたを感じます。どうして『避難区域』でなく「警戒区域」なのか考えたら、ドロボウが入らないように「警戒」する区域なんですね。発想が住民の側ではないんです。政府や東電の都合のいいように言っています。私たちは足尾銅山や水俣の住民と同じ扱いをされています。棄民と同じです。

哲学者の高橋哲哉さんは福島と沖縄は同じだと言っておられます。

佐川　私も高橋さんの講演を伺いましたが、〈犠牲を強いる構造〉とおっしゃっていましたね。

若松　『福島原発難民』の中で、風向きはロシアンルーレットみたいなもので、北北東の風のときなら、首都圏も甚大な被害をこうむっているはずと書きました。三〇キロも三〇〇キロもチェルノブイリの地図をみれば大差はありません。今も危機は去っていないのです。

佐川　しかし、今は若松さんが指摘されたように二重の奇妙な意識になってしまっています。首都圏では何もなかったかのようにだんだんなっています。

若松　浜岡原発から東京までは近いのです。浜岡で事故が起きたら東海道新幹線や東名高速が止まり、日本は機能不全になります。原発を維持しているのは、核の平和利用と言っていながら、抑止力としての核武装を意図しているからです。公然と言っていますからね。

佐川　災害資本主義で、除染はゼネコンがやったり、高台移転の土地を投機的に買ったり、補償金が入ったら詐欺にあったりと被害者がますます被害を受ける構造になっていますね。

若松　政治が規制をかけるべきだが、全然政治が動いていない。

佐川　再稼動の動きについては、どうお考えですか。

若松　原発は全廃すべきです。日本は火山列島です。地震はしょっちゅうあり、すべての原発が立地している海辺には津波が襲ってきます。日本の風土には不適切な発電方法です。原発は化石燃料エネルギーから自然エネルギーへの過渡的な発電手段なのです。それなのに狭い国土に作りすぎてしまいましたし、廃炉にするには長い時間と経費がかかります。利用できる自然エネルギーが豊かなのに、開発の研究を意図的に怠ってきました。

今はほとんど停止しているのに停電がありません。電力会社の言い分はなんだったのでしょう。工夫して消費のピークを下げれば、再稼動しなくてもしのげるのではありませんか。電気のなかった江戸時代の経済成長率はゼロに等しかったそうですが、戦争もなく、個性的な高度の文化を育てました。エコ生活の手本のような時代でした。江戸時代に戻れと言っているのではありませんが、学ぶべきことはあると思います。電気をこんなに使わないでも暮らせるのではないでしょうか。

わたしたちが変わる機会

佐川　『ひとのあかし』の後書きに「今回のフクシマ原発事故に意味があるとするなら、それはわたしたちが変わってゆくためのまたとない機会を得たことです」と記されていますが、詳しくお話しください。

若松　変わるとは、文明のありようを変える、大量生産、大量消費の文明のありようを見直して、電気をたくさん使わずにすむような生き方をし、自然と協調して、自然のエネルギーを活かす生き方に変えるきっかけにしたいということです。

私が生まれたのは一九三五年ですが、三七年にゲルニカの空爆と南京虐殺がありました。私の生きてきた時代は、無差別大量殺戮時代です。ナチス、日本にかぎらず、米ソなどの大国、さらに多くの国が手を染めました。この大量殺戮の思想と原発の思想とには、根本に同じものがあるのではないかと考えています。化学兵器や核を持たない方向に向かうべきだと思います。低線量の放射線を医療のために利用することを否定するわけではありません。

プルトニウムの半減期の長さを考えると、せいぜい百年しか生きられない人間が扱っていいものとは思えません。対処できないもの、これはやめよう、そういう意味で変わるということを考えています。事故がなかったとしても事後処理に十万年、百万年かかるということは、後の時代の人びとに負の遺産を残すことになります。こんなことは許されることではありません。

原発労働者の被曝の実態は分かっていません。現場で亡くなった人の死因は心臓発作などとされ、被曝が原因で死んだ作業員はいないと言っていますが、本当のところはどうなんでしょう。事故当日に数十人が死亡したといううわさを聞いています。溶けてしまった燃料棒を取り出すことができるのかどうか分かりません。事故処理に何十年もかかれば、作業員がいなくなってしまうのではないでしょうか。

今は南相馬の自宅から離れたくない気持ちになっています。破局的な事故が再発すれば帰れなくなります。まだまだ子どもたちにとっては住まわせられない場所です。先が見えないのはたいへんなことです。

これからも、私の子や孫、若い人たち、さらにその後を生きる人たちのために詩や文章を書き続けたいと思っています。

佐川　今日は貴重なお話をどうもありがとうございました。

「詩と詩想」通巻三〇九号（二〇一二年八月一日　土曜美術社出版販売）

3　「東北」「震災」「津波」そして今

二〇一三年十一月二十六日「ペンの日」懇親会・対談

対談者　アーサー・ビナード（詩人）

場　所　東京會舘（東京・丸の内）

どこに立っているのか

ビナード　今日は若松さんの詩を中心にしながら、僕らがこの日本にいてどこに立っているのか、また立たされているのかということを一緒に考えていきたいと思います。

僕はアメリカのミシガン州に生まれ育ちました。ミシガン州は北米の地図を見ると、カナダの近く、少し東より、英語ではその辺りのことをミッドウエストというんですね。中の西ということですが、東側の北なのに、どうしてミッドウエストと呼ぶのか、小さい頃から不思議に思っていました。中学生の時、新聞などでミッドイーストという言葉に出会い、この中の東という言葉はアメリカ国内の地域を指す言葉ではなく、ペルシャ湾とかイラクとかイスラエルなども含めた、その辺りを指していると分かり、実はそれはヨーロッパとアメリカを中心に据えると、そこが東の真ん中になると。つまり、どこの位置に立つかによって、イーストもウエストも変わるんだと。ああそうか、そういうふうに地球を分けて支配しているのか、とその時初めて昔から持っていたその言葉への疑問が解け、それが結局、僕にとって歴史を見つめるレンズになりました。うさんくさい言葉だなあ、といったふうに。

二十二歳になって日本語という言語に出会い、日本語をやってみたいと、デトロイトの空港から飛行機に乗ってひたすら西へ西へと飛んで、東京に着いたら、何と今度はファーイースト（極東）だと。その後、日本語を学んで、新聞の見出しを見ていると、中東和平というような言葉がある。なぜ、日本語で中東というんだろう。中の東じゃないだろうに。極東という言葉さえ使っている。その中東という言葉がいかに危ういものであって、それが日本語でも成立すると、それが世界を見る一つのレンズになって、逆に本質が見えなくなると。日本のことを日本語で学んで、関西とか関東、四国、九州、北海道と、ようやくその意味も分かってきたのですが、東北という言葉に出くわしたとき、東北ってどの地域を指すんだと、その言葉にすごく疑問を抱き、今でもそれは続いています。

若松さんの作品の中には、僕のその疑問に一つの答えかあるような気もしていますので、その辺りからぶつけてみたいと思います。

「原発事故」という言葉

若松　私は福島原発がメルトダウンした町、デッドエンドの町からやって来ました。穏やかでないことから言い始めて申し訳ないのですが、私たちの町・南相馬は常磐線とか国道六号線があって、南北に通じていたのですが、ある時以来南の方には行けなくなってしまいました。私は勿来から南に行って暮らしたことはありません。奥州は貧しい土地だという意味で「白河以北一山百文」という言葉があるくらいですが、私の場合、生粋のという言葉があるかどうか分かりませんが奥州人です。

ここへ来る途中の電車で『アーサーの言の葉食堂』を読んできましたが、中に〈頑張ろう東北〉という言葉があって、アーサーさんはそれを、東京で聞く空々しさ、うさんくささ、そういうようなことを書いていらっしゃいました。私はその頑張ろうという言葉が大嫌いな怠け者で、東北という言葉も大嫌いです。東北に住んでいる人がどうして自分たちの住んでいるところを東北と言うのだろうか、という疑問ですね。これは絶対に自分たちの発想ではありません。近世から近代に移る時に、西南の人々によって言い出された言葉で、遠い北狄、東の方の野蛮人、つまり夷狄の住む土地として意識したからにほかなりません。

今度の核災後――核災というのは、私は原発事故という言葉に納得できませんので、核による災害であるという認識で、この言葉を使うようにしています——、ある人から聞いたことなんですが、電力業界では「東電さんは植民地があってうらやましい」と言っているというんですね。その時私は、私たちが生きて暮らしている土地で何が起きているのか、そのすべてがその言い方の中に含まれているだろうと思いました。

今日は、倉本聰さんが最近出版された『ヒトに問う』という本を持ってきました。中に私の詩が二篇引用されているというので倉本さんから頂いたもので、その中に岐阜の中島正さんが二十年前に出版した『都市を滅ぼせ』という本が紹介されています。大雑把に要約しますと、「都市は非自給的、非生産的なのに、便利・贅沢・安逸を追及する結果、都市以外の農地を収奪し、農作物を搾取し、農業人口を略奪し、森林・自然・海岸を破壊し、水産資源・金属資源・酸素・水・エネルギーを浪費し、廃棄物を都市外へ転化して汚染し、そのための犠牲を都市以外の人々に強要している」。私たちは大和の時代以来、こういったかたちで犠牲を強いられ続けてきたのです。それは私たちのいる場所が集権国家の植民地だからではないのか。足尾とか水俣とか沖縄と同様に福島も扱われていると、そんなふうに考えているのです。

私には一つの原風景というものがあります。高校生の時、北上川の左岸から右岸の町へ自転車で通学しました。その北上川に架かっている桜木橋からの眺めがそれです。川の上流の方遥か遠くに岩手山、上流に向かって右手のななめ向こうに早池峰山、西岸の方には奥羽山脈が連なり、橋の上流に胆沢城址があります。橋の下流には跡呂井という地名があり、その対岸には田茂山というところがあって、その風景が大変素晴らしい。最近行った時にも、六十年前と同じ眺めが変わらずにありました。アテルイという蝦夷の長の時代も同じような眺めがひろがっていたんだろうと思いますが、私はその風景を見ながら、ここは全宇宙の中心ではないのかと、高校生の時に感じました。全宇宙の中心がどうして東北と言われなくてはいけないのか、と。

『みなみ風吹く日』の驚き

ビナード　作品がなかなか書けない時、あるいは自分が向き合っている題材とどうつなげたらいいか分からない時、それを掘り下げていくと、いつも自分の立ち位置が問題だったりしているのに気づきます。そして自分の中で立ち位置が出来てくると、そこから語り出せるのですが。

若松さんの作品を読むと、そこがいつも揺るぎないものになっているんですね。皆さんも『神隠しされた街』あるいは『みなみ風吹く日』という作品をお読みになれば、唖然とするほど驚いて、なぜ、こんなことが言えたんだろう、この詩人は予言者ではないかと、鳥肌が立つような特殊な体験をされると思います。でも僕は、若松さんと何度も食事したりしていますが、食事する時にスプーンが曲がるというようなことは一度も起きていないし、泊めていただいた時も何にも不思議な現象は起きませんでした。みんなが予言者だと言うと、若松さんは必ずしかめっ面をして違うっておっしゃる。じゃあなぜ、先が見えるのか。僕が翻訳を通じていろいろ見えてきた自分の視点で言うと、立っている場所がその題材を見通すその立ち位置になっているからだと思うのです。若松さん、その辺りはどうですか。

若松　そんな大げさなことでは、とてもありません。私の住んでいる町は原発から二十五キロのところです。ですが今回の核災では、私たちの町よりも遠い距離のところ、たとえば中通りと呼ばれる福島市・郡山市の方が線量が高いのです。風の吹き方次第といったことなのでしょうが、二十五キロという距離は十分に恐ろしい距離だという思いは、ずっと持っているものですから。

あの福島第一原発の1号機が稼働した時、たまたま私は河北新報が取材させてくれまして、その折、どうしてこんな海岸の崖の下の所を掘り下げて、地ならしして人目につかないように原子力発電所を造るのか、しかもそれが東北電力が造るならともかく、どうして東京電力が自分の配電しているエリアの外に造るのかと、素朴な疑問を感じました。以来観察していますと、しょっちゅう嘘をついてごまかしたり、はぐらかして釈明したりというような事故が起きているんです。

ビナード　観察していくためには、自分の立っている位置がなければいけないですよね。東京からでは見えないものと言いますか、若松さんはそれをいつも感じられている。そこで今日は、若松さんの詩を通じて出会った他の詩人の詩を読ませていただきたいと思います。若松さんの詩は、会場入口に本が置いてあって、皆さん後で読めると思いますので。

いわき市の詩人・吉田真琴が一九八四年に書いた作品『重い歳月』です。

故郷の海岸線は原発の銀座になり／人々の素朴な暮しのありようも／人々の眼付きも／心なしか変わってしまった十年だった／／私たちの一生も限りがあるから／誰にとっても十年は永かった／だが／慣れない金策に駆けまわり／署名を集め　勉強会もする／この十年がなかったら／私たちの人生はやせ細ったものになっただろう／／それにしても空しい判決だった／空しさはどこから来るのか／裁判官が真実から眼をそむけたから／権力に尻尾を振ったから／／空しいのは彼らであって／私たちではない／／〈真実〉はいつも少数派だった／今の私たちのように／／しかし原発はいつの日か／必ず人間に牙をむく／この猛獣を／曇りない視線で看視する

のが私たちだ／この怪物を絶えず否定するところに／私たちの存在理由がある／／私たちがそれを怠れば／いつか孫たちが問うだろう／「あなたたちの世代は何をしたのですか」と。

若松　吉田さんが福島第二原発の設置許可の取消しを請求する裁判訴訟を行った時、私も参加していますが、彼は途中からその団長にもなった高校の先生で、私より三歳ほど年上の人です。

ビナード　判決が出た日に書いた……。

若松　そうです。福島地裁で却下された時の作品です。

ビナード　詩の題材はあまりロマンティックなものじゃないし、これをメロディーに乗せて歌うというのもかなり工夫しなくてはいけない詩なのですが、この詩は文学作品として文学の責任というものを、見事にとらえているという気がするんですね。もちろん楽しい作品、悲しい作品、みんなが泣いて最後に笑えるような作品も必要だし、そういう作品も書いていきたいし、読んでいきたいと思うのですが、でもこの現実とつながって、現実と戦って、この詩にあるように、吉田さんが語っているような、そういう文学でなければ、やっている意味も、その文学者の存在意義もどこにあるのだろうと。「あなたたちの世代は何をしたんですか」って、やはり文学というのは必ずそれが問われる仕事なので、そこを今引き受けて文学を創らないといけないと思う。

若松　そうですね。福島県の詩人たちの中で、原発を取り上げて書いてきた方々は結構いるんです。でも、なかなか言葉が届かないというようなこともあったと思うんです。そんな中でも、継続的に書き続けることが一つの意味を持つだろうという思いで、みんなで書いてきたような気がします。

ビナード　今日の話の中で何回か出てきた核災という言葉はちょっと説明しないと通じないかもしれないけれど、若松さんは原発事故という言葉は、その言葉を使うこと自体がもう事実とかみ合わないと。

核災と核罪

若松　事故なんていう、そんな生易しい状況ではない、ということですね。一般的に事故という言葉が私たちの意識に上るのは、たとえば交通事故とか、そういったようなものが多いわけで、仮に交通事故であれば、申し訳ない言い方をするかも知れませんけれども、事故を起こした当事者だけにその被害が限定される。家族にもいろいろな不幸が起きることもあるんでしょうが、それにしても狭い範囲の中に限定されます。ところが、原発で起きている事態は人間か核を扱うことによって起こした事故の範疇を超える災害、すなわち核災であると。広島の中国新聞の論説委員の方が私の核災という言葉に同感してくれまして、さらに核罪という言葉があってもいいのではないかと。核による災害を起こした罪ですね。これが問われないでいるという状況は、私には我慢できない、そんな思いです。

ビナード　その核災という言葉をレンズにしていろいろ状況を見渡してみても、たとえば汚染水という言葉ですが、セシウムやストロンチウムという物質が溶けて出ている状況が問題なのに、水というパッケージに包まれてしまって、どうも実態とかみ合っていませんね。現在問題になっている特定秘密保護法という言葉についても、同じようなことが言えると思います。そもそも特定秘密って何なのか。英字新聞も翻訳できなくて困り、結局、スペシャルシークレットって言っているんですが、日本語では成り立っていて、その内容はどうも日本政府が米政府の持っている情報を隠すためにワシントンからの命令で作っている制度のようで、それが特定秘密保護法というパッケージに包まれると、何となくそれを使っているうちに、反対する側も言葉に負けてしまう……。

文学という仕事は、他の人たちがやっている商売とどこが違うかと言うと、文学者はことばを創る責任もあって、言葉を創って初めて、詩、小説、あるいは演劇が成り立つ。ですから僕らは、それをもっと積極的に、文学者として、詩人として、頑固に執拗に、嫌がられてもやるべきだと思うんです。若松さんは何かあっても核災といって説明する。その言葉が受けるかどうかは別にして。

若松　本当に言葉との戦いですね。それが大変重要だと思って、続けてやってきました。たとえば収め束ねるという収束という言葉ですが、何を収束したのか。私は収束って終わるということだと思うのですが、ビニールの袋の中に汚染物質を詰め込んで束ねて、それが田んぼや家のそばにたくさん積み重なったままなんです。ところがその中から、芽が出てきてビニールの袋を突き破っています。汚染水を収めたタンクからは水が漏れ出していますし、ちっとも収束していない。そういう意味で、言葉との戦いは次から次と出てきます。最高裁がこの前の衆院選の判決として違憲状態であるが違憲ではない、なんて言っています、これビナードさん、難しいですね。

ビナード　いや、難しくない。ペテンです。

――ここで司会者から、「対談が佳境に入っていて申し訳ないんですが、後のこともございますので……」と一言。

ビナード　対談は収束はしていないのですが、収束状態にあるということで、終わりにさせていただきたいと思います。どうもありがとうございました。（笑、拍手）

若松　ありがとうございました。（拍手）

「P.E.N」第４２３号（二〇一四年二月二十五日）

4　戦後日本社会における人間、教育、原発など
――南相馬市　詩人・若松丈太郎氏に聞く

二〇一七年八月に旧知の広川恵一医師と二人で東日本大震災の被災地を訪れた私は南相馬市に詩人の若松丈太郎氏に初めてお会いしました。

若松氏の連詩「神隠しされた街」は、氏がチェルノブイリ福島県民調査団に参加した後の一九九四年に書かれ、二〇一一年の東日本大震災後は、まるで福島原発事故を予言しているようだとメディアに取り上げられましたが、原子力発電所近傍に住む詩人として、建設当初から詩を通して長年警告をしてきたのだと、その時に知りました。

その出会いの後、多くの彼の詩を読んだ私は大きな衝撃を受けました。彼の詩こそ世界で読まれるべきであると確信した私は、日本語からドイツ語に翻訳する任務を引き受け、二十五編の詩の翻訳が完成しました。近い将来に出版され、日本以外の世界でも多くの人に読まれることを心から望んでいます。

そして、東日本大震災・原発震災後十年に向けて、被災地の生活者の提言を中心にした出版への一環として、二〇一九年四月二十八～二十九日の二日間にわたって、兵庫県保険医協会の方々とともに南相馬市の若松氏を訪ね、インタビューを行いました。被災地の状況や課題について、詩の創作、十歳のときに経験した敗戦や社会の問題まで、現地の詩人の生の声をお聞きしました。

アブドゥルラッハマン・ギュルベヤズ
（長崎大学多文化社会学部准教授）

1　「ことば」について

アブドゥルラッハマン（以下、ア）　人間と言葉について、若松さんは詩人としてどうお考えですか。

若松　かつて、ギリシアのテオ・アンゲロプロス監督の「旅芸人の記録」という映画を見ました。そのときとても感心した場面がありました。旅芸人たちがある町を歩いているのですが、一瞬で過去と現在を行ったり来たりするその場面が、詩にも使えるのではないかとヒントをもらったように思いました。映画を二回見たことはあまりありませんが、これは二回見ました。アンゲロプロスは私と同年生まれです。少年時代に戦争を体験し、いろいろなことがあったのでしょう。

そんなふうに、思いがけないことがきっかけになって言葉が出てくることがあります。日々のなにげないことから詩や言葉が影響されると思います。

ア　詩がもともとそういう性質なのでしょうが、若松さんの詩

は「人間」「自然」「存在」などが中心テーマになっているように思います。

若松　私は東北の田舎に生まれ、自然が豊かなところで育ちました。小さな町ですから人間関係はとても密で、誰が何をしているのか互いによく知っていました。子どもの頃、住民たちは毎朝それぞれの家の前の道を掃除するのですが、誰かが声をかけて話が始まるのでした。そういう自然、人、地域の関係が濃いところで育ったことで、暮らしや人への関心が出てきたのかもしれません。

いま、そういう人間関係は失われてしまいました。大型店ができて小さな店は成り立たなくなり、生活空間としての町がどんどん消滅していっています。また、私たちは核災のために避難しなければなりませんでした。町に戻って来ない人たちもいて、近所づきあいもずいぶん減って、町がどんどん変わってきました。人の暮らしは年月とともに変わっていくのだと感じます。

ア　戦前と戦後を生きてきた若松さんから見て、日本の社会は戦前と戦後でどう変わりましたか。

若松　大雑把にいえば、本質的には変わっていないと思います。私は、日本人が自らの戦争責任を追及しなかったことが大きなポイントだと思います。戦後というけれども、本当に戦後になったのかと……。その点ドイツは、きちんと追及してきたと思うのです。

ア　戦争責任という面では、ドイツはもちろん日本と違う道を取りましたが、平均的なドイツ人の考えが変わったのかどうか、私は疑問です。たとえばそれは、いまも政治面で現れています。

若松　確かに最近のヨーロッパには右傾化の流れがありますね。日本の場合、東京裁判もありましたが、日本人の手で日本人の戦争責任を追及してこなかったのが、非常に大きな問題だったと思います。

そのために、責任を負うべき人たちが戦後の政治のなかで復活して、幅を利かせてきました。そういう状況のなかで、国民の意識も中途半端だったのではないでしょうか。民主化などといわれましたが、いまは現在の政権のもとで、戦争の準備をしているとしか思えないような方向に向かっています。それを許している国民性に、私は問題があると思うのです。

2　人間と技術について

ア　人と技術、核の問題についても少し話してください。

若松　東京電力の福島第一原子力発電所が稼働し始めた一九七一年、「河北新報」の企画で、私は原子力発電所を見学したことがありました。そのとき、東京電力はなぜ自社の配電エリア内に原子力発電所をつくらずに東北の海のほとりにつくったのか、という疑問を強く感じました。

それ以後、原子力発電所を見ていると、ときどき事故の発表がありました。小さな事故かもしれませんが、事故時ではなく後で発表するのです。その姿勢に、何を考えているのかと思いました。

広島や長崎にも行って現地の人と学習もしました。原発も核爆弾も核を使っていますが、それぞれ「誤用」と「悪用」というべきで、そのエネルギーを用いて電気をつくるのは間違った使い方ではないか、という意識をもつようになりました。核は人間が使ってはいけない。核の半減期をみても、人間が生きる時間の単位とは次元が違います。人間は、自分が生きている時代に責任を取れないものは使ってはいけないと思うのです。

原発がなぜ福島につくられたのか、理由はわかります。原発が危険であることを国と電力会社が認識していたからです。危険でないなら、消費地に発電所を設置するほうが送電線も延長しなくてすむし、損失も少ないはずなのですから。

ア　チェルノブイリ訪問もありますが、その前から反原発の活動をされていたのですか。

若松　わずかの人たちでしたが、集会を開いたり勉強会をしたりしていました。でも、やはりどうしても、双葉町など原発立地地域の人たちとは難しいところがありました。ほかの土地と比べると経済的な理由もあり、原発に勤務している人もいて、表立って建設・増設に反対できなかったようです。それでも根気強く話し合いを重ねました。

避難した人のなかでも、自分のところに戻れた人はまだいいですが、戻れない人は精神的に参ってしまいました。浪江町の人たちは線量が高くて帰れないのに、立地地域でなかったため東電の補償もひどかったそうです。

私の知り合いの詩人夫婦も、避難して住まいを点々とし、現在は相馬市で暮らしています。帰れないことに、奥さんより夫のほうが精神的に参っていました。もともと昆虫の詩を書いている人ですが、核災が起きた後は、昆虫のことを書いていても全部核災につながって、「帰りたい」という思いが詩のなかにつよく表現されています。

牛も斑点が見つかったり、虫などもいなくなったりと、いろいろなことがわかってきています。

ア　原発事故の後、反原発の運動に参加する人は増えましたか。

若松　いまも人それぞれの考えがあります。事故前は容認している人、仕方なく反対できない人がいましたが、実際に避難し、ふるさとに帰れないなど、すごく大ごとになって、それで考えも変化しているようです。

人間とは不思議です。帰れないということは、とても大きな精神的ストレスを生むのです。私は「事故」といいたくないので、「戦災」という言葉をヒントにして、「核災」と表現していますが、これがほんものの悪です。

私たちは、外に出てはいけないという「屋内退避」の指示でした。流通が全部ストップしました。食品も新聞も来ないので、私は福島市に逃げました。でも、逃げた福島市のほうが放射線量は高かったのです。ひどい話です。東京や千葉にも線量が高いところがありましたが、そういう情報が入って来ませんでした。

3　詩を書くということ

編者　若松さんにとって詩を書くということは、どういうことですか。
若松　自分を表現したいという想いはあったと思います。いろいろ試しましたが、文学や短歌は自分には違う感じがして、詩なら勝手な書き方をしてもよさそうだと思ったのです。
ア　若松さんの本にはヨーロッパの詩人からの影響があると思われますが、ほかにも影響を受けた人はありますか。
若松　ポール・エリュアールとか、戦中、戦後といい作品を書いていた人からは影響を受けました。
ア　日本の詩人ではどうでしょうか。
若松　私は現代詩から入ったので、たとえば、島崎藤村は有名ですが、「自分にとっての詩じゃない」と思いました。いわゆる近代詩はあまり読みませんでした。草野心平は戦争中にひどい詩を書いています。三好達治などもそうですが、戦時中に国策に添った詩を書いた人は信用できません。
ア　わかります。私もハイデガーという哲学者に関しては同じ立場です。世界中で非常に偉い哲学者といわれていますが、一九三三年からヒトラーを神様にしました。私の好きな社会学者や哲学者は彼の作品を大切に思っていますが、私には、実践的に人として何をしたのかが大事です。
若松　私には、子ども時代に戦争についてだまされたという思いがあります。もうこれ以上だまされたくないという思いから、そのあたりをきちんとしておきたいという気持ちがあります。
私は最初に出会った金子光晴と、それから中野重治や小熊秀雄などを読みました。そのほかの戦前から書いていた人たちには納得できないものがありました。そういう意味からも私は戦後の詩人です。

4　国語を教える

ア　若松さんは長い間、国語の教師でした。国語を教えるのはどんなことでしたか。
若松　結局、自分の思っていることをいうしかない、そんな感じでした。初めて受けた高校の授業で、島崎藤村を得意になって話していた国語の教師にとてもついていけなかったように、私も自分の好みで教えていたような気がします。

当時は教科書を教師が選べました。自分が読んでみて、おもしろそうで気に入った文章が入っている本を選んでいました。たとえば、石牟礼道子の「苦海浄土」の一節を収載した教科書があったので、それを選んだことがあります。生徒に「こんなすごい文章があるんだ」と読ませたいと思って……。そんなふうに好き勝手にやっていました。戦後はある時期、自由なときがありました。

退職する頃はだんだん窮屈になってきました。国歌も、かつては行事で起立して斉唱するなんてことはありませんでした。

ア　私も調べてみると、七〇年までは戦争責任についても自由に話された感じがします。八〇年代九〇年代になると、すこし変わってきたと思うのですが……。

ア　学校の歴史の教科書から、戦争についての記述がだんだん減ってきました。

若松　少しずつ変化してきたと思います。私が教員だった頃は、職員会議ではすごい議論がありました。それがだんだん伝達になって、管理・締め付けが強くなって、言いたいことが言えなくなったように思います。

5　「北狄」の精神性

ア　若松さんの『福島原発難民―南相馬市・一詩人の警告1971年〜2011年』（コールサック社、二〇一一年）に、吉田真琴さんの詩が引用されていますね。

若松　吉田真琴さんは双葉の人です。核災発生以前に原発反対を訴えた数少ない詩人のひとりです。私には、安藤昌益（八戸の町医者にして思想家。大舘に移り、一七六二年没。）について書いた詩もあります。

編者　若松さんの第二詩集『海のほうへ　海のほうから』（花神社、一九八七年）、『若松丈太郎詩選集一三〇篇』（コールサック社、二〇一四年）にある「北狄　二」ですね。北狄は一般に「北方の野蛮人」という意味ですが、次の詩です。

ごったがえす湊町の夕暮れ
ホヤの包みを手に家路に向かう一九七六年の勤め人たち

往診帰りの町医者は磯にたたずむ
白さが混じるびんの毛に風
著述のいっさいを終えたいま
混沌の沖に質す残余の日々
せわしく飛び交い海面におり

母親を求める赤子の声でウミネコは鳴く
時が止まるまで
〈幾幾として経歳すといえども……〉
男は沈黙の腰をあげる
空をだけ暮れ残した十三日町の方へ
怪我人のかみさんが持たせた
一七五六年のホヤを手に

一九七六年のある夕ぐれ
湊町のごったがえしのなか
だれかかれの姿を見かけなかったか

若松　私には北の人間だという意識があり、自分の生活圏である日本の北という地域の意味を表現できたらと思っていました。

6　若い人には批判精神をもってほしい

編者　これからの詩について、どうお考えですか。
若松　もう命の限度くらいにまできていますし、最近は違う形で、たとえばある雑誌に、核災はまだ終わっていないという現状報告のようなものを書きました。現状を伝えるには詩よりも報告みたいなものがいいと思って、いまは書いています。
編者　若い人に向けて何かメッセージはありますか。
若松　世論調査で内閣の支持率が高いなどといわれています。どうしてだろうと思います。若い人には現政権に対する批判や反対の意思表示をもっと出してほしいと思います。
　私が子どもの頃は戦争でしたが、いままたこの国では、かつて金子光晴が詩「おっとせい」で批判したように人びとが一つの方向を向いて、イージス艦や戦闘機や潜水艦、空母などを装備し、戦争の準備をしています。戦前と現在の状況が重なるところがあります。
編者　若松さんには教科書を墨で塗りつぶした経験もあるとうかがっていますが。
若松　それはもうショッキングな出来事でした。国民学校四年生、十歳の秋です。戦中には「これは正しい」といっていた同じ教師が、戦後はコロッと変わって「ここは墨で消しなさい」というのです。先生も悩んだと思いますが、そんなことがどうしてできるのか、と本当にショックでした。
ア　言葉によって考え方が急に変わる、誰かが何かをいってそこから考えが急にジャンプするように変わっていくこともあると思います。そういうことはありましたか。
若松　私は終戦の日のことをよく覚えています。その日は何か大きなことが発表されるらしい、と聞いていました。真夏の暑い日でした。ラジオから流れてきた天皇による終戦の放送を聞きながら、開戦の日のことを思い出しました。開戦の日は祖父母といっしょにいましたが、その部屋から外を見ると、積もっている雪がキラキラ光っていました。その風景とともに大本営発表を聞いたときの記憶が蘇ってきたのです。こうして開戦と終戦の記憶が重なったのを覚えています。

編者　チェルノブイリ、南京や広島への訪問は、やはり「戦争はいけない！」という気持ちからですか。

若松　チェルノブイリは、たまたまありがたい機会に恵まれて訪問できました。教職を退職した年に、浪江町で反原発の集会があって参加したときに、知人から「チェルノブイリに行くか」と聞かれて、即答しました。自分が生きた時代の、人間がやってきた悪行の現場を見ておきたいという意識をもっていたからでした。

ア　ありがとうございました。

『東日本大震災・原発震災10年、そのあとに　医療・福祉・生活者の視点からの提言』（二〇二〇年八月十一日　クリエイツかもがわ）

第四章　資料編

1　加藤楸邨旧居の保存について

加藤楸邨（一九〇五・明治三十八年―）には人口に膾炙される秀句が多い。

さえざえと雪後の天の怒涛かな
雉子の眸のかうかうとして売られけり
水温むとも動くものなかるべし

水原秋櫻子《みずはらしゅうおうし》の門下となって『馬酔木』に投句することから俳人としての楸邨が出発した。楸邨は、あるいは中村草田男・石田波郷らとともに〈人間探求派〉と称せられ、あるいは芭蕉研究に独自の見解を示し、あるいは主宰誌『寒雷』によって多くの作家を養成し、また「朝日俳壇」の選者として俳句の普及に努めるなど、その広範にわたる業績によって現代俳句の第一人者として揺るぎない地位を占めた。

その加藤楸邨が「私は安住する故郷を未来にだけしか描けないのだが、若し過去に人並の故郷の感じを探ろうとするなら、原町が思い出されてくる」（『加藤楸邨全集』第六巻所収「冬欅」）と述べている。駅長だった父の転勤に従って、加藤健雄（楸邨）は小・中学校とも転校を繰り返した。そのなかで小学校四年から卒業までを過ごした原町を故郷の感じで思い出すというのである。

楸邨の父、加藤健吉は大正五年から七年三月まで原ノ町駅長であった。その住居は、原町大字南新田字南東原七番地、現在の大町三丁目一六五番地である。原ノ町駅舎の北、線路の西側に数棟並んでいる国鉄官舎のうちもっとも駅寄りの棟の西側がそれである。庭にやや大きな松があるので、それと気付きやすい。

この楸邨旧居が取り壊され消滅しようとしている。本紙一月八日号によると、水戸鉄道管理局は三月末までにこの建物敷地を含む原ノ町駅北側の国鉄用地を売却する予定であるという。

私が属している海岸線同人会の二月例会のおり、このことも話題になり、移築保存の方法がないものだろうかということになった。市俳句連盟でも同様の話合いがあったという。こうした動きを受けて、市俳句連盟会長であり楸邨の同級生で現在も親しく交際しておられる脇坂巳鶴さん、市芸文協会長の宝玉義信さん、同会事務局長の松永章三さんらが中心となり対策を案じている。二月二十四日には、門馬市長に対し、楸邨旧居の移築保存を原町市として行うよう申し入れることになった。しかし、見通しは決して楽観できない。

原町市に現存する文学遺跡として、楸邨旧居は唯一のものである。例えば、やがて建設されるであろう市民会館敷地の一隅に移築するなどし、最終的には加藤楸邨記念館に発展させることが望ましいと思う。岩手県花巻市は、高村光太郎の山荘を保存し記念館を併設して、手厚く遇している。光太郎は花巻に住んでいただけである。楸邨は、原町を故郷の感じで思い出すという。原町市は楸邨の思いに応えるべきである。加藤楸邨の文学史上の地位は、おそらく高村光太郎のそれに遜色ないものとなるに違いないのであるから。

加藤楸邨旧居保存会発足に関し、その発起人の依頼について

保存趣意書

ご承知のように、加藤楸邨（一九〇五・明治三十八年―）は原町市ゆかりの俳人です。

水原秋櫻子の門下となり、『馬酔木』に投句することから俳人としての楸邨が出発しました。楸邨は、あるいは中村草田男、石田波郷らとともに〝人間探求派〟と称せられ、あるいは芭蕉研究に独自の見解を示し、あるいは主宰誌『寒雷』によって多くの作家を養成し、また「朝日俳壇」の選者として俳句の普及に努めるなど、その広範にわたる業績によって現代俳句の第一人者として揺るぎない地位を占めています。

その加藤楸邨が「私は安住する故郷を未来にだけしか描けないのだが、若し過去に人並の故郷の感じを探ろうとするなら、原町が思い出されてくる」（『加藤楸邨全集』第六巻所収「冬欅」）と述べています。駅長だった父の転勤に従って、加藤健雄（楸邨）は小・中学校とも転校を繰り返しました。そのなかで、小学校四年から卒業までを過ごした原町を故郷の感じで思い出すというのです。

楸邨の父、加藤健吉は大正五年から七年三月まで原ノ町駅長でした。その住居は、原町大字南新田字南東原七番地、現在の大町三丁目一六五番地です。原ノ町駅舎の北、線路の西側に数棟並んでいる国鉄官舎のうちもっとも駅寄りの棟の西側がそれです。

この楸邨旧居が取り壊され消滅しようとしています。水戸鉄道管理局はこの建物敷地を含む原ノ町駅北側の国鉄用地を売却することにし、二月二十七日入札が行われました。落札後は、建物は早急に取り壊されることになります。二月二十四日、私たちの代表は門馬市長に対し、楸邨旧居の移築保存を原町市として行うよう申し入れました。しかし、趣旨には賛同し市庁に対

し提案はするが、市の文化財としての保存は困難であろうということでした。

原町市に現存する文学遺跡として、楸邨旧居は唯一のものです。私たちは、この建物を移築保存すべきだと考えます。例えば、やがて建設されることになるでありましょう市民会館敷地の一隅に移築するなどし、最終的には加藤楸邨記念館に発展させることが望ましいと思います。岩手県花巻市は、高村光太郎の山荘を保存し記念館を併設して、手厚く遇しております。光太郎は一時期花巻に住んでいただけです。楸邨は、原町を故郷の感じで思い出すと述べています。原町市民は楸邨の思いに応えるべきでしょう。

加藤楸邨の文学史上の地位は、おそらく高村光太郎のそれに遜色ないものとなるに違いありません。つきましては、貴殿に加藤楸邨旧居保存会設立発起人をご承引いただき、ご尽力のほどを賜りたく、衷心よりお願い申し上げます。

昭和六十一年二月

加藤楸邨旧居保存会設立準備委員

原町市芸文協会長　宝玉　義信

殿

副会長　山口　末好

古山　哲朗

相双俳句連盟会長　松野　栄吉

原町市俳句連盟会長　脇坂　巳鶴

原町短歌会会長　鈴木　忍

原町川柳連盟会長　佐々木政信

原町市芸文協事務局長　松永　章三

寒雷会員　石川　文子

鈴木　一夫

斎藤チカ子

海岸線同人会会員　若松丈太郎

2　北川多紀とそのふるさと

十年ぶりほどに、北川多紀《きたがわたき》の詩集『愛』と『女の桟《かけはし》』とを読みなおした。そして、彼女は福島県ゆかりの詩人として、福島のひとびとにもっと読まれてほしい詩人であることを、あらためて認識した。

＊

北川多喜子名で出版した第一詩集『愛』は、B５判をやや小ぶりにしたサイズで、二つ折りにした冊子の中央で糸綴じにされている。一九五八年一二月二九日に時間社からの刊行である。中扉に「愛　日日の不安」とあって、十五篇の散文詩が収載されている。すべての作品の主語は〈わたくし〉である。

彼女がはじめて書いた作品が、巻頭に置かれた作品「五燭の電燈」だという。

五燭の電燈

わたくしが、夜、眼をつむると、毎晩、同じ風景が眼の前に現れます。嶮しい山と山のはざまに、一本の白いうつくしい道が遠くどこまでもつづいているのがハッキリ見えるのです。山の裾はすすきの穂みたいな色で一面にいろどられ、川があって橋がかかっています。わたくしは、この橋を渡って向うのどこまでもつづいている道をどこまでも行きたいと思い、渡ろうとしますと、橋はふとかき消えてしまうのです。

この風景があんまりハッキリしていて、眼が疲れわたくしは眼をつぶっていられなくなり、眼を開きます。すると風景はまるで幻燈のように消え失せ、わたくしは、緑色のヴェールをかぶってわたくしに微笑みかけている五燭の電燈を見出すのです。

詩集『愛』の「あとがき」のなかで、北川冬彦《きたがわふゆひこ》は次のように述べている。

私と結婚するまでの彼女は大へん丈夫だったそうだが、これまでの二十年のうち、半分は病気で寝ていた印象である。（略）彼女は数知れない病名を医者から貰った。さっきまでぴんぴんしていたかと思うと、どっと床につきひん死の状態になる。重態でうんうんうなっていたかと思うと、ケロッとして立ち働く。そんな塩梅だが、彼女はどうやらギリギリのところまで我慢して起きているからのようだし、少しよくなれば寝てもいられない貧乏所帯を背負っているからでもあるようだ。（略）しかし、なにしても東北の農家出だけあってシンが強いことはたしかで、かゝりつけの友人の医師中根巌博士もそれには一再ならず驚いている。

その中根巌医師は、『愛』の別刷り栞「北川多喜子を理解するために」に、次の小文（部分）を寄せている。

多喜子夫人は心臓病・胃潰瘍・慢性虫垂炎・腎盂炎などの難病の持主でした。
廿数年これらの病気と戦ひながら、弱かった御長男をかゝへ御尊父の手厚い看病、北川先生の南方への徴用のお留守、浦和での仮住居、東京空襲の罹災、長野への疎開での御苦労、御建築などに身を粉にしてやりとげなさったこと定、それになお北川先生の詩のネオ・リアリズム運動は、後顧の憂いなからしめ、また三人の御子息を逞ましに、いまでにお育てになったことなどは、夫人の身体を知ってゐる私には驚異の外はありません。

北川冬彦の「あとがき」は、さらに次のように続けている。

四年ほど前（一九五四年）の夏のこと、病床にあった彼女は、夜となく昼となく、毎日、同じ幻覚を見るので苦しいとうったえた。（略）そのときの彼女はひどい痩せほそり方で、私はこれは只ごとではないと思った。ふと、私はフロイトの学説を頭に浮べ、その同じ幻覚を文に綴らせて見ることを想いついた。すると、その幻覚はぷっつり見えなくなり、思いがけなくも彼女は健康をとり戻した。幻覚は文に定着され、彼女から離れてしまったらしい。

北川多紀自身も、

わたくしがいろいろの病気で床につきますと、いやな幻に付纏われますのを、北川のすすめで書きとめたものでして、いやな幻の日日の不安を書きとめますと、その度に病気から回復いたしますので、悪魔祓いとして書き止めたばかりでございます。
ここ一年ほど、お蔭さまで、わたくしはすっかり健康を回復いたし、次第に書くものも少くなくなって参りました。
（詩集『愛』「あとがき」部分）

と述べ、また別に、次のように語ってもいる。

わたくしは病気になりますと、いつも異状な体験におびやかされつづけますが、その体験を書き綴りますとふしぎに病は薄皮を剝ぐようになおってゆくのです。（略）私の書き綴ります世界は夢でないといいとうございます。

（『愛』所収の大江満雄「跋」による）

彼女は、「悪魔祓いとして書き止めた」のであって、夢の記録ではないというのである。

『愛』収載十五篇の作品はほぼ制作順に配列されているという。はじめの六篇とあとの作品とはあきらかに異質である。前半六篇のうち、「愛」に烏、「脱出のねがい」「対決」に毛虫、「月」に毒虫、「格闘」に蜘蛛が出現する。これらの生きものたちは、少女だったときの〈わたくし〉を襲って、悩ませたものたちだったのだろう。前半の作品で〈わたくし〉だけが悪魔に襲われるのに対して、後半の作品では、〈わたくし〉だけでなく、夫の北川冬彦と子どもたちも家族全員が災難を負う次第が書かれている。

また、もう一点、前半の作品は自動記述のかたちでことばとして定着されているのに対し、後半の作品には一種の作為が加わっているのではないか、そんな感触をわたしはいだいている。

北川多喜子さんの詩は心霊の触媒で超越的な世界に入ったときの発作の記録だとおもいます。作品を書くための創作として幻想が出てくるのではなく、現実に経験する幻視幻覚のなかに生きているのだと思われます。それがリアルな詩的イメージとしてせまって、一種ぶきみな美をかたちづくっているのです。あどけない童女のままで妻となり母となった人の愛の過剰が、こうしたいとなみのなかで調節されているのかも知れません。

右の引用は、詩集『愛』の別冊挟み込み栞に収載されている真壁仁《まかべじん》の感想である。当を得た評言であろう。

『愛』は八十ページたらずの詩集だが、西脇順三郎《にしわきじゅんざぶろう》と深《ふか》尾須磨子《おすまこ》の序文と、井伏鱒二《いぶせますじ》、小野十三郎《おのとおざぶろう》、今村太平《いまむらたいへい》、田中澄《たなかすみ》江《え》、大江満雄《おおえみつお》の跋文、北川冬彦の「あとがき」が添えられていて、それらはあわせて二十ページに及ぶ。表紙、扉、挿画（デッサン）は、林武《はやしたけし》が手がけている。

加えて、別冊挟み込みの「北川多喜子を理解するために（各界諸家推薦の言葉）」には、詩人を中心に、作家、脚本家など五十一人が寄稿している。なかには映画俳優の田中絹代《たなかきぬよ》や澤村貞子《さわむらさだこ》の名も見える。真壁仁《まかべじん》の感想は、その一篇である。

こうしたことに、夫である北川冬彦の〈入れ込み〉といったらいいか、そんな思いが伝わってくる。

日本現代詩人会は新人賞としてH氏賞を授与しているが、一九五九年の第九回は吉岡 実《よしおかみのる》詩集『僧侶』に与えられた。その過程のなかで、北川多喜子詩集『愛』も有力な候補になった。まず、現代詩人会会員のアンケートに記されていた二十二冊の詩集のうち、現代詩人会幹事による選考委員会は、得票一票の詩集を除く十三冊を候補にした。次いで、選考委員が単記投票をおこなった。有効投票十三票は、吉岡実詩集『僧侶』に七票、北川多喜子詩集『愛』に五票、『吉本隆明詩集』に一票が投じられた。こうして吉岡実の受賞が決定したのだが、この過程のなかで、選考のありかたを批判する無記名の「一幹事」から西脇順三郎幹事長に宛てた稚拙な筆跡の投書三通が郵送されてきた。この怪文書にかかわる事件は「H賞事件」と言われている。これをうけて、幹事の改選があり、西脇順三郎に代わって北川冬彦が幹事長に就任したのである。

＊

詩集『愛』の奥付に添えられた「作者略歴」には、

本名　田畔佳代子。一九一二年五月、福島縣の太平洋寄りの一寒村に生まれた。

と記し、北川多紀名で出版した第二詩集『女の棧』（一九七八年一月七日・時間社）の奥付「略歴」にも、

本名　田畔多紀　福島県の寒村生まれ

とだけ記していて、出生地をあきらかにはしていない。

また、『現代詩大事典』（二〇〇八年・三省堂）の「北川多紀」の項は、次のようにある。


北川多紀（きたがわ・たき）一九一二・五・七～

福島県相馬郡生まれ。多喜子とも表記。本名、田畔《たぐろ》佳代子。北川冬彦夫人。


彼女の歿後刊行なのに、没年月日は記述されていない。田畔とは、夫である北川冬彦の本姓、つまりは結婚後の姓である。このように、北川多紀の旧姓名も出生地も、彼女の存命中にはあきらかにされていなかったのである。

双葉郡浪江町の詩人で、相馬市に避難している根本昌幸《ねもとまさゆき》は、北川多紀の出身地は鹿島町らしいと言う。『時間』同人だった大河原巌に尋ねると、

相馬郡鹿島町の出身というのは、あるいは、そうかもしれないなと思います。というのは、はなしのおりに相馬の山が出ていたのを思いだしたからです。

と答えてくれた。

＊

第二詩集『女の棧』は、『愛』を出版した十九年後の一九七七年一月七日に、前著と同じ時間社から刊行された。七十三篇の詩を七つのパートにわけて構成している。その1と2のパートの作品には、北川多紀が少女期を過ごした故郷の生活環境と、彼女の暮らしぶりの一端が表現されているのではないか、彼女の出生地解明の手がかりが得られるのではないかと推測してみた。

東北の山奥のその部落は、細長く、南と北に一里ぐらいの長さの間に、百戸ばかりの小さな農家が立ち並んで、真中を川が流れています。水なし川と名がついているほどで、水は殆んどありません。この川には大洪水のある度ごとに、川沿いに、沼みたいな水の澄み切った淵ができるのでした（略）この淵の川下は、東側が二、三丁も竹藪つづき、北側がこんもりとした森、南側は川筋で、それぞれの季節には母子草や月見草などがきれいな石ころの川原に咲き乱れるのです。

（「丸型の淵」部分）

同じ詩集の詩「二つの紛失事件」でも、「わたくしの里の福島の小さな町」へ行く夢のなかの情景として、川の洪水のことを書いている。

この春の大洪水のために、川がこんなに広くなり、（略）わたくしが子どもの頃から川巾の広い川でしたけど、こんなに向う岸が霞んで見える西ドイツのエルベ川のようではなかったのに、川の真ん中に、島まで出来ているのでした。

（「二つの紛失事件」部分）

相馬郡鹿島町（現、南相馬市鹿島区）に、北側に森があって、川が西から東へ流れ、その川の洪水が氾濫原を形成しているものの、ふだんは流量が少ないために土地の人たちが「水なし川」とよんでいる川をまず捜してみた。

その結果、『鹿島町史6民俗編』の「第9章　昔話と伝説、第4節（大迫富子執筆）」によって、小池という集落に「水無川」の伝説が語り伝えられていたことを知った。地形にも詩「丸型の淵」の描写と共通するものがあることから、この集落をまず重点的に探索することにした。

　小池とは大字で、もともとは小池村であって、そのエリアは広い。集落をなんどか訪ね歩いて、鹿島区地域教育課や生涯学習センターなどでも尋ねたが、知る人がいない。あきらめかけていたところに、鹿島町に住む柴田次男から紹介があって、同じ鹿島区内ではあるけれども小池を離れて暮らしている女性と面談して、次の二点がわかった。

　北川多紀は、旧姓名を林サキイといい、福島県相馬郡上《かみ》真《ま》野《の》村小池（現、南相馬市鹿島区小池）字新山《しんざん》四十二番地で出生した人であること。

　その出生した林家は、阿武隈山地から東に流れ出た上真野川が、海岸平地で氾濫原を形成しはじめるあたりの北岸にあって、家のうしろに丘陵を背負っていること。

　これは有力な情報である。さっそく、林家を訪問した。

　そのとき、その屋敷の東に鳥居があるのがまず目に入った。聞けば、水神があるとのことである。詩集『女の棧』のなかの「丸太ン棒」に、

　　わたくしは翌朝、目が醒めるなり、裏山の水神さまの祠へお参りに出かけました。


と書かれていることを記憶していたので、裏山に向かってほとんど道とは言えない急坂を樹木や竹などにすがって登ってみた。裏山をほぼ登りきったところに、その小祠はあった。この水神を目にして、「丸太ン棒」の少女〈わたくし〉がのちの北川多紀であることを、わたしは確信した。

　小祠には由来を記した板があった。

　　由来　天文十二年行方郡小池村に神山《しんざん》大権現を奉る、願主（相馬）顕胤火矢野の戦に捷を神山に祈りて之に勝つ、神田若干を寄す、小山田村中丸の堤水を田に灌ぐ者は五月六日苗を植えず、当日権現を奉ると云う

　この水神の上には中丸溜池があった。『鹿島町史6民俗編』には「中丸堤下の農休み」という伝説が収載されている。小字の新山は神山とも表記したのだろうか。

　さらに、上真野小学校の『卒業生台帳』によって、林サキイの生年月日が、明治四十五年（一九一二年）五月七日であることを確認して、『現代詩大事典』の記述との一致が認められた。なお、彼女が上真野小学校を卒業した大正十三年度の卒業生は、男子四十四名、女子五十六名、計百名であった。

　父は蔵之助、母はトメという。サキイが小学校を卒業して三年ほどのちに父が死去したため、十代で自立の道を歩みださねばならなかったものと思われる。

林サキイという少女が生育した小池の風景が、こうした『女の桟』の作品と『愛』前半の作品とに反映されていると、小池の風景を実見したわたしは確信した。

*

その後の経歴について、黒羽英二《くろはえいじ》は次のように語った。

たぶん、小卒で准看護婦をしていて、北川冬彦夫人（先妻で詩人の仲町禎子）が結核になり、その看病をしていたとき（あるいはこのあとに）北川冬彦と結ばれたはずです。

北川冬彦との結婚の記述は、詩集『愛』と『女の桟』の奥付の略歴ではともに「一九三七年」としている一方で、『北川冬彦全詩集』（一九八八年・沖積舎）所収の鶴岡善久編「北川冬彦年譜」では「一九三八年二月」に結婚したとある。

『女の桟』のパート1の作品「仔馬」「丸太ン棒」「丸型の淵」「鳥と鳶」「鷹」、パート2の「峠」「封建の村」「稲妻」「血」「遁走」「上陸」「黒への近親」からは、そこで生活した者でなければ表現できないと感じる実在感が認められ、そこから故郷に対する複雑な情感が伝わってくる。詩集『愛』前半の作品群と重なるものが提示されている。

稲妻

ある夜
不意打ちの稲妻が
天と地を結んだ
その凄まじい光景は
あなたに
未来を愛することをおしえた

次の引用は、井上靖が詩集『女の桟』に寄せた「序」の一節である。

深夜、一瞬、木枯の音の中を烈しいものが走りました。「稲妻」という短い五行《ママ》の詩を読んだ時です。私も亦、川と丘と、雑木林と墓地と、農家ばかりの縮んでいる封建の村を、思い出の村として持っております。鮮烈な稲妻の光がそこを走りました。稲妻と結びつく、他にいかなる村がありましょうか。この短詩一篇の持つ正確さは相当なものだと思います。みごとと言う他ありません。

井上靖はまた、「『女の桟』は北川多紀さんの自画像」と述べ、「丸型の淵」を「そのまま詩でもあり、小説でもあります」と評している。それは、わたしも感じた実在感を認めてのことなのだろう。『愛』の諸作に比較し、「丸型の淵」をはじめとする『女の桟』所収作品の完成度は高い。

パート2の「峠」「血」「遁走」「上陸」「黒への近親」には「稲妻」同様に〈あなた〉が登場する。この〈あなた〉は、

　　封建の村
　思い出の土地は
　川と丘と
　雑木林と墓地と
　農家ばかりの
　縮んでいる封建の村

を出なければならなかった〈わたくし〉とアイデンティカルだと読むべきであろう。

二本松市の教会牧師だった当時を回想する藤一也《ふじかずや》によれば、北川冬彦宅を訪ねると、多紀夫人は、「福島の牧師さんの、藤一也さんよ」と、疳高い声で、奥の北川氏に告げたものだという。なぜ「福島の牧師さん」と言ったのか、その言葉とともに、今も印象に烙きついている（『わが戦後詩の「詩と思想」—詩と神学—』一九九七年・沖積舎）と言うのだが、それは、詩集の「略歴」に「福島県の寒村生まれ」と書かなければならなかった彼女の故郷に対する想いの二重性を考えれば、どうしたって藤一也は「福島の牧師さん」となるのであろう。

＊

羽生康二《はぶこうじ》は「ある種の女性に見られる不思議な力をもつ女性だったという記憶があります。非常に直感がするどく、何でも見抜いてしまうような感じでした」と語る。

黒羽英二は次のようにも言っている。

「とにかく必要以上に悪名高く詩壇で知らぬ詩人もないほどのヒトでしたが、根はそんな悪女ではないのに、ケンペイずくなことと、夫の北川氏を天皇のように周辺の者に押し出すので、周辺の者は閉口していただけです。小生個人は、あの〈浜通り〉なまりの言葉がなつかしく、（もちろんケンカも度々しました）思い出深いヒトです」

　瀕死の病人があって二〇年ぶりに郷里へ帰った
　冬にしては暖かいある日のこと
　庭から眺める空中で
　烏と鳶とが
　戯れているかのように喧嘩していた

（「烏と鳶」冒頭部分）

兄の蔵治郎が一九七三年三月に死去しているので、この「烏と鳶」は、その折の作品なのでもあろうか。

一九九〇年四月十二日に北川冬彦が亡くなったさいには林家に知らせがあって、家人が葬儀に臨んだとのことであった。

詩集『女の棧』を、パート1・2の作品を中心に読んできた。他の部分の大略を紹介しておこう。3では、三好達治ほか詩人や作家たちの印象を述べている。4の多くは、生きるうえでの戦闘宣言と言っていいだろう。5は、グラフ誌の連載企画に添えた作品群でもあろうか。6は、海外旅行の印象が中心。最後の7では、家族たちと家庭とを語っている。

北川冬彦が死歿して十年後の二〇〇〇年（平成十二年）九月二十四日、北川多紀こと田畔サキイは満八十八歳の生涯を終えた。墓所は多磨霊園23区2種8側10番である。

3 ゆかりの人びと
──志賀直哉・埴谷雄高・島尾敏雄・鈴木安蔵ほか

昭和初期に、その時流を超えた文学をもって〝小説の神様〟と称せられた志賀直哉は、父直温《なおはる》の勤務地だった宮城県石巻で出生し、二歳からは東京相馬家旧藩邸内の祖父母の家で育てられた。志賀氏は代々相馬藩主に仕え、祖父直道は旧藩の中老などの要職を経て、維新後は相馬家の家令に就いていた。祖母も中村の人で、直哉の作品「祖父」を読むと中村を〝国〟と言っていたことがわかる。直哉は白樺派の作家として「網走まで」「大津順吉」「城の崎にて」「和解」「暗夜行路」などの作品を著し、文学界に広範な影響を与えた。

埴谷雄高は父三郎の勤務地であった日本の植民地台湾の新竹で生まれ、本名を般若豊という。般若氏は相馬氏直参家臣団の一員で、江戸初期には志賀氏との間に縁戚関係が結ばれている。小林秀雄に〝ウルトラ・エゴイスト〟と評された志賀直哉の文学と、〝自己が自己であることの不快〟を創作の根底に据えた埴谷雄高の文学とは対極に位置するものだろうが、そのふたりに縁が存在することに不思議さを感ずる。

明治維新による廃藩後に祖父佳景《よしかげ》が土着した小高の住所を、埴谷雄高は本籍地として終生変更することはなかった。「不合理ゆえに吾信ず」「虚空」「闇のなかの黒い馬」「死霊」などによって、埴谷は文学の表現の可能性を広く深くおし拡げたのである。

埴谷と同様、島尾敏雄の本籍地も小高である。父が輸出絹織物商をしていた横浜で生まれたが、父四郎、母トシともに小高の人だったため、幼時から夏休みなどには〝田舎〟と呼んだ小高で生活するのを例とした。祖母から「あそこにはダンポサマのハンニャハンがいたけれど、今は没落していなくなった」などと聞かされ、敏雄は巨大な般若の面を空いっぱいにイメージするのだった。島尾敏雄は「夢の中での日常」「出発は遂に訪れず」「死の棘」など多くの作品を残した。

憲法学者鈴木安蔵は小高町で出生した。父良雄は安蔵が生まれる直前に死去したので、母ルイと母方の祖父母などの庇護のもとで育てられ、相馬中学では開校以来の秀才といわれた。京都帝大時代に学連事件に関連した。日本憲法史、憲法学、政治学の研究ですぐれた業績をあげ、「日本憲法学の生誕と発展」など多数の著書がある。戦後、日本国憲法草案の作成に際し革新的立場から関与した。静岡大学名誉教授、立正大学教授を務めた。

このほか、埴谷とともに『近代文学』に拠って戦後文学のオピニオンリーダーとして活躍した荒正人は、父が相馬、母が鹿島の人だったため、鹿島の母の実家で出生している。〝人間探求派〟の俳人で『寒雷』の主宰者である加藤楸邨は、父が原ノ町駅長だったことから、小学生の一時期を原町で過ごし、その感性を育てあげた。また、映画「戦ふ兵隊」や「日本の悲劇」の監督亀井文夫は原町で生まれ、幼時に原体験をそこで得ている。父の松本良七は原町町長だった。

4　感謝を込めて、新藤謙さんを悼む

在野の評論家、新藤謙さんが亡くなられました。

昨年、二〇一六年十月十七日の朝、急性の心不全のため、いわき市江名風越のご自宅で、急逝なさったということです。

そのちょうど一か月まえ、九月十六日の消印があるはがきをいただいています。はがきには「九〇を目前にした私の脱力感は異状といえるくらいで老いの辛さに悩まされる毎日です」とありました。身体的な予兆、もしくは、それに重ねて世界の趨勢についての予兆というべきものを感じとっていたのでしょうか。遺著となった『体感する戦争文学』（彩流社）を出版したばかりのことです。

心からの弔意を表します。

わたしが新藤さんの存在を知り、意識したのは、三十年ほどまえ、一九八〇年代半ばのことです。

当時のわたしは『海岸線』という同人雑誌に拠っていて、「相馬地方と近代文学」を連載していました。そのなかで、「無産者文芸講演会」が一九二七（昭和二）年二月二十七日に当時の小高町（現、南相馬市小高区）で開催されたことをとりあげました。朝日新聞社が主催した講演会で、その報告「東北地方講演旅行記」を葉山嘉樹と山田清三郎が『文芸戦線』第九号（同年四月刊）に書いています。開催地は郡山市、福島市、仙台市、小高町、平市（現、いわき市）の五か所でした。どうして小高町で開催されたのかという疑問に応えてくれたのが、新藤さんの著書『百姓一代　評伝・平田良衛』（たいまつ新書・一九七七年）です。

『百姓一代　評伝・平田良衛』は、『愛と反逆　評伝・猪狩満直』（一九七八年）と『土と修羅　三野混沌と吉野せい』（一九七九年）と併せて、開拓地に入植して厳しい暮らしをしながら発信しつづけた「野《や》の人」を扱った三部作の第一作です。これらによって、わたしは新藤さんの執筆活動のありようを知り、それはわたしにとって学ぶべきものであると直感しました。以来、新藤謙さんはわたしの評論活動の親であり師である人なのです。井土霊山、大曲駒村、亀井文夫、北川多紀をわたしが再発掘し得たのは、その結果だと思っています。

新藤さんは、「北狄の矜持」「北狄の矜持・補遺」「まつろわぬ民の意地」「抒情と批評の統一」を執筆なさって、わたしの詩集『北緯37度25分の風とカナリア』『わが大地よ、ああ』や『福島原発難民』などをとりあげてくださいました。『福島原発難民』の帯文も新藤さんによるものです。感謝に堪えません。

新藤さんの人柄はもとより、お住まいの「風越」という地名にも惹かれて、かねてからお伺いしたいと思っていて、実現し

たのが二〇〇六年一月二十三日でした。東に太平洋を望むゆるやかな丘陵の中腹にお宅はあって、寒中なのにほっこりとした暖かさとゆたかな時間とにひたりました。それから十年あまりを経たのに、つい最近のことのように思い出されます。

執筆活動に托した新藤謙さんの思いを継いで、戦争を体感した世代としての責任を果たすつもりです。

5 平田良衛とその周縁（一）

高村光太郎詩碑が、南相馬市の南西部、小高区金房字摩辰にあることをご存じのことと思う。

ＪＲ常磐線小高駅から三キロほど西、金房小学校の校庭を過ぎて丁字路を右折し、北に向かうともうひとつの丁字路があるので、ここを左折して西に向かう。常磐自動車道の下を過ぎてなお進むと、路傍に横書の案内標識「高村光太郎詩碑　２００ｍ→」がある。標識にしたがってゆくと、こんどは「高村光太郎詩碑　40ｍ→」とある。右折するとすぐ、おおきな詩碑が目につく。

ここは平田良衛旧居跡の一隅である。

なぜ、ここに高村光太郎の詩碑があるのか。

平田良衛は、一九〇一年、当時の金房村小谷に生まれ、金房小学校、相馬中学校、第二高等学校（仙台）を経て、一九二六年に東京帝大文学部独文科を卒業ののち、社会主義運動に身を投じて大学院を自然退学した。野坂参三が主宰する産業労働調査所に入所し「インタナショナル」誌を編集し、その後『日本資本主義発達史講座』の企画・編集に加わるという画期的な業績を残した。

一九二七年に新田目マツと結婚する。ふたりのあいだには長男良と長女典子が出生する。

だが、平田良衛は一九三〇年代はじめに共産党に入党し、一九三二年に治安維持法違反で逮捕されたものの転向しなかったため、一九三六年までの四年間の獄中生活を強いられたのである。

出獄した平田良衛は、金房の実家に戻って小冊子「農村だより」を刊行した。

第一号　一九三七年三月十五日発行　四ページ
第二号　一九三七年五月一日発行　六ページ
第三号　一九三七年六月一日発行　六ページ

第一号の「発刊の挨拶」の筆者は平田良衛だが、その発行人は半谷清造とされている。半谷清造は、俳人半谷絹村の本名であり、発行所「農村だより社」の住所も絹村の住居、小高町大井字高野迫八十九になっている。

第一号には、半谷絹村「冬の句二題」、鈴木瑛女「春の断片」、飯崎三露子「来る日は遠し」など七篇、第二号には、鈴木安蔵「私の歌」、飯崎繁暢「農村より」など十篇、第三号には、紺野雄二郎「杉山先生」、半谷絹村「町議選に出馬落選す」など八篇が収載されている。

紺野雄二郎の「杉山先生」とは、のちに日本農民組合の初代組合長、全国労農大衆党の衆議院議員、戦後は衆議院副議長となった杉山元治郎のことである。杉山元治郎は、一九一〇年に小高に牧師として赴任して《自給伝道》を実践し、農村青年のための農民高等学校を一九一三年に開校し、〈百姓の先生〉として「農業と宗教」「小高文芸」を刊行した。それから二十年余りのちに、教え子の紺野が恩師の病気見舞いをした報告である。

平田良衛は、「発刊の挨拶」のほか、第二号に「日記の中から」「農村より」「編輯後記」を執筆している。

「発刊の挨拶」には、帰郷した鈴木安蔵を囲んで絹村らと会食歓談したこと、そのなかで国見山など阿武隈の山やまを背にひろがる田園風景が自分たちを育ててくれたことや、シベリアから渡ってきて越冬するアトリの群れのことなどを話題にしたこと、帰京する鈴木安蔵に山芋と鶏卵とを土産として持たせたことなどが書かれていて、「発刊の挨拶」というよりは、近況報告・ふるさと便りといった内容である。

「日記の中から」には獄中吟や近況を詠んだ十句、「農村より」には小作人たちのための負債整理組合を組織したことを書いている。だが、第三号に平田良衛は執筆していない。思うような執筆活動ができる時代状況ではなかったことが影響していたのであろう。

当時は、職を得ようとしても国策に沿った企業しかなかった。一九三八年、三十六歳の平田良衛は理化学興業に入社、理研映画を経て、四二年の暮れに中国へ渡って中華電影公司に入社した。妻マツと長女典子も翌年三月に上海に渡った。

しかし、戦況は悪化して敗色は濃くなるばかりであった。一九四五年四月、青島から神戸に向かう利通丸の切符が二枚手に入ったので、マツと典子が先に帰国することになった。ところが、不運にも九日の深夜、朝鮮の木浦沖で米軍潜水艦による魚雷攻撃を受けた利通丸は沈没し、二人は命を失ったのである。マツ三十九歳、典子八歳、敗戦のわずか四か月まえの不幸であった。ふたりの死亡を知った良衛は、軍用機に便乗して帰国し、所沢飛行場を経由して、敗戦を故郷の生家で迎えたのである。

戦後の平田良衛は、福島県民主人民連盟を組織する一方、小高地方の共産党組織を結成し、文化活動を展開するなど、諸分野でさまざまな活動を展開した。そんななか、一九四六年には志賀義雄の妹である川本節子と再婚し、開拓に従事して、金房村開拓団長となった。ふたりのあいだには、くり子とこむぎの姉妹が誕生した。小谷の実家から摩辰の開拓地まで二キロ足らず、当初は毎日かよったのだろうが、一九五二年に摩辰に住居を建て、移り住んだ。当時の暮らしぶりは、平田良衛著『農人日記』（一九七二年刊）に収載されている「農人日記」ほかによって、うかがい知ることができる。たとえば、「農人日記」のなかの「ある開拓者の話」や「牛飼い二十年」「ある少女像」などを読んでみるといい。

平田良衛は、一九四九年の衆議院議員選挙と、一九五〇年の福島県知事選挙とに、共産党公認で立候補したが、ともに落選した。その後、一九五四年に、小高町・金房村・福浦村の一町二村が合併して、小高町になった翌年の小高町議会議員選挙にも平田良衛は共産党公認候補として立候補し、このときは当選した。

同じ一九五五年に開催された全国開拓者大会十周年記念大会に出席した平田良衛は、そのとき朗読された高村光太郎の「開拓十周年」に共感して、その詩を石碑にして金房開拓農業協同組合入植十年の記念にしたいと考え、その旨を高村光太郎に伝えたところ、許可が得られたのだという。

平田マツと典子が〈戦死〉した同じころ、高村光太郎も東京空襲によってアトリエを焼失して、岩手県花巻の宮沢賢治の生家である宮沢清六宅に疎開した。ところが花巻の町も空襲を被って彼はふたたび罹災したのである。

高村光太郎は、戦後になってから花巻在の太田村山口に小屋を建て、そこで独居自炊の生活をはじめた。戦中の自らの〈暗愚〉を自らが裁こうという思いを托した開墾・開拓の生活だった。この暮らしは一九五二年までの七年間に及んだ。この間の思いを詩として表現した作品が「開拓十周年」だった。

こんなことがあって、平田良衛の許に、高村光太郎からペン書きの原稿が届いた。四十五行の長詩である。

高さ二メートルあまり、幅九〇センチほどの石碑に、以下のように刻字されている。

表面最上部に、泉汀林丈雄の篆書によって右横書きで「開拓碑」と刻字されている。林丈雄は相馬市在住の高校教師だったが、篆刻をよくし、その分野では全国のトップレベルであった。

その下はすべて縦書きで、第一行に「雲鶴渡辺尹松書」、第二行に「開拓十周年　詩　高村光太郎」と刻まれ、第三行からは詩が三段に分かち書きされている。

上段は、

赤松のごぼう根がぐらぐらと～はじめてここの立木へ斧を入れた時の

中段は、

あの悲壮な気持を昨日のように思いだす～食うものだけを自給したい

下段は、

個人でも国家でも～この運命をおうらかに／記念しよう

そして、最終二行に

昭和三十年十一月建之／金房開拓農業協同組合

とある。

裏面には、上部に九十一人の入植者氏名、下部に七十六人の増反入植者氏名が刻字されている。

詩碑は、当然のことながら金房開拓農協の敷地内に建立された。

ところが、のちにその場所に金房小学校を新設することになったため、詩碑をどこに移すかという問題が起きたのである。結局、建立のいきさつから、最終的には摩辰の平田良衛の家に近い現在地に移されたのだった。

いま、詩碑は、一・五メートル近い台座の上に安置され、桜やつつじなど数本の木立ちにゆったりと囲まれている。

詩碑わきの道を東方に向かうと、ゆるやかなくだりになっていて、自然に小谷の平田家へと導いてくれるのである。この道は、いくどとなく平田良衛が往来した道である。

［資料］

平田良衛『農人日記』（一九七二年十月三十日・平田良衛を励ます会）
新藤謙『百姓一代　評伝・平田良衛』
（一九七七年十一月二十日・たいまつ社・たいまつ新書）
平田良編『追想　平田良衛』（一九七八年五月三〇日・一同舎）

6　平田良衛とその周縁（二）

太平洋戦争終熄の翌年、一九四六年に当時の金房村（現在は南相馬市小高区）小谷字摩辰で開拓事業をはじめた平田良衛は、一九五二年からは摩辰一七九番地に定住して、その地を後半生二十数年間の活動の拠点にしたのである。

金房開拓団には百戸ちかい入植者がいて、平田良衛はその団長を務めた。入植者たちの厳しい生活環境を改善するためには、政治的発言・要求が必要だった。

一九四九年　衆議院議員選挙
一九五〇年　福島県知事選挙
一九五五年　小高町議会議員選挙

平田良衛は、これらの選挙に日本共産党の候補として挑んだけれど、当選できたのは町議会議員選挙だけだった。町議会では副議長に任じられ、発言の機会を奪われたのだった。

一九六二年の小高町長選挙では、日本共産党を離党し、町の民主化と町政改革を掲げて無所属で立候補したものの、当選には至らなかった。

この後は、いわゆる〈政治〉の分野からは離れての活動と発言とをもっぱらにしたのである。

戦前の一九三七年に、平田良衛が小冊子「農村だより」を第三号まで発行したことは、前回に紹介した。戦後になってからは、一九六五年から第二次「農村だより」を編集し発行しはじめ、一九七三年一月二十五日の第二十二号までを発行した。さらに、同じ年の暮れ、十二月二十九日に後妻節子が六十三歳で死去すると、翌一九七四年二月に「農村だより」を平田節子追悼特集号として編集発行した。

第二次「農村だより」に平田良衛が執筆した文章のおもなテーマを次に列記する。

・「黎明時代における小高町の人々」として鈴木餘生・半谷清壽・杉山元治郎・豊田君仙子ほかについて。
・恩師である大塚金之助や有縁のあらため新田目直寿について。
・戦前戦後の「小高地方の農民運動」について、あわせて六回の連載執筆。
・ツルゲーネフ『猟人日記』をパロった「農人日記」をタイトルとするエッセイを一九六七年刊の第五号から連載を開始。これは、その五年後に『農人日記』を刊行する契機となった。

平田良衛をはげます会から一九七二年十月三十日付けで発行した『農人日記』は、「農人日記」「思い出す人々」「農民運動について」の三部構成である。その内容を標題の列記で紹介する。

・農人日記

「大久原のSの話」「仔豚君とチカ坊」「O婆さんの話」
「ある開拓者の話」「牛飼い二十年」「ある少女像」
「狂乱時代―『東大安田講堂』」「小さな子供たち」
「元旦の感想」「豊田君仙子先生と俳句」

・思い出す人々

「旧『農村だより』の頃」
「『講座』発刊の頃―野呂栄太郎氏のことなど―」「恩師都甲《とごう》先生」
「大塚金之助先生」「新田目直寿という人」
「幕末相馬藩の農政―富田高慶と『報徳記』」

・農民運動について

「杉山元治郎の小高時代」「小高地方の消費組合運動」
「井田川干拓と農民運動」「開拓組合運動」
「私の村（農地改革前夜）」「開拓碑」

また、巻末には「付録」として次の六人によるエッセイが収載されている。

平田良「国禁の書―私の少年の日」
箱島信一「福島の人脈と平田良衛」
府川朝次「ここに生きる（開拓の詩）」
埴谷雄高「『資本論』と私」
島野武「わが先輩」
箱島信一「平田さんとの出会い」

このうち、平田良は良衛の長男で、のちに静岡大学名誉教授となった。

また、埴谷雄高による「『資本論』と私」は五年まえの一九六七年に岩波書店「図書」十月号に書いたエッセイの後半部分であって、同郷人であるふたりの不思議な出会いについて語っている。だれかのおおきな手による不思議な、しかし必然的な出会いだったのだろう。『農人日記』では、「『資本論』と私」の引用部分の末尾に、平田良衛が十行ほどの長い注記を書き加えている。

さらに、平田良衛をはげます会による「あとがき」と「著者あとがき」が付されている。平田良衛をはげます会の住所は、小高町西町高島屋呉服店（高島敬一郎）とされている。

平田良衛をはげます会が開催されたとき、埴谷雄高・みま美さか作太郎・まつやまふみお・中野重治ほかの人々からメッセージが届けられたというが、確認はできなかった。

『農人日記』は平田良衛の生前最後の著書となった。

これに先だつ一九七一年に、小高町は『小高町史』を刊行することになり、平田良衛を小高町史編集委員のひとりに任じた。彼の最晩年は『小高町史』の資料収集・執筆・編集のために傾注された。

私ごとであるが、一九六一年に福島県立小高農工高等学校に着任し、校名を改めた小高農業高等学校に一九七二年まで教員として勤務したが、そのあるとき、町史の資料を探索する平田良衛の姿を目にした記憶をとどめている。

一九七二年六月十日に、平田良衛など小高町史編集委員は「小高史雑記」を創刊した。判型は「農村だより」と同じ美濃判で、一九七四年四月十日の第七号までを刊行した。おおむね四ページだてだが、「半谷清壽翁を語る　特輯号」と題した第三号と終刊号となった第七号とは六ページだてであった。

平田良衛の執筆と確認できる文章のタイトルを列記する。

第一号「大悲山と大蛇記」「小高城の決戦と大蛇記」「（別説）大蛇記と小高川」

第二号「松本七郎左ヱ門という人」

第三号「編集室より」

第四号「明治の文豪　幸田露伴と小高町　井田川浦—大悲山見学　其他」「資料（一）小高郷の『赤々餅』由来記」「資料（二）蛯沢稲荷神社と相馬の神道（吉田神道）」

第六号「明治初年の小高町」

第七号「大曲駒村という人」

こうした平田良衛の活動を、メディアも注目した。「週刊朝日」は一九七三年十一月三日号に「阿武隈山麓・開拓団長の半生『農人日記』を出版する〝獄中の闘士〟平田良衛さん」を掲載した。また、ＪＯＴＸ—ＴＶは一九七五年五月十七日に「あすの大地に—開拓地に生きて」を放映した。

「小高史雑記」終刊号を刊行した一九七四年の暮れに、平田良衛は、三十年まえに中国からの帰国の途次に三十九歳で不慮の死を被った妻マツを追悼するために『平田まつ子追悼文集』を上梓した。このことには、前年に後妻節子が死亡したことが契機のひとつになったことであろう。そしてまた、自らの死を予知してのことのように。

それから半年ほどして、静岡大学で教授をしていた長男の平田良宅に転居したものの、病状が悪化して、一九七六年六月に静岡県立中央病院に入院した。しかし、入院三日後の二十九日に、脳出血のため逝去した。満七十五歳であった。

絶筆は、「思想の科学」八月号に執筆した「農村生活記」だった。枕頭には、一九七五年十二月に刊行された『小高町史』が供えられたという。

翌六月三十日、静岡市で密葬したあと、七月四日には戦後の二十年あまりを生きた開拓地の小谷字摩辰で葬儀がおこなわれ、埋葬された。

墓碑のおもて面には、「平田良衛　マツ　節子　典子　之墓」、そして、背面には、次のように刻字されている。

良衛　昭和五十一年　六月二十九日没　七十五才
マツ　昭和二十年　　四月　　八日没　三十九才

節子　昭和四十八年十二月二十九日没　六十三才
典子　昭和二十年　　四月　　八日没　　八才
　　昭和五十六年七月二十五日　平田良　建之

一九七六年十月三十日、「平田良衛を追悼する会」が都内の出版クラブで催され、小高町長鈴木重郎治、金房農協組合長木幡敏郎、金房開拓者筥崎勝弥、友人門馬政隆、同級生門馬英雄、町議会議長佐々木清明からの追悼文が寄せられたという。

そして、一九七七年三月八日におこなわれた国民救援会の合葬祭に、青山墓地内の「無名戦士の墓」に、妻マツ、節子とともに合葬された。

平田良の編集によって、『追想　平田良衛』が一九七八年五月三十日付けで一同舎から出版された。戦前篇・戦後篇・追想の三部構成で、巻末には追悼文と年譜が付されている。平田良衛の文章が、戦前篇に「中野・落合時代」「『講座』発刊のころ—野呂栄太郎氏のことなど」「獄中書簡」、戦後篇に「開拓組合運動」、あわせて四篇が収載されているほか、四十人ほどの人びとによる文章が収録されている。

また、新藤謙による『百姓一代　評伝・平田良衛』が「たいまつ新書」の一冊として一九七七年十一月二十日付けでたいまつ社から出版された。

7　講演・『極端粘り族』宇宙人のつむじ曲がり子孫

若松です。先ほど赤坂館長さんから私がこの埴谷・島尾記念文学資料館を作ったとのご発言がありましたが、訂正していただかないといけないと思います。私が作ったのではありません。小高町（現：南相馬市小高区）で作りました。私は少しお手伝いをしたということになります。

ヘンテコな演題をつけておりますが、本題のまえに、埴谷・島尾記念文学資料館の設立までの経緯などを少しお話しします。

お手元の資料の後ろから二ページ目に、年別の事項を書いたものがありますので、これを眺めながらお話しします。

今から二十四年前の一九九二年、平成四年ですが、当時の町長は菅野弘さんで、教育長は木幡喜久治さんでした。この年に町内の文化団体から、文化会館を作ってほしいという陳情がありました。町議会は、これを受けて文化会館建設を採択、同時に、文化の里資料収集事業をスタートさせます。早い段階から小高町は、「小高は文化の里」という言い方をしておりました。そこで、小高町に本籍を持つ埴谷雄高、そしてすでに亡くなられていた島尾敏雄、この方も本籍を小高町に置いていらっしゃいました。このおふたりの文学作品、あるいはそれに関する資料を集めて展示公開して、「小高は文化の里」であるという町民の意識を高めたい、強めたい、確かなものにしたいという考えを持ちまして、この事業を進めようとしました。

その翌年（一九九三年）の六月、直接担当されていた星義弘さんが、私の家にいらっしゃいまして、小高で文学館を設立するから手伝ってくれないかという話でした。私は、その翌年（一九九四年）の三月に退職する予定でしたので、ちょうどいい巡り合わせだと思いまして、そのとき即座にお受けしたのかどうか記憶が確かではないのですが、そのようなことで小高町と関わりを持つようになりました。たぶん、星さんが私のところにいらしたのは、『海岸線』という同人雑誌に「相馬地方と近代文学」というテーマで私が連載をしておりました。そこで、埴谷雄高、荒正人、島尾敏雄といった人たちのことを書いていましたので、星さんはそれを読んで、「少しは役に立つかもしれない」ということで、声をかけてくださったのだろうなと思います。

私は調査員というかたちで、外からお手伝いをするという立場で関わり始めました。お手元の資料にありますように、小高町は、「文化の里資料収集調査委員会」や「文化会館建設懇談会」を発足させまして、一九九七（平成九）年に文化会館を建設するということを議決し、翌年（一九九八年）から建設が始まり、一九九九（平成十一）年には建物が落成します。

話し合いのなかで、小高町が埴谷雄高・島尾敏雄おふたりの資料収集に加え、将来的には、小高町にかかわるそのほかの文化関係者の資料も収集展示するという方向性を定めたことから、館の名称を「埴谷・島尾文学資料館」ではなく、「埴谷・島尾記念文学資料館」として「記念」という文字を入れました。これは、つまり、埴谷・島尾のふたりだけではなくて、他の文化人たちの資料も収蔵していくという意味合いを持たせたものでした。

この文化会館は、単なるホールや会議場だけではなく、資料を展示するスペースと、資料を収蔵するスペースを確保することになりました。この収蔵スペースは、展示スペースの二倍以上の広さを確保しました。展示スペースに使用する写真は、ここにいらっしゃる写真家の島尾伸三さんに、埴谷雄高の写真を撮影していただいて、それを使用しています。

二〇〇〇（平成十二）年五月二十日に資料館は、開館をします。そのときは、島尾ミホさんに来ていただいて、「島尾敏雄の文学作品と創作の背景」という題で記念講演をしていただき、企画展「埴谷雄高全著書」でスタートしました。

その過程のなかで、直接的に小高町教育委員会職員として担当したのは、佐藤政宜さん、星義弘さん、武内英敏さん、松本光信さん、そして現在は寺田亮さんという方々が館の運営を進めてきているのです。私は単なるお手伝いというわけです。お手元の資料に現在までどのような企画や催しをしてきたかを全部ではありませんが、記しておきました。

ここまでが表のお話です。表もあれば裏もあるので、裏の部分をお話ししておきます。先ほど申し上げましたように小高町は早い段階から、埴谷・島尾のおふたりに関する資料を収集しようとの方針を立てて、直接埴谷雄高さん、島尾ミホさん・伸三さんを訪問して、町の考えをお話しし、協力をお願いしたわけです。例えば、埴谷さんには、教育長をはじめ何人かの方でお伺いして、趣旨を申し上げたところ、賛同なさって、自分の全ての所蔵する蔵書、資料を小高町に寄贈するというお話をなさいました。そのときに埴谷さんは要望として、単なる展示館ではなくて、二人の研究センターになるようにして欲しいとおっしゃっています。そして、早速、埴谷さんから資料が送られ始めたわけですが、それだけでなく、小高町は、町長が埴谷さんを訪問しまして、「文学資料贈与に関する覚え書」という文書をとりかわしています。つまり、小高町と埴谷さんとは契約をして、資料全てを小高町に寄贈するということになったわけです。

ところで、埴谷さんには、ご自身の考えによって子どもがいません。著作権継承者あるいは遺産相続人は、初代さんというお姉さんのお子さんです。埴谷さんの甥にあたる方で、小高町は、その方のところにも教育長ほかが訪問しております。

ところが、埴谷さんには借金が出版社にたくさんあったようです。埴谷さんの吉祥寺のお宅は抵当物件になっておりまして、亡くなられたあと、即時的にと言っていいくらいに建物が取り壊されてしまいました。したがって、蔵書類など全てが湯河原のお姉さんの旧宅へ運ばれました。そのようなことがありまして、埴谷さんが所蔵されていた資料の行き先が決まるまでに長い時間を要しました。

神奈川近代文学館の理事や事務局長の方々と数回の会談を町はおこないました。なぜ、神奈川近代文学館かといいますと、甥御さんがおっしゃるには、埴谷雄高がボケていて、小高町と契約したほかに、神奈川近代文学館にも寄贈するという約束をしたということでした。そういう事情がありまして、処遇に手間取ったわけですが、最終的には、埴谷雄高が書いた原稿やメモなど手書きの類のものは、神奈川近代文学館に寄贈され、蔵書類、著書などは小高の文学資料館へ寄贈されることになりました。四年がかりでこの問題が解決しました。

島尾さんとの関係では、先ほど申し上げましたように、ミホさんを訪問し、伸三さんにも協力の快諾を得て、伸三さんはご自分がお持ちの島尾敏雄の著書や関連の資料を送ってくださいました。もう少し付け加えますと、埴谷さん島尾さんおふたりに関係する方々五〇〇人近い人に対して資料収集の協力依頼の文書も発送しています。この結果、主な寄贈者としては、埴谷雄高関係資料では、森泉笙子さん、人見敏雄さん、島尾敏雄関係資料では、遠藤秀子さん、大﨑芳一さん、平田良衛関係の資料を平田良さん、この方はご子息です。鈴木安藏関係の資料を鹿島理智子さん、この方は鈴木安藏の長女の方です。こういった方々からご寄贈いただき、さらに不足分については、古書店や新刊書店などから購入し、充足させたということになります。

さて、タイトルの「『極端粘り族』宇宙人のつむじ曲がり子孫」についてお話しします。

さかのぼること一九三九年十月、この年は昭和十四年で、第二次世界大戦がヨーロッパで開戦された年です。始まったのが九月ですが、その翌月十月に福岡で『こをろ』という雑誌が創刊されました。その同人に当時学生だった島尾敏雄が参加します。同じ月に東京で『構想』という同人雑誌が創刊されます。その創刊同人は、埴谷雄高、平野謙、山室静、佐々木基一、そして赤木俊。これは荒正人のことです。この五人に本多秋五と小田切秀雄を加えると七人。この七人は、戦後すぐに創刊した『近代文学』の創刊同人です。戦後文学のなかで大変重要な位置を占める『近代文学』のいわば前身が『構想』です。『こをろ』と『構想』このふたつの雑誌が期せずして同時に発刊されていて、島尾敏雄は『近代文学』に途中から参加します。つまり、福島県の南相馬という小さな町に『近代文学』の主要な同人三人が参加していることを言っておきたいと思います。

荒正人は、父親が相馬（中村）の方、母親は鹿島の高橋さんという家の方です。荒正人は、母親の実家である鹿島町で生まれています。

その荒正人が一九七九（昭和五十四）年六十六歳で亡くなりますと、埴谷雄高は、荒正人への追悼文を五篇書いています。そのなかのひとつに「荒宇宙人の生誕」という文章があります。その一部を読みます。「荒正人も私も、そしてさらにまたつけ加えると、島尾敏雄も日本文明の遠い僻地である福島県の片田舎の互いに僅か数里しか離れていない箇所を父祖の地としているのは、大げさに言えば、『精神の異常性』についての或る種の発生学的見地からいつて、いささか気にかかることである。（中略）互いの共通項は、『彼等はどうやらひどく変つていて、本来彼の地にある東北人の鈍重性を、よくいえば、或る種の哲人ふう徹底性をもつた永劫へ挑戦する根気強さ、悪くいえば、馬鹿の一つ覚えを、よそもまわりもまつたく見えぬ一種狂気ふうな病理学的執着ぶりのなかに培養結晶化して、長いあいだまつたく同じことを、熱心に、また、はしにもぼうにもかからず愚かしく、ただただやりつづけている』ということになるだろう。」と言っています。

つまり三人それぞれはなにかひとつのことを粘り強くやり続けているというのです。その具体例として埴谷雄高が挙げているのは、荒正人については『漱石研究年表』です。夏目漱石の五十年間の生涯を九〇〇ページにわたり、こと細かく書いています。これは、とても徹底していて、通常の年表、年譜の概念を大きく超えています。

荒正人は、法政大学の教授になり、研究室に行くと、自分が作った電話帳から名前を拾い出して、日本中あちこち漱石について知っている人に電話をかけつづけたというのです。法政大学の電話使用料が、荒正人が勤務するようになってからとても増えたため、クレームがついたというエピソードを聞いたこともあります。

それから島尾敏雄の場合は、『死の棘』、埴谷雄高の場合は『死霊』を挙げて、「このような『極端』な無限格闘へ向つてひたすらつつ走り得た」理由、それは何だったのだろうか、三人がしたこと、できたことの理由を次のように埴谷雄高は推理しています。

「どうやら、中村、小高、鹿島という砂鉄に富んだ地域一体に嘗て遠い有史以前に驚くほど巨大で、また、奇妙な内的燃焼を持続する隕石が落下して、（中略）その異常な粘着性を核心にまだとりのこしているその放射性断片がここかしこに散らばり、『極端粘り族』宇宙人のつむじ曲がり子孫を地球に伝えた、とでもいっておくより仕方がないのである。」つまり隕石からの放射性物質断片のせいだというのです。

埴谷と島尾ふたりの本籍地は、直線距離でおよそ一・五キロ、島尾敏雄の母親の実家である井上家は、埴谷の本籍地から五〇〇メートルぐらいのところです。

島尾敏雄は横浜生まれとなっていますが、当時の習慣で、先ほどお話した荒正人が鹿島で生まれているように、母親の実家で出産することが多かったので、私は、たぶん島尾敏雄は小高で生まれたのではないかと、自分勝手に想像しています。小高と鹿島は二十㎞足らずです。南相馬市は『近代文学』の同人三人が関係する土地なわけです。つい一週間ほど前に聞きましたけども、島尾敏雄が生まれたかもしれない、子どもの頃しょっちゅう来ていた井上家が取り壊されてしまったことを聞きました。

これも「核災」のせいです。私は「原発事故」と言わず、人間が自ら作り出した災害だと考えて「核災」という言葉を使っています。こうして大切なものがどんどん失われてゆくことを悔しいと思っています。

もう少し荒正人への追悼文の紹介をしますと「後天的に私達三人とも揃って故郷で育たず、各地を『流浪』する故郷喪失者になつた」が、有史以前に落下した隕石の放射性断片による「不思議な一筋の糸の尽きせぬつながり」によって、三人が結びつけられたのだと、このように埴谷雄高は言っています。

井上さんの家がなくなったので、ここで私の詩を紹介します。「岡田の柚子」という詩で、「核災」のあった翌年に発表した詩です。岡田とは井上家のある字名です。

いつもの年なら
冬至の日の浴槽に浮べたり
白湯に入れて香りを楽しむ
柚子の実なのに

福島第一に核災があって
人びとが住めなくなって
人びとの暮らしが奪われて
柚子の実は収穫されなかった

小学生の島尾敏雄が
冬休みに帰ってきては入った柚子湯
岡田のばっぱさんの家の

だれもいなくなったばっぱさんの家の
門口の柚子の木の数十粒もの実
木についたまま茶色く小さく縮んで

家人がいなくなって柚子の実を収穫しないままだと木は枯れちゃうんですね。井上さんの家までなくなってしまったというたいへん残念で悔しいことになってしまいました。

『近代文学』に関係のある三人が南相馬市とゆかりがあるというのが、異常、あるいは奇跡としか言いようがないというのが私の思いです。

そして、さらに言いたいことは、この三人だけが『『極端粘り族』宇宙人のつむじ曲がり子孫』ではないと、私が考えていることです。

例えば半谷清壽です。この人は『将来之東北』という本を著しまして「東北が独立してこそ日本の独立」があると言っていまして、いわば「東北学」を創始した人であり、赤坂館長の大先輩にあたる方です。

それから井土霊山です。この人は、中村に生まれて子どものころに原町に移って原町で育った人で、年齢は半谷清壽の一つ年下です。彼は、日清戦争のときに過去の日本と中国との関わりを説いて、清と戦うことに反対して、日清友好を説いた人です。

それから大曲駒村です。この人は第二次大戦中に「趣味亡国」ということを言いました。彼の趣味とは、江戸川柳ですが、戦争にそっぽを向いて、江戸川柳の研究に没頭しました。趣味は国を滅ぼすといいますが、国を滅ぼすのはほんとうに趣味なんでしょうか？

それからドキュメント映画作家亀井文夫。この人が原町生まれということはあまり知られていないのですが、戦争中は「戦ふ兵隊」で、戦後には「日本の悲劇」でどちらも上映禁止になりました。「日本の悲劇」は占領軍に禁止されたのです。戦中、占領下、どちらとも上映禁止の映画を作ったのは彼だけでしょう。その後は「世界は恐怖する―死の灰の正体」で核の問題、「生物みなトモダチ―トリ・ムシ・サカナの子守唄」で生き物との共存・共生という問題を提起しました。

反権力の立場から、これらの人びとが考え、主張したことが、過去の問題ではなく、現代にも関わる問題提示であったこととして、改めて見直されていいのではないかと思います。

男性ばかりではなくて、女性のことも話します。私がたぶん発見したはずですが、北川多紀という人物です。『時間』主宰者の北川冬彦という詩人の妻なのですが、この方の旧姓は林崎で、生まれは鹿島区の小池です。北川多紀は、自分の出生をあきらかにしなかったのですが、調査した結果、鹿島の生まれとわかりました。詩集に『女の桟』がありますが、そのなかに自分の故郷の心象風景などを詠んだ作品がたくさんあります。感性の優れたたいい詩人だと思います。

それから、新開《しんかい》ゆり子という児童文学者は原町出身です。

荒このみさんは、荒正人の次女でアメリカの黒人文学研究者です。『マルコムX―人権への闘い』は岩波新書に入っています。

最近では、内田聖子《うちだせいこ》さんが、谷川雁や石牟礼道子と親交のあった森崎和江の評伝『森崎和江』を出版しています。彼女は原町区大甕生まれです。これらの人たちも宇宙人の末裔にあたる方ではないかと思います。

資料館にお願いしたいことは、こうした人たちの資料も収集してほしいということです。

二〇一六年十月二十九日、小高生涯学習センター「浮舟文化会館」にて

解説

壮大な福島浜通りの文学史を構想していた「極端粘り族」

若松丈太郎著作集第二巻『極端粘り族の系譜』に寄せて

詩人・評論家　鈴木比佐雄

1

二〇二〇年秋には、今回の第二巻の第一章と第二章を収録した新しい評論集の編集案とタイトル案が若松氏と私との間で四、五年の期間をかけて、ようやく確定した。私がその評論集の出版の組版などに取り掛かりますかと尋ねると、若松氏は『極端粘り族の系譜』は後にして、まず新詩集を先に出したいと語られたことに驚かされた。そしてその原稿を送るので意見を聞かせてくれとのことだった。原稿を拝読して私はきっと若松氏の思想・哲学が込められた代表詩集になるだろうとの感想を言い、タイトルにはその意味からも『夷俘《いふ》の叛逆』が最も相応しいのではないかと電話で伝えた。すると若松氏は当初は「ひとにはことばがある」を考えていたようだが、すぐに私の提案に賛同し『夷俘の叛逆』にしようと即答して、タイトルに合わせた編集の組み換えも同意してくれ、翌年の3・11の奥付で刊行することになった。なぜ『極端粘り族の系譜』を後にする選択をしたかを推測すると、今回資料編に入れた平田良衛などの追加する人物も考慮していたのかも知れない。また自らの体調のことを考えて、評論集の校正や加筆にはかなり時間と労力がかかるので、詩集刊行後にと判断したのだろう。特に大震災・原発事故から十年が経過した年に新詩集を刊行したいという詩人としての矜持があったように感じられた。

ところで私が初めて「相馬地方の近現代文学とその周辺」と相馬地方の個性的な人物の研究の話を若松氏から聞いたのは、二〇一一年四月十日だった。私は若松氏から送られた『福島原発難民』の編集案の打ち合わせと、その中に収録する写真を撮影するために、カメラマンと一緒に避難先の福島市内に前日に入って、十日の朝七時半には車で若松氏の義姉宅から自宅に向かった。無人の飯舘村を抜けて、浜通りの破壊状況や放射性物質のことなどを話していると二時間で、人がほとんど外出していない南相馬市駅前商店街近くの若松氏の自宅に到着した。書斎に入ると、大震災の際には本棚から本が落ちてくる中で必死にパソコンなどの家電品が倒れないように手で押さえたと身振り手振りをしながら伝えてくれた。その際に岩手県出身の若松氏の叔父たちには、夭折した詩人の若松千代作や歌人の林平がいて曾祖父や祖父も詩歌を嗜んでいたと言い、自分が親族の中で例外的存在ではないことを話してくれた。若松氏は反原発の詩や評論を書き続けてきてそれが仕事の中心のように思われているだろう。しかし内実は福島浜通りの相馬地方出身の文学者、相馬地方ゆかりの埴谷雄高・島尾敏雄・荒正人・鈴木安蔵などの文学者・評論家・学者たちが作品の中でこの地方について触れている箇所を調査し、若松氏が中心になって創刊した地元の雑誌「海岸線」や地元紙などに連載もしてきた。若松氏は原発事故が落ち着いて時間が出来たらこのような地域の文化・歴史を残すような仕事をまとめたいのだという胸の内を語ってくれた。私はそんな浜通りの文学史の研究が若松氏のもう一つの重要なライフワークであると原発事故直後からひと月余りのその時に認識できた。

海岸から四キロメートルほどの南相馬市の原ノ町駅前近くの民家は一部の家で青いシートで屋根を補強している家もあるが、外から見る限りでは地震の被害がひどくなかった。若松氏が教員をしていた県立原町高校や相馬野馬追の祭場などに行き撮影をした後で、小高区にある若松氏が設立に関わっている浮舟文化会館「埴谷・島尾記念文学資料館」に行こうと提案してくれた。ただ二〇キロメートル圏内は立入禁止なので、警察官の検問があって大半の車は引き返している。その時に若松氏が「埴谷・島尾記念文学資料館」の調査員の名刺を出して、貴重な資料が無事かどうか調査するために検問を通して欲しいとお願いすると入れてくれた。いま思うと埴谷雄高と島尾敏雄の貴重な資料は特別なものであることが分かる。若松氏が二〇一二年十二月に刊行した『福島核災棄民』の「原発難民ノート2」の中に四月十日のことが記されてあるので引用する。

四月十日　鈴木比佐雄さん、カメラマンの福田文昭さんと南相馬市へ向かう。前日、鈴木さんは出身地であるいわき市薄磯に立ち寄って、津波被害の惨状ぶりを目に焼き付けてきたという。勤務していた原町高校、相馬野馬追の会場地雲雀ヶ原などを案内したあと、警戒区域に指定されている小高区に入る。津波の被害は町内の岡田通りにまで及んだそうだ。埴谷雄高さんの本籍地のあたりはどうだろう。設立に関与した埴谷島尾記念文学資料館は、外から見たところでは無事らしい。ただ、地震によって、収集した資料、なかでも埴谷雄高さんから寄贈いただいた蔵書などが書架から落下し散乱した状態のまま、担当者の寺田亮さんも緊急避難したのではないかと思われる。今後、これらの資料をどうすべきか、考えなければならない問題だ。海側に向かうと、六号国道を過ぎたあたりから、津波の爪痕がなまなましい。松本義治さんの家がある川原田は壊滅状態だ。大井も平地の家は損壊しているが、山尾良雄さん宅や島尾敏雄さんの本籍地は無事の様子。避難区域の行方不明者捜索がようやく始められ、塚原でも防護服を着用して作業が行われていた。塚原には担任した生徒の実家があったが、あとかたもない。塚原から小沢へ向かったものの、路上の瓦礫が未処理のため、引き返す。（略）真野川河口にかかる真島橋が無事なので、そこから周囲を望んだ。かつての烏崎や右田のたたずまいを知るものにとって、思いだすたびに涙が浮かんでくる光景が、そこにはあった。原町第一小学校に設けられた避難所を訪れてみる。ここに避難している人の多くは、行方不明の家族がいて、一刻も早く情報を得たいとの思いを抱いている避難区域の人びとだそうだ。

このノートに記されている、文学資料館の埴谷雄高から寄贈された書籍類、埴谷雄高や島尾敏雄の本籍地などがどうなっているかは、このひと月間の心配事であったが、埴谷雄高の本籍地のことはわからないが、埴谷雄高の書籍類と島尾敏雄の本籍地の家屋は何とか無事であったことで少し安堵されたようだ。しかし小高川の流域の津波によって破壊された家々を見ながら私は車を運転していたが、教え子や知人の家がぶち抜かれて破壊されている様子を見ると、若松氏は絶句されていて痛みをこらえているようだった。若松氏が暮らす南相馬市原町区と同じく、隣接する小高町（現在は小高区）は若松氏の愛した町だった。それは数キロメートル以内に戦後文学を牽引した「近代文学」のメンバーの埴谷雄高、島尾敏雄の本籍地があり、荒正人も二〇キロメートル先の南相馬市鹿島に本籍地があり、小高商店街の中には憲法学者鈴木安蔵の実家があり、また安蔵の父で若くして亡くなった俳人・銀行員の鈴木余生が、後に川柳辞典をまとめた大曲駒村と一緒にこの町で句会を開き親しい交流をもったからだろう。若松氏が生まれた岩手県江刺郡岩谷堂町に小高町が似ているから特に親近感を抱いていたと語ってもいる。その町が津波や放射性物質で破壊されていることを目撃し、涙を流すほどの痛切な思いを抱いていたことを読み取ることが出来る。さらに、四〇年前の一九七〇年頃から東電福島原発の危険性に警告を発してきたこともあり、言葉にできない無念な思いや怒りが深かっただろう。

私は翌年の二〇一二年十月初旬に、『福島核災棄民』に収録する撮影のために、詩人でカメラマンの柴田三吉氏と一緒に若松氏宅に向かい、前年と同じように小高町に行き、前年に行く余裕がなかった駅前の小高商店街に入った。その際に若松氏は「くすり」という看板のある店の前に立ち、少し誇らしげにこの薬局が日本国憲法に影響を与えた憲法学者鈴木安蔵の実家であると説明し、父の俳人の鈴木余生と大曲駒村たちが熱い友情で結ばれていて、この町に豊かな文芸・文化を生み出していたことを詳しく語ってくれた。また店の奥に隣接する少し傾きつつある蔵には鈴木余生や鈴木安蔵の貴重な資料が眠っているのではないかとその保存について懸念していた。若松氏が浜通りの文学史をこの小高町を重要な源泉として考えていて書き継ぎまとめようと構想していたことを、私は頷きながら胸に刻んでいた。

2

第二巻は序文、四つの章、人名索引、解説文に分けられている。〈序文に代えて「極端粘り族」宇宙人のつむじ曲り子孫〉において、若松氏は、埴谷雄高が父祖の地を同じくする埴谷と島尾敏雄と荒正人のことを「精神の異常性」でもあり「東北の鈍重性」とも言える「或る種の哲人ふう徹底性をもった永劫へ挑戦する根気強さ」を抱えていることから「極端粘り族」と名付けたことに対して、その「徹底した根気強さ」を自分を含めた蝦夷の末裔とも言える東北人の根底にある精神の特徴であると考えていった。そして若松氏は「極端粘り族」に相応しい人物たちを発見して次のように紹介していく。

『将来之東北』を著し東北学の創始者であり「夜の森」の桜並木を残した実業家の半谷清壽。日清戦争を「真に千古の愚挙」だと批判し今でもロングセラーの書の手本『和漢五名家千文字集成』の著者の井《い》土《ど》霊山《れいざん》。俳人鈴木余生やその子の鈴木安蔵を支援し『川柳辞典』を始め数多くの書籍を企画・編集した俳人大曲《おおまがり》駒村《くそん》。『日本資本主義発達史講座』（七巻）を企画編集し個人誌『農村だより』を発行した平田良衛。治安維持法第一号として逮捕され、戦後は「日本国憲法」の基になった憲法研究会「憲法草案要綱」を起草した鈴木安蔵。小高町福浦村の村長を務め数々の校歌を作曲し『現代イタリア音楽』で芸術選奨を受賞した天野秀延。上映を禁止された『戦ふ兵隊』や『日本の悲劇』『世界は恐怖する』などドキュメンタリー映画作家の亀井文夫。二十三年間の闘いで東北電力に浪江・小高原発を事実上断念させた舛倉隆。これらの粘り強く鈍重に持続する「精神の異常性」に若松氏は魅せられ続けてこの研究を持続していたのだろう。

第一章「相馬地方と近現代文学」は次の「はじめ」から始まる。

> 相馬地方と文学がいかに関わったかを、明治から現代にわたって鳥瞰してみようというのがこの文章の目的である。相馬地方（旧相馬郡）を訪れた文学者が書き残した

作品、あるいは相馬地方ゆかりの文学者が故地をどう書いたかその作品、それらを目のとどくかぎり拾いあげたいということである。先行の研究者の著作を多く参看し、また識者にもお尋ねしたが、短期間の調査でのことゆえ遺漏や誤りが多いことと思う。

この「相馬地方と文学がいかに関わったかを、明治から現代にわたって鳥瞰してみようというのがこの文章の目的である」という発想は、若松氏が一九六〇年に浜通りの高校教師となって二十五年が過ぎ相馬地方のことを第二の故郷として感じ、ここには近現代文学の鉱脈があると発見したためだろう。「相馬地方と近現代文学」は地元の雑誌「海岸線」（一九八三年〜一九九二年、16号〜27号）に発表され、その後も若松氏は新たに分かったことを書き加え修正し続けていた。執筆の姿勢として若松氏らしくとても謙虚であり、この相馬地方の文学史を過去のものと捉えず、後世の人たちにその文学史に参画して持続して欲しいという創造的な志を抱いていたようにも思われる。

「相馬地方と近現代文学」は三十の項目に分かれる。

1の幸田露伴は雑誌『太陽』の紀行文を執筆するために、一八九七年十月七日早朝に上野駅から磐城線（後に常磐線と変更）に乗り込んだ。当時磐城線はいわき市の北部の久之浜駅までしか開通していなかった。翌年の八月に宮城県の岩沼駅まで全線開通した。三十一歳の幸田露伴は担当者と一緒に久之浜駅を降りて、人力車や徒歩で原町、鹿島、中村（相馬）まで行き、原町では按摩に相馬節を頼んで歌ってもらい、ついには万葉集の頃から詠われている「松川浦の絶景を探る」旅を「うつしゑ日記」に記した。若松氏は原町の自宅の周辺を百年前に幸田露伴が描写していたことに驚き、引用しながら現在の町にはない芝居小屋がどこにあったのかを思い遣っている。このように「松川浦舟遊」は文人だけでなく当時の人びとにも憧れだったことを伝えてくれている。四〇歳代後半の若松氏が、常磐線の全線開通前年の頃に上野駅から乗車する幸田露伴から筆を執り始めたことは、ある意味で近現代の科学技術である鉄道がこの相馬地方に何をもたらし、この縄文・弥生時代の痕跡が刻まれた地と中世・江戸時代の野馬追などを継承させてきた人びとをどのように変貌させていったか、という相互関係を検証する試みでもあったろう。

2の田山花袋は小説「蒲団」によって島崎藤村と共に日本の自然主義文学を作り出した。露伴よりも早くから福島県には四度ほど足を運び、「私はこの山地を浪江、川俣間で横切ってみた」「この山地には山桜が多かった」と記した花袋の文を若松氏は引用し、その他にも「平潟、棚倉間」、「平、小野新町間」、「梁川、角田間」でも阿武隈山地を横断していることを文章から調べて、花袋が浜通りから中通りをよく知る小説家であると指摘している。そのような現地調査をして松川浦を主題にした「松川浦に遊ぶ」が三十枚にまとめられたという。

3の志賀直哉は、祖父直道が相馬藩士で中老という大役を務めた人で、その家は相馬にあった。父の直温《なおはる》が宮城県石巻の銀行に勤務していて直哉の出生地は石巻だったが、直道は幕末頃には中村藩の財政立て直しをした優秀な藩士であり、維新後に起きた相馬事件の関係者でありながらも、孫の直哉は父よりも祖父・祖母に人間形成において影響を受けたと若松氏は指摘し、相馬地方と直哉のかかわりの深さを伝えている。そして「小説の神様」とも言われた志賀直哉は晩年に「祖父」という小説を書いていて、影響を受けた相馬藩士の精神性とは何かを問い続けていたのではないかと若松氏は暗示している。

4の河東碧梧桐は、正岡子規の死後に全国行脚を志し一九〇六年十月に仙台から南下し中村（相馬）と小高に立ち寄った。中村では俳人でコロボックル研究家である春水（舘岡虎三）たちと句会を開き、翌日には松川浦で船を泛べ、「水茎山の夕顔観音に上って、浦の全景を見晴ら」した。その日の夜は小高の大曲駒村宅に泊まり、小高の俳人たちと句会を開く。翌日には「朝、餘生の墓に参る」。そして「餘生の寡婦其遺子にも会ふ　我を見て泣く人よ寒し我も泣く」と碧梧桐は記した。若松氏は二十七歳で亡くなった鈴木余生の遺児に対する碧梧桐の人情に厚かったことを伝えている。余生の句も紹介されているので三句引用しておく。「混沌として大きな初日かな／大水のあと砧打つ月夜かな／冬の部の句帖を染むる血潮哉」。

5の大須賀乙字は中村の出身で、父は漢詩人の大須賀筠《いん》軒《けん》で相馬地方や仙台で学校教授を務めていた。乙字は東京帝国大学国文科に在籍している頃から碧梧桐門の俊英として俳壇の主流にいた。乙字の俳論の「隠約法・暗示法」は新傾向の碧梧桐の俳句の特徴の理論的根拠を明らかにする論説だった。また若松氏は乙字の中心的な俳論「俳句境涯論」を「一言で要約するならば〝芭蕉に帰れ〟と主張するごときものであった」と紹介している。乙字は風邪をこじらせ一九一九年に亡くなったが、前年からスペイン風邪が流行っていたので、その影響もあったかもしれない。若松氏は乙字の「松川浦舟行」十九句とその後の松川浦の句を乙字の才能を惜しむかのように紹介している。次の五句を挙げておきたい。「涼しさや舟中に遇ふ通り雨／雲のさま月あらむ薄稲光／薫風や荻の長洲を廻りつきず／炎天の洲に餌を拾ふ千鳥かな／靄に消えあらはるゝ島も帆も涼し」。

6の長野県に生まれた久米正雄は「小学校校長だった父

は、火災によって校舎とともにご真影を焼失した責任を取って、割腹自殺を遂げた」ことにより、母の実家である郡山市に移住した。そんな久米正雄は一九二一年に『万朝報』が主催する「第二回学生徒歩旅行」に応募し、盛岡から中村に入り小高を経て東京まで歩いた。その「中村から原町をへて小高へ」（「万朝報」より）が引用されている。若松氏は、歩きながら亡父や他の親族を想起し、死者の思いを背負いながら前に進んでいこうとする若き久米正雄の心情を伝えている。その箇所を引用する。「吾には祭るべき亡父もある。亡姉もある。更に新盆なる母方の祖母もある。夕日の名残がほんのり漂ふ雲を眺めて堪へぬ思ひをまぎらさうと足を早めた」。久米正雄が文壇にデビューしたのはそれから二年後、戯曲『牛乳屋の兄弟』を発表し流行作家に駆け上っていったという。

7の加藤楸邨は、一九一五年頃に父健吉が原ノ町駅長として赴任したため、静岡県御殿場市から原町小学校に転校してきた。その二年後に父が岩手県の一ノ関駅長に任じられたため一家は一ノ関に移住したが、楸邨は卒業まで原町に居てほぼ二年間を過ごしたという。四〇年後に同窓会に誘われて「相馬郡原ノ町　十五句」とエッセイ「冬欅」を記した。「冬欅」の冒頭部分を引用する。

今も目を空へ空へと冬欅

私は非常に樹木が好きだ、が現実の樹群の中に、幻のようにいつも一本の大きな欅が聳えている。そして奇妙にこの樹が思い出されるときは、葉をすっかり削りおとしてしまったあとの、冬欅の姿なのである。この冬欅は瞼にうかんでくるとき、必ず微妙な謎めいた感触を呼びおこす。何か背のあたりがあたたかで、しかも落ちつくかというと、反対に妙に満たされない焦燥を感じさせるのである。この冬欅を思い出すとその妙な感触が湧くように、その逆の場合も多かった。満たされない気持ちや、すっきり解けない気持ちのあるとき、それがこの樹を呼びさますのである。

楸邨はこのエッセイの後半で「冬欅」を見上げる時に感ずる「焦燥と孤立感」を生涯自らの原点としていたと胸の内を語っている。若松氏は、転校を繰り返した楸邨にとって原町小学校の「冬欅」が「孤立感」の支えであったという楸邨の重要な言葉を記している。

3

その他はテーマとその要旨を伝えたい。

8「葉山嘉樹らの〝無産者文芸講演会〟と平田良衛」は葉山喜樹・蔵原惟人ら六名の講演会を小高で開催し、福島や平に匹敵する聴衆五百名を集めて盛況だったのは平田良衛の尽力だったことを語る。

9「島崎藤村の書「草枕」来訪」は一九三七年に島崎藤村が静子夫人とともに原ノ町駅を降り立ったと記す。前年に仙台に日本の近代詩の礎を築いた功績として詩碑が建立されたが、その時には国際ペンクラブ大会出席のために参加できなかった代わりに、仙台を訪れて二日間の行事などを済ませた。この間の行動に関して、詩人の藤一也の書籍では平泉のあとに帰郷したことになっていた。しかし実際はその後に原ノ町駅に降りて駅前の中野屋旅館（現ホテル・ラフィーヌ）に泊まっていた。旅館の玄関脇にあった色紙に若松さんが気付いて女主人塩屋花代に経緯を聞き取り、その証言を検証するためにその静子夫人の兄嫁の実家の星清明宅に出向いてその事実関係を明らかにした。若松氏の徹底的に事実関係を明らかにしようとする姿勢に私は評伝的な評論を書く原点を感じ取った。

10「埴谷雄高・荒正人・島尾敏雄」は、①三人の出会い、②三人と相馬、③三人と雑誌『近代文学』、④荒正人『増補改訂漱石研究年表』、⑤島尾敏雄『死の棘』、⑥埴谷雄高『死霊』、⑦三人に共通すること、⑧荒正人と相馬、⑨埴谷雄高と相馬、⑩島尾敏雄と相馬の十項目に分かれていて、一章の最も重要なことが記されている。特に「②三人と相馬」では、埴谷がこの三人の父祖の地である南相馬市の深層に横たわる「精神の異常性」をいい、その特徴を「東北人の鈍重性」を基層として、よく言えば「哲人ふう徹底性をもった永劫へ挑戦する根気強さ」、悪くいえば「馬鹿の一つ覚えを、よそもまわりもまったく見えぬ一種狂気ふうな病理学的執着ぶりのなかに培養結晶化して（略）ただやりつづけている」という。この荒正人の追悼文「荒宇宙人の誕生」を読み上げながら、実は父祖の地を共有する埴谷雄高は荒正人の特徴を抉りながら、本当は自分や島尾敏雄の文学活動を語っているのだと若松氏は発見してしまったのだろう。そしてそんな「中村、小高、鹿島という砂鉄に富んだ地域一帯に嘗て遠い有史以前に驚くほど巨大で、また、奇妙な内的燃焼を持続する隕石が落下して」、「その放射性断片がここかしこに散らばり」、「「極端粘り族」宇宙人のつむじ曲り子孫を地球に伝えた」という埴谷雄高の言葉を若松氏は真正面から受け止めた。そして自らの仕事として「極端粘り族の系譜」の相馬地方の近現代文学の文学史を構想したのだろうと考えられる。埴谷雄高は最後に「私達三人とも揃って故郷では育たず、各地を「流浪」する故郷喪失者になった」が「不思議な一筋の糸の尽きせぬつながり」があると語る。そんな相馬地方の「精神の異常性」や「異常な粘着性」を抱えたものたちは、その三人だけでなく相馬地方にはまだ存在しているし、東北の各県にもそれに相応しいものたちは数多くいると若松氏は意を強くしたに違いない。しかしながら自分の役目はまず相馬地方からと限定してこの文学史を書き残したのだろう。

「④荒正人『増補改訂漱石研究年表』」、「⑤島尾敏雄『死の棘』」、「⑥埴谷雄高『死霊』」の三人の生涯の仕事ぶりを見れば「極端粘り族」という表現が極めて妥当な表現で他に言いようのない表現だと思われてくる。「⑤島尾敏雄『死の棘』」では、『死の棘』の第四章・第五章で東京の住まいを引き払って小高に移り住もうと計画したが、最後には奄美出身の妻が東北の寒さには適応できないだろうと計画を断念する場面を若松氏は引用して、島尾敏雄と相馬との関わりを浮き彫りにしている。「⑦三人に共通すること」では、埴谷・島尾・荒に共通するのは「強靭な精神の持続性」であることを若松氏は再確認する。

⑪から㉙の高村光太郎、草野心平、新川和江、石垣りん、古山高麗雄、高浜虚子、江見水蔭、沖野岩三郎、山本周五郎、杉森久英、安岡章太郎、鈴木安蔵、高木敏子、木下順二、皆川博子、大須賀筠軒、井土霊山、天野秀延、亀井文夫などの作品を引用しながら相馬地方の関心事項やその関係性を紹介している。また長塚節、瀬戸内寂聴など約三十名の文学者たちが講演や旅行で来訪したことも記されている。最後の「㉚年表　相馬地方と近現代文学・思想」は一八八一年に俳人の大須賀乙字が中村（相馬）に誕生したことから始まり、一九八六年に島尾敏雄が六十九歳で死去し、一九八七年に埴谷雄高が「島尾敏雄とマヤちゃん」を「群像」に発表したところで終わる。この十六頁を読めば、相馬地方の百年の文学・思想を担った人びとの交流が立ち上がってくるだろう。

最後に若松氏は「〈付記〉この年表には不備が多く、今後の補遺と訂正が必要です。」と記している。この〈付記〉は若松氏の粘り強く調査・検証しても、人は時に間違うものであるからこそ問い続けなければならないという謙虚な姿勢を明示している。また若松氏が提起した「極端粘り族の系譜」は壮大な仮説であり、その仮説を検証し後世の人たちに「今後の補遺と訂正」を託しているに違いない。

第二章「極端粘り族の系譜」は、一九八六年の著述から始まり主に福島民報や文芸誌「福島自由人」に連載されたものに修正・加筆したもので、井土霊山、大曲駒村、埴谷雄高、島尾敏雄、荒正人、鈴木安蔵、亀井文夫の七名の評伝的な論考だ。七名の生い立ちを徹底して調べて解き明かしていく。どうして類例のない宇宙観や理想に向かう世界観を構築し続けることが出来たかを、その個性的な考えを培っていく背景や人脈から辿り、二〇世紀の世界大戦を経験した激動の時代の中で、なぜその多様な才能を徹底して開花させることが出来たのかその足跡を浮き彫りにしていく。七名を論じることによって二〇世紀の日本人の文化活動の本質的な課題が明かになってくるように考えさせられる。第一章「相馬地方と近現代文学」の執筆が終わり、その中でも特に選ばれた七名を深く掘り下げた評論群だ。若松氏は、この他に資料編を読めば想像が付くように、何名かを追加することを模索していたようだが、最終的にこの人選とされたようだ。

第三章は3・11以降のインタビューや対談の中から四編ほど収録されていて、若松氏の率直で謙虚な肉声を読み取ることが出来る。インタビュー1は会津出身のカメラマンで3・11以降に南相馬市に暮らし始めたすぎた和人氏が刊行した写真と記事の雑誌「J-one（ジーワン）［生命あるもの］」に発表された。すぎた氏と福島市内の映画館支配人の阿部泰宏氏、母と祖母が若松氏の教え子である相馬高校二年生であった鈴木ひかる氏たちは、若松氏の詩や評論の熱心な読者で、その率直な質問に若松氏は丁寧に答えている。インタビューの2は詩人の佐川亜紀氏が、原発事故から一年後の南相馬市の情況、反原発の詩歌を書き続けてきた若松氏をはじめとする浜通りの他の表現者たちそれぞれの立ち位置からの危機意識、地球の根本的なあり方から原発が存在することの問題点を問うている。インタビュー3は二〇一三年十一月二十六日の日本ペンクラブの「ペンの日」に行われたアーサー・ビナード氏との対談になっている。ビナード氏は、「東北」という言葉の持つ差別と偏見の構造や予言的な詩作をすることの精神のあり方などを若松氏に問い、また、東電の引き起こした「原発事故」が単なる事故ではなく地域の生態系を破壊する「核による災害」という意味で「核災」と若松氏が呼ぶことについて、その真意を聞き出し議論を深めている。インタビュー4はアブドゥルラッハマン氏・広川恵一氏・田島英二氏たちが「ことば」、「人間と技術」、「詩作」、「国語教育」「批判精神」などについて若松氏の教育者としての観点や根本的な言語思想を問うている。

第四章「資料編」は一章・二章の理解をより深めるために七編ほど収録されている。特に「7　講演・『極端粘り族』宇宙人のつむじ曲がり子孫」は「序文に代えて」をより詳しく肉声で語っていることもあり、貴重な証言となっている。第一巻『全詩集』、第三巻『評論・エッセイ』の理解を深めるためにも、第二巻『極端粘り族の系譜』を粘り強く拝読して下されば、詩人・思想家としての若松氏にもう一つ、研究者の顔があり、壮大な福島浜通りの文学史を構想していた「極端粘り族」の一人であったことを知るだろう。その画期的な基礎資料となる『極端粘り族の系譜』から数多くの文学者たちの姿や交流を発見して欲しいと願っている。

初出一覧

序文に代えて「極端粘り族」宇宙人のつむじ曲り子孫
「籠」34　二〇一六年一〇月

〈第一章　相馬地方と近現代文学〉

はじめに／1 幸田露伴「うつしゑ日記」ほか／2 田山花袋「山水小記」ほか／3 志賀直哉「祖父」／4 河東碧梧桐『三千里』とその周辺／5 大須賀乙字の俳論と「松川浦舟行」
「海岸線」通巻一九号　一九八四年一一月

6 久米正雄「盛岡より東京まで」／7 加藤楸邨「相馬郡原ノ町十五句」ほか／8 葉山嘉樹らの〝無産者文芸講演会〟と平田良衛／9 島崎藤村の書「草枕」来訪
「海岸線」通巻二〇号　一九八五年　六月

10 埴谷雄高・荒正人・島尾敏雄
「海岸線」通巻二三号　一九八八年　六月

11 高村光太郎の詩碑／12 草野心平「相馬野馬追祭」／13 新川和江「かわいそうにナ」／14 石垣りん「原ノ町市にて」／15 古山高麗雄「湯タンポにビールを入れて」「馬と人と大地の祭り」
「海岸線」通巻二五号　一九九〇年　六月

16 高浜虚子の〝祝句〟／17 江見水蔭「相馬と伊達政宗」／18 沖野岩三郎『八沢浦物語』／19 山本周五郎『天地静大』と『失蝶記』／20 杉森久英『大風呂敷』／21 安岡章太郎『志賀直哉私論』／22 鈴木安蔵「阿武隈山脈のふもと」「つきぬなつかしさ」／23 高木敏子『ガラスのうさぎ』／24 木下順二『SK先生〝野馬追〟に参加する』／25 皆川博子『相馬野馬追い殺人事件』／26 相馬地方の現代歌碑と句碑／27 詩人が作詞した相馬地方の校歌／28 そのほかの来訪文学者
「海岸線」通巻二五号　一九九一年　九月

29 相馬地方と近現代文学・外篇
「海岸線」通巻二七号　一九九二年　八月

30 年表　相馬地方と近現代文学・思想
「海岸線」通巻二二号　一九八七年　六月

〈第二章　極端粘り族の系譜〉

1 井土霊山

①霊山・井土經重　「福島自由人」第17号　二〇〇二年一一月

②警官練習所時代の井土經重
「福島自由人」第25号　二〇一〇年一〇月

③言論人　井土霊山

(1)書の手本「千字文」著す　「福島民報」二〇一六年　三月　五日

(2)歴史書訳し憲法を注釈　「福島民報」二〇一六年　三月一二日

(3)同郷人に政治を説く　「福島民報」二〇一六年　三月一九日
(4)新聞界で論陣を張る　「福島民報」二〇一六年　三月二六日
(5)漢詩文の存続に情熱　「福島民報」二〇一六年　四月　二日

2　大曲駒村
①大曲駒村　「福島自由人」第27号　二〇一二年一一月
②江戸川柳研究者 大曲駒村
(1)多彩な顔持つ文化人　「福島民報」二〇一五年　三月二一日
(2)雑誌発刊 俳壇に活気　「福島民報」二〇一五年　三月二八日
(3)関東大震災ルポする　「福島民報」二〇一五年　四月　四日
(4)辞書化作業に十余年　「福島民報」二〇一五年　四月一一日
(5)雑誌に込めた反骨　「福島民報」二〇一五年　四月一八日

3　埴谷雄高
①彗星とともに宇宙空間に還る
　「福島民報」一九九七年　二月二四日
②高雄・台南遊記　「福島自由人」第24号　二〇〇九年一〇月

4　島尾敏雄
①四十一年目の帰還　「河北新報」一九八六年一一月二四日
②加計呂麻島へ　「文化福島」三四一号　二〇〇〇年五月
③島尾敏雄における〈いなか〉
　「福島自由人」第23号　二〇〇八年一〇月

5　荒正人
①文学研究者・評論家 荒正人
(1)故郷への複雑な思い　「福島民報」二〇一八年　一月一三日
(2)埴谷と荒と島尾と　「福島民報」二〇一八年　一月二〇日
(3)評論に新分野を開く　「福島民報」二〇一八年　一月二七日
(4)宇宙文明を構想する　「福島民報」二〇一八年　二月　三日
(5)漱石研究年表を作成　「福島民報」二〇一八年　二月一〇日

6　鈴木安蔵
①憲法学者 鈴木安蔵
(1)〝憲法〟は小高生まれ　「福島民報」二〇一八年一〇月二七日
(2)社会矛盾の解消志す　「福島民報」二〇一八年一一月　三日
(3)獄中で憲法書を読破　「福島民報」二〇一八年一一月一〇日
(4)憲法草案要綱を起草　「福島民報」二〇一八年一一月一七日
(5)民主憲法のため尽力　「福島民報」二〇一八年一一月二四日
②鈴木安蔵「歌稿」について
　「福島自由人」第33号　二〇一八年一一月

7　亀井文夫
①映画監督 亀井文夫
(1)反骨のメガフォン貫く　「福島民報」二〇一四年　五月三一日
(2)波乱に満ちた前半生　「福島民報」二〇一四年　六月　七日
(3)戦中、戦後も上映禁止に　「福島民報」二〇一四年　六月一四日
(4)時代の「真実」を記録　「福島民報」二〇一四年　六月二一日
(5)生き物たちと共存を　「福島民報」二〇一四年　六月二八日
②鳥になりました　「みちのく春秋」14号　二〇一四年一〇月

「みちのく春秋」35号　二〇二〇年　七月

6 平田良衛とその周縁（二）

「みちのく春秋」36号　二〇二一年　一月

7 講演・『極端粘り族』宇宙人のつむじ曲がり子孫

「南相馬市埴谷・島尾記念文学資料館再開館記念 小高から未来へ――島尾敏雄のふるさとを巡る――」（南相馬市教育委員会 南相馬市埴谷・島尾記念文学資料館）　二〇一七年　三月

〈第三章 インタビュー・対談より〉

1 「南相馬伝説の詩人」若松丈太郎インタビュー

「J-one」3号（スタジオ・サードアイ）　二〇一二年　六月　一日

2 〈南相馬から〉原発をなくし私たちが変わる機会に

「詩と詩想」通巻三〇九号（土曜美術社出版販売）　二〇一二年　八月　一日

3 「東北」「震災」「津波」そして今

「P．E．N」第423号　二〇一四年　二月二五日

4 戦後日本社会における人間、教育、原発など

『東日本大震災・原発震災10年、そのあとに』（クリエイツかもがわ）　二〇二一年　八月一一日

〈第四章 資料編〉

1 加藤楸邨旧居の保存について（一九八六年）

2 北川多紀とそのふるさと

「福島自由人」第34号　二〇一九年一一月

3 ゆかりの人びと

『図説 相馬・双葉の歴史』（郷土出版社）　二〇〇〇年　一月三一日

4 感謝を込めて、新藤謙さんを悼む

「コールサック」89号　二〇一七年　三月

5 平田良衛とその周縁（一）

編集付記

一、なるべく原文を尊重しつつ、文字表記を読みやすいものにした。
1．明らかな誤字、脱字は訂正した。
2．原則として、旧仮名遣いは現代仮名遣いに、旧字は新字に改めた。
3．読みにくいと思われる漢字にはふり仮名をつけた。
4．読みにくいと思われる箇所には適宜改行、句読点、鍵括弧を施した。
5．方言は原文そのままの表記とした。

一、本文及び引用文には、今日からみると一部不適切と思われる語句があるが、すでに諸雑誌や新聞に発表、あるいは、単行本に収録されたものであること、また、時代的背景や作者が故人であることなどを考えあわせて、原文のままとした。

一、企画・編集は主にコールサック社の鈴木比佐雄と座馬寛彦が行った。

一、資料提供や校正等において、若松蓉子氏に全面的にご協力いただいた。

一、本書、第二巻の一章及び二章は、単行本として刊行するため、作者と四、五年かけて打合せを行い、二〇二〇年十月の時点でタイトルと編集案が確定していた。詩集『夷俘の叛逆』の後に刊行する予定だった。

一、『若松丈太郎著作集 全三巻』の刊行を実現させ普及に取り組むため、次の六名により刊行委員会を結成しご支援を得た。

『若松丈太郎著作集 全三巻』刊行委員　前田　新
齋藤　貢
永瀬　十悟
髙橋　正人
本田　一弘
鈴木比佐雄

著者略歴

若松丈太郎（わかまつ　じょうたろう）

1935年～2021年。岩手県江刺郡岩谷堂町（現・奥州市）生まれ。

福島大学卒業後、福島県浜通りの高等学校に国語教員として勤務。

1993年から2002年まで小高町（現南相馬市）埴谷・島尾記念文学館準備室調査員。

元福島県現代詩人会会長。福島県南相馬市に暮らした。

詩　集　『夜の森』『海のほうへ　海のほうから』『若松丈太郎詩集』
　　　　『いくつもの川があって』『年賀状詩集』『越境する霧』
　　　　『峠のむこうと峠のこちら』『北緯37度25分の風とカナリア』
　　　　『ひとのあかし』『わが大地よ、ああ』『若松丈太郎詩選集一三〇篇』
　　　　『十歳の夏まで戦争だった』『夷俘の叛逆』
論　集　『イメージのなかの都市　非詩集成』
　　　　『福島原発難民　南相馬市・一詩人の警告1971年～2011年』
　　　　『福島核災棄民　町がメルトダウンしてしまった』
共編著　『福島の詩人　長谷部俊一郎・相田謙三・三谷晃一・斎藤庸一・小川琢士』
　　　　『脱原発・自然エネルギー218人詩集』『三谷晃一全詩集』
所　属　日本ペンクラブ、日本現代詩人会、福島県現代詩人会、
　　　　戦争と平和を考える詩の会、風刺詩ワハハの会、北斗の会

人名索引

石炭袋

若松丈太郎著作集　第二巻
極端粘り族の系譜 ――相馬地方と近現代文学

2022年4月21日初版発行
著　者　若松丈太郎
著作権継承者：若松蓉子（〒975-0003 福島県南相馬市原町区栄町 1-109-1）
編　集　鈴木比佐尾　座馬寛彦
発行者　鈴木比佐雄
発行所　株式会社 コールサック社
〒173-0004　東京都板橋区板橋 2-63-4-209
電話 03-5944-3258　FAX 03-5944-3238
suzuki@coal-sack.com　http://www.coal-sack.com
郵便振替　00180-4-741802
印刷管理　（株）コールサック社　制作部

装幀　松本菜央　　装幀写真　すぎた和人

落丁本・乱丁本はお取り替えいたします。
ISBN978-4-86435-516-2　C0395　￥3000E